U0109329

中國語言文字研究輯刊

十三編

許錟輝 主編

第5冊

東漢佛經複合詞研究

郭懿儀 著

花木蘭文化事業有限公司

國家圖書館出版品預行編目資料

東漢佛經複合詞研究／郭懿儀 著 -- 初版 -- 新北市：花木蘭文化事業有限公司，2017〔民 106〕

目 4+294 面；21×29.7 公分

（中國語言文字研究輯刊 十三編；第 5 冊）

ISBN 978-986-485-230-7（精裝）

1. 佛經 2. 語意學 3. 東漢

802.08　　106014696

ISBN-978-986-485-230-7

中國語言文字研究輯刊

十三編　第五冊　ISBN：978-986-485-230-7

東漢佛經複合詞研究

作　者　郭懿儀

主　編　許錟輝

總編輯　杜潔祥

副總編輯　楊嘉樂

編　輯　許郁翎、王筑　美術編輯　陳逸婷

出　版　花木蘭文化事業有限公司

社　長　高小娟

聯絡地址　235 新北市中和區中安街七二號十三樓

電話：02-2923-1455／傳真：02-2923-1452

網　址　http://www.huamulan.tw 信箱 hml 810518@gmail.com

印　刷　普羅文化出版廣告事業

初　版　2017 年 9 月

全書字數　233044 字

定　價　十三編 11 冊（精裝） 台幣 28,000 元　

東漢佛經複合詞研究

郭懿儀 著

作者簡介

郭懿儀，台灣台南人，民國 68 年生，國立成功大學中國文學研究所博士。曾任國立成功大學通識教育中心講師、實踐大學高雄校區講師、國立高雄大學助理教授，現任四川大學副教授。曾教授：大學國文、閩南語概論、漢字與文化、聲韻學等課程。著有碩士學位論文《《大廣益會玉篇》直言字研究》、博士學位論文《東漢佛經複合詞研究》，另有十數篇期刊及會議論文，內容含括漢語風格學、聲韻學、詞彙學及訓詁學等。

提　要

《東漢佛經複合詞研究》一文主要將焦點在東漢末期的佛經複合詞變化，並嘗試描寫複合詞的生命史，同時採以佛經爲主要核心語料，基於佛經歷來視爲是該時代最好的口語材料這項優點，藉由揀選東漢佛經中具有高度口語化特色的複合詞進行研究。符合條件的複合詞有 48 例複合詞，將這些複合詞與六朝至隋唐佛經及傳世文獻加以對照比較，進而描述出這 48 例複合詞的歷時變化，包含詞義演變、使用方法、詞性變化等等方面逐一討論。

論文的另一部分針對這 48 例複合詞的構詞情形加以探討，並區分出五種類型：並列式複合詞、偏正式複合詞、述賓式複合詞、述補式複合詞及主謂式複合詞，其中以並列式複合詞的發展最爲成熟，數量也最多。其次是述賓式複合詞，數量僅次於並列式，發展則快於偏正式複合詞，這與以東漢時期中土文獻爲材料，所提出的詞彙研究結果:闡明偏正式的發展快於述賓式，此一結論與本論文分析後的結論不同，揭示了佛經語言材料的可貴之處。數量名列第三的是偏正式複合詞，數量僅少於動賓式複合詞 2 例，類型亦多樣化。可見，偏正式複合詞在東漢佛經的發展和述賓式已不相上下，其中以名詞性偏正式複合詞最多。發展最慢的則是述補式及主謂式複合詞，不僅數量少，類型也單純。

從東漢佛經複合詞可以觀察出複合詞早期的發展過程，且比對東漢至六朝佛經及中土文獻的複合詞變化過程，可以釐清複合詞的生命歷程。另外，東漢佛經複合詞具備高度口語化的特質，對於鑑定佛經翻譯的確切時代提供可信的佐證。

目次

表目次

第一章　緒　論

語言學（linguistics）是一門發展相當活躍的學科，語言學研究的對象即是語言（language），語言伴隨著時間及使用者不斷地創新與更迭，詞彙不斷地在其中新生又死亡。本文以東漢末年譯出佛經爲材料，搜尋口語程度高的複合詞作爲研究對象，探討這些複合詞的生命歷程，從新生到殞落的過程，觀察其詞彙的使用情形、頻率及演變過程，藉以瞭解詞彙演進的歷程。

從漢語詞彙史來觀察，上古漢語的複合詞（compound word）並不十分發達，中古漢語才正式進入複合詞發展的高峰，至此，複合詞成爲漢語詞彙最主要的模式，進而利用語法構詞來產出各式各樣的漢語詞彙，以滿足語言使用上的需求，即使到了現代，詞彙的生成仍依靠著語法方式來構詞。漢語史上複合詞的高度發展在東漢正式開始，此時佛教傳入中國，由印度、中亞一帶傳入的佛經紛紛譯成漢語，佛經是研究中古語言非常重要的材料，特別是佛經擁有高度口語化的特徵，這使得複合詞的發展在佛經中得到了更大的進展，漢語裡數量龐大的複合詞，但從未去追究個別複合詞的來源與變化，從中土文獻資料中可見到的是歷史語言的總結，那麼，某一時代的語言實況又是如何？從佛經語言材料中希冀可以讓我們窺見一些眞實的樣貌。然而，這些具備口語性質的複合詞，其壽命相對來說是較爲短暫的，歷經六朝至隋唐時代之後，能夠保留且使用的複合詞已大爲減少，其原因爲何？又是什麼因素促使這些複合詞的消失？都是本文將要探討的焦點。

本文以此爲基礎，進而從探討複合詞的生命歷程來釐清並解釋語言變化的種種面向及特徵。爲此，本文選以東漢佛經爲材料，選取未使用於中土文獻的複合詞，共計 48 例，並以之對照六朝至隋唐的中土文獻，用以觀察並描述複合詞的生命歷程。

這 48 例複合詞選取的標準爲：時代及譯經師明確、複合詞構成完整度高、複合詞非孤例，符合這三種條件才能成爲本文研究的對象。爲了進行本文的研究，所選用的語料類型有二：一是主要觀察語料，即爲東漢佛經；二是六朝至隋唐的佛經及先秦至隋唐的中土文獻，利用這些語料來對照這些複合詞，觀察複合詞在漢語中的使用情形與演變過程。

第一節　研究動機

語言是人類特有的能力，人類的智慧傳遞也必須憑藉著語言。在溝通無礙的情形下，對於語言的奧妙是難以察覺的。事實上，語言的背後存在複雜的結構，包含語音、語法及詞彙等方面，而透過不同母語的人彼此間的溝通交流，更能體現語言構造的深奧與嚴密。這個特色在佛經譯經師與筆受之間表現得特別突出且明顯，因此，當佛教從天竺傳入中國後，東漢時期建立白馬寺後並譯出第一部佛經以來，佛經語言就注定要走一條屬於自己的路。爾後佛教在中國的發展已勢不可擋，隨著佛經翻譯的進行，佛經語言爲漢語注入了不同的能量，在漢語往後的演變過程中發揮極大的影響力。

關於語言的研究，中國的士人很早就開始關注這個命題，語言是學習各種知識的基礎能力，古代將這一類科目稱爲「小學」，然而隨著中西方的交流越來越頻繁及深入，不少學者也注意到了西方語言研究的發展與成就，在研究漢語的過程裡也紛紛援引西方語言理論，透過西方對於語言的思考面向，之於漢語研究，有一定程度的啓發性，但過於依賴原典甚至照搬文字來解釋漢語的各種現象，則顯得格格不入。因此，爲漢語發展出專門的漢語語言學理論，是漢語研究者刻不容緩的任務，同時也是本文致力達成的目標。

語言學內部有各種不同學科，例如：語音學（phonology）、語法學（syntax）、語義學（semantics）、構詞學（morphology）、語用學（pragmatics），也有各種和其他學科相搭配的應用語言學，各自有關注的重心，本文則是以構詞學爲範圍，構詞學是研究詞的內部結構和其形成方式並整理出其組成的規則；以複合詞為重心，因為詞彙往往是最即時反映語言變化。以東漢佛經為主要語料，是借助佛典語言的特殊性與高度口語性。切入角度則採以歷時角度，以東漢至隋唐這段時期來觀察這些複合詞的變化歷程。

一、以複合詞為對象

複合詞在現代漢語的詞彙中所佔的比例甚高，這樣的發展從先秦已經開始萌芽，到了兩漢時期更加蓬勃發展，其中，東漢正是處於複合詞進入成熟的階段。

一般來說，先秦典籍都是古奧艱深，不易理解的。以《尚書》為例，由於成書時代很早，現代人不易讀懂，即便是古人想要讀懂也會遭遇困難。左丘明作《左傳》，使用了當時的口語詞彙，語言流暢、敘事生動，比起《尚書》自然是容易許多。到了西漢，司馬遷作《史記》，比起《左傳》又更容易讀懂了。造成古籍艱深，並難以閱讀的原因不只一種，如：客觀事物的變化、思想知識的發展、社會科技的進步等等，其中最重要的原因是：「單音詞」的大量使用。因為單音詞的多義性造成理解上的困難，加上單音詞又屬難僻字的話，對讀者來說困難度又提高了一層。如：司馬遷〈五帝本紀〉、〈夏本紀〉、〈殷本紀〉所使用的史料很多來自於《尚書》，但經過司馬遷的改寫，將難僻字取代為常見、易讀懂的文字，將部分單音詞換為複音詞，使其行文與當時的書面語一致，如此一來使得語言的表達更加的順暢並準確，也能易於讀懂。這樣的方式揭示了一個事實，隨著時代的變遷，書面語發生巨大的變化，其中最引人注目的就是「複音詞」的大量出現，並以兩漢時期為最。只需觀察複合詞於先秦至漢代各種文獻的數量發展便能瞭解。

【表 1.1-1】先秦與東漢中土文獻複合詞與全書字數對照表

書　名	周易	詩經	論語	左傳	戰國策	論衡
複合詞〔註 1〕	399	706	225	1,164	2,612	2,300

〔註 1〕 複合詞總數的統計數字分別來自於趙振興（《周易》）、沈懷興（《詩經》、《論語》）、錢光（《墨子》）、程湘清（《論衡》）。請參見趙振興〈《周易》複音詞考察〉，《古漢語研究》2001 年第 4 期，頁 71～77、沈懷興：〈漢語偏正式構詞探微〉，《中國語

書　　名	周易	詩經	論語	左傳	戰國策	論衡
全書字數〔註2〕	24,207	39,224	12,700	198,180	126,795	204,329

從上述的表格可觀察到先秦文獻使用複合詞的數量日趨增多的現象。

目前學界針對漢語複合詞的研究數量也相當多而豐富，且從各種面向進行討論及研究，但這些研究的內容多以歷時的角度觀察並描寫複合詞的型態及變化，探討的詞彙都是歷經淘汰後的詞彙勝利者，且這些詞彙往往通用於古往今來的各種文獻之中。相較之下，較少以共時的角度來進行複合詞的形成來由與變化的討論。爲此，本文則選以東漢佛經的複合詞爲對象來進行研究，透過歷時角度以先秦至東漢的中土文獻來進行比對，挑選出未見於東漢文人作品的詞彙。也就是說，這些複合詞是尚未正式成爲書面語的詞彙，以這些複合詞作爲瞭解並掌握東漢時期眞實口語詞彙的材料。

二、以東漢佛經爲範圍

能夠觀察複合詞的變化的時間點及語料很多，而本文選定東漢口語文獻爲討論對象，其中以佛經爲最佳語料提供者，爲何如此界定呢？呂叔湘先生曾說：「研究方向的確定，最好選擇在語言和社會發生較大變化的歷史關頭。〔註3〕」東漢佛經正具備了「語言及社會發生較大變化的歷史關頭」的語言及時代特徵。本文選擇東漢佛經爲範圍的理由有二：

首先是必須選定複合詞變化激烈的階段。由於佛經的主要目的是爲了宣揚教義，主要的讀者是僧侶，而僧侶並無深厚的學識涵養，又譯經師的漢語程度所限，可想見其內容必然通俗又易懂，故佛經文字的口語特質高於一般中土文獻，譯經師透過翻譯保存東漢時期珍貴的口語材料。本文正是利用東漢佛經的複合詞來觀察該時代眞實的語言實況，從其構詞模式、詞義和詞序的搭配、使用的環境、語音的分佈與配合，甚至是複合詞的衍生模式的歸納與研究，希冀

文》，1998 年第 3 期，頁 189～194、錢光〈《墨子》複音詞初探〉收錄於《甘肅社會科學》1992 年第 1 期，頁 89～97、程湘清《兩漢漢語研究》（濟南：山東教育出版社，1992）。

〔註 2〕 關於中土文獻的全書字數統計，轉引自黃侃《黃侃手批十三經文》中所引南宋・鄭畊老的統計數字。請參見黃侃《黃侃手批十三經文》（新竹：理藝出版社，1998）。

〔註 3〕 請參見呂叔湘〈浙江省語言學會成立暨學術報告會上的講話〉，1980。

能提供研究漢語詞彙史一些證據。

第二個理由則是來自於佛教的傳入。宗教的傳播媒介中語言佔了相當重要的一部分，佛教傳入中國，爲了傳遞佛法，宣揚佛教思想，必須進行佛經翻譯工作，翻譯過程中面對兩種語言之間不對等的情況，就必須憑藉優秀的譯經師與筆受的配合來進行翻譯，並且逐步確立譯經的模式，最後在六朝建立了完善的譯經制度，其中特別受注目莫過於鳩摩羅什。「鳩摩羅什及其門派的主要貢獻之一，就在於他們爲後來的譯師確立了一套標準；他們創制了一種獨特的書面佛教漢語，隨後很快即被中古早期其他所有的譯師採用，當作一種書面『教會語言』。〔註4〕」也就是說，鳩摩羅什所創立的翻譯方式，很快被所有譯經師採用。譯經師翻譯時不再使用當時的活語言，而是利用固定的語言模式及風格來進行佛經翻譯。因此，佛經語言開始有了很大的轉變，譯經師們有了一套標準作業程序可循，相形之下，東漢佛經翻譯的白話語言風格就顯得相當可貴。

兩漢時期當文言逐漸成爲書面語的主流，佛經譯經師則選用半文言半白話的方式進行翻譯，也就是以文言的基礎夾雜大量非文言的語言成分，這是爲了幫助僧侶傳教，讓普羅大眾輕易地理解佛教教義的必要手段，同時成爲佛經語言最鮮明的特色之一。翻譯時，譯經師放棄使用典雅的文言，改用和當時口語十分接近的文白夾雜的文體。「宣傳佛法的專業人士 bhanaka（說法者）或 dharma-bhanaka（說法師）的主要職責是以各種方式來大聲誦讀經文，這說明早期漢譯佛典與口語有非同尋常的關係，中古大部分漢譯佛典是以當時口語爲基礎的說法是可以成立的。〔註5〕」這個做法讓佛經語言保留當時口語的眞實情況，更能讓我們理解漢語實際的變化軌跡。

東漢佛經是本文的主要材料，利用語言學角度連結，來描寫複合詞各種面向的變化，包括語音、語序、詞義、詞性等變化，並進一步利用六朝至隋唐的中古文獻作爲對照，來梳理複合詞的生命史，如此才能深入地瞭解佛經內容，不因翻譯及時代所產生隔閡與誤解讓我們對佛經內容產生疑慮及誤解。

本文的內容不在精確地解讀佛經語言的眞義，而是將焦點放在語言現象的

〔註4〕節錄自荷蘭・許理和著、朱冠明譯〈早期佛經中的口語成分——確定最佳源材料的嘗試〉收錄於朱冠明《《摩訶僧祇律》情態動詞研究》（北京：中國戲劇出版社，2008），頁223～242。

〔註5〕請參見周俊勛《中古漢語詞彙研究綱要》（成都：巴蜀書社，2009），頁12。

呈現，透過對複合詞的分析來幫助我們更加理解詞彙的產生過程與在時間洪流中的變化軌跡，若能對於佛經的理解有一絲絲的幫助，那更令人欣喜。總結以上的重點，在本文的討論過程中希望可以解答語言學、佛法理解及翻譯兩方面的問題：

1. 語言學方面
   A. 藉由分析東漢佛經複合詞，瞭解詞彙產生的模式、描寫對象及確立詞彙的決定性條件。
   B. 對照六朝及隋唐佛經，以多方面來檢視複合詞的變化，進一步釐清複合詞的生命歷程。
   C. 對照中土文獻，瞭解複合詞在漢語的使用與變化，並與該詞在佛經的使用情形相對比。
   D. 提出以複合詞爲首衍生出的詞群，以及如何逐步修正複合詞的過程，進而創造更適合漢語使用的複合詞。
2. 佛法理解及翻譯方面
   A. 消除一般讀者在閱讀東漢佛經時所產生的隔閡與誤解，讓讀者能更輕鬆地理解並親近佛法。
   B. 藉由研究佛經詞彙的過程，提供佛經翻譯確切年代的考證證據，針對歷代經錄所收書目的翻譯成書年代進行鑒定工作。
   C. 藉由分析討論東漢佛經複合詞的詞義及使用方式，對於鑒別東漢佛經翻譯的確切年代能夠提供高精確度的語言學證據。

第二節　研究方法

本文的研究對象是東漢佛經「首次出現」複合詞，「首次出現」代表了之前未見於先秦及漢代中土文獻之中，這代表著這些「首次出現」的複合詞尚未成爲書面語言，那麼推論爲是口語程度高的詞彙。

關注這群複合詞在東漢時期的種種構成與變化之外，以及複合詞在六朝至隋唐時期的發展與改變，因此，共時（synchronic）與歷時（diachronic）〔註 6〕

〔註 6〕關於共時和歷時的概念由索緒爾（Saussure）提出。請參見（瑞士）費爾迪南·德·索緒爾著、高明凱譯、岑麟祥、葉蜚聲校注《普通語言學教程》（北京：商務印書

雙方面的觀察與分析解讀成爲本文的核心，共時及歷時兩種時態分別指涉語言的某種狀態與演進改變，本文討論的時間段從東漢晚期至隋唐時期，這段期間複合詞的變化屬「歷時性」考察。複合詞於東漢晚期、六朝及隋唐的使用狀況、描寫對象等等面向屬共時的範疇。

語言相關研究，不僅僅要在「觀察」（observation）與「描述」（description）兩方下一番工夫，作爲往後「詮釋」（explanation）的基礎。唯有「觀察上的妥當性」（observation adequacy）與「描述上的妥當性」（descriptive adequacy）才能確保「詮釋上的妥當性」（explanation adequacy）〔註 7〕，由於觀察的角度、分析的面向及對比語料的選擇等等，都可能影響詮釋後的結果，在論述的過程中不得不注意其嚴謹度。

由於本文的研究含括共時及歷時兩個面向，故本文討論的次序爲先研究東漢佛經語料（共時），再對照六朝與隋唐佛經及中土文獻（歷時），最後進行歸納分析。進行的步驟如下：

揀選未曾出現的複合詞→判讀→描寫→詮釋

→對照六朝至隋唐的佛經及中土文獻

→歸納複合詞的變化過程

→分析佛經未曾出現的複合詞其構詞模式及影響力

本文的研究方法爲：東漢佛經的複合詞與先秦至東漢的中土文獻進行比對後，揀選出「首次出現」的複合詞，針對這些複合詞進行多方面觀察與描寫，接著進行與六朝至隋唐佛經與中土文獻的比對，歸納出複合詞歷時的變化過程，並製表以呈現，最後尋找複合詞衍生的漢語複合詞詞群，以此歸納佛經詞彙對漢語詞彙所產生的影響力。

關於佛經語料的搜尋，於本文中每一個出現於佛經的複合詞，均採自於中華電子佛典協會的 CBETA 資料庫，該資料庫的底本是《大正新脩大藏經〔註 8〕》。

館，1980），頁 134。

〔註 7〕關於「觀察」、「描述」及「詮釋」的三方關係，請參見湯廷池《漢語詞法句法續集》（臺北：臺灣學生書局，1989），頁 149。

〔註 8〕爲了行文方便，以下簡稱爲《大正藏》。《大正新脩大藏經》於 1932 年（昭和 7 年）編成，由臺北新文豐公司於 1987 年印行修訂版。請參見《大正新脩大藏經》（臺北：新文豐公司，1987）。

中土文獻的檢索借助臺灣中央研究院構建的「漢籍電子資料庫〔註9〕」及香港中文大學劉殿爵中國古籍研究中心構建的「漢達文庫〔註10〕」兩個資料庫，並再按紙本文獻加以檢核。

複合詞的揀選過程：先閱讀東漢佛經全文，切分出所有的複合詞，將複合詞與先秦至東漢的中土文獻比對，揀選未曾出現過的複合詞作爲討論的材料。

針對複合詞的描寫，首先回歸至佛經作通篇或整段式的閱讀，以確定複合詞的詞義、描寫對象、使用狀況等等特徵，其中關於複合詞的詞義解讀，以《漢語大詞典〔註11〕》、《佛學大辭典〔註12〕》等詞典爲輔助，倘若仍無法解讀複合詞，則尋求專家學者的協助，待確定可信的判讀後，才進行其描寫與分析，如此方能確保複合詞的準確與可信度。

第三節　東漢佛經複合詞的定位及價值

語言會隨著時空而產生變化，漢語歷經了悠遠的時間洪流，多種文化和語言的融合，讓漢語產生了多層次的變化，雖然語言不斷地改變，在每一個時期裡依然有其獨特語言特色，這些特色有其穩固性。因此，判斷語言現象的來源，可從語法、語音、詞彙等角度切入考慮，漢語史也是在這樣的基礎之下建立起來的。那麼，本文所界定的研究時代：東漢時期，表現在語言上又呈現什麼樣的時代特色呢？因此，首先需要從漢語語言史的分期來看東漢時期的漢語史地位。

漢語詞彙從單音詞走向到複音詞時，是漢語詞彙發展的內部規律之一，正如本章第一節曾提及複音詞的發展從西周便已經開始，雖然複音詞只占甲骨卜辭的一小部分，到了先秦時期，漢語仍以單音詞爲主，以《論語》爲例，全書共計 1,700 多個詞，扣除人名、地名及虛詞，複音詞約占 225 個，占總數的 13.2%。《詩經》共出現 3,400 多個，其中複音詞有 706 個，約占總數的

〔註9〕臺灣中央研究院建立的「漢籍電子資料庫」http：//hanchi.ihp.sinica.edu.tw/ihp/hanji.htm

〔註10〕香港中文大學劉殿爵中國古籍研究中心建立的「漢達文庫」http：//www.chant.org/

〔註11〕請參見羅竹風主編《漢語大詞典》（上海：漢語大詞典出版社，1988～1994）。

〔註12〕請參見丁福保主編《佛學大辭典》（北京：中國書店，2009）。

20.7%。到了漢代，複音詞的進展加快了腳步，《論衡》中複音詞高達 2,300 個之多，同時，許慎《說文解字》也使用了 1,690 個複音詞〔註 13〕。單音詞發展至極致時，容易產生出過多的同音詞，或是詞義過於複雜，故不便於交際使用，自然而然詞彙必須向複音化發展，且多以雙音爲主，利用兩個或兩個以上的單音詞爲詞素，配合語法關係來構詞，這是多數雙音節以上複合詞基本的構成方式。

本文研究的對象是複合詞，焦點設定於未使用於中土文人作品的複合詞，譯經師於翻譯佛經時，考慮佛經是僧侶閱讀，後再向大眾宣揚教義的重要工具。因此必須讓所有僧侶皆能理解。那麼，那些喜於用典又文雅的詞彙就不適合出現於佛經中，譯經師用接近大眾的詞彙來進行翻譯，可以想見譯經師選用了許多當時的口語詞來進行翻譯。此外，自外國來的譯經師擁有另一項優勢爲使用本身的母語融入漢語，可以更適合用來表達佛教的教義外，同時也豐富了漢語詞彙的內涵，正如張永言所說：「詞彙豐富的主要手段是利用已有的詞素來構造新詞。此外，各種語言還採借用外語詞的辦法來充實自己的詞彙。完全不借外語詞的語言是沒有的。〔註 14〕」。因此，東漢佛經的複合詞，譯經師不只是活用漢語單音詞素重新組合，更有融合了外語而成的詞彙，這些詞彙爲漢語注入了一股嶄新的生命力。以下逐一分析討論「東漢時期」與「複合詞」兩個觀點來分析其漢語史的地位。

一、東漢時期的漢語史地位

各家漢語分期的標準與依據各自不同，但漢語史分期與中國歷史沒有截然關係，是取決於漢語的發展變化而定，因此，漢語史的分期是由漢語發展的內部規律來決定。

東漢時期在漢語史上正處於特殊的變化階段，這個關鍵的時間點注定了東漢時期的語言擁有豐富多樣的面貌。因此，必須從漢語史的分期來看東漢的語言史地位。學者們依據的標準及觀察面向的差異，將導致分期的結果不盡相同，也造成目前漢語史的分期仍處於百家爭鳴的狀況。

〔註 13〕請參見喻遂生、郭力〈《說文解字》的複音詞〉收錄於《西南師範大學學報》1987 年第 1 期，頁 123～136。

〔註 14〕請參見張永言《詞彙學簡論》（武漢：華中工學院出版社，1982），頁 86。

王力以「語法」作爲分期的主要依據，由於「語法結構和基本詞彙是語言的基礎，是語言特點的本質。而語法結構比基本詞彙變化得更慢。〔註 15〕」故「語法」可作爲分期的依據來源，又「語音和語法有密切關係，都是整個系統，所以語音的演變也可以作爲分期的標準〔註 16〕」，因此，王力〔註 17〕以「語法」、「語音」作爲漢語史分期的主要依據，全部共分四期：

（1）公元三世紀（五胡亂華以前）爲上古期。（三、四世紀爲過渡階段）

（2）公元四世紀至十二世紀（南宋前半）爲中古期。（十二、十三世紀爲過渡階段）

（3）公元十三世紀至十九世紀（鴉片戰爭）屬近代。（自 1840 年鴉片戰爭至 1919 年五四運動爲過渡階段）

（4）公元二十世紀（五四運動以後）以後爲現代。

由上述的四個分期，王力將東漢列入第一期之中並且將其視爲過渡階段。而第二期的範圍是六朝至南宋。

唐作藩〔註 18〕比王力的分期多些，共分爲五期，分別是：

（1）遠古漢語時期：商及以前（甲骨文時代，前 11 世紀以前）

（2）上古漢語時期：周、秦、漢（前 11 世紀至 2 世紀）

（3）中古漢語時期：六朝、隋、唐、五代（3 世紀至 10 世紀）

（4）近代漢語時期：宋、元、明、清、民國前期（11 世紀至 1919）

（5）現代漢語時期：五四運動以後（1919 至現在）

由唐作藩的分期可見到東漢被歸入上古漢語的最末，六朝至隋唐屬中古漢語。

周法高〔註 19〕的分期較王力及唐作藩更細，分期更多，共分九期：

（1）The archaic stage covers a span of time from Yin Dynasty to the end of the

〔註 15〕請參見王力《漢語史稿》（北京：中華書局，2004），頁 42～43。

〔註 16〕請參見王力《漢語史稿》（北京：中華書局，2004），頁 43。

〔註 17〕關於漢語史的分期，本文以作者文章的原文爲主，不作任何更動。請參見王力《漢語史稿》（北京：中華書局，2004），頁 42～44。

〔註 18〕請參見唐作藩《漢語語音史教程》（北京：北京大學出版社，2011），頁 11～14。

〔註 19〕請參見周法高〈漢語發展的歷史階段〉（Stage in the development of the Chinese Language），《中國語文論叢》（臺北：正中書局，1981），頁 432～438。

former Han Dynasty（ca. 1300B.C.～A.D. 1st century ）

A. Early Archaic Period（ca. 1300B.C.～600B.C.）

B. Middle Archaic Period（ca. 600B.C.～200B.C.）

C. Late Archaic Period（ca. 200B.C.～A.D. 1st century）

（2）The Medieval stage, form the Late Han Dynasty to the middle of the Southern Sung Dynasty（ca. A.D. 1st century～A.D.1200）

A. Early Archaic Period（ca. A.D. 1st century～A.D.600）

B. Middle Archaic Period（ca. A.D.600～A.D.900）

C. Late Archaic Period（ca. A.D.900～A.D.1200）

（3）The Modern stage, form then on.（after A.D.1200）

A. Early Archaic Period（ca. A.D.1200～A.D.1400）

B. Middle Archaic Period（ca. A.D.1400～A.D.1911）

C. Late Archaic Period（ca. A.D.1911～）

第二期爲中古漢語階段，時間範圍從西漢至南宋，內部再度細分爲三期，早期爲西漢至六朝，並認爲「早期中古階段」的特色是佛教的傳人，佛經翻譯使漢語和外來語言產生交互影響；中期爲隋唐至五代；晚期爲兩宋時期。

呂叔湘將漢語史劃分爲三期：

（1）古代漢語（公元前 500～公元 700 年）

（2）早期官話（公元 701～公元 1900 年）

（3）現代漢語（公元 1901 年～至今）

爾後，呂叔湘以晚唐五代爲界〔註 20〕，將漢語發展更簡化爲兩期，即：古代漢語、近代漢語，並且認爲現代漢語只是近代漢語內部的一個分期，且認爲應該將口語與書面語的分化程度作爲判別的標準。

太田辰夫〔註 21〕分爲五期，內部再細分爲八小期：

（1）上古：第一期商周、第二期春秋戰國、第三期漢

（2）中古：第四期魏晉南北朝

（3）近古：第五期唐五代、第六期宋元明

〔註 20〕請參見呂叔湘《近代漢語指代詞・序》（北京：學林出版社，1985）。

〔註 21〕請參見（日）太田辰夫《漢語史通考》（重慶：重慶出版社，1991）頁 2～3。

（4）近代：第七期清

（5）現代：第八期民國以降

其中太田辰夫認爲第四期爲質變期，同時是白話時代（指唐宋以後的口語）的過渡期，而質變的起點可能從漢代便已經開始。根據太田辰夫的研究，「漢代」在漢語分期中佔有舉足輕重的地位，他是古漢語質變的濫觴。配合漢代的歷史與語音、詞彙演變的證據，最有可能加速漢語變化的外力就是佛教的傳入，不同文化的輸入，啓發古人對漢語的再認識。確切地說，「東漢晚期」是古漢語變化的關鍵，東漢語言的特殊性間接證明研究佛經語言的必要性。

潘允中〔註22〕以語法觀點將漢語分爲三期：

1. 上古時期：公元前16世紀至公元1世紀
2. 中古時期；公元3～10世紀
3. 近代時期：公元11世紀至今

潘允中觀察語法的變化，利用一些特徵來作爲分期的標準，如：詞類能否區別、語氣詞的出現、詞頭「阿」、「老」的出現、動詞詞尾「著」、「了」的出現等等語法特徵來判定分期。

綜合上述六位語言學家對上古漢語的分期，整理出下表以進行比較：

【表1.3-1】上古漢語分期表

	學者名	上古漢語的時間界定	歷　經　朝　代
1.	王力	3世紀以前	先秦～東漢末年
2.	唐作藩	前11世紀～2世紀	周、秦、西漢～東漢中期
3.	周法高	1300B.C～A.D.1st世紀	商代中期～西漢末年
4.	呂叔湘	前500年～公元700年	東周中期～唐代初期
5.	太田辰夫	上古第一～三期	商周～漢
6.	潘允中	前16世紀～1世紀	三代～西漢

由上表可知這六位學者對於上古漢語的時間範圍見解各不同，但大致上對於上古漢語的起點看法是較爲一致的，最早從三代開始，最晚則是東周中期。但對於上古漢語的終點，見解則各自不同，周法高及潘允中訂爲西漢，認爲東漢屬中古漢語；其餘的學者則是訂東漢爲終點，歸入上古漢語，那麼，東漢該劃分

〔註22〕請參見潘允中《漢語語法史概要》（許昌：中州書畫社，1982），頁10、12、17。

入上古漢語？或是中古漢語？目前尚未有定見，可見東漢在語言史的地位十分曖昧，同時也代表東漢時期的語言正歷經極大的變化，而佛經的翻譯正是成就這次劇烈變化的推手之一。

綜合六位學者的漢語分期，可見到三個重大的轉捩點，首先是書面語與口語正式分離，這是兩漢時期漢語最顯著的特點，雖然書面語是在口語的基礎上產生，但仍有其獨立性，歷經時代的演變，終需與口語脫節，這也是呂叔湘提倡口語與書面語應該成爲判斷漢語分期的主要依據之一。接著是晚唐五代，這也是極具關鍵性變化的時代，該階段的語言變化除了爲近代漢語埋下新的種子之外，許多上古漢語的種種現象到了唐五代也有了明顯的改變。最後是民國建立至五四運動，這段期間大力推行白話文之外，加上五四運動的推波助瀾之下，現代漢語呈現與其他階段漢語截然不同的面貌。

關於漢語的分期及各階段的劃分，目前仍未有定論，本文僅列舉六位學者的研究成果，本文之所以將時代焦點設定爲東漢，就是著眼於東漢時期語言地位的特殊時間性及其研究價值。

二、東漢佛經複合詞的存在價值

根據董秀芳〔註23〕的研究，漢語雙音詞有三類主要歷史來源，一是從短語降格而來，且數量最多；二是從由語法性成分參與形成的句法結構中衍生出來；三是從本來不在同一個句法層次上，但在線性順序上緊鄰出現的兩個成分所形成的跨層結構中脫胎出來，且這三種方式所形成的雙音詞，其詞性都是多樣化的。東漢佛經複合詞符合這三種歷史來源之外，詞性多樣，又東漢佛經複合詞的最大特色在於高度的口語性質，由於佛經譯經師均非漢人，在翻譯佛經過程中對於詞彙的使用，必然需要考慮僧侶們的接受度，過於書面、文言的詞彙極有可能不予以採用，而改以較爲通俗、口語的詞彙來代替。因此，未使用於文人作品的複合詞，就有了討論的特殊意義。

（一）保存口語化程度高的複合詞

語言作爲交際的工具，具備有口語和書面語兩種形式，語言的基礎是口

〔註23〕請參見董秀芳《詞彙化：漢語雙音詞的衍生和發展》（成都：四川民族出版社，2002），頁32～34。

語，口語經過加工成為書面語。在文字尚未產生之前，口語是唯一能承載語言的形式，當文字產生後，口語得以利用書面形式記錄下來。因此，書面語是口語的反映。根據語言發展的規律，最初階段的書面語和口語是一致的，但隨著社會的發展，當書面語系統形成後，雖然也會隨著口語產生變化，但相較口語來說，書面語則趨向穩固的狀態。「先秦時已有口語和書面語的區別，書面語中的質言體和文言體反映了這種區別，開後代古白話和文言文兩個書面語系統長期並存之端。〔註 24〕」古白話和文言文的兩個系統從先秦確立之後，各自發展也彼此影響。漢代之後，語言中已產生了不同於先秦語言的現象與特質，加上漢武帝罷黜百家，獨尊儒術的推波助瀾之下，書面語復古的情況加劇許多，形成了「言文分離」的局面。想必東漢佛經的譯經師也體認到這個現象，遂將譯經文字設定為傾向口語的風格。

譯經師來到中土學習漢語進而翻譯佛經，那麼佛經行文的用詞取材於一般口語的機率是相當大的，有時為了佛經教義的需求，結合外語和漢語口語構成新詞語的情形亦有之，無論如何譯經師透過譯經文字給漢語注入了一股新活力，而這股活力的來源正是來自於漢語口語。本文所指稱的「東漢佛經複音詞」，其取材條件之一便是必須未使用於中土文人文獻，藉由這個條件的限制，讓隱沒在佛經那些高度口語化的複合詞可以一一浮現，為漢語古口語的研究增加一些線索與來源以供參考。

（二）加快漢語雙音化的腳步

從漢語詞彙的發展來說，由單音詞開始，甲骨文使用的詞基本上都是單音詞。當社會發展到一定程度，單音詞已不敷使用，必須創造出更多的詞彙，此時雙音詞及多音詞便應運而生。可以觀察到春秋戰國時期複音詞的數量急速增加，這是漢語複音化迅速發展的第一個時期。雙音化的步伐從東漢開始大大加快也日漸成熟，並列式與偏正式兩種複合詞在兩漢時期已大致發展完成，述賓式複合詞則於六朝時期發展完備，述補式及主謂式複合詞由於本身結構的特殊性，即使是現代漢語這兩類複合詞的數量依然偏少。到了唐代，複合詞的發展以雙音詞為主的詞彙系統已經建立，目前現代漢語中雙音詞幾乎完全取代了單音詞在詞彙系統的主體地位。

〔註 24〕請參見徐時儀《古白話詞彙研究論稿》（上海：上海教育出版社，2000），頁 7。

另一方面，東漢時期士人們作文時都有意無意地仿傚先秦經典的用語，漢語的文言系統便藉此逐漸成形。於是，書面語與口語發生了分歧，各自走上各自的道路。佛經譯經師則幾乎都沒有深厚的漢學修養，加上佛教的主要宣傳對象、譯經師的文化素養、佛經的內容和傳統漢文化有巨大差異等因素，譯經師選擇採用通俗口語來譯寫。從佛經有偈頌與散文兩部分來看，以講唱相間的形式出現的偈頌，多使用五言韻文，同時亦是東漢的主流文體；講說部分多使用散文，以四言爲主，這是爲了方便僧侶對一般人民宣揚佛教的必要手段，關於這個現象，朱慶之〔註 25〕認爲是爲了便於信眾記誦，才選擇大量使用四言。因此，佛經使用的語言可視爲是佛經譯經師當時的實際用語。

正如梁曉虹所言：「在認識上，未能認清佛教在中國文化中所處的重要地位，也不能明確佛教與漢語，尤其是與漢語詞彙的密切關係。故爾不重視全面研究佛教在中國文化中所起的作用，忽略了佛教對漢語，尤其是詞彙所產生的重大影響。……至今，對佛教詞語——漢語詞彙中最富有特殊色彩的一部分，作全面性、科學的分析，並把它置於佛教文化和整個中國文化的背景之下，與漢語詞彙的發展緊密結合起來，進行較全面系統研討的工作。〔註 26〕」確實如此，詞彙是語言變化最爲激烈的一部分，雖然變化繁多，但也是最貼近於當時代的語言現狀，如不能正確地利用，無疑只是浪費了這寶貴的佛經語料而已，東漢佛經複合詞正是這寶貴的佛經語料之一。

第四節　東漢佛經的語料界定

佛教傳入中國的確切時間，目前存有許多種說法，仍無一種說法有確切證據可證實傳入的正確時間。根據王嘉《拾遺記》載，燕昭王七年（B.C.317）「七年，沐胥之國來朝，則申毒國之一名也。有道術人名尸羅。問其年，云：『百三十歲。』荷錫持缾，云：『發其國五年乃至燕都。』善惑之術。於其指端出浮屠十層，高三尺，及諸天神仙，巧麗特絕。〔註 27〕」又漢明帝永平八年（A.D.65）

〔註 25〕請參見朱慶之編《佛教漢語研究》（北京：商務印書館），2009，頁 14。

〔註 26〕請參見梁曉虹《佛教詞語的構造與漢語詞彙的發展》，收入《法藏文庫：中國佛教學術論典》第 66 冊，（高雄：佛光出版社，2004），頁 8。

〔註 27〕請參見晉・王嘉撰、梁・蕭綺錄、齊治平校注《拾遺記》（北京：中華書局，1981），頁 94。

記載，《後漢書．楚王英傳》：「晚節更喜黃老，學爲浮屠齋戒祭祀。〔註 28〕」漢明帝給劉英的詔書曾褒獎其「尚浮屠之仁祠，潔齋三月，與神爲誓〔註 29〕」，都出現「浮屠」一詞，「浮屠」解釋爲塔，也是佛陀的別稱，可作爲佛教傳入中土的證據。確實的傳入時間雖有多種說法，但多以漢明帝永平十年（A.D.67），迦葉摩騰與竺法蘭以白馬馱經像來華爲準，視爲佛教傳入中國之年，從翻譯佛經、傳教，教義的演繹、辯證，到佛教在中國成爲普遍信仰爲止，已度過了漫長的時間。關於佛經翻譯，梁啓超〔註 30〕分略分爲三期：

【表 1.4-1】漢譯佛經翻譯特色分期表

	譯經時代	各期特色
第一期	東漢至西晉	出經雖多，但零品斷簡 所譯不成系統，翻譯文體仍尚未確立。
第二期	東晉南北朝	前期爲東晉、二秦：譯經成績卓越 後期爲劉宋、元魏迄隋：佛經要籍大致完成，轉而研索經義，翻譯重心逐漸轉爲論部。
第三期	唐貞觀至貞元	佛教的全盛時期 玄奘爲翻譯集大成者

唐貞元至宋太平興國約二百年間，佛經翻譯事業完全停止，至太平興國八年，才恢復譯場進行翻譯，但所譯的內容全是屬方等、顯、密小品，不如前代的譯場盛況，因此，梁啓超認爲「故翻譯事業，雖謂至唐貞元而告終可也。〔註 31〕」佛經翻譯的事業可以認定至唐代貞元年間便已結束。

梁啓超的分期標準，從語言學的角度來分析，第一、二期的佛點翻譯重於佛經原文的眞實傳譯，保存了較多的口語資料，進入第三期後，其翻譯語言已經形成固定的形式，固定的用詞等規範，故本文以梁啓超的譯經分期爲準〔註 32〕，選

〔註 28〕請參見宋．范曄《四部備要．後漢書》（北京：中華書局，1990），頁 618。

〔註 29〕請參見宋．范曄《四部備要．後漢書》（北京：中華書局，1990），頁 619。

〔註 30〕請參見梁啓超《佛學研究十八篇》（上海：上海古籍出版社，2001），頁 212～228。

〔註 31〕請參見梁啓超《佛學研究十八篇》（上海：上海古籍出版社，2001），頁 228。

〔註 32〕除了梁啓超外，（日）藤堂恭俊《中國佛教史》中分爲五期：第一期爲前漢至東晉的「傳譯」時代；第二期是東晉至南北朝，側重「研究」、「解析」佛典的時代；第三期是隋唐積極「護法」、「建設」的時代；第四期是五代至明代的「守成」、「繼述」時代；第五期是清代以下的「衰頹」時代。請參見（日）藤堂恭俊、塩入良

擇以第一期前半的東漢時期漢譯佛經作爲研究對象。

已知東漢時期的佛經譯經師多來自於中亞地區，翻譯使用的原本並非直接從印度引進佛經，而是從大月氏、安息、康居等西域諸國攜來的，稱之爲「胡本」或「胡語經典」。其原文是中亞地區的語言，可能是潑拉克語（Prakrit）、佉盧瑟底文字等〔註 33〕，翻譯時必須使用單音節的漢語來譯多音節的外語，漢語必須爲此提出解決之道。因此詞彙「雙音化」的速度加快便是因應之道。

配合上述的分期，從佛經翻譯的角度來看，魏晉南北朝至唐代的佛經翻譯，不僅數量豐富，文字也愈趨典雅藻飾；反觀東漢至三國時期的佛經翻譯，則大量保存質樸的口語語料，也是最適合用以觀察佛經譯經師如何針對漢語複合詞進行模仿與新創的最佳材料。基於這個原因，本文的考察重心以東漢佛經爲主，並利用魏晉南北朝及隋唐時期的佛經翻譯及中土文獻爲對照，來觀察並分析東漢佛經複合詞的生命史。

接下來的工作是界定觀察的語料範圍及東漢佛經眞僞，再者是確立選取「複合詞」的標準及數量。本文以東漢佛經爲重心，以六朝至隋唐佛經及中土文獻作爲對照資料，共分爲漢譯佛經與中土文獻兩大部分。其取材標準有二：

1. 成書時代、譯經師或作者確認並可信者爲優先（失譯經師之經典則一律不採計）
2. 以口語性高或具敘事性的文字爲優先，韻文、偈頌等韻律文體次之

依據上述兩項標準作爲選取觀察語料的原則。

一、核心觀察語料：東漢佛經

漢譯佛經的數量極多，在佛經眞僞的辨別上有一定難度，故借重前輩學者的研究成果，爲本文立下觀察研究的範圍。

道《中國佛教史》上下冊（臺北：華宇出版社，1986），頁 5。（日）小野玄妙《佛教經典總論》分爲六期：第一期爲傳譯以前（～東漢靈帝熹平末年），第二期爲古譯時代（東漢靈帝光和初年～東晉寧康末年），第三期爲舊譯前期（東晉孝武帝太元初年～南齊和帝中興年間），第四期爲舊譯後期（梁武帝天監元年～隋恭帝義寧年間），第五期爲新譯前期（唐初～五代末年），第六期爲新譯後期（趙宋初年～元成宗大德十年）。這三人的分期事實上都是大同小異。

〔註 33〕關於早期佛經的文字寫成研究，請參見〔日〕辛嶋靜志演講稿〈誰創造了大乘經典——大眾部與方等經典〉（宜蘭：佛光大學佛教研究中心，2017.01）。

根據大藏經的內容來看，可分爲三藏：「經藏」，是闡述佛教的教義、途徑、方式等，是佛教信仰的基本依據。「律藏」是記錄僧團組織的規則與戒律，用來規範僧侶的行爲。「論藏」是學者用以解釋、討論佛經教義的著作。「三藏」再各分部門。因此，根據上述的兩項標準，本文採用的佛經語料多半來自「經藏」與「律藏」。

接著是佛經譯經師的問題，原則上以梁・僧佑《出三藏記集〔註34〕》、唐・智升《開元釋教錄〔註35〕》這兩部經錄中出現可確認爲眞實的譯經師爲主。佛經版本部分，「漢譯佛經」的例證採用日本《大正藏》，輔以 CBETA 電子佛典資料庫進行檢索工作，引文及標點不做任意更動，如遇「偈頌」則加入標點符號。

對於漢譯佛經的辨僞及考訂，依據前文所訂之「著作時代」、「譯經師」及「可信度」三項指標來驗證，輔以前輩學者考定成果加以篩選，方能得到經過多數認可的東漢佛經，辨僞考訂的結果將整理成表格以方便說明。表格內容安排，首先是羅列佛經的基本資料，後記諸家考訂之成果，依序是《大正藏》冊次、經號、譯經師、經名、梁・僧佑《出三藏記集》（佑）、唐・智升《開元釋教錄》（開）、呂澂《新編漢文大藏經目錄〔註36〕》（呂）、任繼愈主編《中國佛教〔註37〕》（任）、日・鎌田茂雄《中國佛教通史〔註38〕》（鎌）、俞理明《佛經

〔註34〕南朝・梁・僧祐（445～518）《出三藏記集》，簡稱《祐錄》，是目前所存最早的佛經目錄。凡十五卷，亦名爲《三藏記集錄》、《梁出三藏集記》、《出三藏集記》、《出三藏記》、《僧祐錄》。本書成於約南齊蕭梁武帝建武年間（494～497年）所撰。集錄後漢至南朝梁代所翻譯的經律論。題名爲「三藏」意是指「撰緣記」、「銓名錄」及「總經序」三部分。請參見梁・釋僧祐《出三藏記集》（北京：中華書局，1995）。

〔註35〕唐・智昇《開元釋教錄》凡二十卷，編於開元十八年（730），又作《開元錄》、《開元目錄》、《智昇錄》，收於《大正藏》第五十五冊，記錄了東漢明帝永平十年（67）至唐代開元十八年（730），共計664年間的佛教翻譯作品。該目錄的內容承繼了唐・道宣《大唐內典錄》，考證詳細，體例明確，在各眾經目錄中評價頗高。請參見唐・智昇《開元釋教錄》收錄於《大正新脩大藏經》第五十五冊（東京：大藏出版株式會社，1960）。

〔註36〕請參見呂澂《新編漢文大藏經目錄》（濟南：齊魯書社，1980）。

〔註37〕請參見任繼愈主編《中國佛教史》（北京：中國社會科學出版社，1985）。

文獻語言〔註 39〕》（俞）。

以下就梁啓超的漢譯佛經分期，對東漢佛經譯經師的生存年代〔註 40〕及佛經語料進行辨僞及說明：

東漢佛經譯經師共計有：安世高（148～170）、支婁迦讖（148～186）、竺大力（197～？）、康孟詳（196～219）、曇果（211），其所譯之佛經及其辨僞結果，如下表所示，表中「✓」：表示編者認爲可信；「△」是鎌田引用林屋友次郎的說法，「推論」爲可信的譯作。

【表 1.4-2】東漢佛經各家辨偽結果一覽表〔註 41〕

冊次	經號	譯經師	經　名	佑	開	呂	任	鎌	俞
1	13	安世高	長阿含十報經〔註 42〕（2 卷）	✓	✓	✓	✓	△	✓
1	14	安世高	佛說人本欲生經（1 卷）	✓	✓	✓	✓	✓	✓
1	31	安世高	佛說一切流攝守因經〔註 43〕（1 卷）	✓	✓	✓	✓	△	
1	48	安世高	佛說是法非法經（1 卷）	✓	✓	✓	✓	△	✓
15	602	安世高	佛說大安般守意經〔註 44〕（2 卷）	✓	✓	✓	✓	✓	✓
15	603	安世高	陰持入經（2 卷）	✓	✓	✓	✓	✓	✓
15	607	安世高	地道經〔註 45〕（1 卷）	✓	✓	✓	✓	✓	✓
10	280	支婁迦讖	佛說兜沙經（1 卷）	✓	✓	✓	✓	✓	✓
11	313	支婁迦讖	阿閦佛國經〔註 46〕（2 卷）	✓	✓	✓	✓		✓

〔註 38〕請參見（日）鎌田茂雄《中國佛教通史》（高雄：佛光出版社，1985），頁 147～161。

〔註 39〕請參見俞理明《佛經文獻語言》（成都：巴蜀書社，1993），頁 47～51。

〔註 40〕關於佛經譯經師的生存年代，如無法確定生卒年，則以其從事譯經的年代爲代表；若從事譯經年代亦無法確認，則闕之。本文中標以譯經年代的譯經師有：安世高、支婁迦讖、竺大力、康孟詳、曇果、支謙、竺法户、弗若多羅及竺佛念共 9 人。

〔註 41〕本表的設計參考自高婉瑜《漢文佛典後綴的語法化現象》博士學位論文，國立中正大學中國文學所，2005。頁 12～13。

〔註 42〕《長阿含十報經》於《祐錄》作《十報經》。

〔註 43〕《佛說一切流攝守因經》於《祐錄》作《流攝經》。

〔註 44〕《佛說大安般守意經》於《祐錄》:「《道安錄》云《小安般經》。」。

〔註 45〕《道地經》於《祐錄》作《大道地經》2 卷。

〔註 46〕《阿閦佛國經》於《祐錄》:「或云《阿閦佛刹諸菩薩學成品經》或云《阿閦佛經》。」

冊次	經號	譯經師	經　名	佑	開	呂	任	鎌	俞
14	458	支婁迦讖	文殊師利問菩薩署經〔註 47〕（1 卷）	✓	✓	✓			✓
15	624	支婁迦讖	佛說伅眞陀羅所問如來三昧經〔註 48〕（3 卷）	✓	✓	✓	✓	△	✓
15	626	支婁迦讖	佛說阿闍世王經〔註 49〕（2 卷）	✓	✓	✓	✓	✓	✓
17	807	支婁迦讖	佛說內藏百寶經〔註 50〕（1 卷）	✓	✓	✓	✓	✓	✓
3	184	竺大力 康孟詳	修行本起經（2 卷）		✓	✓	✓		✓
4	196	曇果 康孟詳	中本起經〔註 51〕（2 卷）	✓	✓	✓	✓		✓
總計		5 家	15 部 24 卷						

選取安世高 7 部 10 卷。支婁迦讖 6 部 10 卷。竺大力及康孟詳 1 部 2 卷。曇果與康孟詳 1 部 2 卷。以上共計 5 家、15 部 24 卷作爲東漢佛經複合詞的檢索範圍。

二、對照語料：六朝至隋唐佛經及中土文獻

所謂「對照語料」是爲了觀察分析東漢佛經的複合詞於東漢至隋唐時期的使用狀況，故分爲兩類「對照語料」，分別是：六朝至隋唐的漢譯佛經及六朝至隋唐的中土文獻。用以觀察並討論東漢佛經複合詞於六朝至隋唐漢譯佛經後續的使用狀態及演變過程，以及東漢佛經的複合詞於中土文獻使用的情形及詞性等後續的發展與變化。

爲了避免搜索上的闕漏，採取不顧及翻譯佛經的眞實譯經師，改以漢譯佛經出現的時代爲準，故六朝至唐代的漢譯佛經將全部搜羅，其範圍以《大正藏》所收錄的佛經爲主，以求全面整理分析東漢佛經複合詞於漢譯佛經中的演化進程。

〔註 47〕《文殊師利問菩薩署經》於《祐錄》作《問署經》。

〔註 48〕《佛說伅眞陀羅所問如來三昧經》於《祐錄》作《伅眞陀羅經》，《舊錄》云《屯眞陀羅王經》。《開元錄》作《阿闍世王問五逆經》一卷，亦云《阿闍世王經》，首見於隋・費長房《歷代三寶紀》。

〔註 49〕《佛說阿闍世王經》於《祐錄》作《阿闍世經》。

〔註 50〕《佛說內藏百寶經》於《祐錄》作《內藏百品經》。

〔註 51〕《佛說內藏百寶經》於《祐錄》：「或云《太子中本起經》。」

中土文獻選以《四部叢刊》〔註 52〕及《四部備要》〔註 53〕作爲對照檢索的語料，輔以「漢達文庫〔註 54〕」收錄的《四部叢刊》進行搜索，再輔以中央研究院歷史語言所「漢籍全文資料庫〔註 55〕」，並以搜尋結果逐一按核紙本資料，若

〔註 52〕請參見張元濟主編《四部叢刊》（臺北：商務印書館，1936）。

〔註 53〕請參見中華書局輯刊《四部備要》（北京：中華書局，1989）。

〔註 54〕「漢達文庫」，由香港中文大學中國文化研所創建的「漢達古文獻資料庫」（建於 1988 年），後由劉殿爵中國古籍研究中心（成立於 2005 年）接手，旨在全面整理中國古代傳世及出土文獻，並建立電腦資料庫，藉此進行多項研究工作，然後通過各種媒體出版研究成果。該資料庫共有：「甲骨文資料庫」、「竹簡帛書資料庫」、「金文資料庫」、「先秦兩漢資料庫」、「魏晉南北朝資料庫」、「中國傳統類書資料庫」、「中國古代詞彙資料庫」等，該資料庫主要以《四部叢刊》本爲主，並重新加上新式標點，也同時記錄其他版本所見異文、傳統類書的引文，和其他文獻所見的互見重文等資料，務求其詳備。「漢達文庫」選錄的標準十分嚴謹，以《淮南子》爲例，該資料庫採用劉泖生影鈔北宋本《淮南子》（臺北：藝文印書館，1974 年），亦即《四部叢刊》本作爲文本錄入的依據，但選定底本後，就是進行全面校勘比對工作，並儘量記錄其他版本所見異文，以《淮南子》爲例，資料庫就曾比對了下述四種不同版本：1.《淮南子》（臺北：藝文印書館 1974 年影鈔北宋本）；2.道藏本《淮南子》，《道藏要籍選刊》第五冊（上海：上海古籍出版社，1989）；3.劉績本《淮南子》（明弘治王溥刻本）；4.莊逵吉本《淮南子》，《二十二子》本，（臺北：先知出版社，影光緒二年浙江書局校刊本），接著又參考了前人學者有關《淮南》之校勘成果合共三十二種，研究人員參照不同版本《淮南子》，以及清朝以來學者於《淮南》一書之校讎成果，將別本所見異文及前人之重要論說，加以詳細注錄，對北宋本《淮南子》進行了有系統的文獻整理工作，並校正底本中明顯之誤字。凡經校改之處，均加上校改符號，以求建立原始文獻資料庫。如此一來可以有助「資料庫」讀者在檢閱一書之主要版本時，同時掌握其他別本的異文，學者可以據此比較各本異同，論其優劣，並推敲文本內容思想。「漢達文庫」網址：http：//www.chant.org/

關於「漢達文庫」的介紹，請參見何志華：〈古籍校讎機讀模式初探——兼論中國文化研究所「漢達文庫」的另類功能〉，《語言，文學與信息》（新竹，國立清華大學出版社，2004），頁 401～421。

〔註 55〕「漢籍全文資料庫計劃」的建置始於 1984 年，爲「史籍自動化」計劃的延伸，目標是收錄對中國傳統人文研究具有重要價值的文獻，並建立全文電子資料庫，以作爲學術研究的輔助工具。其內容包括經、史、子、集四部，目前共計收錄七 7，796 萬字，幾乎涵括了所有重要的典籍。

引例有疑問，則再按核多種版本重新檢查分析。

第二章　東漢佛經複合詞的內涵與相關文獻探討

語言是人類對客觀世界認知的呈現，也是人類經驗的結晶。利用語言可以表達各式各樣的概念與意象，且語言符號都有各有客觀的「意義」存在，透過這個意義，詞語可以「指稱」某一具體事物，觀念、想像和思維過程來呈現個人想法。原始部落社會各方面發展緩慢，對語言交流的需求也較低，當人類社會逐漸發展之後，對語言的需求隨之大增。為了因應這樣的需求，語言必須進化。為了表達客觀世界的一切，為了將內心欲表達的概念轉換成文字來溝通，這樣的需求到了漢代變得更加急迫。除此之外，佛經的翻譯也成了另一個重要的推手。外來的僧人為了宣揚佛教，想要讓大眾瞭解佛教，必須利用佛經來傳教。因此，佛經的翻譯文字通俗與順暢成為必要條件。

在社會進步與佛經翻譯這兩股力量的推動之下，配合上傳教的需求、外語的刺激，造就了複合詞的大量增加，正如張永言所論：「詞彙豐富的主要手段是利用已有的詞素來構造新詞。此外，各種語言還採借用外語詞的辦法來充實自己的詞彙。完全不借外語詞的語言是沒有的。〔註 1〕」除了詞彙本身的進化外，外來語言的交流也是讓詞彙豐富的手段之一，譯經師和筆受的互相激蕩讓東漢時期的漢語有了新的發展及獨特色彩。

〔註 1〕 請參見張永言《詞彙學簡論》（武漢：華中工學院出版社，1982），頁 86。

佛經翻譯是爲了宣揚佛教，爲了讓大眾瞭解佛典蘊含的教義，文句通俗順暢是首要條件，翻譯佛經多半由譯經師與中土人士所擔任的筆受共同執筆完成，因此，將佛經的行文及詞彙視爲是當時的口語樣貌是毋庸置疑的。本文討論的 48 例詞彙，是基於和中土文獻相比對後篩選出的複合詞，它們之前未曾出現於中土的士人文獻中，這特質顯示了它們本身含有高度的口語化，當然也蘊含譯經師個人的異國色彩。探究這群複合詞在東漢佛經之後的生命歷史，這群複合詞在漢語詞彙史上引起了漣漪，不管這群詞語是否最後能夠成爲漢語詞彙的一份子，它們的存在證明佛經譯經師在漢語詞彙史上曾經付出過的努力。

爲了探討這些複合詞的內涵，本章共安排了三個小節：

第一節：將進行探討東漢佛經複合詞的定義及價值。

第二節：說明從東漢佛經中擇取複合詞的方法、標準及過程

第三節：整理了歷來研究漢語複音詞及佛教詞彙的相關研究成果。

利用三節的篇幅來爲東漢佛經複合詞立下一個較完整的界說與概念。

第一節　東漢佛經複合詞的定義及價值

歷來對佛經雙音詞研究數量頗多，其研究的取向多半以整部佛典爲材料來檢視雙音詞，或是著重於佛典詞彙的翻譯問題，包括：新舊譯、重譯等面向，又或是比較漢譯佛典與梵本佛典之間對音的問題等等，從這些研究來關注漢語與外語之間的交互影響與變化，進而回歸至漢語本身的研究，至今這些研究皆已得到不錯的成果〔註 2〕。然而，但卻鮮少注意到以佛典語言爲材料的斷代研究。爲此，本文擇以東漢時期爲時間點，以佛經複合詞爲討論焦點，追究其內部變化和後續發展，嘗試爲這群複合詞歸納其生命歷程與變化。

爲了進行這樣的研究，必須究明複合詞的定義及內涵。複合詞的結合是選取兩個或兩個以上貼切的詞素加以組合，用以表達新的詞義。東漢時期正好承接單音詞與雙音詞的變換過程，承繼先秦時期單音詞本身蘊含的多重意象，進而重新組合而成複合詞。複合詞的詞義包含了原先單音詞的概念及意義之外，也會再次引申並進化而成新詞義。其概念形成的步驟是：客觀世界→認知概念

〔註 2〕文中所提的相關成果將呈現於本章第三節〈東漢佛經複合詞的研究概況與文獻探討〉，在此不予以討論之。

→語言符號。本節將由淺入深概述「詞」及「複合詞」的定義，爲後文的研究奠下基礎。

一、「詞」的定義

討論複合詞之前，必須認識「詞」（word）的內容爲何，「詞」是「詞彙的基本單位，而且是作爲整體的語言的基本單位。〔註3〕」「詞」具備語言的特質，包含外部的聲音以及內在的意義，這是對「詞」最基本的解釋。但「詞」的概念實際上是源自於印歐語，歐美的語言學家爲「詞」也立下了定義與說明，如：〔美〕布龍菲爾德（Leonard Bloomfield）認爲：「詞是一個最小的自由形式。〔註4〕」；〔美〕愛德華・薩丕爾則認爲：「『詞』是從句子分解成的、具有孤立『意義』的、最小的叫人完全滿意的片斷。〔註5〕」；〔法〕梅耶（Antoine Meillet）認爲：「詞是一定的意義和一定的語音組合互相聯繫的結果，它具有一定的語法用途。〔註6〕」綜合上述，可見「詞」被視爲是最小的自由形式且有其語法用途。

針對「詞」的定義，中國有些學者以「結構」和「意義」兩方面來理解，如：朱德熙定義爲：「最小的能夠獨立活動的有意義的語言成分。〔註7〕」注重「詞」的獨立性與活動性，而非以漢字的數量來決定。也有學者則以「字」爲出發點，基於漢語單音節的獨特性，在語音感知方面以「字」爲主體，因此，漢語的語法結構是根據漢語基本結構單位，即「字」來探索其規律，而發展出「字本位〔註8〕」的理論，即以「字」爲漢語的基本結構單位來進行討論，繼而生成「字組」，並以此來構造漢語語法的基本結構。

〔註3〕請參見張永言《詞彙學簡論》（武昌：華中工學院，1982），頁20。

〔註4〕請參見〔美〕布龍菲爾德著、袁家驊、趙世開、甘世福譯：《語言論》（北京：商務印書館，1997），頁218。

〔註5〕請參見〔美〕愛德華・薩丕爾著、陸卓元譯、陸志韋校訂：《語言論》（北京：商務印書館，1985），頁30。

〔註6〕轉引自張永言《詞彙學簡論》（武昌：華中工學院，1982），頁20。

〔註7〕請參見朱德熙《語法講義》（北京：商務印書館，1982），頁11。

〔註8〕請參見徐通鏘《漢語結構的基本原理：字本位和語言研究》（青島：中國海洋大學出版社，2005），頁68。

若以構詞學（morphology）角度來觀察的話，則是探討「詞」與「語素」（morpheme）的區別，分析詞的內在結構，進而將語素（morpheme）視爲是語言中最小且具有意義的成分〔註 9〕。如果詞語僅由一個詞素構成，那麼其內在結構則是一連串的音段；若是詞語由兩個或兩個以上的詞素構成，那麼內在結構也就隨之複雜。因此，綜合上述學者的研究成果，可以定義出漢語中的「詞」是指由一個或一個以上的詞素所構成，且是最小又能獨立活動具備意義的語言成分。

明白了「詞」的定義後，那麼，什麼樣組合可以稱爲「詞」呢？呂叔湘則提出五個標準來檢視：

1. 這個組合能不能單用，這個組合的成分能不能單用。
2. 這個組合能不能拆開，也就是這個組合的成分能不能變換位置或者讓別的語素隔開。
3. 這個組合的成分能不能擴展。
4. 這個組合的意義是不是等於它的成分的意義的總和。
5. 這個組合包含多少個語素，也就是它有多長〔註 10〕。

可利用這五個標準來判定「詞」，然而，呂叔湘也特別提出這五個標準彼此之間互有相關也互有矛盾，故又爲此立下一個五級單位，即：語素→詞→短語→小句→句子。利用這個層級來進行漢語詞法研究，雖然有上述這些辦法來幫助判斷「詞語」，實際在操作上仍有一定的難度，正如呂叔湘所說：「『詞』的問題是個新問題，同時又是個亟待解決的問題。〔註 11〕」因此，對於如何界定「詞」，是相當複雜的問題，分析討論時需要更多方面的思考與詮釋。

二、「複合詞」的定義

漢語的文獻中已出現由兩個或兩個以上的字所組合而成的詞彙，兩個字

〔註 9〕請參見黃宣範《漢語語法》（臺北：文鶴出版社，2010），頁 25。

〔註 10〕請參見呂叔湘〈漢語語法分析問題〉，《呂叔湘全集：漢語語法論文集》（瀋陽：遼寧教育出版社，2002），頁 476。

〔註 11〕請參見呂叔湘〈漢語裡「詞」的問題概述〉，《呂叔湘全集：漢語語法論文集》（瀋陽：遼寧教育出版社，2002），頁 344。

組合而成的，稱之爲「雙音詞〔註 12〕」（disyllabic word）；兩個以上的字組合而成的，稱之爲「複音詞」。觀察中古漢語〔註 13〕的詞彙，雙音詞在總詞彙數量中所佔的比例較上古漢語要高出許多。此外，東漢典籍以雙音詞來注釋先秦典籍的單音詞，亦是十分常見的情況，例如：《說文》：「駐，盾握也。」。若將東漢佛經與《詩經》比較，兩者的形式一樣，多以四言（即四個音節）爲一個單位，且將佛經中的專名、術語及咒語等加以排除之後，佛經的雙音詞數量顯然仍遠超過《詩經》。

那麼，中古漢語的「雙音詞」的內涵是什麼呢？由詞法來分析的話，是指外表由兩個音節組合而成的詞，「雙音詞」可以是合成詞（complex word），也可以是複合詞（compound word），而本文欲討論的重心「複合詞」又是什麼呢？什麼樣的詞算是「複合詞」？首先複合詞是指由兩個或兩個以上的語素所合成，但是這些語素彼此之間並無詞根與詞綴的區別，而是所有的語素都形成詞根。以下將根據複合詞的「內部結構」（internal structure）與「外部功能」（external function）兩大部分來說明。

（一）內部結構（internal structure）

複合詞的內部結構，主要是指構成複合詞的語素彼此之間的組合關係。一共有六種情形，以下分別說明之：

1. 重疊式複合詞（reduplicative compound）

是指由一個語素重疊形成的。例如：「區區」，原指很小的國家，如《左傳・襄公十七年》：「宋國區區，而有詛有祝，禍之本也。〔註 14〕」；也用以形容志得意滿的樣子。《商君書・修權》：「今亂世之君臣，區區然皆擅一國之利，

〔註 12〕所謂的「雙音詞」是指由兩個音節組成，可能是由兩個「單音語」合成，也可能是由一個「雙音語」（disyllabic morph）單獨形成。請參見湯廷池《漢語詞法句法三集》（臺北：臺灣學生書局，1992），頁 11。

〔註 13〕東漢魏晉南北朝這段時期的漢語發展，已經創造出有別於上古漢語的語法、詞彙及語音特徵，同時在詞法及句法上相當接近近代漢語。因此，將這段時期於漢語史的分期上稱爲「中古漢語」。請參見魏培泉〈上古漢語到中古漢語語法的重要發展〉，《古今通塞：漢語的歷史與發展》第三屆國際漢學會議論文集語言組，2003，頁 75～106。

〔註 14〕請參見清・阮元校刻《十三經注疏・春秋左傳正義》（北京：中華書局，1980），頁 1964。

而管一官之重，以便其私。〔註15〕」

又如：「蕭蕭」，可用以形容風聲，作狀聲詞用，如：《史記・刺客列傳》：「風蕭蕭兮易水寒，壯士一去兮不復還。〔註16〕」根據楊伯峻的分析，這一類疊字形式的雙音詞有兩個特點，一是以聲取義，如「蕭蕭」，用以形容風聲；二是脫離原來字義，而一詞多義，如「區區」，可指小的，又可指志得意滿的樣子。

2. 並列式複合詞（coordinative compound）

是指由兩個語意相近或相對且詞類相同的語素並列合成的。其語素可以相同或是相反。這兩個語素之間的關係如何？趙元任先生提出：「並列複合詞是其直接成分（immediate constituents）處於同等地位的一種結構。〔註17〕」並列式複合詞包含兩個成分，不僅都是主體，而且處於同等地位，一旦確定詞序後，便不能任意調換，要是調換，可能導致語意改變。董同龢亦讚同趙元任的說法，提出：「並列複合詞——次序固定是主要的特徵。〔註18〕」例如：「阡陌」，意指田間小路，用來區分田界，東西爲阡，南北爲陌。《漢書・爰盎鼂錯傳》：「通田作之道，正阡陌之界。〔註19〕」。又如：「雄雌」，指雄性和雌性。《墨子・辭過》：「人情也，則曰男女。禽獸也，則曰牡牝雄雌也。〔註20〕」另有「大小」、「成敗」等詞。

3. 偏正式複合詞（modifier-head compound）

是指由「修飾語」（modifier）與「被修飾語」（modificand；head；center）所組成的關係，從二者的意義關係來看，偏正式中「偏」即是起修飾作用的修飾語素，藉此從不同的角度針對中心語素進行修飾、限制或說明。例如：「粉飾」，「修飾語」爲「粉」，意指敷粉妝飾，指作表面的裝飾打扮，其「被修飾

〔註15〕請參見蔣禮鴻撰《商君書錐指》（北京：中華書局，1986），頁85。

〔註16〕請參見漢・司馬遷、瀧川資言考證・《史記》（上海：上海古籍出版社，2015），頁3923。

〔註17〕請參見趙元任著、丁邦新譯《中國話的文法》（香港：中文大學出版社，2002），頁372。

〔註18〕請參見董同龢《語言學大綱》（臺北：東華書局，1987），頁120。

〔註19〕請參見東漢・班固《漢書》（北京：中華書局，1962）頁2288。

〔註20〕請參見清・孫詒讓《墨子閒詁》（北京：中華書局，2001），頁37。

語」為「飾」，亦作動詞用。如：《史記・滑稽列傳》：「為具牛酒飯食，行十餘日，共粉飾之，如嫁女床席。〔註 21〕」又如「破慳」，指讓吝嗇的人拿出錢財來，其「被修飾語」為「慳」，是指小氣。「其有破慳。布施為福。善神即下，營救門户。」（佛說堅意經）〔註 22〕。

4. 述賓式複合詞（predicate-object compound）

是指「述語」（predicator；predicate）與「賓語」（object）所組合而成的關係。由於牽涉到「述語」與「賓語」之間的各種關係，可區分出四種類型：分別是受事賓語、關係賓語、施事賓語、時間賓語。如：《文選・答蘇武書》：「彼二子之遐舉，誰不為之痛心哉！〔註 23〕」，「痛心」，意指哀傷、悲痛到了極點，屬受事賓語。

5. 述補式複合詞（predicate-complement compound）

是指由「述語」與「補語」（complement）組合而成的關係，補語用以表示結果。如：《史記・張耳陳餘傳》：「遣張耳與韓信擊破趙井陘，斬陳餘泜水上，追殺趙王歇襄國。〔註 24〕」，其中「擊破」，即打敗、攻破。

6. 主謂式複合詞（subject-predicate compound）或主評式複合詞（topic-comment compound）

前者是屬於「主語」（subject）與「謂語」（predicate）組合而成的關係。後者是屬於「主題」（topic）與「評論」（comment）組合而成。例如：「床臥」即躺臥在床。「比丘知足，謂應器法衣床臥病藥，得食足止。」（佛說阿那律八念經）〔註 25〕

上述六種復合手段，在中古漢語中僅有重疊、并列、偏正及動賓的發展較為成熟，其中又以偏正式複合詞與並列式複合詞兩者最為古老，且詞語眾多，沈懷

〔註 21〕請參見漢・司馬遷、日本・瀧川資言考證《史記》（上海：上海古籍出版社，2015），頁 3058。

〔註 22〕見於《大正藏》第 17 冊，頁 535。

〔註 23〕請參見梁・蕭統編、唐・李善、呂延濟、劉良、張銑、呂向、李周翰注《六臣注文選》（北京：中華書局，1987），頁 762。

〔註 24〕請參見漢・司馬遷、日本・瀧川資言考證《史記》（上海：上海古籍出版社，2015），頁 4008。

〔註 25〕見於《大正藏》第 1 冊，頁 836。

興認為「從先秦到現代，漢語構詞複合法中始終以偏正式構詞法為最能產」，「偏正式構詞法在兩三千年的漢語詞彙發展史上始終起著主導作用。〔註26〕」主謂式及動補式的結構較為鬆散，觀察現代漢語，主謂式及動補式的複合詞數量依然最少。

（二）外部功能（external function）

「外部功能」是指針對複合詞的「詞類〔註27〕」（syntactic category；part of speech）、「次類〔註28〕」（syntactic subcategory）以及「連用限制」（collocation restriction）等等問題來進行討論。

例如：「歡喜」及「喜歡」。兩者都是由同義語素「歡」、「喜」並列合成的動詞性複合詞，然而兩者的不同並非只是複合詞結構的語素排列順序不同而已，在意義及用法上都有不同。根據《詞典》，「歡喜」有兩種解釋，一是快樂；高興。二是喜愛。「喜歡」也有兩種解釋，一是愉快；高興。二是喜愛。《詞典》對於這兩個詞的理解，顯然是將它們視為是同義詞或近義詞來處理。不過從詞例來看，結果並非如此。首先觀察「歡喜」一詞，如：《戰國策・中山策》：「長平之事，秦軍大克，趙軍大破；秦人歡喜，趙人畏懼。〔註29〕」《後漢書・光武帝紀上》：「及見司隸僚屬，皆歡喜不自勝。〔註30〕」可以看到「歡喜」多屬不及物用法，主語多以人物為主，後不接賓語。而「喜歡」一詞則多屬及物用法，後面可帶賓語，如：《醒世恒言・白玉娘忍苦成夫》：「夫人平昔極喜歡他的。〔註31〕」「喜歡」同於「喜歡」。因此可以整理出「歡喜」的外部功能屬不及物動詞，後不接賓語；「喜歡」的外部功能屬及物動詞，後可接賓語。

〔註26〕請參見沈懷興：〈漢語偏正式構詞探微〉，《中國語文》1998年03期，頁189～194。

〔註27〕「詞類」亦可稱之為「詞性」。請參見湯廷池《漢語詞法論集》（臺北：金字塔出版社，2000），頁9。

〔註28〕所謂「次類」是指如「動詞」之下再分為「及物動詞」（transitive verb）與「不及物動詞」（intransitive verb）這樣的分類，稱之為「次類」。請參見湯廷池《漢語詞法論集》（臺北：金字塔出版社，2000），頁9。

〔註29〕請參見《四部備要・戰國策》（北京：中華書局，1990），頁169。

〔註30〕請參見清・王先謙《後漢書集解》（北京：商務印書館，2006），頁11。

〔註31〕請參見明・馮夢龍《醒世恒言・白玉娘忍苦成夫》（海南：海南出版社，1993），頁301。

漢語詞彙由「內部結構」與「外部功能」兩個部分組合而成，但詞彙根據語境及使用者的需要，這兩個部分正不斷地改變著，語言是有機的生命體，在東漢佛經譯經師使用漢語的同時，詞彙也在進化著。本文正欲從這兩部分著手探求東漢佛經複合詞的內部結構與外部功能的種種變化過程，以及對漢語詞彙發展的影響。

第二節　東漢佛經複合詞的擇取標準

本文的主要研究對象「東漢佛經複合詞」，是指該複合詞使用於東漢佛經，而同時代的中土文人文獻〔註 32〕並未出現。這個擇取標準代表的意義是能確保這些複合詞未成爲書面語，並擁有高度口語化的特質，東漢佛經複合詞保存於佛經語料中，是由譯經師從當時的漢語裡擷取出來的，本文將逐一揀取出來，作爲本文的研究對象。

接著，該如何將這些複合詞挑選出來呢？爲了降低錯誤及誤判的狀況，本文設計了四個步驟來進行挑選工作，透過這四個步驟之外，還需要歷經多次的檢驗及對詞語進行意義校釋工作，才能提高這些複合詞的語料可信度，最後再就教於專家學者的判定，方能成爲本文的研究對象，這些多重的篩選工作都是爲了確保東漢佛經複合詞的可信度與可研究性。

本節將依以下這四個步驟來進行東漢佛經複合詞的挑選，這四個步驟分別是：

第一步：揀選雙音詞並對照中土文獻後，篩選得 544 個雙音詞

第二步：計算雙音詞出現頻率，將使用頻率在 2 次以上的雙音詞予以保留

第三步：考釋雙音詞的詞義與內部結構

第四步：確定「複合詞」的內涵

經過以上四個步驟的檢視，從一開始挑選出的 544 個雙音詞，再加以一個一個檢視其詞義、使用狀況，並對照中土文獻的使用狀況與釋義，兩方加以比對，接著確認該複合詞內部結構的穩固性及內涵，最後才能確定該複合詞爲「東

〔註 32〕本文所稱之「中土文人文獻」是指《四部叢刊》及《四部備要》所收錄書籍中的作品。請參見張元濟主編《四部叢刊》（臺北：商務印書館，1936）及中華書局輯刊《四部備要》（北京：中華書局，1989）。

漢佛經複合詞」，檢視的過程中如有疑問處，則就教於專家學者的幫助，最後共得 48 例「東漢佛經複合詞」，揀選的操作過程以下則詳細說明，此外，各步驟的詞例情形請參考文末【附錄】。

一、雙音詞的揀選與對照

首先第一步驟要進行的工作是揀選與對照這兩項作業。「揀選」是指從佛經中挑出雙音詞。「對照」則是將雙音詞與中土文獻進行比對，再度挑選出未曾出現於此的雙音詞。

本文將從十五部東漢佛經將雙音詞逐一檢索出來，檢索的目標是一般詞彙，也就是說，關於佛教義理的各種專有名詞、名相、哲學性的詞彙以及各種音譯的佛名、菩薩名等等，不在本文的討論範圍內，故一律予以排除。如前文所示，本文的佛經語料以《大正新脩大藏經》爲主，《中華大藏經〔註 33〕》爲輔，檢索工作則以 CBETA 電子佛典集成資料庫〔註 34〕爲主要搜尋工具。

接著是「對照」工作，將這些雙音詞與中土文獻進行對照。本文用以對照的中土文獻，主要是指先秦至東漢的中土文人文獻，這些文獻以能詳知其著書年代者爲優先對照對象。已存在於中土文人文獻的雙音詞予以去除，未見於此的雙音詞則保留。這些雙音詞將再進行下一步的篩選工作。這個步驟用以對照的中土文人文獻採以《四部叢刊》及《四部備要》爲主，文獻檢索部分則是使用「漢達文庫〔註 35〕」及「漢籍全文資料庫〔註 36〕」這兩個資料庫來進行檢索

〔註 33〕《中華大藏經》編輯局編：《中華大藏經》（北京：中華書局，1984～2011）漢文部分將收錄歷代藏經中特有的經籍約 4，200 餘種，2.3 萬餘卷，分爲正、續兩編，共計 220 冊。正編以《趙城藏》爲底本，依《趙城藏》千字文編次的目錄加以影印。缺失部分則以《高麗藏》補足，也同時將歷代藏經中有千字文編次的經論，按照內容性質逐一補入。正編收錄有：《趙城藏》、《房山石經》、《崇寧藏》、《毗盧藏》、《資福藏》、《磧砂藏》、《至元錄》、《普寧藏》、《洪武南藏》、《永樂南藏》、《永樂北藏》、《龍藏》、《高麗藏》；續編收錄：《房山石經》（正編已收者除外）、《頻伽藏》、《普慧藏》、《大正藏》、《嘉興藏續藏》、《《中華大藏經》續藏經》。

〔註 34〕CBETA 電子佛典集成資料庫是以《大正藏》第一卷至第八十五卷、《新纂大日本續藏》（東京：國書刊行會。1975～1989）第一卷至第九十卷爲底本，中華電子佛典協會製作，是運用相當廣泛的佛典資料庫，也爲多數學者使用之，本文所提及佛教相關典籍全部都引自 CBETA 電子佛典集成（2011 版），再輔以紙本《大正藏》。

〔註 35〕「漢達文庫」，由香港中文大學中國文化研所創建的「漢達古文獻資料庫」（建於

及比較，再以紙本進行核對。檢索過程請見下列例子說明：

例如：「喜悅」

> 時五人者，皆在波羅奈國。於時如來始起樹下，相好嚴儀，明耀於世，威神震動，見者喜悅，徑詣波羅奈國。（曇果、康孟詳・中本起經）〔註 37〕

「見者喜悅」是說見到如來的眾人都非常開心。「喜悅」一詞見於戰國《吳子》：「此四德者，修之則興，廢之則衰。故成湯討桀而夏民喜悅，周武伐紂而殷人不非。舉順天人，故能然矣。〔註 38〕」「夏民喜悅」是說夏朝的人民對商湯討伐夏桀的事感到開心，「喜悅」一詞於佛經與《吳子》的用法、解釋皆相同，故不予以列入東漢佛經複合詞之列。

對照過程中不只是雙音詞的對照，還要檢視該雙音詞在中土文人文獻與東漢佛經兩個場合的使用語境及詞義，如果其中有所不同，那麼該雙音詞則先予以保留，例如：「消息」一詞

> 憂陀自念：「今爲弟子，無緣復還；王須消息，因誰報命？」佛知憂陀心念，欲還行矣。（曇果、康孟詳・中本起經）〔註 39〕

「王須消息」是說王需要人照顧，「消息」義爲「照顧」，作動詞用。

1988 年），後由劉殿爵中國古籍研究中心（成立於 2005 年）接手，旨在全面整理中國古代傳世及出土文獻，並建立電腦資料庫，藉此進行多項研究工作，然後通過各種媒體出版研究成果。該資料庫共有：「甲骨文資料庫」、「竹簡帛書資料庫」、「金文資料庫」、「先秦兩漢資料庫」、「魏晉南北朝資料庫」、「中國傳統類書資料庫」、「中國古代詞彙資料庫」等，該資料庫主要以《四部叢刊》本爲主，並重新加上新式標點，也同時記錄其他版本所見異文、傳統類書的引文，和其他文獻所見的互見重文等資料，務求其詳備。「漢達文庫」網址：http：//www.chant.org/

〔註 36〕「漢籍全文資料庫」由臺灣中央研究院歷史語言研究所所建置，從 1984 年起爲「史籍自動化」計劃的延伸，主要收錄對傳統人文研究具有重要價值的文獻，並建立全文電子資料庫，用以作爲學術研究的輔助工具。「漢籍全文資料庫」網址：http：//hanchi.ihp.sinica.edu.tw/ihp/hanji.htm

〔註 37〕見於《大正藏》第 4 冊，頁 148。

〔註 38〕請參見於吳起《諸子集成・吳子》（臺北：世界書局，1935），頁 2。

〔註 39〕見於《大正藏》第 4 冊，頁 154。

年不可舉，時不可止；消息盈虛，終則有始。（莊子・秋水）〔註 40〕

「消息盈虛」是說指事物的盛衰變化或行爲的出處進退。「消息」義爲生息與衰滅，泛指盛衰、生滅，作名詞用。

如上例的雙音詞的狀況，該雙音詞則先暫時予以保留，經過這個步驟共檢索得 544 例東漢佛經雙音詞。

二、篩選雙音詞

接續第一步驟，第二步驟則是針對這 544 個雙音詞進行篩選工作，篩選的準則採以「出現次數」爲標準。

雖然東漢佛經蘊含大量的雙音詞，然而只要仔細觀察，便能發現多數僅是擁有雙音詞的外型，但內部結構是尚未成爲「詞」的雙音組合，這些雙音組合稱之爲「雙音片語」，東漢佛經看似保存了大量的雙音片語，事實上，大多數是譯經師於翻譯過程從當時口語擷取，或是以口語爲基礎加以組合而成的，爲了避免選取到任意性太高的雙音詞，因此，本文採以「使用次數」來檢驗這 544 個雙音詞，將於十五部東漢佛經中僅使用一次的雙音詞予以排除，僅保留使用次數在兩次以上的雙音詞，至此，共得 245 例東漢佛經雙音詞。

三、檢視雙音詞的詞義與內部結構

第三步驟則是針對這 245 例雙音詞進行詞義考釋的檢驗工作，來確定這些雙音詞是否已經成爲一般詞彙，考釋過程中必須藉助多種佛教專業辭典〔註 41〕、中文辭典、各種中土文人文獻及佛經資料庫〔註 42〕的輔助才能順利完成雙音詞的檢驗

〔註 40〕請參見清・王先謙《莊子集解》（北京：中華書局，2001），頁 144。

〔註 41〕專業辭典部分，〔日〕望月信亨編：《望月佛教大辭典》（東京：世界聖典刊行協會，1974）、陳義孝《佛學常見辭匯》（臺北：佛陀教育基金會，2012）、李維琦《佛經釋詞》（長沙：嶽麓書社，1993）、《佛經續釋詞》（長沙：嶽麓書社，1999）、《佛經詞語匯釋》（長沙：湖南師範大學出版社，2004）、《漢語大詞典》（上海：上海辭書出版社，1975～1993）。

〔註 42〕本文參考的佛教相關資料庫：【丁福保佛學大辭典】、【南山律學辭典】、【佛教電子辭典】、【佛學辭典集成】。【佛光大辭典】網址：https：//www.fgs.org.tw/fgs_book/fgs_drser.aspx。

工作。

由於本文以佛經爲語料，不可避免地存在許多佛教特有的詞彙，或是含有佛教相關特殊含意或用法的雙音詞，在第一步驟尚未揀選出不合擇取標準的雙音詞，在第三步驟重新再加以檢視後並予以排除。另外，將使用異體字而誤作爲口語詞的詞彙予以排除。經過全盤的整理之後，列出下列五條規則，用以將不合標準的雙音詞予以排除：

1. 內含有佛教的專有名詞，或是與佛教哲理相關的雙音詞。如：「偈言」、「歸空」、「歸佛」、「求佛」、「分衛」、「信寶」、「諷經」等。
2. 迭字雙音詞屬於單純詞。如：「事事」、「時時」、「瞢瞢」、「味味」等。
3. 帶前、尾碼綴的雙音詞。如：「～然」、「～子」、「～種」、「～計」等。
4. 同義複詞屬單純詞。如：「瘖瘂」、「鬪諍」、「癡冥」等。
5. 因異體字而予以保留的詞彙。如「粗細」與異體字「麤細」。

在檢索及擇取過程不免遇到由字面意義無法判斷是否爲佛家名相的相關詞彙，到底哪些詞彙含有佛教意涵可以選用？哪些不行？就必須深入探究其意義及才能確知，以下試以「藍風」及「靖室」兩例以說明之，首先是「藍風」：

> 摩訶迦葉言。譬若隨藍風一起時。諸樹名大樹而不能自制。所以者何。其身不堪伅眞陀羅王琴聲。（佛説伅眞陀羅所問如來三昧經）〔註 43〕

「譬若隨藍風一起時」是說如果隨著藍風一起吹拂時。「藍風」照字面上的意思是「藍色的風」嗎？事實並不然，東漢佛經中「藍風」一詞，到了六朝漢譯佛經，譯爲「毘藍風」或「藍風」。如：

> 三界五欲不能動我；是菩薩神通功德果報力故，令我如是，非我有心不能自安也。譬如須彌山，四邊風起，不能令動；至大劫盡時，毘藍風起，如吹爛草。（後秦・鳩摩羅什・大智度論釋）〔註 44〕

「毘藍風」，根據丁福保《佛學大辭典》：「毘嵐，又作毘藍，鞞嵐，毘藍婆，鞞藍婆，吠藍婆，吠嵐婆，吠嵐僧伽。譯曰迅猛風。暴風名。」「毘藍風」義

〔註 43〕見於《大正藏》第 15 冊，頁 351。

〔註 44〕見於《大正藏》第 25 冊，頁 139。

爲暴風，那麼「藍風」也同爲「暴風」之意，又「毘藍風」梵文寫爲 vairambhaka，「毘藍」是縮略音譯後所造的詞彙，「藍風」可能又是在「毘藍」的基礎下再次簡化，故這一類屬音譯又屬佛教的專有名詞，本文不予以列入。

又如：「靖室」

> 迦葉自念：「吾名日高，國內注仰，術淺易窮，窮則名頹，當作良策，全國大望。」便行求龍，以術致之，爲作靖室，而鞠龍曰：「若有輕突入靖室者，吐火出毒，以滅來者。」（曇果、康孟詳・中本起經）〔註 45〕

「爲作靖室」，是說用來作爲「靖室」之用，那麼「靖室」是做什麼用途呢？「靖」本義是安定；「室」的本義是內室，「靖室」在佛經中是指有特殊用途的房間，做名詞用。《漢語大詞典》也收錄該詞，其解釋有二，一是清靜的房間；二是道家修養靜息的處所，也都作爲名詞用，如「靖室」這一類的詞彙已經成爲了一般詞彙，不帶有宗教意味的詞彙，將列入本文討論的範圍內。

經過第三步驟針對雙音詞的詞義分析與探究後，至此，共得 182 個東漢佛經雙音詞。

四、確定「複合詞」的內涵

經過上述三個步驟之後所得的詞彙仍屬「雙音詞」，因此，需要進一步以詞義及詞法兩個角度來確認這 182 個雙音詞是否已成爲複合詞，因此，第四步驟的主要工作就是分別「雙音片語」與「複合詞」的差異。

爲了分別「雙音片語」與「複合詞」的差異，首先必須確定雙音詞的詞義，校釋部分除了參考中土文人文獻外，亦藉助《漢語大詞典》及《漢語大字典》〔註 46〕兩本中型字典作爲輔助，從單字的詞義解釋至組合成雙音詞的詞義，逐一檢視該雙音詞是否已成爲「複合詞」〔註 47〕。

〔註 45〕見於《大正藏》第 4 冊，頁 149。

〔註 46〕本文參考的中型字典《漢語大詞典》及《漢語大字典》。羅竹風主編《漢語大詞典》（上海：上海辭書出版社，1994）；徐中舒主編《漢語大字典》（成都：四川辭書出版社，2010）。

〔註 47〕關於「複合詞」的定義及構詞法已有多位學者進行研究，並得到豐碩的成果，故在此不再贅言，僅簡單說明之。

所謂的「複合詞」即「最小的能夠獨立活動的有意義的語言成分。〔註48〕」若以構詞學（morphology）角度來觀察，即指由一個或一個以上的詞素所構成，且是最小又能獨立活動具備意義的語言成分。鑒別的標準採用呂叔湘提出的標準來檢視：

1. 這個組合能不能單用，這個組合的成分能不能單用。
2. 這個組合能不能拆開，也就是這個組合的成分能不能變換位置或者讓別的語素隔開。
3. 這個組合的成分能不能擴展。
4. 這個組合的意義是不是等於它的成分的意義的總和〔註49〕。

通過詞義及五項標準來檢視後，才算完成所有檢驗工作，以下就「殃福」及「瓦聲」兩例以說明之，首先是「殃福」：

「殃」的本義是兇惡、災禍；「福」本義是保佑、造福份。佛經所使用的「殃福」，請見下文：

> 佛天眼淨見人物死神所出生，善惡殃福，隨行受報，九力也。（竺大力、康孟詳・修行本起經）〔註50〕

> 若墮人中從本行受殃福。父母亦聚會。（安世高・地道經）〔註51〕

「善惡殃福，隨行受報」是說好事、壞事、厄運、福氣，都依據自身的行為降臨。「殃福」是說厄運或是福氣，做名詞用，內部結構為並列式複合詞，佛經中「福殃」一詞僅出現一次，即「善惡不分別福殃度。願樂爲何等。三會是亦爲三輩。」（安世高・阿毘曇五法行經）〔註52〕，其任意性過高，「福殃」僅可視為片語，而非復合詞。

中土文人文獻中「殃福」最早見於南朝時期，宋・顏延之〈又釋何衡陽達性論〉：「聊寫餘懷，依答條釋，事緯殃福，義雜胡華。雖存簡章，自至煩

〔註48〕請參見朱德熙《語法講義》（北京：商務印書館，1982），頁11。

〔註49〕請參見呂叔湘〈漢語語法分析問題〉，《呂叔湘全集：漢語語法論文集》（瀋陽：遼寧教育出版社，2002），頁476。

〔註50〕見於《大正藏》第3冊，頁472。

〔註51〕見於《大正藏》第15冊，頁234。

〔註52〕見於《大正藏》第28冊，頁999。

文，過此已往，餘欲無言。〔註 53〕」也是指厄運與福氣的合稱，作名詞用，內部結構爲並列式複合詞，佛經與中土文人文獻的詞義及用法相同，可見「殃福」一詞確定已成爲複合詞。又如：「瓦聲」

「瓦」的本義是指用土燒製成的器物；「聲」的本義是指樂音，後泛稱各種聲響。「瓦聲」一詞於佛經中的用法如下：

> 或時譬如有人。或時啄木聲。或時瓦聲。或時澀聲。或時惡聲。或時鴈聲。或時孔雀聲。或時鼓聲。或時馬聲。或時虎聲。亦有說熟死相中。（安世高・地道經）〔註 54〕

「瓦聲」應該是指敲擊瓦片或瓦器所發出的聲音，從上文可見到還有「澀聲」、「惡聲」、「鴈聲」、「鼓聲」、「虎聲」、「馬聲」；三音節詞的還「啄木聲」、「孔雀生」等詞，其構詞模式爲「發出聲音的主體或特色＋聲」，馬叫的聲音稱爲「馬聲」；擊鼓的聲音稱爲「鼓聲」等等，利用這個構詞模式能夠創造出上千萬個詞彙，但這些詞彙未能稱之爲複合詞，僅能歸屬於「片語」，故不能列入本文的討論範圍中。

經過這樣重重的檢視與考釋過程，從 182 個雙音詞篩選出共 48 個東漢佛經複合詞，成爲本文最終討論的對象。

利用上述的四個步驟來完成論文材料的前置工作，以求達到完善的地步，若是未對詞彙有嚴謹的確認與歸類，將使本文的研究結果有所誤差，從事學術研究必定先求得正確的材料，才能推論出正確的成果來。接著下文將逐一分析並詮釋這 48 個東漢佛經的複合詞，預計從兩個方面著手，一是著眼於共時的詞義表現、內部結構；二是歷時的詞義、詞性變化及用法的改變，藉此來觀察並討論這 48 個東漢佛經的複合詞對於詞彙史上的意義及對於漢語詞彙的影響。

第三節　漢譯佛經複合詞的研究概況與文獻探討

社會上最即時最快速的變化都反映在語言裡，構成語言整體爲語音、語法及詞彙，這三者之中又以詞彙的反應最爲快速。隨時有新的詞匯出現，舊有

〔註 53〕請參見宋・顏延之《漢魏六朝百三家集・顏光祿集》（江蘇：江蘇古籍出版社，2002），頁 15。

〔註 54〕見於《大正藏》第 15 冊，頁 233。

的詞彙也隨時在消逝中。因此，許多學者從詞彙著手，進而觀察、描寫某一時代的語言變化，將語言與其他學科結合，形成跨文化的研究方式也日益增加，可見語言的研究範圍是既廣且深。

本文以東漢佛經複合詞為對象，欲探尋複合詞在東漢時期的發展情形與變化歷程。利用東漢時期處於單音詞到雙音詞的過渡階段，及佛經具備高度口語化這兩個特質，將這些未出現於中土文獻的複合詞，作為漢語詞彙研究另一種研究的角度與視野。因此，進行本文的論述之前，必須瞭解漢譯佛經詞彙相關研究的實際狀況。

漢譯佛經詞彙研究奠基於對漢語詞彙的研究。針對各種歷史文獻進行的各項漢語詞彙研究，在研究成果日益成熟的同時，學者們逐漸將焦點轉移到漢譯佛經語料，研究的面向十分廣泛，不只是關於語音、語法及詞彙的研究，更針對語料本身進行包括翻譯學、交流史、社會學等等各種跨領域研究，也都取得極好的成就，這個研究風潮在西元 2000 年之後更為明顯，近年來佛經語料已經成為極受矚目的材料之一。

關於漢語雙音詞的研究，實際上早至漢代便已開始，從先秦至漢代編纂的辭書，如：《爾雅》、《方言》、《廣雅》等，這些辭書搜羅大量的雙音詞並一一提出解釋，這已經證明編者們注意到雙音詞這個語言趨勢外，也同時承認雙音詞已成為漢語的一員。至東漢末年佛經的譯出更加快漢語詞彙雙音化的腳步。因此，想要研究佛經的雙音詞就要先奠基於古漢語的詞彙研究，這也是為何佛典語言學的相關研究發展較晚出的緣故，沒有對古漢語詞彙有完善的研究與分析，則難以開展佛典語言學的相關研究命題。因此，本節從介紹古漢語詞彙研究的相關成果開始，接著介紹佛典語料的相關研究進展。

一、古漢語詞彙研究成果回顧

近代學者從事古漢語詞彙研究，由周法高《中國古代語法——構詞編〔註 55〕》（1962）開始，以古代漢語為對象，進行詞類的分類工作，是近代針對漢語詞彙研究的開端，也引起了不小的迴響。從八〇年代起，以郭錫良為首，進行

〔註 55〕請參見周法高：《中國古代語法——構詞篇》（臺北：中央研究院歷史語言研究所，1962）。

漢語詞彙研究，發表了數篇論文〔註 56〕，主要針對實詞、語氣詞或是與語法關連為題。楊伯峻（1909～1992）從文言語法的研究開始，才漸漸將觸角延伸至古漢語詞彙，亦有專書出版〔註 57〕，不僅論及語法也討論詞彙，由於詞彙必須依存於語法中，兩者不可偏廢。何樂士和楊伯峻的路線頗為類似，皆是先關注上古漢語，進而研究中古漢語詞彙。

學者們一致認為殷商時代的語言本質上是屬於單音節系統，而複音節則仍處於片語階段，尚未成詞。詞彙複音化現象萌芽於西周早期，於春秋戰國時完備，這個時間的界定已廣為學者認可。詞彙的構詞方式，根據郭錫良〔註 58〕的研究，主要以「音變構詞」及「結構構詞」兩大類為主，並將春秋戰國時定為漢語複音化發展的第一個時期。

活躍於九〇年代前後，關注漢語詞彙的學者以蔣紹愚、程湘清、馬慶株、江藍生、方一新、王雲路等人為代表。蔣紹愚（1940～），九〇年代起關注古漢語詞彙等相關論題，發表了其代表作《古漢語詞彙綱要》（1989）。

程湘清（1937～）從事古漢語詞彙研究，著有《古漢語實詞釋辨》（1985）。後按照朝代分別進行漢語研究，著有「古代漢語研究叢書」共五冊：《先秦漢語研究》、《兩漢漢語研究》、《魏晉南北朝漢語研究》、《隋唐五代漢語研究》、《宋元明漢語研究》（1991），從各朝代選取代表書籍進行詞彙研究，如：《兩漢漢語研究》進行了《史記》、《論衡》的詞彙研究。

馬慶株（1942～）雖也涉及古漢語詞彙問題，但多以語法為關注焦點，著有：《漢語動詞和動詞性結構》（1992）、《漢語語義語法範疇問題》（1998）。

江藍生（1943～）則關注古白話詞彙，著有《魏晉南北朝小說詞語匯釋》（1988），收錄了魏晉南北朝小說的詞語，並一一加以考釋。其餘著作則以近代漢語詞彙為主。

〔註 56〕郭錫良於八〇年代發表〈從單位名詞到量詞〉（1984）、〈古漢語語法研究芻議〉（1985）、〈講詞類活用的兩要〉（1987）、〈試論上古漢語指示代詞的體系〉（1989）、〈先秦語氣詞新探〉（1988、1989）。

〔註 57〕楊伯峻關於古漢語詞彙研究的著作有《古漢語虛詞》，（北京：中華書局，1980）、和田樹生合著：《文言常用虛詞》，（長沙：湖南人民出版社，1983）、和何樂士合著：《古漢語語法及其發展》，（北京：語文出版社，1992）。

〔註 58〕請參見郭錫良：《漢語史論集》（北京：商務印書館，2005），頁 164～165。

方一新（1957～）、王雲路（1959～）這對學者夫婦在語言研究路上互相扶持，也合著了不少作品，他們的焦點都是設定在中古漢語〔註 59〕。大抵爲兩種類型，一是總論式的著作，二是針對詞語逐一注釋的作品。總論式的著作有：王雲路著《中古漢語詞彙史》上下兩冊，以概論的方式爲中古漢語的詞彙歷史作了一番的說明與解釋。詞語注釋方面：方一新、王雲路合著《中古漢語語詞例釋》（1992）共收錄了六朝時期約 500 餘條詞例，加以解釋說明其內涵。方一新《東漢魏晉南北朝史書詞語箋釋》（1997）則以史書爲出發，對於詞語做詳細的考釋工作；王雲路《六朝詩歌語詞研究》（1999）則是針對六朝詩歌爲範圍，列出 330 餘條詞例，解釋該詞例的詞義及使用方法等。

近年來年輕學者們也投入對漢語詞彙的分析，較具代表性的是董秀芳的博士論文《詞彙化：漢語雙音詞的衍生和發展》（2002），文中嘗試以戰國以後大幅增加的比例的並列詞爲對象切入，進行了一系列關於雙音詞的詞彙化過程及發展的討論，同時也導入西方語言學的理論，援引索緒爾的語言學理論、認知心理學中的「原型理論」，及共時、歷時兩個角度來進行分析探索，歸結出雙音詞由詞彙化及語法化兩種方式來凝結成穩固的詞語狀態。

另有一批年輕學者多以單一書籍爲對象，進行博士論文的書寫。如：馬啓俊《《莊子》詞彙研究》（2004）、唐德正《《晏子春秋》詞彙研究》（2006）、劉祖國《《太平經》詞彙研究》（2009）、施眞珍《《後漢書》核心詞研究》（2009）、徐朝輝《《國語解》詞彙語法專題研究》（2009）、陳琳《《金剛經》靈驗記詞彙研究》（2009）等。

透過這些學者的努力耕耘，透過探討古漢語詞彙、語法的交互關係及演變歷程，才能爲下一階段的「佛典語言學」立下堅實的學術基礎。

二、漢譯佛經詞彙的研究成果回顧

如上文所言，漢譯佛經的相關研究奠基於漢語的語言研究，漢譯佛經又是古代口語詞彙的最佳保存者，要研究古代口語詞彙，必得藉助佛經語料。然而，

〔註 59〕「中古漢語」的時間帶訂爲東漢至隋代，初唐及中唐則釋爲是中古漢語像近代漢語演變的過渡階段。請參見方一新、王雲路合著《中古漢語語詞例釋》（長春：吉林教育出版社，1992），頁 8。

早期學者將漢語研究與佛經語料研究區分爲兩個領域，而近代學者則結合兩方，除了關注漢語雙音詞的同時，也注意到佛經語料亦不可忽略，如此一來，讓漢語研究的範圍及論題變得更加廣泛。這個分界點大致上以西元 2000 年爲界，2000 年以前，漢譯佛經詞彙研究與漢語詞彙研究似乎是兩條平行線，交集甚少。研究佛經語料的學者，重視詞語考釋，鮮少注意到佛經語言與漢語之間的密切關係；而從事漢語詞彙的學者，則多半將焦點放在漢語的語音、語法及詞彙等問題進行研究，對於佛經語料方面較不關心。2000 年之後，學者們在研究方法上採取中土文獻與佛經語料互爲對照，這樣的比較研究已蔚爲流行，因此，本文采以 2000 年爲界，分爲「早期研究」與「近期研究」兩個部分依序來介紹學者們累積的豐碩成果。

（一）公元 2000 年以前

關於漢譯佛經的相關研究甚多，利用的佛典材料也很廣泛，包括有中土佛經文獻、漢譯佛典、敦煌所藏佛典等等，但這個時期的研究內容，主要以漢譯佛經的詞語考釋與漢譯佛經的翻譯眞僞問題爲兩大主軸。

五○年代起開始有學者注意到漢譯佛經內含龐大的語料，在語言史上有其重要性，而最先關注的是漢譯佛經詞語的考釋，如：蔣禮鴻（1916～1995）《敦煌變文字義通釋》從 1959 年初版，到 1988 年共歷經四次修訂，陸續增加了許多佛經語料，也解釋了不少中古佛典詞語。八○年代後漸漸有更多的學者投入研究，但多針對漢譯佛經單一詞彙的用法、詞義演變等相關討論，所發表的也以單篇論文爲主，尚無專書問世，但對於漢譯佛經詞語考釋，較具代表性的著作莫過於李維琦（1932～）的三部佛經詞語考釋專著：《佛經釋詞》（1993）、《佛經續釋詞》（1999）、《佛經詞語匯釋》（2004）〔註 60〕，不論是在取材規模、研究及詞語訓釋方法、詞義系統的歸納整理，爲佛經詞語考釋的工作做了一次完整的呈現。

直至九○年代後，學者們轉而針對單一佛經爲對象，或是以佛經中出現的特殊詞彙進行相關研究，如：顏洽茂（1951～）《佛教語言闡釋——中古佛經詞彙研究》（1997）對佛典譯經的詞彙作了系統性的比較研究，也爲其分類、建立

〔註 60〕請參見李維琦《佛經釋詞》（長沙：嶽麓書社，1993）、《佛經續釋詞》（長沙：嶽麓書社，1999）、《佛經詞語彙釋》（長沙：湖南師範大學出版社，2004）。

系統。其碩士論文《南北朝佛經複音詞研究》（1981）利用《賢愚經》、《雜寶藏經》、《百喻經》爲材料，爲佛經詞彙結構進行語法、語義及詞彙來源的探討外，對複音詞同素反序的現象進行了討論，歸結出複音化從先秦開始，自漢以後遽增的結論，並解釋了南北朝佛經使用大量轉寫的原因。之後又將範圍爲擴大，觸角延伸到整個佛經詞彙研究。

俞理明（1952～）從佛經語言著手，其專著《佛經文獻語言》（1993）介紹漢魏六朝佛經文獻的概貌，並參證同時期的中土文獻，對於漢語「代詞」的新成分進行一系列分析，後又有碩士論文《漢魏六朝佛經代詞探析》（2002），承繼先前針對漢語代詞研究的基礎下，加入了佛經語料重新探索代詞的各種特質。

朱慶之（1956～）單篇論文以〈試論佛典翻譯對中古漢語詞彙發展的若干影響〉（1992）爲代表，討論了佛典的翻譯對漢語詞彙發展的影響力。後有專著《佛典與中古漢語詞彙研究》（1992）根據佛典內容分爲文體、語體及來源研究三部分，認爲佛經的語言是最接近當時口語的材料，可從當中瞭解當時的口語概貌；又將佛典與中古漢語詞彙依共時、歷時兩個角度分析詞彙結構，以《中本起經》爲材料，以《漢語大詞典》爲參照，對佛經中的新詞新義作考察。博士論文《佛典與中古漢語研究》（1995），則採共時角度看佛經詞彙的特點，再從歷時角度看佛經詞彙與中土文獻的交互作用，將佛典語料和中古漢語進行了極佳的結合研究。

梁曉虹《佛教詞語的構造與漢語詞彙的發展》（1994），將佛經詞彙分成音義詞、合璧詞、佛化名詞及佛教成語等類。顏洽茂則將譯經詞彙分成本語詞及外來詞兩大類，再各自細分爲書語詞、口語詞及西域藉詞、梵語藉詞。因爲標準不同，自然劃分出來的分類也不盡相同。

臺灣方面，主要以竺家寧（1946～）爲首，自九〇年代起便致力於推動佛經語言學的研究，以其自身深厚的聲韻基礎，關注佛典語言學的相關問題，研究範圍含括詞彙、語法與構詞等相關面向，多年以來漸漸地臺灣學界也意識到佛典語言學的地位與重要性。

竺家寧多以東漢、三國兩個時期譯經家的翻譯爲關注焦點，從事詞彙、語法、語音等全面性相關研究，至今已提出許多豐碩的研究成果〔註 61〕。與詞彙

〔註61〕竺家寧於九〇年代研究佛經語料所發表的相關論文數量甚多，除了正文之外，尚未

相關的研究，其代表論文有：〈早期佛經中的派生詞研究〉（1996）、〈西晉佛經並列詞之內部次序與聲調的關係〉（1997）、〈早期佛經詞彙之動補結構研究〉（1997）、〈早期佛經動賓結構初探〉（1999）、〈西晉佛經詞彙之並列結構〉（1999）。語法與構詞相關研究的代表論文：〈早期佛經詞彙之動補結構研究〉（1997）、〈早期佛經動賓結構初探〉（1999）。除了單篇論文，也主持佛經語料相關研究計劃，計有：《慧琳一切經音義複合詞研究》（2001）、《安世高譯經複合詞詞義研究》（2002）、《支謙譯經語言之動詞研究》（2003）。所研究的範圍含括了詞彙、語法等多面向的研究，是臺灣重要的佛經語言學專家。

雖然九〇年代佛典語言學的研究才剛開始起步，但可以肯定的是佛典語料的重要性與珍貴價值已被學者們承認，逐漸將研究方向轉向佛典語言學，又這些學者們多半已具備古漢語詞彙的深厚基礎，因此，從事分析佛經語料時更能得心應手。

（二）公元 2000 年以後

公元 2000 年後的佛典語言學研究方向開始有了轉變，研究材料轉以將佛典語料與中古漢語文獻結合研究；研究方法上將兩者視爲是同時代的語料，利用交互對照的方式進行研究。

研究材料的運用方面，學者們將論題不再只限於某個單一詞彙的研究，或是針對某部佛典的詞彙研究，更關切的是同時代的佛經與傳世文獻彼此間的交流與影響，流通於同時代的兩類文獻，彼此之間有什麼樣的交互作用。

提及的論文有：

1. 詞彙相關的研究成果：〈早期漢語中「於是」的語法功能〉（1996）、〈佛經中的『不請』〉（1998）、〈佛經中的善來〉（1998）、〈佛經同形義異詞舉隅〉（1998）、〈論佛經哀字的詞義〉（1998）、〈來－去來－去來今——佛典與漢語〉（1998）、〈佛經中的『有所』與『無所』〉（1999）。
2. 語法與構詞相關研究的研究成果：〈早期漢語中「於是」的語法功能〉（1996）、〈來－去來－去來今——佛典與漢語〉（1998）、〈佛經的我與吾〉1999）、〈佛經中的『有所』與『無所』〉1999）、〈早期佛經動賓結構初探〉（1999）。
3. 主持的計劃有：2001.08，《慧琳一切經音義複合詞研究》，國科會專題研究計劃成果報告，中正大學。2002.08，《安世高譯經複合詞詞義研究》，國科會專題研究計劃成果報告，中正大學。2003.08，《支謙譯經語言之動詞研究》，國科會專題研究計劃成果報告，中正大學。

研究方法部分：有別於早期學者多以考證爲注釋佛經詞彙的主要手段，近代的學者從梵漢對音比較、梵本佛經與漢譯佛經的比對、翻譯學理論等等，讓佛典語言的研究更加多姿多彩。以下列舉數篇具代表性的論文以供參考。

顏洽茂的碩士論文《南北朝佛經複音詞研究》（1981），僅就佛經詞彙進行內部的比較分析，2000 年後所發表的論文〈中古佛經藉詞略說〉（2002）、博士論文：《魏晉南北朝佛經詞彙研究》（2002）。則是全面地考察、分析六朝譯出佛經的詞彙特性，並著重於與同時期傳世文獻相對照，用以呈現佛經詞彙的特殊性與口語化特質。

徐時儀、陳五雲、梁曉虹三人合作出版《佛經音義與漢語詞彙研究》（2005）、《佛經音義研究：首屆佛經音義研究國際學術研討會論文集》（2006）及《佛經音義概論》（2009）、《佛經音義與漢字研究》（2010）共四書，可說是一系列佛經音義的作品，從概論說起到探討佛經音義與漢語詞彙的各方面研究，顧及到了中古漢語與佛經各方面的語言研究，不只是音義，也涉及漢字方面的研究，對於推廣佛經音義的研究風氣不遺餘力。

臺灣方面，竺家寧延續之前的研究，2000 年後將焦點放在西晉譯出佛經詞彙〔註 62〕，討論表示假設的複詞使用情況及頻率，以求瞭解其與法功能、句型構造，並與古漢語比較，來歸納歷時的發展過程。或是從「來／去」的構詞來觀察語言規律等。2005 年後發表的論文則側重於詞語訓詁問題及語法研究〔註 63〕兩方面，如討論「所」字、「是」字的構詞與語法功能，或是訓詁方法來檢視佛經詞彙的內涵與來由。

2000 年後以佛經語料爲題的學位論文，有針對單一譯經師，如：支謙、竺法護、鳩摩羅什、玄奘等譯經師的語言相關研究，臺灣方面較早期的有楊如雪《支謙與鳩摩羅什譯經疑問句研究》（1998），後有張曜鐘《鳩摩羅什譯《金剛

〔註 62〕正文中未提及竺家寧關於六朝譯出佛經詞彙的研究成果尚有：〈西晉佛經中表假設的幾個複詞〉（2000）、〈晉代佛經和《搜神記》中的「來／去」——從構詞看當時的語言規律〉（2004）。

〔註 63〕正文中未提及竺家寧關於詞語訓詁問題及語法研究的成果有：〈幾個漢代佛經詞語的訓詁問題〉（2003）、〈中古佛經的所字構詞〉（2005）、〈論心經中是字的功能〉（2005）、〈佛經中「嚴」字的構詞與詞義〉（2006）、〈佛經中幾組複合詞的訓詁問題〉（2006）、〈佛經語言研究綜述——語法的研究〉（2009）。

般若波羅蜜經》校釋》(2002)、洪郁絜《竺法護《生經》虛詞研究》(2005)、陳晉漳《竺法護《普曜經》雙音詞研究》(2005)、陳雅萍《鳩摩羅什及其譯經研究》(2011)。雖然數量不多，但取向各有不同，聚焦在虛詞、雙音詞相關的詞彙研究外，也針對翻譯理論進行探討。

中國方面有：季琴《三國支謙譯經詞彙研究》(2004)、楊同軍《支謙譯經複音詞研究》(2006)、杜曉莉《《摩訶僧祇律》雙音復合結構語義復合關係研究》(2006)、劉鋒《支謙譯經異文研究》(2007)、柴紅梅《《摩訶僧祇律》複音詞研究》(2009)、姜興魯《竺法護譯經感覺動詞語義場研究》(2011)。從事同經異譯的比較，如：汪禕《中古同經異譯佛典詞彙比較研究》(2005)、熊娟《中古同經異譯佛典詞彙研究》(2007)、何運敏《《六度集經》同經異譯研究》(2007)、倪小蘭《《無量壽經》同經異譯研究》(2009)、葉慧瓊《《道行般若經》及同經異譯本語法比較研究》(2014)。也有綜論式的研究，如：盧巧琴《東漢魏晉南北朝譯經語料整理研究》(2006)。2000 年後發表以漢譯佛經語言爲研究對象的學位論文，其論題十分廣泛，詞彙、語法、翻譯理論等等皆有所成果，可見其研究風氣之盛。這些學位論文的論題面向廣泛，其研究方法亦多採與中土文獻對照研究，並且和語言學理論結合討論，讓佛典語言的研究更跨前一步。

綜合上述，從起初僅針對傳世文獻進行古漢語詞彙相關研究開始，進而注意到同時代口語材料的重要性，藉此延伸至佛典語料的研究。也就是說，詞彙研究關注的對象及範圍應多方取材，以求全面關照，方能求致歸納出完整的詞彙變化歷程。事實上，佛典詞彙研究豐富多彩的開展仰賴於古漢語詞彙研究，唯有古漢語詞彙研究臻於完善後，替佛典詞彙的研究開拓了一條廣闊且無盡頭的道路，至此，佛典語言學終於也能在語言研究中大放異彩。

第三章　東漢佛經複合詞詞義及用法歷時分析

東漢末期隨著語言的發展，不論是中土文獻的書面語，或是反應口語的佛經語料，複音節詞作爲一個語言單位的傾向變得越來越明顯，其中的原因包括國家社會的快速發展、工藝技術的進步、音韻變化的階段，以及其他種種因素使然。在這個時期，漢語的聲母及韻母的簡化也爲複音節詞的增加注入了一股推動的力量。另外，同音詞的大量增加，使得原本需要以聲調來區別詞義的詞彙，逐漸投向複音節詞的懷抱。因此，想要分析東漢末年的複音節詞，以上所提的這些因素都不得忽略，這些作用加諸在複合詞上，自然造成複音節詞的大量增加。

複音節詞的大量增加，從先秦文獻中便可窺知一二，到了東漢，這樣的傾向越來越強烈，而東漢末年的佛經翻譯工作，更是將此語言現象發揮到極致。外來的佛經譯者比起單音節詞，對複音節詞的接受度更高，自然於佛經翻譯的過程中使用了大量的複音節詞，這對於需要翻譯多音節的佛名或是佛教的專有名詞是一大福音，而一般詞彙部分，自然也習以複音節來構詞。因此，東漢佛經所見到的詞彙絕大部分都是屬於複音節詞。

根據這樣的特色，本文的焦點鎖定於東漢佛經的複合詞，就必須就其詞義、用法開始逐一深入分析之，爲了徹底瞭解這些複合詞的生命史，本文所觀察的語料，其時間橫跨了東漢至隋唐，對照語料以六朝至隋唐佛經及中土文獻爲主。希冀從這些語料的對照比較來釐清這些複合詞從出現到滅亡的完整歷程，能爲漢語詞彙的成形及變化過程提供一些線索，特別是這些詞彙是由外來的佛經譯經師新創或修改而成的，並用來翻譯佛經，這些口語資料對於漢語詞彙史的意義將更加重大，以下針對名詞性複合詞逐一分析說明，複合詞的排序依複合詞詞義於佛經與中土文獻中的變化程度來排列，複合詞於佛經與中古文獻中詞義相同者置前，反之則置後。

第一節　名詞性複合詞詞義及用法分析

根據統計東漢佛經共計 14 例名詞性複合詞，以下從分析該複合詞在東漢佛經的詞義及使用方式等，接著觀察該複合詞於六朝至隋唐佛經的詞義及使用方式，進而整理出該複合詞歷時的詞義、詞性與使用方式的變化過程，同時與該複合詞於中土文獻的使用狀況進行比較，推知並綜合分析該複合詞於東漢至隋唐的眞實情況，以下將這 14 條詞例逐一分析討論之：

（一）殃　福

1. 東漢佛經詞義分析

「殃福」一詞在東漢佛經中的使用情況，舉例說明如下：

> 佛天眼淨見人物死神所出生，善惡殃福，隨行受報，九力也。（竺大力、康孟詳・修行本起經）〔註 1〕

> 若墮人中從本行受殃福。父母亦聚會。（安世高・地道經）〔註 2〕

「善惡殃福，隨行受報」是說好事、壞事、厄運、福氣，都依據自身的行爲降臨。「受殃福」是說遭遇厄運或是接受福氣。

> 一爲淨觀。二爲不淨觀。三爲清淨觀。四爲不清淨觀。五爲黑觀。六爲白觀。七爲可銜觀。八爲不可銜觀。九爲罪銜觀。十爲殃福觀。十一爲縛觀。十二爲解脱觀。（安世高・陰持入經）〔註 3〕

〔註 1〕見於《大正藏》第 3 冊，頁 472。

〔註 2〕見於《大正藏》第 15 冊，頁 234。

〔註 3〕見於《大正藏》第 15 冊，頁 176。

「觀」據丁福保《佛學大辭典》:「觀，觀察妄惑之謂，又達觀眞理也。即智之別名。」，故「十爲殃福觀」是說第十項是關於如何看待壞運、福氣的智慧。

2. 六朝至隋唐佛經詞義分析

「殃福」一詞於六朝佛經中的使用情況，舉例說明如下：

當爾之時。我便當化現佛身。更爲說絕妙之法。現其生死殃福之應。（支曜（？）〔註4〕・佛說成具光明定意經）〔註5〕

佛知其宿罪。欲視殃福示後世明戒故。（安世高（？）・大比丘三千威儀）〔註6〕

我不知爲有善惡之殃福，亦不知爲無善惡之殃福，我亦不知亦不見。（吳・支謙・佛說梵網六十二見經）〔註7〕

曉了欲縛解縛之要，所在隨行應病授藥，天眼見人善惡終始殃福所歸，明審如有則悉知之，是八力也。（西晉・竺法護・佛說力士移山經）〔註8〕

於是群臣率土黎庶，始照魂靈與元氣相合，終而復始，輪轉無際，信有生死殃福所趣（吳・康僧會・六度集經）〔註9〕

六朝佛經中「殃福」一詞，全作厄運與福氣的合稱，多和「生死」、「善惡」連用，如：「善惡之殃福」、「生死殃福」。

「殃福」一詞於隋唐佛經中的使用情況，舉例說明如下：

夢鼓將鳴梵魔疑遣。因乃雙明誡勸廣辯殃福。（隋・灌頂・國清百錄）

〔註4〕本文摘錄的佛經，其譯經師姓名一律依《大正藏》爲準，對於本文選用的15部東漢佛經已確認作者，在此以外列爲同作者的其他佛經，一律於譯經師姓名之後加上（？），用以區別不同。

〔註5〕見於《大正藏》第15冊，頁456。

〔註6〕見於《大正藏》第24冊，頁926。

〔註7〕見於《大正藏》第1冊，頁267。

〔註8〕見於《大正藏》第2冊，頁859。

〔註9〕見於《大正藏》第3冊，頁51。

〔註 10〕

養馬七日。夫善惡行輙有殃福。如影隨形。王聞罪福乞歸命三寶。受五戒作優婆塞。佛便爲王及人民說法得須陀洹道。（唐．釋道世．法苑珠林）〔註 11〕

人作善惡。殃福隨人。雖更生死不可得免。（唐．釋道世．諸經要集）〔註 12〕

隋唐時期「殃福」和六朝時期相同，意指厄運與福氣的合稱，可推知「殃福」於東漢時期出現後，其詞義隨即固定化。

3. 中土文獻詞義分析

「殃福」一詞見於南朝時期，宋．顏延之〈又釋何衡陽達性論〉：「聊寫餘懷，依荅條釋，事緯殃福，義雜胡華。雖存簡章，自至煩文，過此已往，餘欲無言。〔註 13〕」是指厄運與福氣的合稱，和佛經用法相同。其餘文獻中若是指厄運與福氣的合稱，多使用「禍福」一詞。「禍福」《詞典》釋爲災殃與幸福，該詞於從先秦時期已可見，《左傳．襄公二十三年》：「禍福無門，唯人所召。〔註 14〕」從六朝起，漢譯佛典同時使用「殃福」及「禍福」兩詞。如：「吾見死者，形壞體化，而神不滅，隨行善惡，禍福自追，富貴無常，身爲危城。」（吳．支謙．佛說太子瑞應本起經）〔註 15〕，但中土文獻僅使用「禍福」一詞，如：南朝．顏之推《顏氏家訓．歸心》：「俗之謗者，大抵有五：其一，以世界外事及神化無方爲迂誕也，其二，以吉凶禍福或未報應爲欺誑也。〔註 16〕」

〔註 10〕見於《大正藏》第 46 冊，頁 802。

〔註 11〕見於《大正藏》第 53 冊，頁 625。

〔註 12〕見於《大正藏》第 54 冊，頁 176。

〔註 13〕請參見宋．顏延之《漢魏六朝百三家集．顏光祿集》（江蘇：江蘇古籍出版社，2002），頁 15。

〔註 14〕請參見清．阮元校刻《十三經注疏．春秋左傳正義》（北京：中華書局，1980），頁 1977。

〔註 15〕見於《大正藏》第 3 冊，頁 475。

〔註 16〕請參見《新編諸子集成．顏氏家訓》（北京：中華書局，1993），頁 371～372。

4. 歷時使用分析

「殃」《說文》:「殃,咎也。〔註17〕」本義是兇惡、災禍。《禮記・禮運》:「如有不由此者,在埶者去,眾以爲殃,是謂小康。〔註18〕」釋爲禍害、災難。《孟子・告子下》:「不教民而用之,謂之殃民。〔註19〕」,其中「殃民」釋爲使人民受到危害。

「福」《說文》:「福,佑也。〔註20〕」本義是保佑、造福份。《荀子・天論》:「順其類者謂之福,逆其類者謂之禍,夫是之謂天政。〔註21〕」其中「順其類者謂之福」是說順著天理而行則能得其福氣、福運。《詩・魯頌・閟宮》:「周公皇祖,亦其福女。〔註22〕」釋爲賜福、保佑這位女子。

以下整理「殃福」一詞歷時的詞性及詞義變化:

	佛　　經　　文　　獻			中土文獻
時間	東漢	六朝	隋唐	南朝
詞性	名詞	名詞	名詞	名詞
詞義	厄運與福氣的合稱	厄運與福氣的合稱	厄運與福氣的合稱	厄運與福氣的合稱

「殃福」作爲並列式複合詞,由「殃」及「福」兩個名詞語素組合而成,作名詞使用。用法部分,第一種用法是多與「善惡」相連,成四字句,在東漢至六朝譯出佛經都可見到,如:「善惡殃福,隨行受報」、「生死殃福」等。

第二種用法可於「殃福」前接授受動詞,如:「受殃福」是說遭遇厄運或是接受福氣。

第三種用法是「殃福」後接名詞詞尾「觀」,例如:「十爲殃福觀」,組合而成合成詞(complex word)「殃福觀」,作名詞用。

〔註17〕請參見漢・許愼著、清・段玉裁注《說文解字注》(臺北:洪葉出版社,1989),頁165。

〔註18〕請參見清・阮元校刻《十三經注疏・禮記正義》(北京:中華書局,1980),頁1414。

〔註19〕請參見清・阮元校刻《十三經注疏・孟子注疏》(北京:中華書局,1980),頁2760。

〔註20〕請參見漢・許愼著、清・段玉裁注《說文解字注》(臺北:洪葉出版社,1989),頁3。

〔註21〕請參見清・王先謙《荀子集解》(臺北:世界書局,1983),頁206。

〔註22〕請參見清・阮元校刻《十三經注疏・毛詩正義》(北京:中華書局,1980),頁615。

「殃福」一詞從東漢佛經後，詞義便已固定，觀察六朝至隋唐佛經以及中土文獻，「殃福」的詞義與東漢皆相同。

（二）堤　塘

1. 東漢佛經詞義分析

「堤塘」一詞在東漢佛經中的使用情況，舉例說明如下：

> 假使女人，欲作沙門者，有八敬之法，不得踰越，當以盡壽，學而行之。譬如防水，善治堤塘，勿漏而已。其能如是者，可入我律戒。（曇果、康孟詳・中本起經）〔註 23〕

> 佛說女人作沙門者，有八敬之法，不得踰越，但當終身勤意學行之耳。持心當如防水，善治堤塘勿漏而已。」（曇果、康孟詳・中本起經）〔註 24〕

「善治堤塘」是指築牢堤岸，以防水患之意。

2. 六朝至隋唐佛經詞義分析

「堤塘」一詞於六朝佛經中的使用情況，舉例說明如下：

> 長老！有二十相，凡夫之人，以此諸相，數數應須怖厭自心。何等二十？……十四我今未作堤塘，爲遮未來無間業流。……以是義故，凡夫之人，以此諸相，數數應須厭怖自心。（陳・眞諦・廣義法門經）〔註 25〕

> 菩薩亦爾。雖與破戒共作布薩受戒自恣同其僧事。所有戒律不如堤塘穿穴淋漏。何以故。若無清淨持戒之人僧。則損減慢緩懈怠日有增長。（北涼・曇無讖・大般涅槃經）〔註 26〕

「未作堤塘」是說尚未修築提防。「堤塘穿穴淋漏」是說堤岸有破洞，大水或是大雨時，就會產生漏水的狀況。「堤塘」在此皆指提防、堤岸之意

「堤塘」一詞於隋唐佛經中的使用情況，舉例說明如下：

〔註 23〕見於《大正藏》第 4 冊，頁 158。

〔註 24〕見於《大正藏》第 4 冊，頁 159。

〔註 25〕見於《大正藏》第 1 冊，頁 921。

〔註 26〕見於《大正藏》第 12 冊，頁 400。

復有四池堤塘圍遶。七寶臺觀人民止住。覆以鈴網懸諸繒帶。花飾珍玩猶如諸天。（唐・菩提流志・大寶積經）〔註27〕

其日宜造功德必得成就。作喜樂朋僚教女人裁衣服。造傢俱安坐席穿渠造堤塘。修井灶買賣財物倉庫內財。洗頭割甲著新衣並大吉。（唐・不空・文殊師利菩薩及諸仙所說吉凶時日善惡宿曜經）〔註28〕

「復有四池堤塘圍遶」是說四周爲又有水池環繞著。「穿渠造堤塘」是說阻擋河水，修築提防。第一例的「堤塘」不單指堤岸，也可擴充解釋爲水池。而第二例則單指堤岸。

3. 中土文獻詞義分析

中土文獻遲至六朝才出現，見於《南齊書・本紀・高帝蕭道成》：「五年七月戊子，帝微行出北湖，常單馬先走，羽儀禁衛隨後追之，於堤塘相蹈藉，左右張互兒馬墜湖。〔註29〕」以及《舊唐書・列傳・于頔》：「西湖，南朝疏鑿，溉田三千頃，久堙廢。頔命設堤塘以復之，歲獲秔稻蒲魚之利，人賴以濟。〔註30〕」「堤塘」都解釋爲堤岸。

4. 歷時使用分析

「堤」《說文・土部》：「堤，滯也。〔註31〕」本義是是指沿著江河湖海建造用以擋水的建築物。《左傳・襄公二十六年》：「初，宋芮司徒生女子，赤而毛，棄諸堤下。〔註32〕」「堤下」是指堤防下方。

「塘」《說文注》：「塘，堤也。〔註33〕」本義是堤岸、堤防。《莊子・達生》：

〔註27〕見於《大正藏》第11冊，頁137。

〔註28〕見於《大正藏》第21冊，頁398。

〔註29〕請參見《四部備要・南齊書》（北京：中華書局，1990），頁11。

〔註30〕請參見《四部備要・舊唐書》（北京：中華書局，1989），頁1287。

〔註31〕請參見漢・許慎著、清・段玉裁注《說文解字注》（臺北：洪葉出版社，1989），頁694。

〔註32〕請參見清・阮元校刻《十三經注疏・春秋左傳正義》（北京：中華書局，1980），頁1990。

〔註33〕請參見漢・許慎著、清・段玉裁注《說文解字注》（臺北：洪葉出版社，1989），頁695。

「被髮行歌而游於塘下。〔註34〕」「塘下」是指水池。古代圓形水池稱爲「池」，方形的稱爲「塘」，《國語・周語下》：「陂塘汙庳，以鍾其美。〔註35〕」「陂塘」即池塘。

「堤塘」《詞典》解釋爲堤岸。《舊唐書・高瑀傳》：「瑀召集州民，繞郭立堤塘一百八十里，蓄泄既均，人無饑年。〔註36〕」。

以下整理「堤塘」一詞歷時的詞性及詞義變化：

	佛經文獻			中土文獻
時間	東漢	六朝	隋唐	六朝
詞性	名詞	名詞	名詞	名詞
詞義	堤岸	堤岸	1. 水池 2. 堤岸	堤岸

「堤塘」爲並列式複合詞，由兩個名詞語素「堤」、「塘」組合而成，作名詞用。「堤塘」於東漢佛經，前接動詞，如：「善治堤塘」。六朝至隋唐佛經的情況相同，如：「未作堤塘」、「穿渠造堤塘」。中土文獻「堤塘」於六朝便已出現，除了前接動詞的用法外，如：「頔命設堤塘以復之」，可前接介詞「於」，表示地點，如：「於堤塘相蹈藉」。

「堤塘」一詞於東漢佛經出現後至隋唐爲止，甚至包括中土文獻，其詞性及詞義都是穩定的狀態，也可根據行文需要，作爲水池的代稱。

（三）梯陛

1. 東漢佛經詞義分析

「梯陛」一詞僅見於《阿閦佛國經》，請見下文：

> 如世間巧人鼓百種音樂，其聲不如阿閦佛剎中梯陛樹木之音聲——風適起吹，梯陛樹木相叩作悲聲〔註37〕。（支婁迦讖・阿閦佛國經）

〔註34〕請參見清・王先謙《新編諸子集成・莊子集解》（北京：中華書局，1993），頁163。

〔註35〕請參見《四部叢刊・國語》（上海：商務印書館，1922），頁97。

〔註36〕請參見《四部備要・舊唐書》（北京：中華書局，1989），頁1328。

〔註37〕「風適起吹梯陛，樹木相叩作悲聲」是《大正藏》的斷句，對照同一部經的類似內容「其聲不如阿閦佛剎中梯陛樹木之音聲」，故原句應修正成「風適起吹，梯陛樹木相叩作悲聲」。

〔註 38〕

其佛刹人不著愛欲、淫泆，以因緣自然愛樂。其刹風起吹梯陛樹便作悲音聲。舍利弗！極好五音聲不及阿閦佛刹風吹梯陛樹木之音聲也。（支婁迦讖・阿閦佛國經）〔註 39〕

「風適起吹，梯陛樹木相叩作悲聲」是說風剛好吹起，吹動了像階梯般整齊的樹木，互相撞擊而成悲傷的聲音。「其聲不如阿閦佛刹中梯陛樹木之音聲」，故原句應修正成「風適起吹，梯陛樹木相叩作悲聲」是說音樂生比不上阿閦佛刹裡如階梯般依序種植的樹木的聲音。

其刹以三寶爲梯陛——一者、金，二者、銀，三者、琉璃——從忉利天下至閻浮利地。其忉利天欲至阿閦如來所時從是梯陛下，忉利天人樂供養於天下人民。（支婁迦讖・阿閦佛國經）〔註 40〕

「其刹以三寶爲梯陛」是說這間佛寺以三寶爲管道、路徑。從上述的例子分析，「梯陛」從解釋爲「階梯」，進而引申爲形容有次序的狀態，以及作爲通往某地的管道、路徑之意。

2. 六朝至隋唐佛經詞義分析

「梯陛」一詞於六朝佛經中的使用情況，舉例說明如下：

阿耨達池底，金沙充滿。其池四邊皆有梯陛，金桄銀陛，銀桄金陛，琉璃桄水精陛，水精桄琉璃陛，赤珠桄馬瑙陛，馬瑙桄赤珠陛，車璩桄眾寶陛。（後秦・佛陀耶舍、竺佛念・長阿含經）〔註 41〕

復化作四梯陛：金、銀、水精、琉璃。金梯陛上化作銀樹，銀梯陛上化作金樹，金根、銀莖、銀枝、銀葉。（東晉・瞿曇僧伽提婆・增壹阿含經）〔註 42〕

純以紫磨黃金爲底，以金羅網爲蓋。其一一池中金爲梯陛，種種雜

〔註 38〕見於《大正藏》第 11 冊，頁 755。

〔註 39〕見於《大正藏》第 11 冊，頁 756。

〔註 40〕見於《大正藏》第 11 冊，頁 757。

〔註 41〕見於《大正藏》第 1 冊，頁 116。

〔註 42〕見於《大正藏》第 2 冊，頁 695。

色車璩、瑪瑙、眾寶雜成。其梯陛兩邊，復以紫金爲芭蕉樹，其花柔軟隨風委靡。（西晉・無羅叉・放光般若經）〔註 43〕

玫瑰爲底布以金沙，一一浴池各有十八黃金梯陛，種種雜寶校飾莊嚴梯陛，中間皆以閻浮檀金爲芭蕉樹列植道側。（東晉・法顯・佛說大般泥洹經）〔註 44〕

應時有諸異天乘車來者。獨乘者。乘象者。乘馬車者。在交露車者。在座上者。在殿上者。在窓牖者。在父露帳者。在户上者。在半月上者。在梯陛上者。各從所乘各從在所下。下已啼泣呼嗟。（西晉・竺法護・佛說方等般泥洹經）〔註 45〕

一一池側有八梯陛，種種妙寶以爲嚴飾，諸梯陛間有閻浮檀金芭蕉行樹。（後秦・鳩摩羅什・摩訶般若波羅蜜經）〔註 46〕

六朝佛經中可見的例子很多，但「梯陛」的意思卻很單一，皆釋爲臺階之意，並無引申爲管道、路徑的含意，然而隋唐佛經中並無「梯陛」一詞，而多用「階梯」表示，如：「今略明十意，以示初心行人，登正道之階梯，入泥洹之等級。」（隋・智顗・修習止觀坐禪法要）〔註 47〕「詩書禮樂之文。周孔隆其教。明謙守質。乃登聖之階梯。」（唐・釋法琳・辯正論）〔註 48〕，而「陛」一字在隋唐時期多用指「陛下」之意。

3. 中土文獻詞義分析

「梯陛」一詞中土文獻則遲至唐代才出現，唐・李紳〈四望亭記〉：「豐約廣袤，稱其所使，棟幹梯陛，依墉以成。〔註 49〕」用以表示臺階之意。

4. 歷時使用分析

〔註 43〕見於《大正藏》第 8 冊，頁 142。

〔註 44〕見於《大正藏》第 12 冊，頁 857。

〔註 45〕見於《大正藏》第 12 冊，頁 926。

〔註 46〕見於《大正藏》第 8 冊，頁 417。

〔註 47〕見於《大正藏》第 46 冊，頁 462。

〔註 48〕見於《大正藏》第 52 冊，頁 530。

〔註 49〕請參見《文苑英華》（北京：中華書局，1966），頁 4356。

「梯」《說文》:「梯，木階也。〔註 50〕」指便利人上下攀登的用具或設備。《墨子・公輸》:「請說之。吾從北方，聞子爲梯，將以攻宋。宋何罪之有？〔註 51〕」解釋爲梯子。也解釋爲導致事故的來源。《國語・越語下》:「無曠其眾，以爲亂梯。」韋昭注:「無令空日廢業，使人困乏以生怨亂，爲禍階也。〔註 52〕」將「亂梯」解釋爲亂源。

「陛」《說文》:「陛，升高階也。〔註 53〕」，原是表示與地形地勢的高低上下有關，後引申爲帝王宮殿的臺階，見《說苑・尊賢》:「臣觀於朝廷，未觀於堂陛之間也。靈公之弟曰公子渠牟，其知足以治千乘之國，其信足以守之，而靈公愛之。〔註 54〕」

以下整理「梯陛」一詞歷時的詞性及詞義變化：

	佛經文獻			中土文獻
時間	東漢	六朝	隋唐	唐代
詞性	1. 形容詞 2. 名詞	名詞	無	名詞
詞義	1. 如階梯般整齊的樣子 2. 臺階	臺階	無	階梯

「梯陛」爲並列式複合詞，由兩個名詞語素「梯」、「陛」組合而成，應作名詞使用。但「梯陛」於東漢佛經時，皆以「梯陛樹木」一詞出現，在此「梯陛」作形容詞使用，後接名詞「樹木」，用以形容如階梯辦整齊種植的樹木，這是極少見的例子，將名詞作形容詞使用是上古漢語常見的模式，但這個用法很快地就消失。

六朝至隋唐佛經中「梯陛」作名詞使用，可以前接動詞「爲」，如:「其剎以三寶爲梯陛」是指通往某地的管道、路徑之意。可前接介詞「之」，如:「登

〔註 50〕請參見漢・許慎著、清・段玉裁注《說文解字注》(臺北：洪葉出版社，1989)，頁 265。

〔註 51〕請參見清・孫貽讓撰《新編諸子集成・墨子閒詁》(北京：中華書局，2001)，頁 484。

〔註 52〕請參見東周・左丘明《四部叢刊・國語》(上海：商務印書館，1922)，頁 148。

〔註 53〕請參見漢・許慎著、清・段玉裁注《說文解字注》(臺北：洪葉出版社，1989)，頁 743。

〔註 54〕請參見漢・劉向著《四部備要・說苑》(北京：中華書局，1989)，頁 53。

正道之階梯」(隋・智顗・修習止觀坐禪法要)〔註55〕、「乃登聖之階梯」(唐・釋法琳・辯正論)〔註56〕。

另一方面，中土文獻若欲表示「臺階」仍多以「階梯」一詞居多。若是指管道、快捷方式之意，常用「梯」來構詞，多用於形容官場的升遷，如:「梯級」、「梯航」等，如：唐・沈亞之《東渭橋給納使新廳記》:「其傑棟巨楹，文梁勁桷，既已具構，其中可敘百榻，而儒良至者必與講談其道，隨其能否而梯級之。〔註57〕」將「而梯級之」用以指人才分批引薦之意。

「梯陛」一詞於東漢佛經時，作形容詞及名詞使用，至六朝佛經則固定作名詞用，同時「階梯」一詞也出現了，如:「以佛種種功德法味悉令飽滿。一切佛法願悉得之。聞誦持問觀行得果爲作階梯。」(姚秦・鳩摩羅什・坐禪三昧經)〔註58〕，兩者皆可用以表示「臺階」，也可用以引申解釋爲管道、快捷方式。隋唐佛經無「梯陛」一詞，僅使用「階梯」一詞。

(四)根　義

1. 東漢佛經詞義分析

「根義」僅見於《陰持入經》，其使用狀況請見下文：

> 何等爲五根。信根、精進根、念根、定根、慧根。是名爲五根。彼根應何義根爲根義。屬爲根義。可喜爲根義。不爲同事爲根義。是名爲根義。(安世高・陰持入經)〔註59〕

「根義」即指那五種「根」，分別是信根、精進根、念根、定根及慧根，「根」解釋爲基礎、本源，這五種「根」可有各自的發展又可綜合應用，是「信」、「精進」、「念」、「定」及「慧」都是修行佛法的根本，故統稱爲「根義」，這五種「根」的意義就是修行佛法的根據。

2. 六朝至隋唐佛經詞義分析

「根義」一詞於六朝佛經中的使用情況，舉例說明如下：

〔註55〕見於《大正藏》第46冊，頁462。

〔註56〕見於《大正藏》第52冊，頁530。

〔註57〕請參見《全唐文》(上海：上海古籍出版社，1990)，卷七百三十六，頁8。

〔註58〕見於《大正藏》第15冊，頁281。

〔註59〕見於《大正藏》第15冊，頁174。

說如佛言者，說四意止究生死原繫念專意，或說意斷精進不懈，或說神足兼逮定，或說根義於中逮慧根，或說力義成就於力，或說覺意令達覺法，或說八直道分別八道，亦復說若干眾法名身句身味身。（姚秦・竺佛念・出曜經）〔註60〕

佛告彌勒：「根義云何生無根論？」……於世俗義，根爲法性，無根爲證，靜不動亦不不動，一相無相，乃至有爲無爲法，有漏無漏法，有對無對法，色法無色法，可見法不可見法，不住亦不不住，是無根義者。」……今聞如來說無根義，說有身相說無身相，說有自性空說無自性空；說無根義者，從如中來耶？不從如中來耶？無根義者，有生滅耶、無生滅耶？……今當與汝說生義、根義。（姚秦・竺佛念・菩薩從兜術天降神母胎說廣普經）〔註61〕

已知根者，過去、當來、現在。未知根者，結、使、障礙。無知根者，如來・至眞・等正覺，過去、當來、現在諸佛，成就此根分別諸根，無根亦不無根，無說無義，分別字義空無所有，是根義也。（姚秦・竺佛念・菩薩從兜術天降神母胎說廣普經）〔註62〕

伏根離五欲。無亂意行禪無量等時悅樂。是說無著生。無著名不著。於根義亦復說不染。是說樂痛三種。（東晉・瞿曇僧伽提婆・三法度論）〔註63〕

如外道法，我諸根義，三合智生。我不如是，婆羅門！我不說因，不說無因。（宋・求那跋陀羅・楞伽阿跋多羅寶經）〔註64〕

復次此婆羅門。善能旋歷。喜試有所問。爲問根義故。經歷九十六種爲欲知一一道爲說幾根。如尼犍子說一根謂命根。是故彼不飲冷水。不斷生草。所以者何。於外物中。計有命根故。（北涼・浮陀跋

〔註60〕見於《大正藏》第 4 冊，頁 667。

〔註61〕見於《大正藏》第 12 冊，頁 1019。

〔註62〕見於《大正藏》第 12 冊，頁 1025。

〔註63〕見於《大正藏》第 25 冊，頁 25。

〔註64〕見於《大正藏》第 16 冊，頁 503。

摩、道泰・阿毘曇毘婆沙論）〔註 65〕

「根義」一詞在六朝佛經中有大量的例子，在此只是簡要地列出，「根義」的詞義和東漢佛經相同，解釋爲求尋佛法的基礎根本來源。

可坐知坐可臥知臥。復於彼劫無數億百千世。分別根義苦義空義無形象義。爲說空觀無名字觀內觀外觀非眾生觀淨不淨觀。（姚秦・竺佛念・菩薩瓔珞經）〔註 66〕

必定須知三昧。彼三昧者何。謂善一心。是最勝根義也。如是一根轉自善心相續名一心。最勝者。或云境界名也。如是一緣轉是善心相續名一心。（高齊・那連提耶舍・阿毘曇心論經）〔註 67〕

增上是根義者。彼增上義是根義。端嚴義是根義。勝義是根義。上義是根義。主義是根義。雖一切有爲法各各增上。然或劣或勝。當知勝者立根如人主天主。（宋・僧伽跋摩・雜阿毘曇心論）〔註 68〕

分析上述三例，在此「根義」與東漢佛經的解釋有些不同，首先針對「根」的解釋，玄奘《阿毘達磨俱舍論》：「根者是何義？最勝自在光顯名根，由此總成根增上義。〔註 69〕」因此，「根」是「最勝自在光顯」的「最勝根義」，也是「增上義」，「根」的意義在此已是於東漢佛經的基礎上加以擴充及加深。

六朝佛經所使用的「根義」其內涵和東漢不同，東漢佛經明確地指稱出「五根」爲「根義」的內容，六朝則擴大「根義」的解釋，可以釋爲「最勝自在光顯」、「增上義」、「端嚴義」、「勝義」、「上義」及「主義」等義。

「根義」一詞於隋唐佛經中的使用情況，舉例說明如下：

如智於所知。覺於所覺。行相於所行。根於根義。能緣於所緣。應知亦爾。（唐・玄奘・阿毘達磨大毘婆沙論）〔註 70〕

答於諸不善法。能生能養能增能益能攝能持能滋長義。是不善根

〔註 65〕見於《大正藏》第 28 冊，頁 270。

〔註 66〕見於《大正藏》第 16 冊，頁 69。

〔註 67〕見於《大正藏》第 28 冊，頁 856。

〔註 68〕見於《大正藏》第 28 冊，頁 940。

〔註 69〕見於《大正藏》第 29 冊，頁 13。

〔註 70〕見於《大正藏》第 27 冊，頁 16。

義。尊者世友作如是說。於諸不善法。爲因爲種子爲轉爲隨轉爲等起爲攝益義是不善根義。大德說曰。於諸不善法。爲本爲能植爲轉爲隨轉能攝益義是不善根義。問若不善因義是不善根義。前生不善五蘊與後生未生不善五蘊爲因。（唐・玄奘・阿毘達磨大毘婆沙論）〔註 71〕

今問。凡言根本。即曰能生能生始成。後攝歸本本卻非始。二言相乖。枝本不立攝亦無當。況根本兩分攝歸方一。一爲根本二則名枝。是則根本本來是枝。應須會初而從於後。故開華嚴枝別。以入法華本圓。況華嚴別圓俱成近跡。根義復壞法華本成。（唐・湛然・法華文句記）〔註 72〕

假立名者。謂於內假立我及有情命者等名。於外假立瓶衣等名。實事名者。謂於眼等色等諸根義中。立眼等名。同類相應名者。謂有情色受大種等名。（唐・玄奘・瑜伽師地論）〔註 73〕

分析上述四例，「根義」一詞單純指稱爲「根本的意涵」，沒有特指的意義，這和東漢及六朝不同。

謂若說爲眼等界處。則根根義差別難知。是故此中獨標根稱。此則顯示所造色中內者名根外名根義。問此中所說根義云何。答增上最勝現見光明。喜觀妙等皆是根義。問若增上義是根義者。諸有爲法輾轉增上。（唐・玄奘・五事毘婆沙論）〔註 74〕

只有此例是「根義」和東漢佛經相同，「根義」爲「增上最勝現見光明」、「喜觀妙等」，是承繼了東漢佛經的意義。

3. 中土文獻詞義分析

「根義」一詞僅爲佛經使用，中土文獻未見該詞，在中土文獻中可見和「根義」同形式，以「～義」的形式來構詞，其詞義多爲表現於定義事物的

〔註 71〕見於《大正藏》第 27 冊，頁 241。

〔註 72〕見於《大正藏》第 34 冊，頁 213。

〔註 73〕見於《大正藏》第 30 冊，頁 750。

〔註 74〕見於《大正藏》第 28 冊，頁 991。

原則、原理的詞彙，於歷代文獻中普遍可見，如：「正義」、「別義」、「本義」、「名義」、「大義」、「通義」等等。

4. 歷時使用分析

「根」《說文》：「根，木株也。〔註 75〕」指植物生長於土壤裡的部分，主要是吸收養分和固定、支撐植物之用。如：《左傳・文公七年》：「公族，公室之枝葉也。若去之，則本根無所庇蔭矣。〔註 76〕」

「義」即「宜」也，本義爲適當之意。《周易・旅》：「以旅在上，其義焚也。喪牛於易，終莫之聞也。〔註 77〕」唐・陸德明《經典釋文》：「馬云：『義，宜也。』一本作『宜其焚也』。〔註 78〕」又《書・康誥》：「汝陳時臬事，罰蔽殷彝，用其義刑義，殺勿庸以次汝封。」孔傳：「義，宜也。用舊法典刑宜於時世者以刑殺。〔註 79〕」兩例都是將「義」等同「宜」使用。

以下整理「根義」一詞歷時的詞性及詞義變化：

	佛經文獻			中土文獻
時間	東漢	六朝	隋唐	無
詞性	名詞	名詞	名詞	無
詞義	五根的總稱	求尋佛法的基礎根本來源	1. 求尋佛法的基礎根本來源 2. 根本的涵意	無

東漢佛經中「根義」屬專有名詞，爲「五根」的總稱，至六朝開始「根」解釋爲根本、基礎，故「根義」解釋爲尋求佛法基礎的來源，唐代又擴大了解釋，不只是對於佛經基礎的根本，還可以表示一切根本的含意。

「根義」爲偏正式複合詞，由修飾語「根」和被修飾語「義」組合而成，作名詞用。「根義」在東漢佛經後，都是前接係詞「爲」，以「爲根義」的形

〔註 75〕請參見漢・許愼著、清・段玉裁注《說文解字注》（臺北：洪葉出版社，1989），頁 251。

〔註 76〕請參見清・阮元校刻《十三經注疏・春秋左傳正義》（北京：中華書局，1980），頁 1845。

〔註 77〕請參見清・阮元校刻《十三經注疏・周易正義》（北京：中華書局，1980），頁 69。

〔註 78〕請參見唐・陸德明著《四部叢刊・經典釋文》（上海：商務印書館，1922），頁 116

〔註 79〕請參見清・阮元校刻《十三經注疏・春秋左傳正義》（北京：中華書局，1980），頁 204。

式出現，作爲下定義之用。如：「彼根應何義根爲根義」、「屬爲根義」、「可喜爲根義」、「不爲同事爲根義」、「是名爲根義」。六朝佛經中除了前接係詞「是」，如：「是根義也」、「彼增上義是根義」外，亦可前加動詞，如：「或說根義於中逮慧根」、「爲問根義故」、「今當與汝說生義、根義」、「分別根義苦義空義無形象義」。可前接否定詞，如：「是無根義者」。隋唐佛經承繼東漢及六朝的用法，中土文獻則未見此詞。

（五）等　意

1. 東漢佛經詞義分析

「等意」一詞在東漢佛經中的使用情況，舉例說明如下：

> 第七六法，難受。六行度世，若有言：「我有等意定心，已行已有。」復言：「我意中瞋恚未解。」（安世高・長阿含十報法經）〔註 80〕

> 三爲若學者：「我有喜心等定意，已行已作已有，但意不止不可。」報言：「莫說是。何以故？無有是，已有等意定心，已行已增已有，寧不定不可耶？無有是。何以故？等意定心，爲除不可不定故。」（安世高・長阿含十報法經）〔註 81〕

> 垓天見佛擒魔眾，忍調無想怨自降，諸天歡喜奉華臻：「非法王壞法王勝。本從等意智慧力，慧能即時禳不祥，能使怨家爲弟子，當禮四等道之證。」（竺大力、康孟詳・修行本起經）〔註 82〕

> 愛欲爲卻清淨。瞋恚爲卻等意。睡爲卻止。瞑爲卻精進。五樂爲卻？。亦止結爲卻不悔。疑爲卻慧。不知本從起。爲卻解明。。（安世高・陰持入經）〔註 83〕

從上述的例子「我有等意定心，已行已有」、「已有等意定心」、「等意定心，爲除不可不定故」其中「等意」即「平等意」，而「等意定心」一詞中「等意」即「定心」，是說擁有平等又平靜的內心，作名詞用。在東漢佛經多與他詞結

〔註 80〕見於《大正藏》第 1 冊，頁 236。

〔註 81〕見於《大正藏》第 1 冊，頁 236。

〔註 82〕見於《大正藏》第 3 冊，頁 471。

〔註 83〕見於《大正藏》第 15 冊，頁 180。

合，如：「等意智慧力」出現，這些都是指修習佛法必要的條件。

2. 六朝至隋唐佛經詞義分析

「等意」一詞於六朝佛經中的使用情況，舉例說明如下：

何等爲二十？一爲善説，二爲多説，三爲前後説，四爲次第説，五爲歡喜説，六爲可説，七爲解意説，八爲除慚説，九當爲莫訶失説，十爲調説，十一爲應説，十二爲莫散説，十三爲法説，十四爲隨眾説，十五爲等意説，十六爲助護意説，十七爲莫窮名聞故説，十八爲莫利事故説，十九爲莫從説自現，二十莫從説調餘。若賢者比丘，欲爲餘人説，當爲是二十品説。」（安世高（？）・普法義經）〔註 84〕

設使無生子愛。不加於天下人。是以當以三數諫。自諫其意。何等爲三。等意者爲道。不以邪意也。正行者爲道。不以邪行。不多行者爲道。多行者非矣。是以三數諫。（安玄（？）・法鏡經）

歡喜念愛樂，無有結塵垢，此有若干色，復能悉分別。一切得等意，欲作是稱譽，已到越彼岸，無有喜樂心。（符秦・僧伽跋澄・僧伽羅刹所集經）〔註 85〕

王即答言：「此太子母，索來妬惡，樂人之過，妄舉姦非，見他人善，心不爲喜；懷妊已來，志性改異，爲人慈仁，矜愚愛智，好修施惠，等意護養。」相師聞此，贊言：「善哉！此是兒志，寄情於母。」（元魏・慧覺・賢愚經）〔註 86〕

等意觀其本，生死甚勤苦；不以習離欲，捨邪能究竟。（西晉・竺法護・佛說普曜經）〔註 87〕

心念七覺意，等意不差違者，如彼修行之人，修習覺意之法，晝夜思惟不捨於懷，是故說曰，心念七覺意，等意不差違也。（姚秦・竺

〔註 84〕見於《大正藏》第 1 冊，頁 922。

〔註 85〕見於《大正藏》第 4 冊，頁 133。

〔註 86〕見於《大正藏》第 4 冊，頁 410。

〔註 87〕見於《大正藏》第 3 冊，頁 488。

佛念・出曜經）〔註 88〕

常當等意於眾生，大慈普念，無有偏黨。當爲眾生說營護念安隱，與語和順、無得中傷。視眾生等，如父如母如身如子。以慈勸人令不害生，常勸眾生令行十善。見人行正離於邪見，代其歡喜。（西晉・無羅叉・放光般若經）〔註 89〕

六朝佛經中「等意」和東漢佛經相同即指「平等意」，是指擁有平等又平靜的內心。例如上文：「十五爲等意說」是說第十五品說是「等意說」。「等意者爲道。不以邪意也」要成爲擁有平靜之心的人，不可內心充滿邪惡的想法。「等意護養」是說用平靜、安詳的心情來照顧扶養。「一切得等意，欲作是稱譽」是說能夠明白以平靜、平等的態度來領悟一切的話，那麼所做的所有事情都能成爲大家讚頌的對象。「等意不差違也」是說持等意的心將不會有任何的差錯。「常當等意於眾生」是說要將等意心用於眾人身上。從東漢起至六朝，「等意」指稱的是一種態度、一種面對佛法、眾生的準則。

「等意」一詞於隋唐時代僅出現於《觀察諸法行經》，請見下文：

說作作者說百行，學此方便善意者。等意等行淨眾生，善合善美善行說。諸法中巧常與樂，行此方便喜甘露。（隋・闍那崛多・觀察諸法行經）〔註 90〕

詞義和東漢及六朝相同，作「平等意」解釋，是指擁有平等又平靜的內心。

3. 中土文獻詞義分析

中土文獻未出現「等意」一詞，中土文獻中「等」解釋爲平等所構成的詞彙多指實質的人事物，如：「等輩」、「等流」都是同輩的意思。更常見的是「等」置於人名之後，從西漢起便已可見，多作爲助詞使用，表示複數，如：「卿等」、「汝等」。或解釋爲等級、等第之意，如：「等列」見於《左傳・隱公五年》：「昭文章，明貴賤，辨等列，順少長，習威儀也。〔註 91〕」。又「等

〔註 88〕見於《大正藏》第 4 冊，頁 762。

〔註 89〕見於《大正藏》第 8 冊，頁 85。

〔註 90〕見於《大正藏》第 15 冊，頁 733。

〔註 91〕請參見清・阮元校刻《十三經注疏・春秋左傳正義》（北京：中華書局，1980），頁 1727。

類」解釋爲等級類別，見於《孔叢子・刑論》：「中國之教，爲內外以別男女，異器服以殊等類。〔註 92〕」

4. 歷時使用分析

「等」《說文》：「齊簡也。從竹從寺。寺，官曹之等平也。」段玉裁注：「齊簡者、迭簡冊之。如今人整齊書籍也。引申爲凡齊之偁。凡物齊之。則高下歷歷。可見。故曰等級。〔註 93〕」，本指整齊的竹簡，從大小一致的竹簡，引申解釋爲相同、等同之意。如：《淮南子・主術》：「變法者，非無法也，有法者而不用，與無法等。是故人主之立法，先自爲檢式儀表，故令行於天下。〔註 94〕」其中「與無法等」是說和沒有法律是相同的意思。

「意」《說文》：「志也。從心察言而知意也。從心從音。〔註 95〕」，解釋爲想法、心意。如：《管子・君臣下》：「明君在上，便僻不能食其意，刑罰前近也。大臣不能侵其勢，比黨者誅，明也。〔註 96〕」其中「食其意」是察覺、明瞭其心意。《呂氏春秋・長見》：「申侯伯善持養吾意，吾所欲則先我爲之，與處則安，曠之而不穀喪焉，不以吾身遠之，後世有聖人，將以非不穀。」高誘注：「意，志也。先意承志，傳所謂從而不違也。〔註 97〕」其中「養吾意」是指察覺我的心意。

「等意」一詞屬偏正式複合詞，由修飾語「等」和被修飾語「意」組合而成。由形容詞「等」修飾名詞「意」，「等意」在東漢佛經多以並列片語「等意定心」的模式出現，作名詞用，其中「等意」即「定心」，是說擁有平等又平靜的內心。

以下整理「等意」一詞歷時的詞性及詞義變化：

〔註 92〕請參見漢・孔鮒著《四部備要・孔叢子》（北京：中華書局，1989），頁 7。

〔註 93〕請參見漢・許愼著、清・段玉裁注《說文解字注》（臺北：洪葉出版社，1989），頁 193。

〔註 94〕請參見《新編諸子集成・淮南子》（北京：中華書局，1993），頁 663。

〔註 95〕請參見漢・許愼著、清・段玉裁注《說文解字注》（臺北：洪葉出版社，1989），頁 506。

〔註 96〕請參見《新編諸子集成・管子》（北京：中華書局，1993），頁 94。

〔註 97〕請參見《諸子集成・呂氏春秋》（臺北：世界書局，1935），頁 111～112。

	佛　經　文　獻			中土文獻
時間	東漢	六朝	隋唐	無
詞性	名詞	名詞	名詞	無
詞義	平等意	平等意	平等意	無

從上表可知，「等意」一詞僅存於佛經之中，這與「等意」的詞義內含濃厚佛教意涵有極大的關係，同時從東漢至隋唐以來，其詞義並無太大的變化，亦可證明之。

六朝佛經中「等意」的詞義和東漢佛經相同，但用法變化較多，第一種可作名詞用，前可接動詞，例如：「一切得等意，欲作是稱譽」。

第二種用法爲「等意」後可接名詞詞尾「說」、「者」，組合成「等意說」、「等意者」，如：「十五爲等意說」是說第十五品說是「等意說」；「等意者爲道。不以邪意也」要成爲擁有平靜之心的人，不可內心充滿邪惡的想法。隋唐佛經的用法和東漢及六朝相同，而中土文獻未出現「等意」一詞。

（六）勸　意

1. 東漢佛經詞義分析

「勸意」一詞在東漢佛經中的使用情況，舉例說明如下：

> 何等爲從四意正斷。或比丘有未生弊惡。意法發方便令不生。勸意不捨方便衙。精進攝制意。捨散惡意。是爲一斷意。已生弊惡意發。清淨法欲斷。勸意求方便衙。精進攝制意。捨散惡意。是爲二斷意。未生清淨法。勸意發方便令生衙。精進攝制意。（安世高・陰持入經）〔註 98〕

「勸意不捨方便衙」、「勸意求方便衙」、「勸意發方便令生衙」三句是類似的句型，「勸意」是指勸勉從事佛法的想法，作名詞用。

2. 六朝至隋唐佛經詞義分析

「勸意」一詞於六朝佛經中的使用情況，舉例說明如下：

> 若惟行未生善法便發生。及已生善法立不忘增行得滿。勸意治行精進攝意。皆如上說。何況多行者。是故可念行四意斷。（安世高（？）・

〔註 98〕見於《大正藏》第 15 冊，頁 174。

說禪行三十七品經）〔註 99〕

當菩薩者以大勇猛所度無極，勸意生焉，皆能具足諸菩薩業，是六無畏。（西晉・竺法護・度世品經）〔註 100〕

於是淨居天，欲與降瑞應；如前佛見瑞，勸意出家學。天卒化病人，喘臥在道側；色惡眼睛黃，體氣口燋乾。（宋・釋寶雲・佛本行經）〔註 101〕

「勸意治行精進攝意」是說勸勉力行「精進攝意」，作動詞用。「勸意生焉」是說萌發向佛的心意，作名詞用。「勸意出家學」是說勸勉出家學習佛法，作動詞用。因此，「勸意」解釋爲勸勉其心意來完成目標。

「勸意」一詞於隋唐佛經中的使用情況，舉例說明如下：

後心者。指極位也。四結勸中二。初引經意以勸。如來下結經勸意以立品名。令進理入位。能生理善即爲人也。景者大也。亦慕也。（唐・湛然・法華文句記）〔註 102〕

初中有三。初三業加持付囑令行此經。二若有眾生不信受者下。若不信受此經令行餘經。三汝等若能如是下。結成勸意爲報佛恩。（唐・窺基・妙法蓮華經玄贊）〔註 103〕

「如來下結經勸意以立品名」是說如來總結說經後，勸勉向佛並立下品類之名。「結成勸意爲報佛恩」是說終歸成勸面向佛的意向並回報佛祖的恩典，兩例皆作動詞用。中土文獻則未見「勸意」一詞。

以下整理「勸意」一詞歷時的詞性及詞義變化：

	佛　　經			中土文獻
時間	東漢	六朝	隋唐	無
詞性	名詞	1. 名詞 2. 動詞	名詞	無

〔註 99〕見於《大正藏》第 15 冊，頁 181。

〔註 100〕見於《大正藏》第 10 冊，頁 635。

〔註 101〕見於《大正藏》第 4 冊，頁 649。

〔註 102〕見於《大正藏》第 34 冊，頁 344。

〔註 103〕見於《大正藏》第 34 冊，頁 842。

	佛經			中土文獻
時間	東漢	六朝	隋唐	無
詞義	勸勉從事佛法的想法	1. 向佛的心意 2. 勸勉其心意	勸勉向佛的心意	無

「勸意」一詞於東漢佛經當作名詞使用，六朝佛經除作名詞外，也能作爲動詞使用，至隋唐佛經則作名詞用，六朝佛經「勸意」一詞增加動詞的用法，而隋唐佛經中又消失，這之間的轉變過程牽涉到漢語詞彙本身的變化，這個部分留待第四章第二節討論之。

3. 歷時使用分析

「勸」《說文・力部》：「勸，勉也。〔註 104〕」，解釋爲勉勵、獎勵。《書經・多方》：「愼厥麗，乃勸；厥民刑，用勸。〔註 105〕」「乃勸」、「用勸」是指對人民用獎勵的方式。也解釋爲勸告、勸助。《左傳・僖公五年》：「陳轅宣仲怨鄭申侯之反己於召陵，故勸之城其賜邑。〔註 106〕」「勸之城其賜邑」是勸告將城池賜給對方。也解釋爲努力不懈。《戰國策・宋策》：「齊攻宋，宋使臧子索救於荊。荊大說，許救甚勸。〔註 107〕」「許救甚勸」是指救援非常努力。「意」的本義請見上文「等意」一詞的解釋。

「勸意」爲述賓式結構，由述語「勸」與賓語「意」結合而成，屬施事賓語。「勸意」於東漢佛經，作名詞用，如：「<u>勸意</u>不捨方便術」、「<u>勸意</u>求方便術」、「<u>勸意</u>發方便令生術」。

六朝起「勸意」可作名詞及動詞使用。作名詞，如：「<u>勸意</u>生焉」。作動詞，如：「<u>勸意</u>治行精進攝意」、「<u>勸意</u>出家學」，都是連動式的用法。

隋唐佛經「勸意」只作名詞用，前接動詞，如：「如來下結經<u>勸意</u>以立品名」、「結成<u>勸意</u>爲報佛恩」。中土文獻則未見該詞。

〔註 104〕請參見漢・許愼著、清・段玉裁注《說文解字注》（臺北：洪葉出版社，1989），頁 706。

〔註 105〕請參見清・阮元校刻《十三經注疏・尚書正義》（北京：中華書局，1980），頁 228。

〔註 106〕請參見清・阮元校刻《十三經注疏・春秋左傳正義》（北京：中華書局，1980），頁 1795。

〔註 107〕請參見漢・劉向編《四部備要・戰國策》（北京：中華書局，1989），頁 163。

（七）靖　室

1. 東漢佛經詞義分析

「靖室」僅於《中本起經》出現，請見下文：

> 迦葉自念：「吾名日高，國內注仰，術淺易窮，窮則名頹，當作良策，全國大望。」便行求龍，以術致之，爲作靖室，而鞠龍曰：「若有輕突入靖室者，吐火出毒，以滅來者。」（曇果、康孟詳．中本起經）〔註 108〕

> 迦葉白佛：「我梵志法，寢不同室，幸恕不愛。巨命如何？」佛指靖室：「此復何室？」迦葉答曰：「中有神龍，性急妬惡，有入室者，每便吐火燒害於人。」佛告迦葉：「以此借我。」迦葉答曰：「實不有愛，恐龍爲害耳。」（曇果、康孟詳．中本起經）〔註 109〕

東漢佛經中「靖室」是個有特殊用途的房間，是爲了眾人修行所準備的房間，由鞠龍守護，如果有不善來者欲進入，則會受到鞠龍的火焰攻擊。

2. 六朝至隋唐佛經詞義分析

六朝佛經無「靖室」一詞，隋唐佛經中「靖室」一詞僅出現於《開元釋教錄》，請見下文：

> 若能得舍利當爲造塔。如其虛妄國有常刑。會請期七日。乃謂其屬曰。法之興廢在此一舉。今不至誠後將何及。乃共潔齋靖室以銅瓶加持燒香禮請。七日期畢寂然無應。求申二七亦復如之。（唐．智升．開元釋教錄）〔註 110〕

隋唐佛經中「靖室」是用來提供修行、靜心的房間，東漢至隋唐佛經的解釋皆相同。

3. 中土文獻詞義分析

「靖室」一詞遲至唐代才出現，唐．房玄齡《晉書．王羲之傳》：「王氏世事張氏五斗米道，凝之彌篤。孫恩之攻會稽，僚佐請爲之備，凝之不從方入靖

〔註 108〕見於《大正藏》第 4 冊，頁 149。

〔註 109〕見於《大正藏》第 4 冊，頁 150。

〔註 110〕見於《大正藏》第 55 冊，頁 490。

室請禱。〔註 111〕」其中「入靖室請禱」是指進入「靖室」請求、祝導神明，這是五斗米道修行時所使用的房間，由張修首創，南朝宋・陸修靜《道門科略》：「奉道之家，靖室是致誠之所。其外別絕，不連他屋。其中清虛，不雜餘物。開閉門户，不妄觸突。灑掃精肅，常若神居。唯置香爐香燈章案書刀四物而已。〔註 112〕」「靖室」設置的目的是讓病人在靖室裡思過，也稱爲「靜室」。

4. 歷時使用分析

「靖」《說文・立部》：「立竫也。從立青聲。一曰細皃。」段玉裁注：「謂立容安竫也。安而後能慮。〔註 113〕」「靖」解釋爲安定。「竫」通「靜」，訫靜。本義是安定。《國語・周語下》：「自后稷以來寧亂，及文、武、成、康而僅克安民。自后稷之始基靖民，十五王而文始平之，十八王而康克安之，其難也如是。」韋昭注：「靖，安也。自后稷播百穀，以始安民。〔註 114〕」

「室」的本義是內室。《論語・先進》：「由也，陞堂矣，未入於室也。〔註 115〕」《禮記・問喪》：「入門而弗見也，上堂又弗見也，入室又弗見也。〔註 116〕」「室」指的是「室內」。

「靖室」《詞典》則解釋有二，一是清靜的房間。靖，通「靜」。《晉書・文苑傳・王沉》：「親客陰參於靖室，疏賓徙倚於門側。〔註 117〕」二是道家修養靜息的處所。《雲笈七籤》卷五：「〔升真王先生〕乃於洞西北嶺上結靖室以居，研味玄秘。〔註 118〕」《雲笈七籤》卷四五：「若師在遠處，入靖室，面向師所在方，至心再拜。〔註 119〕」《詞典》的兩種解釋中，「靖」都釋爲清靜；「室」則

〔註 111〕請參見《四部備要・晉書》（北京：中華書局，1990），頁 647。

〔註 112〕請參見《正統道藏・第 41 冊・第 761 號》（臺北：新文豐出版社，1988），頁 8。

〔註 113〕請參見漢・許愼著、清・段玉裁注《說文解字注》（臺北：洪葉出版社，1989），頁 504。

〔註 114〕請參見《四部叢刊・國語》（上海：商務印書館，1922），頁 103～104。

〔註 115〕請參見清・阮元校刻《十三經注疏・論語正義》（北京：中華書局，1980），頁 2499。

〔註 116〕請參見清・阮元校刻《十三經注疏・禮記正義》（北京：中華書局，1980），頁 2656。

〔註 117〕請參見《四部備要・晉書》（北京：中華書局，1990），頁 733。

〔註 118〕請參見《四部叢刊・雲笈七籤》（上海：商務印書館，1922），頁 128。

〔註 119〕請參見《四部叢刊・雲笈七籤》（上海：商務印書館，1922），頁 21～22。

指房間。

以下整理「靖室」一詞歷時的詞性及詞義變化：

	佛經文獻			中土文獻
時間	東漢	六朝	隋唐	唐代
詞性	名詞	無	名詞	名詞
詞義	提供修行、靜心的房間	無	提供修行、靜心的房間	修行時所使用的房間

由上表可知，「靖室」一詞在東漢佛經後，是指由「鞠龍」保護的房間，提供給眾人修行之用，至隋唐佛經延續這樣的用法，且影響到道教，道教也使用「靖室」用以指修行時所使用的房間。

「靖室」爲偏正式複合詞，由修飾語「靖」和被修飾語「室」結合而成，作名詞用。「靖室」在東漢佛經中作名詞用，指一處所，故前可接動詞，如：「入<u>靖室</u>者」、「佛指靖室」、「乃共潔齋<u>靖室</u>」、「凝之不從方入靖室請禱」等。隋唐佛經及中土文獻的用法皆相同。

（八）豪　尊

1. 東漢佛經詞義分析

「豪尊」一詞在東漢佛經中的使用情況，舉例說明如下：

> 諸天心念言雖有羅漢數千萬億<u>豪尊</u>。不如供養發意菩薩也。」（支婁迦讖・佛說遺日摩尼寶經）〔註120〕

「雖有羅漢數千萬億豪尊」是說有數千萬億爲強大又尊貴的羅漢，作名詞使用。

> 七者菩薩雖自<u>豪尊</u>爲人所易。是爲忍辱。八者菩薩爲人所剝割不瞋不怨。是爲忍辱。（支婁迦讖・佛說伅眞陀羅所問如來三昧經）〔註121〕

「菩薩雖自豪尊爲人所易」是說菩薩雖然強大尊貴，但很容易取代」，作形容詞使用。從上面兩個句例，「豪尊」皆釋爲尊貴之意，但分別作名詞及作形容詞用，意即羅漢與菩薩的強大及尊貴。

〔註120〕見於《大正藏》第12冊，頁191。

〔註121〕見於《大正藏》第15冊，頁357。

2. 六朝至隋唐佛經詞義分析

「豪尊」一詞於六朝佛經中的使用情況，舉例說明如下：

> 王者之種，捨世豪尊，來入正化，或工師小姓，亦入正化，種族雖殊，至於服習大道，同爲一味，無非釋子，此第七之德。（西晉・法炬・法海經）〔註122〕

> 比丘當知，由此慈園生梵天上，從梵天終，當生豪尊之家，饒財多寶，恒有五樂自娛，未曾離目，以是之故，名爲慈園。（東晉・瞿曇僧伽提婆・增壹阿含經）〔註123〕

> 爾時世尊遊舍衛城，國王大臣豪尊長者，凡庶萬民咸共供養衣被飯食床褥臥具，病瘦醫藥一切所安。（西晉・竺法護・佛說普曜經）〔註124〕

以上三例的「豪尊」，第一例「捨世豪尊」是指捨棄在這世上強大、尊貴的地位，作名詞用。第二、三例則皆釋爲尊貴，作形容詞用。「豪尊之家」是指社會地位尊貴的家族。「豪尊長者」是指受人尊重又年高德劭的人。

> 何以故事不宜爾？爲當門望不齊，爲當居生不等？卿亦豪尊富貴，我亦豪尊富貴，何以故事宜爾？（吳・支謙・須摩提女經）〔註125〕

> 由過去世慈心孝順，供養父母，以持身肉，濟父母厄，緣是功德，天上人中，常生豪尊，受福無量，緣是功德，自致作佛。（元魏・慧覺・賢愚經）〔註126〕

以上兩例「豪尊」作名詞用，「卿亦豪尊富貴」是說你也是屬於地位尊貴又有財富的人。「常生豪尊」是說經常可以有尊貴的人出現。而隋唐佛經中「豪尊」僅有一例，且同於六朝的用例，「常生帝王大臣長者賢善家子。所生之處豪尊富貴。財產珍寶不可稱數。」（唐・釋道世・法苑珠林）〔註127〕。

〔註122〕見於《大正藏》第1冊，頁818。

〔註123〕見於《大正藏》第2冊，頁669。

〔註124〕見於《大正藏》第3冊，頁483。

〔註125〕見於《大正藏》第2冊，頁836。

〔註126〕見於《大正藏》第4冊，頁357。

〔註127〕見於《大正藏》第53冊，頁540。

3. 中土文獻詞義分析

「豪尊」一詞中「豪」有強大之意，「尊」則是高貴之意，以「豪尊」為次序，指力量強大且地位高貴的人事物之意，作名詞用。但中土文獻中多以「豪」作形容詞使用，如「豪強」、「豪寵」、「豪富」等等，「豪尊」一詞出現於清代《敕建淨慈寺志》：「懸珠網而御瑤圖，規模宏遠，豪尊富貴之報，實如優曇經言：子孫繁衍之符。〔註128〕」其中「豪尊」作名詞用，「豪尊富貴之報」解釋為將來會回報使其成為擁有強大權力及尊貴地位的人。雖然這個用法和東漢佛經的用法頗為類似，但時代相距太遠，不應相提並論之。

4. 歷時使用分析

「豪」《說文》：「豕，鬣如筆管者。出南郡。從希高聲。〔註129〕」「豪」俗作「毫」，本義為豪豬，故也解釋為動物長而細的毛。《莊子・齊物論》：「天下莫大於秋豪之末，而大山為小；莫壽乎殤子，而彭祖為夭。〔註130〕」「秋豪」是指動物於秋天新生出來的細毛。

「尊」《說文》：「酒器也。從酋，廾以奉之。〔註131〕」本義為古代盛酒禮器，後來泛指各種酒器。《周禮・春官・小宗伯》：「辨六尊之名物，以待祭祀賓客。〔註132〕」其中「六尊」是指獻尊、象尊、壺尊、著尊、大尊、山尊共六種禮器。

以下整理「豪尊」一詞歷時的詞性及詞義變化：

	佛經文獻			中土文獻
時間	東漢	六朝	隋唐	清代
詞性	1. 名詞 2. 形容詞	1. 名詞 2. 形容詞	形容詞	名詞
詞義	1. 強大又尊貴的羅漢 2. 強大及尊貴的	1. 強大、尊貴的地位 2. 地位尊貴的	地位尊貴的	強大的權力以及尊貴的地位

〔註128〕請參見《中國佛寺史志匯刊・敕建淨慈寺志》第一輯，（臺北：明文書局，1980）。

〔註129〕請參見漢・許慎著、清・段玉裁注《說文解字注》（臺北：洪葉出版社，1989），頁460。

〔註130〕請參見清・王先謙《新編諸子集成・莊子集解》（北京：中華書局，1993），頁19。

〔註131〕請參見漢・許慎著、清・段玉裁注《說文解字注》（臺北：洪葉出版社，1989），頁759。

〔註132〕請參見清・阮元校刻《十三經注疏・周禮注疏》（北京：中華書局，1980），頁766。

「豪尊」一詞在東漢及六朝佛經作爲名詞及形容使用，隋唐之後名詞的用法消失，僅作形容詞用。中土文獻晚至清代才出現「豪尊」一詞，和六朝佛經相同，以名詞片語「豪尊富貴」出現，依題的對象爲一佛寺「淨慈寺」，與題意有果報之旨，可以視爲是承繼於六朝佛經而來。

「豪尊」爲並列式複合詞，由「豪」、「尊」兩個形容詞語素組合而成，應作形容詞使用，「豪尊」一詞在東漢佛經時作名詞使用。如：「雖有羅漢數千萬億豪尊」，從前接數量詞便可證明。也作形容詞使用，如：「菩薩雖自豪尊爲人所易」，「豪尊」用以修飾菩薩，表示菩薩的強大與尊貴。

六朝佛經和東漢佛經相同，可作名詞，如：「捨世豪尊」，其中「世豪尊」是指世上最強大又尊貴的地位。作形容詞用，如：「豪尊之家」，「豪尊」後接介詞「之」。「豪尊長者」，「豪尊」修飾長者，表示長者的地位。

隋唐佛經及中土文獻則僅作名詞用，如：「卿亦豪尊富貴」「豪尊」及「富貴」是名詞並列的片語。又如：「常生豪尊」，「豪尊」前接動詞，表示尊貴的人出現。

（九）紺　馬

1. 東漢佛經詞義分析

「紺馬」一詞在東漢佛經中的使用情況，舉例說明如下：

> 何等爲七？一、金輪寶，二、神珠寶，三、玉女寶，四、典寶藏臣，五、典兵臣，六、紺馬寶珠髦鬣，七、白象寶珠髦尾。（竺大力、康孟詳・修行本起經）〔註 133〕

> 紺馬寶者，馬青紺色，髦鬣貫珠，揾摩洗刷，珠則墮落，須臾之間，更生如故；其珠鮮潔，又踰於前，鳴聲於遠聞一由旬，王時乘騎，案行天下，朝去暮還，亦不疲極，馬腳觸塵，皆成金沙，是故名爲紺馬寶也。（竺大力、康孟詳・修行本起經）〔註 134〕

東漢佛經的「紺馬」，主要是指毛色爲青紅色的馬。其中第二例的「紺馬寶」，根據明・一如法師的解釋是指：「謂轉輪聖王清旦升殿，有紺馬寶忽然出現，髦

〔註 133〕見於《大正藏》第 3 冊，頁 462。

〔註 134〕見於《大正藏》第 3 冊，頁 463。

鬣貫珠，洗刷之時，珠則墮落，須臾之間，更生如故；其珠鮮潔，色勝於前。鳴聲遠聞一由旬內，力能飛行。王若乘之，案行天下，朝去暮回，力不疲極。馬腳觸塵，皆成金沙，是名紺馬寶。〔註 135〕」因此，「紺馬」是指鬃毛上有寶珠，且能飛行的一種神聖動物，爲七寶之一。

2. 六朝至隋唐佛經詞義分析

「紺馬」一詞於六朝佛經中的使用情況，舉例說明如下：

> 何謂七寶？一、金輪寶，二、白象寶，三、紺馬寶，四、神珠寶，五、玉女寶，六、居士寶，七、主兵寶。（後秦・佛陀耶舍、竺佛念・佛說長阿含經）〔註 136〕

> 時，王自在以法治化，人中殊特，七寶具足，一者金輪寶，二者白象寶，三者紺馬寶，四者神珠寶，五者玉女寶，六者居士寶，七者主兵寶。（後秦・佛陀耶舍、竺佛念・佛說長阿含經）〔註 137〕

> 所謂七寶者，輪寶、象寶、紺馬寶、珠寶、玉女寶、居士寶、典兵寶，是謂七寶。（西晉・法炬・佛說頂生王故事經）〔註 138〕

> 阿難！昔大天王試馬寶時，平旦日出，至馬寶所，乘彼馬寶，遊一切地乃至大海，即時速還至本王城，是謂大天王成就如是紺馬之寶。（東晉・瞿曇僧伽提婆・中阿含經）〔註 139〕

分析上述的例子，「紺馬」屬七寶之一，但七寶的排序和東漢佛經有些不同，名稱上可以稱爲「紺馬」、「紺馬寶」、「紺馬之寶」等多種稱呼。

> 後復還世間作飛行皇帝，七寶導從：一者紫金轉輪，二者明月神珠，三者飛行白象，四者紺馬朱鬣，五者玉女妻，六者典寶臣，七者聖輔臣。（吳・康僧會・六度集經）〔註 140〕

〔註 135〕見於《永樂北藏》第 18 冊，頁 351。

〔註 136〕見於《大正藏》第 1 冊，頁 21。

〔註 137〕見於《大正藏》第 1 冊，頁 39。

〔註 138〕見於《大正藏》第 1 冊，頁 822。

〔註 139〕見於《大正藏》第 1 冊，頁 512。

〔註 140〕見於《大正藏》第 3 冊，頁 52。

於是自力誦之。始得半卷。氣劣不堪。乃令人讀之一遍。纔竟合掌而卒。侍疾十餘人咸見空中紺馬背負金棺升空而逝。（梁・釋慧皎・高僧傳）〔註141〕

大天到後十五日，月盛滿時，沐浴清淨，從諸婇女上西樓上，西向視，見有紺馬王，名婆羅含，乘空而來，行不動身，頭上金冠，寶爲瓔珞，披珠交絡，左右垂鈴。（東晉・瞿曇僧伽提婆・增壹阿含經）〔註142〕

分析上述的例子，「紺馬朱鬣」是七寶導從之一；「空中紺馬」，則是能於空中飛翔的「紺馬」；「紺馬王」的名字則是婆羅含，能於空中飛翔，頭上有金冠，身上有寶珠等裝飾。

「紺馬」一詞於隋唐佛經中的使用情況，舉例說明如下：

何者七寶？一金輪寶、二白象寶、三紺馬寶、四神珠寶、五玉女寶、六主藏寶、七兵將寶，是爲七寶。（隋・闍那崛多・起世經）〔註143〕

率土詠歌，喜皇陛之納佑；緇林勇銳，欣紺馬之來遊。伏願無替前思，特令法服，靡局常戀，迫構良因。（唐・釋彥悰・大唐大慈恩寺三藏法師傳）〔註144〕

高座法師流芳鞏雒。或復昆明池內識劫燒之餘灰。長沙寺裡感碎身之遺蔭道開入境僊人之星乃出。法成去世紺馬之瑞爰浮。乃有青目赤髭黃眸白足。連眉表稱大耳傳名。（唐・釋道宣・廣弘明集）〔註145〕

謹於弘福道場奉施齋供。並施淨財以充檀舍。用其功德奉爲先靈。願心悟無生神遷妙喜。策紺馬以入香城。躡金階而升寶殿。遊玩法樂逍遙淨土。（唐・釋道宣・集古今佛道論衡）〔註146〕

〔註141〕見於《大正藏》第50冊，頁399。

〔註142〕見於《大正藏》第2冊，頁807。

〔註143〕見於《大正藏》第1冊，頁317。

〔註144〕見於《大正藏》第50冊，頁271。

〔註145〕見於《大正藏》第52冊，頁277。

〔註146〕見於《大正藏》第52冊，頁386。

隋唐佛經和六朝佛經相同，「紺馬」是指七寶之一：「紺馬寶」。也可指一種外表是「青目赤髭黃眸白足」的馬匹，可以飛翔或是去到「逍遙淨土」之地。

3. 中土文獻詞義分析

「紺馬」一詞見於唐代，歐陽詢《相宮寺碑》：「銘曰：洛陽白馬，帝釋天冠，開基紫陌，峻極雲端，實惟爽塏，棲心之地，譬若靜土，長爲佛事，銀鋪曜色，玉礎金光，塔如仙掌，樓疑鳳皇，珠生月魄，鍾應秋霜，鳥依交露，幡承杏梁，窗舒意樂，室度心香，天琴夜下，紺馬朝翔，生滅可度，離苦獲常，相續有盡，歸乎道場。〔註147〕」其中「紺馬朝翔」意指可以飛上天的紺馬，也是祥瑞的象徵，和佛經相同。

4. 歷時使用分析

「紺」《說文》：「紺，帛深青揚赤色。從糸甘聲。」段玉裁注：「揚當作陽，猶言表也。釋名曰。紺、含也。青而含赤色也。按此今之天青。亦謂之紅青。〔註148〕」原指布料染色後的顏色，是微紅中帶有深青色，如：《莊子・讓王》：「子貢乘大馬，中紺而表素，軒車不容巷，往見原憲。〔註149〕」其中「中紺」是指馬車上裝飾性布料的顏色。而東漢時「紺」已經從用以指織品染色轉而成爲單指顏色的用字。

「馬」《說文》：「怒也。武也。象馬頭髦尾四足之形。凡馬之屬皆從馬。〔註150〕」指馬匹。明・一如法師《三藏法數》：「紺馬者，青赤色馬也。〔註151〕」

以下整理「紺馬」一詞歷時的詞性及詞義變化：

	佛經文獻			中土文獻
時間	東漢	六朝	隋唐	唐代
詞性	名詞	名詞	名詞	名詞
詞義	七寶之一	七寶之一	七寶之一	祥瑞的象徵

〔註147〕請參見明・張溥編《漢魏六朝百三家集・卷八十二》（北京：人民出版社，1960）。

〔註148〕請參見漢・許愼著、清・段玉裁注《說文解字注》（臺北：洪葉出版社，1989），頁657。

〔註149〕請參見清・王先謙《新編諸子集成・莊子集解》（北京：中華書局，1993），頁255。

〔註150〕請參見漢・許愼著、清・段玉裁注《說文解字注》（臺北：洪葉出版社，1989），頁465。

〔註151〕見於《永樂北藏》第18冊，頁351。

「紺」是表紅色系的顏色詞，根據符淮青的分類，「紺」屬於由特指某類事物的紅色變爲指稱一般紅色的詞語〔註 152〕。這一類的特色在於一開始紅色是依附於某類事物上，也特指某類事物的屬性，但漸漸地擺脫了具體的事物，發展成標示一般事物紅色的屬性。先秦時期「紺」所表示的紅色，主要是指布料，到了東漢，「紺」成爲一般紅色的顏色詞，故可用以形容布料以外的事物，如：「紺馬」。東漢以後，「紺」並未成爲紅色系顏色詞的代表，用以表示紅色系多以「赤」、「朱」、「丹」等字爲代表用字，「紺」字則主要出現於佛教相關事物中，中土文獻裡出現的「紺」也多半和佛教相關，如：唐代佛寺碑文上可見，如：「紺坊」、「紺殿」、「紺宇」、「紺園」都是指佛寺之意。

「紺馬」爲偏正式複合詞，由形容詞「紺」與名詞「馬」組合而成，主要是指毛色爲青紅色的馬。「紺馬」從東漢至隋唐佛經都是用以指稱七寶之一，因此最常見的用法爲「紺馬」後接「寶」、「之寶」稱爲「紺馬寶」，唐代中土文獻「紺馬」已從七寶引申爲表示祥瑞的象徵。

（十）澡　罐

1. 東漢佛經詞義分析

「澡罐」僅出現於《修行本起經》，請見下文：

> 是時有梵志儒童，名無垢光。……歲終達嚫，金銀珍寶、車馬牛羊、衣被繒綵履屣、七寶之蓋、錫杖澡罐，最聰明智慧者，應受斯物。……菩薩不受，唯取傘蓋錫杖、澡罐履屣、金銀錢各一千，還上本師。其師歡喜，便共分佈。（竺大力、康孟詳・修行本起經）〔註 153〕

東漢佛經中「澡罐」是「最聰明智慧者」應接受的東西之一，同時「澡罐」是洗浴時的用具，也是僧侶必備的用具之一。

2. 六朝至隋唐佛經詞義分析

〔註 152〕根據符淮青針對漢語表示「紅色」的顏色詞群分析，共分爲四類：1. 表示含有紅色的事物的詞；2. 由特指某類物的紅色（或含有紅色）變爲指一般的紅色的詞；3. 特指顏色回紅或能染紅的某類物，又指紅色的詞；4. 單純表示不同深淺的紅色的詞。請參見符淮青〈漢語表「紅」的顏色詞群分析〉（上）（下）《語文研究》1988 年第 8 期，頁 28～35、《語文研究》1989 年第 1 期，頁 39～46。

〔註 153〕見於《大正藏》第 3 冊，頁 461。

「澡罐」一詞於六朝佛經中的使用情況，舉例說明如下：

郁伽長者即爲呼彼人，以左手執大夫人臂，右手執金澡罐，語彼人曰：「我今以大夫人與汝作婦。」（東晉・瞿曇僧伽提婆・中阿含經）〔註 154〕

若彼乞食有前還者，便敷床，汲水出，洗足器，安洗足蹬，及拭腳巾、水瓶、澡罐，若所乞食能盡食者，便盡食之；若有餘者，器盛覆舉。（東晉・瞿曇僧伽提婆・中阿含經）〔註 155〕

淳陀白佛：「有沙門、婆羅門，奉事於水，事毘濕波天，執杖澡罐，常淨其手。（宋・求那跋陀羅・雜阿含經）〔註 156〕

爾時，長者白世尊言：「善哉！如來！聽諸比丘隨所須物三衣、缽盂、針筒、尼師壇、衣帶、法澡罐，及餘一切沙門雜物，盡聽弟子家取之。」（東晉・瞿曇僧伽提婆・增壹阿含經）〔註 157〕

各欲散時，便以五百兩金及金杖一枚，金澡罐一枚，牛千頭，用奉上師，與第一上坐。（東晉・瞿曇僧伽提婆・增壹阿含經）〔註 158〕

爾時，梵志以左耳中所著寶環持與手龍，右耳寶環持與陸龍，所坐寶床持與水龍，所用寶杖與虛空龍，純金澡罐與妙音龍。（北涼・曇無讖・悲華經）〔註 159〕

外國有一呪龍師，澡罐盛水詣龍池邊一心讀咒，此龍即時便見大火從池底起，舉池皆然。龍見火怖出頭望山，復見大火燒諸山澤，仰視山頭空無住處，一切皆熱安身無地，唯見澡罐中水可以避難，便滅其大身作微小形，入澡罐水中。（後秦・鳩摩羅什・眾經撰雜譬喻）〔註 160〕

〔註 154〕見於《大正藏》第 1 冊，頁 480

〔註 155〕見於《大正藏》第 1 冊，頁 536。

〔註 156〕見於《大正藏》第 2 冊，頁 271。

〔註 157〕見於《大正藏》第 2 冊，頁 564。

〔註 158〕見於《大正藏》第 2 冊，頁 598。

〔註 159〕見於《大正藏》第 3 冊，頁 202。

〔註 160〕見於《大正藏》第 4 冊，頁 537。

六朝佛經中「澡罐」一詞和東漢時最大的不同是開始標明澡罐的材質，如：「金澡罐」、「法澡罐」、「純金澡罐」，且「澡罐」成爲沙門隨身必備的物品。

「澡罐」一詞於隋唐佛經中的使用情況，舉例說明如下：

> 時淨飯王即持種種雜妙珍寶，以用嚫施阿私陀仙。時阿私陀，持自澡罐，以水洗手，受此施物，受已即持回奉童子。（隋・闍那崛多・佛本行集經）〔註 161〕

> 其佛右邊作觀自在菩薩，右手屈臂向上把白拂。左手申臂向下把澡罐。其罐口中置於蓮華。（唐・阿地瞿多・陀羅尼集經）〔註 162〕

> 能成就如意珠賢瓶。雨寶輪劍。神線蓮華鬘。澡罐念珠。能竭大海江河。（唐・不空・金剛恐怖集會方廣軌儀觀自在菩薩三世最勝心明王經）〔註 163〕

> 面向佛看聽佛說法。左廂三手。一手執華。一手捉澡罐。一手捉經甲。右廂三手。一手施無畏出寶。（唐・釋智通・清淨觀世音普賢陀羅尼經）〔註 164〕

> 洞善方言兼工呪術則無抗衡矣。嘗坐井口。澡罐內空。弟子未來無人汲水。（唐・釋道宣・續高僧傳）〔註 165〕

> 伽藍內南佛堂中有佛澡罐，量可斗餘；雜色炫耀，金石難名。（唐・玄奘・大唐西域記）〔註 166〕

> 過去迦葉涅槃時。付我一澡罐。其項上有雙龍繞。下有師子蹲。拘留佛所製。（唐・釋道世・法苑珠林）〔註 167〕

> 昔有一人事須火用及以冷水。即便宿火。以澡罐盛水。置於火上。

〔註 161〕見於《大正藏》第 3 冊，頁 694。
〔註 162〕見於《大正藏》第 18 冊，頁 785
〔註 163〕見於《大正藏》第 20 冊，頁 10。
〔註 164〕見於《大正藏》第 20 冊，頁 22。
〔註 165〕見於《大正藏》第 50 冊，頁 428。
〔註 166〕見於《大正藏》第 51 冊，頁 872。
〔註 167〕見於《大正藏》第 53 冊，頁 367。

（唐・釋道世・法苑珠林）〔註 168〕

隋唐佛經中「澡罐」的詞義和東漢及六朝相同，而隋唐佛經中「澡罐」主要用以汲水及儲水，也可置於火上用以烹煮，其外表可有雙龍裝飾等等。

3. 中土文獻詞義分析

「澡罐」見於唐・李延壽《南史・列傳》：「齊武帝嘗至悛宅，晝臥覺，悛自捧金澡罐受四升水以沃盥，因以與帝，前後所納稱此。〔註 169〕」和六朝佛經一樣，前加材質用以修飾，但此處使用澡罐的人物並非僧人，可見「澡罐」已經普及到一般大眾。

關於洗浴，是佛教相當重視的一件事，藉由清洗身體以保持乾淨是侍奉佛事的必備條件之一。因此，浴室成爲佛寺必備的設施，從《增壹阿含經》記載「造作浴室有五功德〔註 170〕」可見洗浴對僧侶的重要性。魏・楊衒之《洛陽伽藍記》記載寶光寺中設有大浴室的記錄〔註 171〕。唐・義淨也曾將自己在印度見到僧人的日常行儀法式，加以記錄而成《南海寄歸內法傳》中提到：「那爛陀寺。有十餘所大池。每至晨時。寺鳴揵稚。令僧徒洗浴。人皆自持浴裙。或千或百。俱出寺外。散向諸池。各爲澡浴。〔註 172〕」佛寺內建有大浴室供僧侶洗浴之用，因此，佛經中和洗浴相關的用具或是和儲水相關的用具，其造詞多以「澡」來造詞，如：「澡盤」，見於吳・康僧會《六度集經》：「後有澡盤，可從商人易白珠也。〔註 173〕」、西晉・竺法護《生經》：「九種物者——

〔註 168〕見於《大正藏》第 53 冊，頁 456。

〔註 169〕請參見《四部備要・南史》（北京：中華書局，1989），頁 287。

〔註 170〕請參見東晉・瞿曇僧伽提婆《增壹阿含經》：「爾時，世尊告諸比丘：『造作浴室有五功德。云何爲五？一者除風，二者病得差，三者除去塵垢，四者身體輕便，五者得肥白。是謂，比丘！造作浴室有此五功德。是故，諸比丘！若有四部之眾欲求此五功德者，當求方便，造立浴室。如是，諸比丘！當作是學。』」（見於《大正藏》第 2 冊，頁 703）。

〔註 171〕魏・楊衒之《洛陽伽藍記》：「寶光寺。在西陽門外御道北。有三層浮圖一所。以石爲基。形制甚古。畫工雕刻。隱士趙逸見而歎曰。晉朝石塔寺今爲寶光寺也。人問其故。逸曰。晉朝三十二寺。盡皆湮滅。唯此寺獨存。指園中一處曰。此是浴室。」（《大正藏》第 51 冊，頁 1014）。

〔註 172〕見於《大正藏》第 54 冊，頁 220。

〔註 173〕見於《大正藏》第 3 冊，頁 19。

金、馬、銀、鞍、勒及端正女、金澡罐及金澡盤、金銀床席，皆絕妙好，如是之比，有九種物。〔註174〕」，中土文獻則是北齊・魏收《魏書・列傳》：「蹟嘗至其益州刺史劉悛宅晝臥，覺，悛自捧金澡盤面廣三尺，愛姬執金澡灌受四升，以充沃盥，因以奉獻。〔註175〕」，《漢語大詞典》：「澡盤，古代盥洗用具。」「澡盤」泛指用以沐浴的用具。又如「澡瓶」，見於後秦・佛陀耶舍、竺佛念《長阿含經》：「有人不能得無上明行具足，而手執澡瓶，持杖筭術，入山林中，食自落果。〔註176〕」、東晉・佛駄跋陀羅《大方廣佛華嚴經》：「或服草衣，或樹皮衣，皆執澡瓶，持三奇杖，威儀庠序，無有變異。〔註177〕」中土文獻則遲至宋《太平廣記・神仙・羅公遠》：「師神呪有功。葉不能及。可爲朕呪法善入澡瓶乎。」，《漢語大詞典》：「澡瓶，僧人用以儲水的容器。」「澡瓶」爲儲水之用，目的亦爲洗浴之用。

4. 歷時使用分析

「澡」《說文》：「澡，灑手也。〔註178〕」本義是指清洗手部，但先秦時期「澡」已不限於清洗手部，而擴大爲清洗的意思。《禮記・儒行》：「儒有澡身而浴德，陳言而伏，靜而正之，上弗知也。〔註179〕」即清洗之意。

「罐」的本義指使用陶土或金屬製造的容器，可用於汲水或烹煮之用。《說文》：「罐，器也。」

「澡罐」《漢語大詞典》則解釋爲：「澡罐，僧人盛盥漱用水的器皿。」是專指僧人洗浴時所使用的器具。

以下整理「澡罐」一詞歷時的詞性及詞義變化：

	佛經文獻			中土文獻
時間	東漢	六朝	隋唐	唐代
詞性	名詞	名詞	名詞	名詞

〔註174〕見於《大正藏》第3冊，頁107。

〔註175〕請參見《四部備要・韓非子》（北京：中華書局，1990），頁693。

〔註176〕見於《大正藏》第1冊，頁86。

〔註177〕見於《大正藏》第9冊，頁695。

〔註178〕請參見漢・許愼著、清・段玉裁注《說文解字注》（臺北：洪葉出版社，1989），頁569。

〔註179〕請參見清・阮元校刻《十三經注疏・禮記正義》（北京：中華書局，1980），頁1670。

	佛　經　文　獻			中土文獻
時間	東漢	六朝	隋唐	唐代
詞義	1. 洗浴時的用具 2. 僧侶必備用具	指洗浴時的用具，且成爲沙門隨身必備的物品	可汲水、儲水，也於火上烹煮的器具	一般人洗浴時的用具

「澡罐」爲偏正式複合詞，由修飾語「澡」和被修飾語「罐」組合而成，作名詞用。「澡罐」於東漢佛經，「澡罐」一詞多和其他器具一同出現，組成四字句的形式，如：「錫杖澡罐」、「澡罐履屣」、隋唐佛經中「澡罐念珠」等。六朝佛經則可見到前接顏色字或材質，用以修飾「澡罐」，如：「右手執金澡罐」、「法澡罐」、「純金澡罐」。也可前接各種及物動詞，如：「入澡罐水中」。隋唐佛經中的「持自澡罐」、「左手申臂向下把澡罐」。

「澡罐」一詞在東漢佛經專指僧侶必備的洗浴用具，至六朝佛經爲止都還維持著這樣的詞義，到了隋唐佛經的詞例可見到「澡罐」的作用擴大了，已非專指洗浴的用具，且唐代中土文獻將「澡罐」解釋爲洗浴用具，可見是承襲自六朝以前的佛經。

（十一）助　身

1. 東漢佛經詞義分析

「助身」一詞在東漢佛經中的使用情況，舉例說明如下：

> 有意有身無意無身。意爲人種。是名爲還。還者謂意不復起惡。起惡者是爲不還。亦謂前助身後助意。不殺盜淫兩舌惡口妄言綺語。是爲助身。不嫉瞋恚癡。是爲助意也。（安世高·佛說大安般守意經）〔註180〕

「亦謂前助身後助意」是說先助身再助意，是說先幫助他人，再幫助他建立信佛的心，作動詞用。「不殺盜淫兩舌惡口妄言綺語。是爲助身」是說不做竊盜、姦淫、說人壞話及說謊等事即爲助身。「助身」是指規範人的外在行爲，作名詞用。

2. 六朝至隋唐佛經詞義分析

「助身」一詞於六朝佛經中的使用情況，舉例說明如下：

〔註180〕見於《大正藏》第15冊，頁167。

> 大欲、精進力故，一心愛樂佛道，不惜身命。休息、飲食等，皆是<u>助身</u>法。是事雖來，不爲亂心，知皆虛誑無常、無實，如怨、如賊，但爲身樂故，何足存念！（後秦・鳩摩羅什・大智度論釋涅槃如化品）〔註 181〕

「皆是<u>助身</u>法」是說都是助身的方法，作名詞用。按照前文，所謂「助身」是指信仰佛教應盡心盡力、不惜生命、休息時間及飲食。

「助身」一詞於隋唐佛經中的使用情況，舉例說明如下：

> 四<u>助身</u>之物。律本云。若老病不堪步涉。聽作步輓車。若輿若輦若車。隨事並給。除皮繩髮繩。不得使比丘擔牽。（唐・道宣・量處輕重儀末）〔註 182〕

> 第四<u>助身</u>眾具。律本但有車輿杖扇入重。餘全不論。但是略無。義須例顯。並如上決。（唐・道宣・量處輕重儀末）〔註 183〕

「<u>助身</u>之物」是指能幫助身體方便行動的物品。「<u>助身</u>眾具」是指便利生活的用具，皆作動詞用。

3. 中土文獻詞義分析

「助身」一詞，遲至北宋才出現，北宋・李昉《太平廣記・鬼二十一・張守一》：「明公所出死囚之父也。幽明卑賤，無以報德。明公儻有助身之求。或能致耳。請受教。〔註 184〕」「助身之求」是指解救性命之意，作動詞用。

4. 歷時使用分析

「助」《說文・力部》：「助，左也。〔註 185〕」本義是輔佐、幫助之意。《詩・小雅・車攻》：「射夫既同，助我舉柴。〔註 186〕」「助我」即幫助我。

〔註 181〕見於《大正藏》第 25 冊，頁 732。

〔註 182〕見於《大正藏》第 45 冊，頁 850。

〔註 183〕見於《大正藏》第 45 冊，頁 851。

〔註 184〕請參見北宋・李昉《太平廣記》（北京：中華書局，1961），頁 2665。

〔註 185〕請參見漢・許愼著、清・段玉裁注《說文解字注》（臺北：洪葉出版社，1989），頁 705。

〔註 186〕請參見清・阮元校刻《十三經注疏・毛詩正義》（北京：中華書局，1980），頁 429。

「身」《說文・身部》:「身,象人之身。〔註187〕」本義是指肚裡懷胎。《詩・大雅・大明》:「大任有身,生此文王。」毛傳:「身,重也。」鄭玄箋:「重,謂懷孕也。〔註188〕」「有身」是指懷孕。也解釋爲人或動物的身軀,後引申爲性命之意。《詩・小雅・何人斯》:「我聞其聲,不見其身。〔註189〕」「其身」是指身影。《荀子・非相》:「衛靈公有臣曰公孫呂,身長七尺。〔註190〕」「身長」是指身高。也可泛指物體的主體部分。《爾雅・釋木》:「樅,松葉柏身;檜,柏葉松身。〔註191〕」「柏身」是指像柏樹一樣的樹幹。「松身」是指像松樹一樣的樹幹。

以下整理「助身」一詞歷時的詞性及詞義變化:

	佛經文獻			中土文獻
時間	東漢	六朝	隋唐	北宋
詞性	1. 名詞 2. 動詞	名詞	動詞	動詞
詞義	1. 規範人的外在行爲準則 2. 幫助他人	說明他人信仰佛教的種種方式	幫助他人	解救性命

「助身」爲述賓式結構,由述語「助」與賓語「身」結合而成,屬施事賓語。「助身」於東漢佛經,作名詞用,如:「不殺盜淫兩舌惡口妄言綺語。是爲助身」。也作動詞用,如:「亦謂前助身後助意」。六朝至隋唐佛經中,「助身」僅作名詞用,六朝時可前接繫詞「是」,如:「皆是助身法」。隋唐時則前接數量詞,如:「四助身之物」。或與其他名詞結合成四字句,如:「助身眾具」。

佛經與中土文獻的「助身」,其中對「身」的解釋不同,佛經方面,「身」指外在的物質,或是作爲人的代稱。中土文獻「身」則指「性命」,是從身體概念引申出來的。

〔註187〕請參見漢・許愼著、清・段玉裁注《說文解字注》(臺北:洪葉出版社,1989),頁392。

〔註188〕請參見清・阮元校刻《十三經注疏・毛詩正義》(北京:中華書局,1980),頁507。

〔註189〕請參見清・阮元校刻《十三經注疏・毛詩正義》(北京:中華書局,1980),頁455。

〔註190〕請參見清・王先謙《新編諸子集成・荀子集解》(北京:中華書局,1988),頁73。

〔註191〕請參見清・阮元校刻《十三經注疏・爾雅注疏》(北京:中華書局,1980),頁2638。

（十二）福　施

1. 東漢佛經詞義分析

「福施」一詞在東漢佛經中的使用情況，舉例說明如下：

> 世世若發意念：「我當於某處立福施、於某處不立福施。」世世若發意念：「我常持法施與某、不持法施與某。」（支婁迦讖・阿閦佛國經）〔註192〕

「於某處立福施」，即「立施福」意指建立行善事的風氣。「於某處不立福施」及「不立施福」意指未建立行善事的風氣。「福施」是指行善的風氣。

2. 六朝至隋唐佛經詞義分析

「福施」一詞於六朝佛經中的使用情況，舉例說明如下：

> 尋如所念，以律檢非導之典教，黎庶一時俱履道跡，往來不還無著得證，諸漏以盡禪定具足，威神巍巍得八解門，一心不亂。於阿逸意云何？彼時士夫所建福施，有能思惟限量者乎？（西晉・竺法護・正法華經）〔註193〕

> 何謂行捷疾度無極有六事。住無所逮而造福施。其心坦然而無所歸。是曰布施。（西晉・竺法護・賢劫經）〔註194〕

「所建福施」意指所建立的行善風氣。「而造福施」意指然後建立行善風氣。前兩例相較於東漢佛經的「立福施」，六朝佛經稱爲「建福施」。

> 若族姓子族姓女，受《正法華》一四句頌，分別奉行爲人解說，比其福施萬不如一。猶如巨海萬川皆歸；此經如是，一切諸法最爲元首。（西晉・竺法護・正法華經）〔註195〕

> 復次，天子！菩薩所有福施因緣近於有爲！所有佛慧因緣不墮無爲！是爲菩薩得無所畏。複次，天子！菩薩住於有爲爲已立禪，住於權慧爲從禪還，是爲菩薩得無所畏。（西晉・竺法護・佛說須眞天

〔註192〕見於《大正藏》第11冊，頁752。

〔註193〕見於《大正藏》第9冊，頁118。

〔註194〕見於《大正藏》第14冊，頁15。

〔註195〕見於《大正藏》第9冊，頁126。

子經）〔註 196〕

「比其福施萬不如一」是說比起行善有著萬種方法還不如只用一種。「菩薩所有福施因緣」是說菩薩所有爲了福德而行的因緣。「福施」則是「施福」之意。

「福施」一詞於隋唐佛經中的使用情況，舉例說明如下：

時大夫人發如是念。善哉我欲於城東門廣行福施。如是南西北門及以城內普行福施。獄囚繫閉咸皆放捨。（唐・義淨・根本說一切有部毘奈耶）〔註 197〕

若人持物施三寶者。應於所施物上鐫題施主名字此是某甲福施之物。（唐・義淨・根本薩婆多部律攝）〔註 198〕

今是月一日。大眾人人咸可用心。爲造寺施主及護寺天神國王大臣師僧父母十方施主。應說經中福施妙頌。（唐・義淨・根本說一切有部毘奈耶）〔註 199〕

「廣行福施」是說普遍地行善。「福施之物」則是指爲祈福而捐獻的物品。「福施妙頌」是指爲祈福而送唱的偈頌。

3. 中土文獻詞義分析

「福施」一詞至宋代才出現，《太平廣記・報應九・釋道泰》：「泰年至四十二，遇篤疾，慮必不濟。悉以衣鉢之資。厚爲福施。又歸誠念誦觀世音，晝夜四日，勤心不替。〔註 200〕」其中「厚爲福施」是指準備豐厚的東西作爲捐獻品。和唐代的用法有相同之處。

4. 歷時使用分析

「福」《說文》：「福，佑也。〔註 201〕」本義是古將富貴壽考全部齊備稱之爲福，與「禍」相對也解釋爲保佑求福之意。《尚書・洪範》：「五福：一曰壽，

〔註 196〕見於《大正藏》第 15 冊，頁 105。

〔註 197〕見於《大正藏》第 23 冊，頁 T724。

〔註 198〕見於《大正藏》第 24 冊，頁 562。

〔註 199〕見於《大正藏》第 24 冊，頁 245。

〔註 200〕請參見北宋・李昉《太平廣記》（北京：中華書局，1961），頁 754。

〔註 201〕請參見漢・許慎著、清・段玉裁注《說文解字注》（臺北：洪葉出版社，1989），頁 3。

二曰富，三曰康寧，四曰攸好德，五曰考終命。〔註202〕」《韓非子・解老》:「全壽富貴之謂福。〔註203〕」《禮記・祭統》:「福者，備也。備者，百順之名也，無所不順者謂之備。〔註204〕」

「施」《說文・㫃部》：「施，旗旖施也。〔註205〕」清・桂馥《說文解字義證》：「旗皃者，旗旖施也。〔註206〕」本義是旗飄動的樣子，也解釋爲設置。《韓非子・外儲說左上》：「趙主父令工施鉤梯而緣播吾，刻紆䖍東人蔰鈦亦其上，廣三尺，長五尺。〔註207〕」「施鉤梯」是指放置鉤梯。也解釋爲實行、施展。《論語・爲政》：「施於有政，是亦爲政。〔註208〕」施行好的政策，才是爲政之道。

以下整理「福施」一詞歷時的詞性及詞義變化：

	佛　經　文　獻			中土文獻
時間	東漢	六朝	隋唐	北宋
詞性	名詞	名詞	名詞	名詞
詞義	行善的風氣	建立的行善風氣	爲祈福而捐獻的物品	捐獻品

「福施」爲主謂式複合詞，由主語「福」與謂語「施」組合而成作名詞用。「福施」於東漢佛經，可前接動詞，如:「於某處立福施」、「於某處不立福施」。六朝至隋唐佛經的用法大致相同，如:「所建福施」、「而造福施」、「廣行福施」等。中土文獻則未見該詞。

「福施」一詞在東漢佛經起至隋唐佛經，其詞義日漸縮小，從東漢時用以表示行善的風氣，至隋唐時期縮小爲指稱爲祈福而捐獻的物品。中土文獻繼承了隋唐的用法，「福施」解釋爲捐獻品。

（十三）決　言

〔註202〕請參見清・阮元校刻《十三經注疏・尚書正義》(北京:中華書局，1980)，頁193。

〔註203〕請參見《四部備要・韓非子》(北京：中華書局，1990)，頁44。

〔註204〕請參見清・阮元校刻《十三經注疏・禮記正義》(北京:中華書局，1980)，頁1602。

〔註205〕請參見漢・許愼著、清・段玉裁注《說文解字注》(臺北：洪葉出版社，1989)，頁314。

〔註206〕請參見清・桂馥《說文解字義證》(上海：上海古籍出版社，1987)，頁584。

〔註207〕請參見《四部備要・韓非子》(北京：中華書局，1990)，頁80。

〔註208〕請參見清・阮元校刻《十三經注疏・論語注疏》(北京:中華書局，1980)，頁2463。

1. 東漢佛經詞義分析

「決言」一詞在東漢佛經中的使用情況，舉例說明如下：

> 於是能仁菩薩，以得決言，踊躍歡喜疑解望止，燿然無想，寂而入定，便逮清淨，不起法忍。（竺大力、康孟詳・修行本起經）〔註 209〕

> 我以發佈地。令怛薩阿竭而蹈之。正於是處而得決言。（支婁迦讖・佛說阿闍世王經）〔註 210〕

> 乃知時迦羅越颰陀調不。諸會者不及。佛即言。今在會中迦羅越子。名曰作羅一耶闍。是應時怛薩阿竭。而與決言。汝當作佛號字須陀扇（支婁迦讖・佛說阿闍世王經）〔註 211〕

「決言」一詞中「決」釋爲重要的。「言」自然是佛祖所傳的言論。因此，「決言」釋爲理解佛法的重要關鍵，作名詞用。在東漢佛經中「決言」一詞以「得決言」、「與決言」兩種形式出現，意思是從佛手中得到「決言」。

2. 六朝至隋唐佛經詞義分析

「決言」一詞於六朝佛經中的使用情況，舉例說明如下：

> 佛語諸天人：「如是，如是！昔我於提和竭羅佛前，逮得般若波羅蜜，我便爲提和竭羅佛所受決言：『卻後若當爲人中之導，悉當逮佛智慧。』」（支婁迦讖・道行般若經）〔註 212〕

> 佛言：「如我持五華散提和竭羅佛上，即逮得無所從生法樂於中立，授我決言：『卻後無數劫，若當爲釋迦文佛。』」（支婁迦讖・道行般若經）〔註 213〕

> 佛告諸天子：「誠然！昔錠光如來無所著正眞道最正覺時有宮，宮中有是經，我時持之。錠光佛受我決言：『若後當爲人中持，悉逮佛智，作佛，名能儒如來無所著正眞道最正覺。』」（前秦・曇摩蜱、竺佛

〔註 209〕見於《大正藏》第 3 冊，頁 462。

〔註 210〕見於《大正藏》第 15 冊，頁 405。

〔註 211〕見於《大正藏》第 15 冊，頁 405。

〔註 212〕見於《大正藏》第 8 冊，頁 431。

〔註 213〕見於《大正藏》第 8 冊，頁 458。

念・摩訶般若鈔經）〔註 214〕

「決言」的詞義及詞性在六朝佛經中並無太大的變動，但「決言」一詞前接的授與動詞則有了改變，六朝譯出佛經以「所受決言」、「授我決言」、「受我決言」出現，都是由佛給予他人「決言」。

「決言」一詞於隋唐佛經中的使用情況，舉例說明如下：

有人言此為時座今其專聽速決疑心。若不信受則抱疑永世以傳。後佛來令促乘可以決言。（隋・吉藏・法華玄論）〔註 215〕

佛現神足令識宿命。所作罪福普悉念之。我等寧沒身命不敢犯惡。佛為說經授其決言。彌勒佛時在第一會皆當得度。（唐・釋道世・法苑珠林）〔註 216〕

得此三昧。於剎那頃恒見諸佛。所說大乘。一日一夜即得通利。一一諸佛皆說決言。汝念佛故過星宿劫。得成為佛。（唐・釋道世・諸經要集）〔註 217〕

從上面的例子來分析，第一例「後佛來令促乘可以決言」，是說後由佛祖前來並傳授並讓眾人理解佛法，作動詞用。其他兩例則與東漢、六朝佛經並無不同，如：「佛為說經授其決言」、「一一諸佛皆說決言」其中「決言」解釋為理解佛法的重要關鍵，作名詞用。

3. 中土文獻詞義分析

「決言」見於南宋・黎靖德《朱子語類・中庸》：「鬼神有無，聖人未嘗決言之。〔註 218〕」是說鬼神的存在與否，聖人從未明確地說明過。「決言」解釋為明確地說明，與佛經的「決言」意思全然不同。

4. 歷時使用分析

「決」《說文・水部》：「決，行流也。〔註 219〕」本義是疏通壅塞、使

〔註 214〕見於《大正藏》第 8 冊，頁 483。

〔註 215〕見於《大正藏》第 34 冊，頁 405。

〔註 216〕見於《大正藏》第 53 冊，頁 557。

〔註 217〕見於《大正藏》第 54 冊，頁 8。

〔註 218〕請參見南宋・黎靖德《朱子語類》（北京：中華書局，1986），頁 1549。

〔註 219〕請參見漢・許慎著、清・段玉裁注《說文解字注》（臺北：洪葉出版社，1989），

水道順行。《尚書・益稷》：「予決九川，距四海。〔註 220〕」疏通九川之意。也解釋爲大水從穿破堤防或溢出。《左傳・襄公三十一年》：「然猶防川，大決所犯，傷人必多。〔註 221〕」「大決」即大洪水。《淮南子・天文》：「賁星墜而勃海決。〔註 222〕」「勃海決」是指渤海的海水倒灌。引申爲衝破、突破。《吳子・圖國》：「有此三千人，內出可以決圍，外入可以屠城矣。〔註 223〕」「決圍」突破敵人的包圍。也解釋爲弄斷、斷開。《莊子・駢拇》：「且夫駢於拇者，決之則泣。〔註 224〕」「決之則泣」是說切斷其腳指則爲之哭泣。也解釋爲分辨、判斷。《韓非子・解老》：「目不能決黑白之色，則謂之盲。〔註 225〕」「決黑白之色」分辨黑白兩色。也解釋爲確定、決定。《莊子・天下》：「以法爲分，以名爲表，以參爲驗，以稽爲決，其數一二三四是也。〔註 226〕」「以稽爲決」是說以考核來判斷。

「言」《說文・言部》:「言，直言曰言。〔註 227〕」本義是說話。《尚書・無逸》:「三年不言。〔註 228〕」是說三年都不說一句話。引申爲議論、談論。《論語・學而》:「賜也，始可與言《詩》已矣。〔註 229〕」是說可以開始與之討論《詩》了。也引申爲記載、評論之意。《左傳・隱公元年》:「段不弟，故不言弟。〔註 230〕」「不言弟」是多不以悌評論他。也解釋爲說話的內容。《韓非子・

頁 560。

〔註 220〕請參見清・阮元校刻《十三經注疏・書經正義》(北京：中華書局，1980)，頁 141。

〔註 221〕請參見清・阮元校刻《十三經注疏・春秋左傳正義》(北京：中華書局，1980)，頁 2016。

〔註 222〕請參見《新編諸子集成・淮南子》(北京：中華書局，1993)，頁 177。

〔註 223〕請參見《四部備要・吳子》(北京：中華書局，1990)，頁 2。

〔註 224〕請參見清・王先謙《新編諸子集成・莊子集解》(北京：中華書局，1993)，頁 79。

〔註 225〕請參見《四部備要・韓非子》(北京：中華書局，1990)，頁 44。

〔註 226〕請參見清・王先謙《新編諸子集成・莊子集解》(北京：中華書局，1993)，頁 287。

〔註 227〕請參見漢・許愼著、清・段玉裁注《說文解字注》(臺北：洪葉出版社，1989)，頁 90。

〔註 228〕請參見清・阮元校刻《十三經注疏・尚書正義》(北京：中華書局，1980)，頁 109。

〔註 229〕請參見清・阮元校刻《十三經注疏・論語注疏》(北京：中華書局，1980)，頁 2458。

〔註 230〕請參見清・阮元校刻《十三經注疏・春秋左傳正義》(北京：中華書局，1980)，頁 1714。

初見秦》：「臣願悉言所聞，唯大王裁其罪。〔註 231〕」「悉言所聞」願意說出所有的眞相。也可解釋為言辭、辭章。《詩經・衛風・氓》：「爾卜爾筮，體無咎言。〔註 232〕」鄭玄箋：「兆卦之繇無凶咎之辭。」「言」解釋為言論。《周禮・天官・九嬪》：「婦德，婦言，婦容，婦功。〔註 233〕」「婦言」是指婦女的言辭。為婦女四德之一。

以下整理「決言」一詞歷時的詞性及詞義變化：

	佛　經　文　獻			中土文獻
時間	東漢	六朝	隋唐	南宋
詞性	名詞	名詞	1. 名詞 2. 動詞	動詞
詞義	理解佛法的重要關鍵	理解佛法的重要關鍵	1. 理解佛法的重要關鍵 2. 理解佛法	明確地說明

「決言」一詞從東漢佛經後至六朝為止，作名詞用及詞義都沒有改變，至隋唐佛經，則新增了動詞的用法。中土文獻則至南宋才首次出「決言」一詞，然而卻與佛經的詞義完全不同，是典型的「同構異義」，這個部分將於下文再行討論。

「決言」為偏正式複合詞，由修飾語「決」和被修飾語「言」組合而成，作名詞用。「決言」於佛經的用法，可前接動詞，如：東漢佛經「以得決言」、「而與決言」，六朝有「所受決言」、「錠光佛受我決言」，隋唐有「一一諸佛皆說決言」。隋唐佛經可見到「決言」作不及物動詞用，如：「後佛來令促乘可以決言」，後不接賓語。

中土文獻至南宋才出現，南宋・黎靖德《朱子語類・中庸》：「鬼神有無，聖人未嘗決言之。」作及物動詞用。

（十四）卿　女

1. 東漢佛經詞義分析

「卿女」於東漢佛經中僅出現於《修行本起經》，請見下文：

〔註 231〕請參見《四部備要・韓非子》（北京：中華書局，1990），頁 5。

〔註 232〕請參見清・阮元校刻《十三經注疏・毛詩正義》（北京：中華書局，1980），頁 324。

〔註 233〕請參見清・阮元校刻《十三經注疏・周禮注疏》（北京：中華書局，1980），頁 687。

白淨王聞即召善覺，而告之曰：「吾爲太子，娉取卿女。」善覺答言：「今女有母，及諸群臣國師梵志，當卜所宜，別自啓白。」（竺大力、康孟詳．修行本起經）〔註 234〕

優陀語善覺言：「太子技藝，事事殊特。卿女裘夷，今爲所在？」善覺答言：「從五百侍女在城門上。」優陀白太子言：「宜現奇特。」太子脱身珠瓔，欲遙擲之（竺大力、康孟詳．修行本起經）〔註 235〕

「卿女」意指欲迎娶的特定女性，「卿」作爲指示代名詞使用。「娉取卿女」是指想要娶的那位女性，前接與嫁娶相關的動詞；「卿女裘夷〔註 236〕」則是指名爲裘夷的女性，從文中可知是太子欲迎娶的女性。

2. 六朝至隋唐佛經詞義分析

「卿女」一詞於六朝佛經中的使用情況，舉例說明如下：

時一國王，名律師跋蹉，聞其有女，端政絕世，王即遣使，往告求婚，指其一兄貌狀示之，言爲此兒，求索卿女。使奉教到，具騰王辭，律師跋蹉，即許爲婚。（元魏．慧覺．賢愚經）〔註 237〕

有小國王。名須波弗。漢言善覺。女名裘夷。端正少雙。八國皆求悉不與之。白淨王召而告之。吾爲太子娉取卿女。善覺憂愁。若不許者恐見誅伐。與者諸國結怨。（梁．釋僧佑．釋迦譜）〔註 238〕

至某甲家。聞汝女端政。我兒亦復端政。可嫁卿女爲我子婦。門族種姓亦不相減。我雇君。君爲我往。（姚秦．竺佛念．鼻奈耶）〔註 239〕

波須弗（梁言善覺）女名瞿夷。端正無比淨如蓮花。八國爭娉悉

〔註 234〕見於《大正藏》第 3 冊，頁 465。

〔註 235〕見於《大正藏》第 3 冊，頁 466。

〔註 236〕根據《法苑珠林》的記載：「王爲納妃。簡選數千。最後一女。名曰裘夷。端正第一神義備舉。是則宿命賣華女也。雖納爲妃久而不接。婦人情慾有附近心。」

〔註 237〕見於《大正藏》第 4 冊，頁 364

〔註 238〕見於《大正藏》第 50 冊，頁 6。

〔註 239〕見於《大正藏》第 24 冊，頁 864。

未許與。王召現之。今爲太子結娉卿女。（梁・寶唱・經律異相）〔註 240〕

上述四例，「求索卿女」、「娉取卿女」、「可嫁卿女」、「結娉卿女」都是指迎娶某位特定女性，「卿」作代名詞使用，前接嫁娶相關的動詞。

佛告吉星：「卿女端正是卿家好，如我之好是諸佛好，我之所好其道不同，卿自譽女端正姝好。」（西晉・法立、法炬・法句譬喻經）〔註 241〕

時蓮華實告弟子言法無二相。悉皆同等。汝今勿生憍慢之心。語帝勝伽。汝可受水當與卿女。時摩登伽成婚姻已。歡喜而去。（吳・竺律炎、支謙・摩登伽經）〔註 242〕

上述兩例，「卿女」多指稱某個特定的女性，「卿女」即「這位女性」之意，文中雖無嫁娶的特殊指稱，但從文意可知「卿女」是指某個已屆適婚年齡的女性，和東漢佛經的解釋相同。

「卿女」於隋唐佛經中僅出現於《法苑珠林》，請見下文：

有一童女顏色端正。皮色瑤悅甚復可愛。王語樹提。是卿女耶婦耶。答言。是臣守合之婢。（唐・釋道世・法苑珠林）〔註 243〕

「卿女」和東漢及六朝的使用方式相同，是指某個特定女性。「是卿女耶婦耶」即「是你的未嫁女兒嗎？還是你的夫人呢？」，根據文意「卿女」意指某個已屆適婚年齡的女性。

3. 中土文獻詞義分析

「卿女」一詞見於北齊・魏收《北史・崔孝芬傳》：「靈太后謂孝芬曰：『卿女今事我兒，與卿便是親舊，曾何相負而內頭元叉車中，稱此老嫗會須卻之。』〔註 244〕」但「卿女」在此指「你的女兒」即崔孝芬之女，是公卿家的女兒。

〔註 240〕見於《大正藏》第 53 冊，頁 15。

〔註 241〕見於《大正藏》第 4 冊，頁 603。

〔註 242〕見於《大正藏》第 21 冊，頁 410。

〔註 243〕見於《大正藏》第 53 冊，頁 711。

〔註 244〕請參見《四部備要・北史》（北京：中華書局，1990），頁 314。

又如：唐・房玄齡《晉書・列傳・胡奮》：「時楊駿以後父驕傲自得，奮謂駿曰：『卿恃女更益豪邪？歷觀前代，與天家婚，未有不滅門者，但早晚事耳。觀卿舉措，適所以速禍。』駿曰：『卿女不在天家乎？』奮曰：『我女與卿女作婢耳，何能損益！』時人皆爲之懼。駿雖銜之，而不能害。〔註245〕」「卿女」也是指稱「你的女兒」，特指公卿家的女兒。

4. 歷時使用分析

「卿」《說文》：「卿，章也。六卿：天官冢宰、地官司徒、春官宗伯、夏官司馬、秋官司寇、冬官司空。」段玉裁注：「《周禮》之六卿也，《周禮》曰：治官之屬，太宰卿一人；教官之屬，大司徒卿一人；禮官之屬，大宗伯卿一人；政官之屬，大司馬卿一人；刑官之屬，大司寇卿一人；其一則事官之屬，大司空卿一人也。〔註246〕」解釋爲古代高級官員的稱呼。漢代之前有六卿，漢代則設九卿。上大夫也稱爲「卿」，《禮記・王制》：「諸侯之上大夫卿，下大夫，上士，中士，下士，凡五等。〔註247〕」「卿」本義爲對高級官員的稱呼，後轉爲皇帝稱呼臣下的愛稱，東漢時引申爲夫婦之間的互稱，《孔雀東南飛》：「我自不驅卿，逼迫有阿母。〔註248〕」其中「卿」指丈夫。

「女」《說文》：「女，婦人也。」解釋爲女性。如：《詩・鄭風・出其東門》：「出其東門，有女如雲。〔註249〕」其中「有女如雲」是指眾多女性。《大戴禮記・本命》：「中古男三十而娶，女二十而嫁，合於五也，中節也。〔註250〕」

相較之下「女」字的詞義較爲穩定，而「卿」及「卿女」的發展變化較大。「卿女」爲偏正式複合詞，修飾語「卿」和被修飾語「女」組合而成。「卿」爲指示代名詞用來修飾「女」，以下整理「卿女」一詞歷時的詞性及詞義變化：

〔註245〕請參見《四部備要・晉書》（北京：中華書局，1990），頁472。

〔註246〕請參見漢・許慎著、清・段玉裁注《說文解字注》（臺北：洪葉出版社，1989），頁436。

〔註247〕請參見清・阮元校刻《十三經注疏・禮記正義》（北京：中華書局，1980），頁1321。

〔註248〕請參見《四部備要・樂府詩集》（北京：中華書局，1990），頁445。

〔註249〕請參見清・阮元校刻《十三經注疏・毛詩正義》（北京：中華書局，1980），頁345。

〔註250〕請參見《四部叢刊・大戴禮記》（上海：商務印書館，1922），頁133。

	佛經文獻			中土文獻
時間	東漢	六朝	隋唐	六朝
詞性	名詞	名詞	名詞	名詞
詞義	特指某個已屆適婚年齡的女性	欲迎娶的女性	特指某個已屆適婚年齡的女性	你的女兒

「卿」作爲指示代名詞之用，這種用法來自於古代官名「卿」所演變而來。先秦兩漢時期「卿」意指公卿、卿相，前可加姓氏，如：「孫卿」見於《風俗通義．窮通．孫況》「是時，孫卿有秀才，年十五始來遊學。〔註 251〕」

佛經文獻部分，東漢佛經始將「卿」轉而作指示代名詞「你」使用，屬於敬稱的用法，如：「吾有一太子，捨我而入山。卿曹今差次，令數滿五人，共追侍太子，愼勿中來還。」（竺大力、康孟詳．修行本起經）〔註 252〕其中「卿曹」猶言你們之意。又如：「吾坐悉達，更歷勤苦，悅頭檀王，暴逆違道，皆由於卿。」（曇果、康孟詳．中本起經）〔註 253〕，其中「皆由於卿」就是「都是由於你」。

中土文獻部分則從六朝起，「卿」作爲指示代名詞「你」使用，如：北魏．酈道元《水經注．渭水三》：「我貌獰醜，卿善圖物容，我不能出。〔註 254〕」「卿」相對於「我」。綜合上述，「卿」字從古代官名→對公卿、貴族的愛稱→對方「你」的敬稱→「你」，這一系列的變化爲「卿女」提供的重要的來源線索。

東漢至隋唐佛經中「卿女」作爲名詞使用，最典型的用法就是「卿女」前接與嫁娶相關的動詞，如：「娉取卿女」，六朝後有「求索卿女」、「可嫁卿女」、「結娉卿女」。第二種用法出現在東漢及唐代，將「卿女」作爲指示代名詞使用，例如東漢佛經中有「卿女裘夷」，是指名爲裘夷的女性。「卿女」多用以指已屆適婚年齡的女性，也多半在提及婚嫁的場合才會使用該一詞，其他場合多用「女」前加修飾語來指稱特定的女性。中土文獻部分，唐代有「卿女端正是卿家好」，「卿女」是指這個女性，多用於公卿家的女兒，如：「卿女

〔註 251〕請參見《新編諸子集成．風俗通義》（北京：中華書局，1993），頁 322。

〔註 252〕見於《大正藏》第 3 冊，頁 468。

〔註 253〕見於《大正藏》第 4 冊，頁 148。

〔註 254〕請參見《四部備要．水經注》（北京：中華書局，1990），頁 282。

今事我兒」、「卿女不在天家乎？」、「我女與卿女作婢耳」等。

第二節　動詞性複合詞詞義及用法分析

承上節針對名詞性複合詞的意義分析，本章節將針對動詞性複合詞進行意義分析與討論。兩漢時期動詞的發展趨勢增快，一是複音節詞的大量出現，讓動詞和其他詞類連用、結合成爲新的複音節詞，或是利用並列、重複種種方式新創的複合詞在兩漢時期之後也急速增加。

由於動詞即用以表示各種動作存在、變化、活動等的詞，在句中可作爲主語、謂語、賓語及狀語。又針對動詞的特色加以分類，如李佐豐曾針對上古漢語詳細動詞的分類，根據賓語與主語的特點，將動詞劃分爲 13 小類〔註 255〕，可見其縝密程度。再者，動詞的形式可以重疊，如：《大雅・公劉》：「京師之野，于時處處，于時廬旅，于時言言，于時語語。〔註 256〕」，其中「處處」、「言言」、「語語」都是動詞。又可從別的詞類轉爲動詞用，如：《論語・子路》：「及其使人也，器之。〔註 257〕」其中「器之」之「器」爲動詞，如器皿般使用之。從這裡可以見到動詞各方面特色的豐富多變。

根據統計，東漢佛經共計有 26 例動詞性複合詞，以下從兩個單音節詞的詞義出發，探求結合而成的複合詞之詞義，與六朝至隋唐佛經相比較，整理出其複合詞的詞義及詞性的變化過程，並與該複合詞於六朝至隋唐中土文獻的使用狀況相比較，分析該複合詞在佛經與中土文獻兩者之中各自的詞義、詞性及使用狀況。以下就這 26 例詞例逐一分析討論，詞例排列依複合詞於東漢佛經與六朝至隋唐佛經、中土文獻詞義相同或變化不大者置於前，反之則居後。

（一）側　塞

1. 東漢佛經詞義分析

「側塞」僅出現於《修行本起經》，請見下文：

〔註 255〕請參見李佐豐《先秦漢語實詞》（北京：北京廣播學院出版社，2003），頁 23～140。

〔註 256〕請參見清・阮元校刻《十三經注疏・毛詩正義》（北京：中華書局，1980），頁 542。

〔註 257〕請參見清・阮元校刻《十三經注疏・論語注疏》（北京：中華書局，1980），頁 2508。

一名迦羅，二名鬱迦羅，左雨溫水，右雨冷泉，釋梵摩持天衣裹之，天雨花香，彈琴鼓樂，熏香燒香，搗香澤香，虛空側塞。（竺大力、康孟詳・修行本起經）〔註258〕

至年十九，四月七日，誓欲出家。至夜半後，明星出時，諸天側塞虛空，勸太子去。（竺大力、康孟詳・修行本起經）〔註259〕

東漢佛經「側塞」出現兩種用法，一是「虛空側塞」，二是「側塞虛空」，雖然兩者語序不同，但是意思相同，「側塞」解釋爲充滿。「虛空側塞」及「側塞虛空」都是指充滿天空之意。

2. 六朝至隋唐佛經詞義分析

「側塞」一詞於六朝佛經的使用情形，舉例說明如下：

聞如是。一時眾佑。遊於聞物國勝氏之樹給孤獨聚園。與大眾除饉千二百五十人俱。及五百開士。慈氏。敬首。始棄。窺音。開士之上首者也。彼時若干百眾。圍累側塞。眾佑而爲說經。（安玄（？）・法鏡經）〔註260〕

臥者縱橫，猶如死屍，愈不樂焉，一心得禪。從禪覺，仰視沸星，夜已向半，諸天側塞，叉手作禮，華香眾樂舉頭無量，太子覩諸天稽首。（吳・康僧會・六度集經）〔註261〕

便帥將諸弟子進道，未到數百里，便見四天王及梵釋諸天，皆持七寶蓋、名香好華，悉往供養佛，諸天作十二部音樂，亦有阿須輪王、諸大鬼神側塞空中，又見俱夷那竭國王，及諸鄰國王，各從其群僚數百萬人。（東晉・曇無蘭・迦葉赴佛般涅槃經）〔註262〕

時，尊者舍利弗即以其夜而般涅槃。是時，此地六變震動，有大音聲，雨諸天華，作倡伎樂，諸天側塞虛空，神妙諸天亦散拘牟頭華，

〔註258〕見於《大正藏》第3冊，頁463。

〔註259〕見於《大正藏》第3冊，頁467。

〔註260〕見於《大正藏》第12冊，頁15。

〔註261〕見於《大正藏》第3冊，頁41。

〔註262〕見於《大正藏》第12冊，頁1115。

或以栴檀雜碎之香而散其上。(東晉・瞿曇僧伽提婆・增壹阿含經)〔註 263〕

是時石墮地時,三十三天散華供養以空解脫,爾時散華側塞虛空,於彼受化講堂三十三天晝度樹,佛光明遠照無憍慢慈潛眾生。(苻秦・僧伽跋澄・僧伽羅剎所集經)〔註 264〕

光如華髻,現若千色;側塞四方,滿虛空中。譬如雲除,日照忽現,(宋・釋寶雲・佛本行經)〔註 265〕

首先分析上列六例,「側塞」和東漢佛經相似,使用指稱天空相關詞語,如「諸天」、「空中」等後接「側塞」,例如上文:「側塞空中」、「側塞虛空」這兩句都是指充滿天空。「側塞四方」、「圍累側塞」則是指充滿四周。或是「側塞」前接指稱天空的相關詞語,例如上文:「諸天側塞」解釋爲充滿天空。

時鄰國人民聞王功德,悉來歸化,其土充滿間無空處,猶如山頂暴漲之水,流注溝坑溪澗深處;亦如半月海水潮出,其國外來歸化之民,充滿側塞,亦復如是。(吳・支謙・菩薩本緣經)〔註 266〕

分析上述的例子,「充滿側塞」釋爲充滿之意,「充滿」即爲「側塞」,利用兩個相近詞義的詞語搭配使用,這亦是佛經常見的構詞形式,如上一章出現過的「等意定心」。

「側塞」一詞於隋唐佛經的使用情形,舉例說明如下:

時諸菩薩諸天鬼神。諸龍王等。隨其所應。各誦先世所習神呪。其所誦呪。各現呪神。側塞虛空中無間隙。(唐・阿地瞿多・陀羅尼集經)〔註 267〕

「側塞虛空中」和東漢佛經相同,指充滿空中之意。

我若今者現魔大力。令諸惡龍心生瞋恚。以瞋恚故則能毀壞瞿曇之

〔註 263〕見於《大正藏》第 2 冊,頁 640。

〔註 264〕見於《大正藏》第 4 冊,頁 136。

〔註 265〕見於《大正藏》第 4 冊,頁 58。

〔註 266〕見於《大正藏》第 3 冊,頁 55。

〔註 267〕見於《大正藏》第 18 冊,頁 790。

> 身。爾時龍宮有化死屍充滿側塞。諸龍見已。自於宮室心不甘樂。作是念言。是誰化作此死屍耶。（隋・那連提耶舍・大方等大集經）〔註 268〕

> 或甘蔗林或蘆葦林或竹林等。或復稻田胡麻田等。側塞充滿無有間隙。如是假使遍贍部洲。或預流果或一來果或不還果或阿羅漢或諸獨覺。側塞充滿亦無間隙如甘蔗等。（唐・玄奘・甚稀有經）〔註 269〕

「充滿側塞」及「側塞充滿」同時於隋唐佛經出現，皆解釋爲充滿空中之意。

> 九十九百千萬俱胝一切如來應正等覺。側塞無隙猶如胡麻重疊赴來。晝夜現身加持其人。如是一切諸佛如來無數恒沙。（唐・不空・一切如來心秘密全身舍利寶篋印陀羅尼經）〔註 270〕

> 爾時於此三千大千世界。廣大威德天・龍・藥叉・健達縛・阿素洛・揭路荼・緊捺洛・牟呼洛伽。釋梵護世人非人等。諸菩薩眾側塞而住。乃至無有如毛端量所不充滿。（唐・玄奘・寂照神變三摩地經）〔註 271〕

上述的兩個例子是隋唐以前佛經未見的，「側塞無隙」是指滿布、到處都是，沒有遺漏之意。「側塞而住」表示充滿、遍佈之意。

3. 中土文獻詞義分析

中土文獻「側塞」一詞最早出現於南朝・酈道元《水經注・河水》：「爾時諸神天人側塞，空中散天香花。此時以至河南摩強水，即於此水邊作沙門。河南摩強水在迦維羅越北，相去十由旬。此水在羅閱祇瓶沙國，相去三十由旬。〔註 272〕」詞義爲充滿、遍佈。而《漢語大詞典》所引書證皆來自唐代的詩文，即唐・杜甫《大雲寺贊公房》詩：「側塞被徑花，飄颻委墀柳。〔註 273〕」唐・

〔註 268〕見於《大正藏》第 13 冊，頁 229。

〔註 269〕見於《大正藏》第 16 冊，頁 782。

〔註 270〕見於《大正藏》第 19 冊，頁 713。

〔註 271〕見於《大正藏》第 15 冊，頁 725。

〔註 272〕請參見北魏・酈道元《四部備要・水經注》（北京：中華書局，1990），頁 52。

〔註 273〕請參見唐・杜甫著、清・楊倫箋注《杜詩鏡詮》（上海：上海古籍出版社，1962），杜甫《阻雨不得歸瀼西甘林》詩：「虛徐五株態，側塞煩胸襟。〔註274〕」，時代較南朝晚。

4. 歷時使用分析

「側」《說文》：「側，旁也。〔註275〕」本義爲旁邊。《詩經・召南・殷其雷》：「殷其雷，在南山之側。何斯違斯，莫敢遑息？振振君子，歸哉歸哉！」毛傳：「亦在其陰與左右也。〔註276〕」其中「側」指左右兩邊之意。

「塞」《說文》：「塞，隔也。〔註277〕」本義是堵塞《詩經・豳風・七月》：「十月蟋蟀、入我床下。穹窒熏鼠，塞向墐户。〔註278〕」又，《左傳・襄公二十六年》：「苗賁皇曰，楚師之良在其中軍王族而已，若塞井夷灶，成陳以當之，欒范易行以誘之，中行二卻，必克二穆。〔註279〕」「側塞」《漢語大詞典》則解釋爲：積滿充塞貌。以下整理「側塞」一詞歷時的詞性及詞義變化：

	佛經文獻			中土文獻
時間	東漢	六朝	隋唐	南朝
詞性	動詞	動詞	動詞	動詞
詞義	充滿	充滿	充滿	充滿

「側塞」一詞於東漢至隋唐佛經都是用以指諸神或各種神跡遍佈空中之意，可以想像那樣的天空是充滿光華及祥和的氣氛。中土文獻使用「側塞」一詞，多用於指繁多的花卉及茂密的樹林遍佈各處，佛經及中土文獻所使用的語境不同。

頁135。

〔註274〕請參見唐・杜甫著、清・楊倫箋注《杜詩鏡詮》（上海：上海古籍出版社，1962），頁774。

〔註275〕請參見漢・許愼著、清・段玉裁注《說文解字注》（臺北：洪葉出版社，1989），頁377。

〔註276〕請參見清・阮元校刻《十三經注疏・毛詩正義》（北京：中華書局，1980），頁289。

〔註277〕請參見漢・許愼著、清・段玉裁注《說文解字注》（臺北：洪葉出版社，1989），頁203。

〔註278〕請參見清・阮元校刻《十三經注疏・毛詩正義》（北京：中華書局，1980），頁388。

〔註279〕請參見清・阮元校刻《十三經注疏・春秋左傳正義》（北京：中華書局，1980），頁1991～1992。

「側塞」一詞於東漢佛經作不及物動詞用，和「虛空」組合成四字句出現，以「虛空側塞」及「側塞虛空」兩種形式出現，「側塞」可置於前，形成動賓結構，也可置於後，形成主謂結構，可見「側塞」一詞的穩定性尚稱不足。因此，可以見到兩種類型的構詞方式同時使用的情形。六朝佛經「側塞」和各種區域相關詞彙組合成四字句，多以述賓式結構出現，如：「側塞四方」、「圍累側塞」，但仍有以主謂式結構出現的片語，如：「諸天側塞」。至隋唐佛經有「側塞虛空」一例，屬述賓式結構；「充滿側塞」屬並列式結構，由「充滿」、「側塞」兩個動詞詞素組成；「側塞充滿」屬述補式結構，「側塞」作爲述語，「充滿」則爲補語用以修飾「側塞」的程度。中土文獻「爾時諸神天人側塞」，前接主語，是發動作的人。

（二）發　求

1. 東漢佛經詞義分析

「發求」僅見於《佛說人本欲生經》，請見下文：

> 阿難！爲愛因緣求，求因緣利，利因緣計，計因緣樂欲，樂欲因緣發求。（安世高・佛說人本欲生經）〔註 280〕

> 如是，阿難！從是有、從是本、從是習、從是因緣，發往利故，利故亦發求，從求因緣故令有利。故說是，從是因緣當知，令從求因緣有利。（安世高・佛說人本欲生經）〔註 281〕

「樂欲因緣發求」是說想要有好的因緣所以要努力求取。「利故亦發求」，是說爲了利益而求取。「發求」皆指求取之意，因其因緣而求取，從求取中得到利益。

2. 六朝至隋唐佛經詞義分析

「發求」一詞於六朝佛經的使用情形，舉例說明如下：

> 若人無有愛著，在兒、在家、在使、在御、田地捨宅、居肆臥具、賣買利息，無有愛著，不相近、意生發求，無有是，當知是愛盡爲

〔註 280〕見於《大正藏》第 1 冊，頁 242。

〔註 281〕見於《大正藏》第 1 冊，頁 243。

苦盡賢者諦。（安世高（？）．佛說四諦經）〔註282〕

皆於眾佑前就座而坐。其諸理家。一切以發求大道。皆與其眾共造德本。有決於無上正眞道。（安玄（？）．法鏡經）〔註283〕

若復有人發求大道，狐疑是經亦不誹謗，罪何所趣？（西晉．竺法護．佛說阿惟越致遮經）〔註284〕

復有菩薩發求道者。爲一切眾生荷負苦行。亦復不見有得道者。亦復能度阿僧祇無量眾生。（姚秦．竺佛念．菩薩瓔珞經）〔註285〕

若人發求無上道心已。後迴向聲聞辟支佛道。不能住世繼三寶種。是名汙諸佛家。是義不然。（後秦．鳩摩羅什．十住毘婆沙論）〔註286〕

情悟發求佛，逮進超九劫；彌勒等應先，勇猛出其前。（宋．釋寶雲．佛本行經）〔註287〕

從上述的例子分析，「意生發求」是說心裡的意念出現而決定求取。「一切以發求大道」是說一切都是爲了求取成佛之道。「若復有人發求大道」是說如果有人想要求取成佛之道。「復有菩薩發求道者」又有像菩薩求取成佛之道的人。「若人發求無上道心已」是說如果有人想要求取無上道之心。「情悟發求佛」是說因爲理解了悟，故求佛。

「發求」一詞於隋唐佛經的使用情形，舉例說明如下：

若人聞彼所說正法。如聞能行。行已即住聲聞四果。乃至或發求獨覺意。或發無上正遍知心。（隋．闍那崛多．諸法最上王經）〔註288〕

昔修行者恩。起行酬報借喻顯之。念本行者在重惡中而能發求出離

〔註282〕見於《大正藏》第1冊，頁816。

〔註283〕見於《大正藏》第12冊，頁15。

〔註284〕見於《大正藏》第9冊，頁225。

〔註285〕見於《大正藏》第16冊，頁114。

〔註286〕見於《大正藏》第26冊，頁29。

〔註287〕見於《大正藏》第4冊，頁57。

〔註288〕見於《大正藏》第17冊，頁862。

之心。（隋・釋慧遠・涅槃義記）〔註 289〕

迦葉既是聲聞。親自貶小爲劣。揚大爲勝。則理必然。故諸天聞之。而發求佛心也。（隋・吉藏・維摩經義疏）〔註 290〕

言發心者。對果以名。於大菩提起意趣求故名發心。亦可發求出世之心故名發心。（隋・釋慧遠・大乘義章）〔註 291〕

出生菩提清淨慈，普使眾生發求一切智心故；世間無礙清淨慈，放大光明平等普照故。（唐・實叉難陀・大方廣佛華嚴經）〔註 292〕

如人貪名官者發求名官心修理名官行。若貪財寶者。發求財寶心。作經營財物行。（唐・不空・金剛頂瑜伽中發阿耨多羅三藐三菩提心論）〔註 293〕

食針一升。臣便家家發求覓針。如是人民兩兩三三相逢求針。使諸郡縣處處擾亂。（唐・釋道世・法苑珠林）〔註 294〕

根據上面的例子，「乃至或發求獨覺意」是說直到可以求取獨覺意。「而發求佛心也」是說然後可以求取佛心。「亦可發求出世之心」是說也可以求取出世修行的心念。「普使眾生發求一切智心故」是說普遍讓大眾都能想要求取一切智心。「發求財寶心」是說想要追求財富的心態。「臣便家家發求覓針」是說臣子便逐家收集縫衣針。

3. 中土文獻詞義分析

「發求」一詞至南朝才始見首例，南朝・宋・范曄《後漢書・循吏列傳》：「山谷鄙生，未嘗識郡朝。它守時吏發求民閑，至夜不絕，或狗吠竟夕，民不得安。〔註 295〕」其中「發求民間」是指請求於人民之意，和佛經用法相同。

〔註 289〕見於《大正藏》第 37 冊，頁 714。

〔註 290〕見於《大正藏》第 38 冊，頁 964。

〔註 291〕見於《大正藏》第 44 冊，頁 651。

〔註 292〕見於《大正藏》第 10 冊，頁 305。

〔註 293〕見於《大正藏》第 32 冊，頁 572。

〔註 294〕見於《大正藏》第 53 冊，頁 637。

〔註 295〕請參見劉宋・范曄《四部備要・後漢書》（北京：中華書局，1990），頁 951。

4. 歷時使用分析

「發」《說文・弓部》:「發,身銙矢發也。〔註 296〕」本義是發射。《史記・李將軍列傳》:「其射,見敵急,非在數十步內,度不中不發,發即應弦而倒。〔註 297〕」是指發射弓箭之意。

「求」字是「裘」的古字。《說文・裘部》:「裘,皮衣也……求,古文省衣。〔註 298〕」指以動物的外皮製作而成的衣服。「求」後來解釋爲尋找之意。《呂氏春秋・察今》:「舟已行矣,而劍不行,求劍若此,不亦惑乎!〔註 299〕」「求劍若此,不亦惑乎!」在此尋找落水的劍,不是很可笑嗎?解釋爲乞求、要求。《易經・蒙》:「匪我求蒙童,蒙童求我。〔註 300〕」解釋爲感應、招引。《孟子・公孫丑上》:「今國家閑暇,及是時般樂怠敖,是自求禍也。〔註 301〕」「是自求禍也」是自己招來禍害。以下整理「發求」一詞歷時的詞性及詞義變化:

	佛經文獻			中土文獻
時間	東漢	六朝	隋唐	南朝
詞性	動詞	動詞	動詞	動詞
詞義	求取	求取	求取	求取

「發求」表現從內心發出意念,表現於外在則是尋求的動作,意在強調由內心發起,可見「發」的詞義弱化,僅有「發起」、「驅動」之意,以「發」來驅動「求」,至六朝以後「求」的詞義越來越重,「發」的詞義也就越來越弱。

「發求」一詞在東漢佛經所求取的對象爲抽象事物,由六朝至隋唐譯出佛

〔註 296〕請參見漢・許愼著、清・段玉裁注《說文解字注》(臺北:洪葉出版社,1989),頁 647。

〔註 297〕請參見漢・司馬遷《史記》(北京:中華書局,1959),頁 2872。

〔註 298〕請參見漢・許愼著、清・段玉裁注《說文解字注》(臺北:洪葉出版社,1989),頁 402

〔註 299〕請參見秦・呂不韋等編《新編諸子集成・呂氏春秋》(北京:中華書局,1993),頁 178。

〔註 300〕請參見清・阮元校刻《十三經注疏・周易正義》(北京:中華書局,1980),頁 20。

〔註 301〕請參見清・阮元校刻《十三經注疏・孟子注疏》(北京:中華書局,1980),頁 2690。

經的例子來看，求取的對象有逐漸向具體事物的方向發展，六朝佛經「發求」後接所求之對象或是所求目的；隋唐佛經則後可接具體事物，可見其具體的意味越來越濃厚，也出現擴及至實體事物。

「發求」一詞於東漢佛經作不及物動詞用，後不接賓語，如：「樂欲因緣發求」、「利故亦發求」。六朝佛經中「發求」仍可作不及物動詞，如：「意生發求」，也可作爲及物動詞，後接賓語，如：「一切以發求大道」、「若復有人發求大道」、「若人發求無上道心已」。

隋唐佛經「發求」一詞用法承繼六朝，全作及物動詞用，如：「乃至或發求獨覺意」、「而發求佛心也」、「亦可發求出世之心」、「臣便家家發求覓針」等。「發求」在隋唐時期的漢譯佛典可以指涉的範圍擴大了，從「因緣」延伸至「大道」，隋唐時期更擴大至「獨覺意」、「出離之心」、「出世之心」，雖然都是抽象事物，但具體的意味越來越濃厚，也出現擴及至實體事物的例子，如：「家家發求覓針」，是說尋求、收集針。中土文獻「發求」則至南朝才始見首例，作及物動詞用，其用法與六朝佛經相同。

（三）攝　制

1. 東漢佛經詞義分析

「攝制」一詞僅見於《陰持入經》，請見下文：

> 何等爲從四意正斷。或比丘有未生弊惡。意法發方便令不生。勸意不捨方便衍。精進攝制意。捨散惡意。是爲一斷意。已生弊惡意發。清淨法欲斷。勸意求方便衍。精進攝制意。捨散惡意。是爲二斷意。未生清淨法。勸意發方便令生衍。精進攝制意。捨散惡意。是爲三斷意。已生清淨法。令止不忘令不滅。令衍不啻令衍足。發方便衍。精進攝制意。捨散惡意。是爲四意正斷。（安世高・陰持入經）〔註 302〕

「攝制」一詞總是以「精進攝制意」的組合出現，「精進」是指對佛法的鑽研，而「攝制」解釋爲自我控制的意志，對象是自己，例如上文：「精進攝制意。捨散惡意」是說努力做到自我控制，進行對佛法的鑽研，並且擊退那些擾亂的、

〔註 302〕見於《大正藏》第 15 冊，頁 174。

不好的想法。

2. 六朝至隋唐佛經詞義分析

「攝制」一詞於六朝佛經的使用情形，舉例說明如下：

> 我已攝制於此弊魔及諸官屬，發遣諸兵，並設陀迦醯大女神，而制伏之，不敢爲非亦不敢嬈比丘、比丘尼、清信士、清信女，不敢中害，無所妨廢。（西晉・竺法護・生經）〔註303〕

> 若佛子佛滅度後至不好答問者犯輕垢罪述曰。菩薩理應贊勵新學。而蔑不攝制之爲罪。如瓔珞經云。若化一人令發心受菩薩戒者。勝造大千界滿中佛塔。（後秦・鳩摩羅什・梵網經古蹟記）〔註304〕

根據上文「我已攝制於此弊魔及諸官屬」是說我已經控制住這些惡魔及官吏。「而蔑不攝制之爲罪」是說如果不重視並且束縛爲之決定其罪刑。分析上述兩例，「攝制」解釋爲控制、束縛之意。

「攝制」一詞於隋唐佛經的使用情形，舉例說明如下：

> 攝制立尸羅，無逸障學觀。依攝受受用，甚深說喻事。（唐・玄奘・瑜伽師地論）〔註305〕

「攝制」和六朝時期的詞義相同，「攝制立尸羅〔註306〕」是指控制自我，進而持戒修行之意，「立尸羅」是指持戒之意。

3. 中土文獻詞義分析

中土文獻最早出現於宋代，《新唐書・列傳・宗室》：「秦破六國，列都會，置守宰，據天下之圖，攝制四海，此其得也。〔註307〕」其中「攝制四海」是指控制四周圍的國家，和佛經用法相同。

〔註303〕見於《大正藏》第3冊，頁85。

〔註304〕見於《大正藏》第40冊，頁712。

〔註305〕見於《大正藏》第30冊，頁676。

〔註306〕《大智度論》：「立尸羅者，菩薩於眾生前，讚說戒行：『汝諸眾生，當學持戒！持戒之德，拔三惡趣及人中下賤，令得天、人尊貴，乃至佛道。』」「立尸羅」即爲「戒」之意。見於《大正藏》第25冊，頁280。

〔註307〕請參見宋・歐陽脩、宋祁、范鎮、呂夏卿等合撰《四部備要・新唐書》（北京：中華書局，1990），頁812。

4. 歷時使用分析

「攝」《說文》:「攝，引持也。〔註 308〕」本義是拿起來，牽引。《論語・鄉黨》:「過位，色勃如也，足躩如也，其言似不足者。攝齊陞堂，鞠躬如也，屏氣似不息者。」朱熹注 :「攝，摳衣也。〔註 309〕」,「攝齊」是指將衣服拉好並整理好。

「制」《說文》:「制，裁也。〔註 310〕」本義是切斷、裁切。《孟子・盡心》:「所謂西伯善養老者，制其田里，教之樹畜，導其妻子，使養其老。〔註 311〕」其中「制其田理」是指劃分土地之意。《淮南子・主術訓》:「是故賢主之用人也，猶巧工之制木也，大者以爲舟航柱梁，小者以爲楫楔，修者以爲櫚榱，短者以爲朱儒枅櫨。〔註 312〕」其中「由巧工之制木也」是說正如優秀的木工師傅在裁切木頭一樣。

「攝」本義是牽引，「制」本義是裁切，兩者都引申解釋爲管理，「攝制」《漢語大詞典》釋爲統攝，控制。以下整理「攝制」一詞歷時的詞性及詞義變化：

	佛　經　文　獻			中土文獻
時間	東漢	六朝	隋唐	宋代
詞性	動詞	動詞	動詞	動詞
詞義	控制、約束	控制、約束	控制、約束	控制、約束

從東漢至隋唐佛經所見之「攝制」都是指控制、約束自己的心思。而中土文獻遲至宋代才出現「攝制」一詞，解釋爲控制，但對象是領土及敵人，所施加動作的對象已大不相同。

「攝制」一詞自東漢佛經出現後，以「精進攝制意」的組合出現，是「精

〔註 308〕請參見漢・許愼著、清・段玉裁注《說文解字注》(臺北：洪葉出版社，1989)，頁 603。

〔註 309〕請參見清・阮元校刻《十三經注疏・論語注疏》(北京：中華書局，1980)，頁 2494。

〔註 310〕請參見漢・許愼著、清・段玉裁注《說文解字注》(臺北：洪葉出版社，1989)，頁 184。

〔註 311〕請參見清・阮元校刻《十三經注疏・孟子注疏》(北京：中華書局，1980)，頁 2768。

〔註 312〕請參見漢・劉安撰、何寧集釋《新編諸子集成・淮南子集釋》(北京：中華書局，1993)，頁 653。

進攝制」加名詞詞尾「意」的組合模式，作名詞用。六朝佛經「攝制」則轉為及物動詞用，後接受到控制的對象，如：「我已攝制於此弊魔及諸官屬」、「而蔑不攝制之為罪」。隋唐佛經同於六朝，作及物動詞用，如：「攝制立尸羅」。

中土文獻最早出現於宋代，和六朝的時代相距較遠，作及物動詞，但後接的是區域，而非人物，這是與佛經較為不同的地方，如：「攝制四海」。

（四）制　意

1. 東漢佛經詞義分析

「制意」一詞在東漢佛經的使用情形，舉例說明如下：

> 四為獨坐思惟，行牽兩制，制身制意。（安世高・長阿含十報法經）〔註 313〕

> 數息為遮意。相隨為斂意。止為定意。觀為離意。還為一意。淨為守意。用人不能制意故行此六事耳。（安世高・佛說大安般守意經）〔註 314〕

「行牽兩制，制身制意」是說行為受到「制身」及「制意」的牽制。而「制意」是指規範內心的想法。「用人不能制意故行此六事耳」是說由於人無法剋制自己的內心，所以才要執行那六項功課。

2. 六朝至隋唐佛經詞義分析

「制意」一詞於六朝佛經的使用情形，舉例說明如下：

> 何等為善人得意為力？為有弊惡態當為斷，盡力求之，精進求者意棄惡，未起弊惡態不復起，未起善意當為起，已起善意當為止不忘減稍稍增多，行意俱善行盡力求，制意棄惡，如是善人得力。（西晉・支謙・佛說馬有三相經）〔註 315〕

「制意棄惡」是控制內心的思想並且摒棄不好的想法。

> 不仁和生我，我自知志性，從何所覩聞，獼猴為柔賢。我到諸方面，

〔註 313〕見於《大正藏》第 1 冊，頁 240。

〔註 314〕見於《大正藏》第 15 冊，頁 164。

〔註 315〕見於《大正藏》第 2 冊，頁 506。

未有中間念，假使有邪長，終不能制意。吾今續念之，君阿夷扇持，將我入城中，縛柱加毒痛。（西晉・竺法護・生經）〔註 316〕

「假使有邪長，終不能制意」是說要是有邪惡的意念萌生，終將無法控制內心的思想。

念佛無貪欲，度彼欲難陀，觀天現地獄，制意離五趣。（東晉・瞿曇僧伽提婆・增壹阿含經）〔註 317〕

阿難與調達本自無怨，故不相害也。吾世世忍不可忍者，制意立行，故今得佛爲三界尊。菩薩慈惠度無極行布施如是。（吳・康僧會・六度集經）〔註 318〕

「制意離五趣」是說堅持內心的信念才能遠離五惡道。「制意立行」是說堅持自己內心的信念，立定自己的行爲。

「制意」一詞於隋唐佛經的使用情形，舉例說明如下：

前三教道後一證道。初聞慧中多聞列名。如聞釋也。第二思中伏心列名。制意思法故曰伏心。正觀釋也。（隋・慧遠・維摩義記）〔註 319〕

將釋此戒略作十門。一制意。二次第。三釋名。四具緣。五闕緣。六輕重。七得報。八通塞。九對治。十釋文。初制意者。略由十意。（唐・法藏・梵網經菩薩戒本疏）〔註 320〕

「制意思法故曰伏心」是說堅定意念，思量佛法，這樣稱爲「伏心」。「初制意者」是指剛開始學習控制自己意念的人。

3. 中土文獻詞義分析

「制意」一詞見於元代《金史・志・選舉三・右職吏員雜選》：「十六年，

〔註 316〕見於《大正藏》第 3 冊，頁 106。

〔註 317〕見於《大正藏》第 2 冊，頁 701。

〔註 318〕見於《大正藏》第 3 冊，頁 6。

〔註 319〕見於《大正藏》38 第冊，頁 464。

〔註 320〕見於《大正藏》第 40 冊，頁 609。

定制，以制文試之，能解說得制意者爲中選。〔註 321〕」其中「解說得制意者爲中選」是說能夠寫出符合文意、規定的人將能中選。在此「制意」是指符合制度、規範的內容，和佛經「制意」的詞義不同。

4. 歷時使用分析

「制」的本義請見上例「制身」之「制」，故在此不贅述。「意」《說文・心部》：「意，志也。〔註 322〕」本義是意向、願望。《管子・君臣下》：「明君在上，便辟不能食其意。〔註 323〕」「其意」是指他的意願。也解釋爲意思、涵義。《易經・繫辭上》：「書不盡言，言不盡意。〔註 324〕」「言不盡意」言語不能完整表達意思。若作動詞使用時，解釋爲考慮。《詩・小雅・正月》：「終踰絕險，曾是不意。」鄭玄箋：「女不曾以是爲意乎？〔註 325〕」「不意」解釋爲不在意。也解釋爲猜測、料想。《莊子・胠篋》：「夫妄意室中之藏，聖也。〔註 326〕」「妄意」是指妄自臆測。以下整理「制意」一詞歷時的詞性及詞義變化：

	佛 經 文 獻			中土文獻
時間	東漢	六朝	隋唐	元代
詞性	動詞	動詞	動詞	名詞
詞義	規範內心的想法	規範內心的想法	規範內心的想法	符合規範的內容

「制意」一詞等同於上例「制身」，從東漢至隋唐佛經所見之詞例，其詞性及詞義均無改變，中土文獻則遲至元代才出現，然而解釋爲符合規範之意，和佛經解釋不同。

「制意」一詞於東漢至隋唐佛經皆作一般動詞用，如：「行牽兩制，制身制意」、「用人不能制意，故行此六事耳」，主語爲人。六朝佛經除了也作一般動詞用之外，如：「假使有邪長，終不能制意」、「制意離五趣」、「制意思法故

〔註 321〕請參見元・脫脫等撰《四部備要・金史》（北京：中華書局，1990），頁 337。

〔註 322〕請參見漢・許慎著、清・段玉裁注《說文解字注》（臺北：洪葉出版社，1989），頁 506。

〔註 323〕請參見《四部備要・管子》（北京：中華書局，1990），頁 94。

〔註 324〕請參見清・阮元校刻《十三經注疏・周易正義》（北京：中華書局，1980），頁 82。

〔註 325〕請參見清・阮元校刻《十三經注疏・毛詩正義》（北京：中華書局，1980），頁 443。

〔註 326〕請參見清・王先謙《新編諸子集成》（北京：中華書局，1993），頁 86。

曰伏心」。也與「棄惡」結合成四字句，如：「制意棄惡」。也可加上名詞詞尾「者」，如：「初制意者」。

中土文獻遲至元代才出現，作一般動詞用，「能解說得制意者爲中選」，「制意」解釋爲符合文意、規定，作名詞用，內部結構爲偏正式結構，和東漢佛經「制意」作動詞用，屬述賓式結構不同。

（五）制　身

1. 東漢佛經詞義分析

「制身」一詞在東漢佛經的使用情形，舉例說明如下：

> 四爲獨坐思惟，行牽兩制，制身制意。（安世高・長阿含十報法經）〔註 327〕

> 諷經口說是爲世間。意念是爲應道。持戒爲制身。禪爲散意。行從願願亦從行。行道所向意不離。意至佛意不還也。（安世高・佛說大安般守意經）〔註 328〕

> 爲一切作功德。所作功德欲令一切皆得。是爲不可盡功德。當護不著不斷。以意力制身。（支婁迦讖・佛說阿闍世王經）〔註 329〕

「行牽兩制，制身制意」是說行爲上有兩種限制，分別是對行爲及思想的限制。「持戒爲制身」是說守持戒律就是一種「制身」。「以意力制身」是說以內心的力量來規範自己的行爲。「制身」是指控制自身的行爲。

2. 六朝至隋唐佛經詞義分析

「制身」一詞於六朝佛經的使用情形，舉例說明如下：

> 佛言：「人有六匿賊盜，斷惡故，作檀波羅蜜主制身，尸波羅蜜主制眼，羼提波羅蜜主制耳，惟逮波羅蜜主制鼻，禪波羅蜜主制口，般若波羅蜜主制意。」（嚴佛調（？）・佛說菩薩內習六波羅蜜經）〔註 330〕

〔註 327〕見於《大正藏》第 1 冊，頁 13。

〔註 328〕見於《大正藏》第 15 冊，頁 172。

〔註 329〕見於《大正藏》第 15 冊，頁 390。

〔註 330〕見於《大正藏》第 17 冊，頁 714。

「作檀波羅蜜主制身」中「制身」的意思相同，是指規範行爲並控制言論，不胡亂惡口、妄言。六朝佛經「制身」與東漢的意思相同。

「制身」一詞的使用狀況，請見下文：

> 云何菩薩法隨法行。當知此行略有五種。謂如所求如所受法。身語意業無倒隨轉。正思正修。若佛世尊於彼諸法制身語意令不造作。於此諸法開身語意令其造作。（唐．玄奘．瑜伽師地論）〔註 331〕

「制身語意」是指規範行爲並說明使其明瞭佛法之意。

3. 歷時使用分析

「制」的本義是裁剪、切割。《韓非子．難二》：「管仲善制割，賓須無善削縫，隰朋善純緣，衣成，君舉而服之。〔註 332〕」，「制割」是裁剪之意。後解釋爲製造。《詩．豳風．東山》：「制彼裳衣，勿士行枚。〔註 333〕」「制彼裳衣」是指裁制他身上的衣服。也解釋爲約束、抑止。《淮南子．脩務訓》：「夫馬之爲草駒之時，跳躍揚蹏翹尾而走，人不能制。〔註 334〕」「人不能制」是說人類的力量無法禁止。

「身」的本義同第三章第一節「助身」之「身」，故在此不贅述。以下整理「制身」一詞歷時的詞性及詞義變化：

	佛經文獻			中土文獻
時間	東漢	六朝	隋唐	無
詞性	動詞	動詞	動詞	無
詞義	控制自身的行爲	控制自身的行爲	控制自身的行爲	無

「制身」一詞於東漢至隋唐佛經爲止，其詞性及詞義不變，解釋爲控制自身的行爲之意，作一般動詞使用，如：「行牽兩制，制身制意」、「持戒爲制身」、「以意力制身」。六朝佛經則與延續東漢，隋唐佛經則與「語意」結合成四字句，如：「制身語意」，「制身」及「語意」結合成並列式片語。中土文獻則未出現該詞。

〔註 331〕見於《大正藏》第 30 冊，頁 503。

〔註 332〕請參見韓非《四部備要．韓非子》（北京：中華書局，1990），頁 107。

〔註 333〕請參見清．阮元校刻《十三經注疏．毛詩正義》（北京：中華書局，1980），頁 396。

〔註 334〕請參見漢．劉安撰、何寧集釋《新編諸子集成．淮南子集釋》（北京：中華書局，1993），頁 1329。

（六）悉　示

1. 東漢佛經詞義分析

「悉示」於東漢佛經使用情形，請見下文：

現我曹等諸佛起出時、現我等佛刹所有善惡，佛所有悉示我。（支婁迦讖・佛說兜沙經）〔註 335〕

佛現死生五道中人。隨世間習俗而入。示現如是。佛爲悉示愚癡皆盡。現人本布施。隨世間習俗而入。示現如是。（支婁迦讖・佛說內藏百寶經）〔註 336〕

「佛所有悉示我」是說佛將所有的佛法都展示於我。「佛爲悉示愚癡皆盡」是佛展現了全部愚癡所帶來的後果。這兩例「悉示」解釋爲全部教授給他人或全部展示內容的意思。

2. 六朝至隋唐佛經詞義分析

「悉示」一詞於六朝佛經的使用情形，舉例說明如下：

菩薩摩訶薩所噉無有罪益，於薩和薩悉示道徑，無有邊，無有極處，悉明照。（支婁迦讖・道行般若經）〔註 337〕

若受供養衣服、飯食、床臥、醫藥，是明度心其中立，所受施除去近一切智，所食無罪，益於眾生悉示道住，無邊極處悉照明之，諸在牢獄中者悉度脫之，示其道眼——隨是行、莫念相，莫作異念持短，入明度中高行莫懈。（吳・支謙・大明度經）〔註 338〕

是釋迦文佛前世本願所結成功德威神使若益。諸經益者，佛威神益。深入經處，悉示諸十方虛空法，心無所著。（西晉・竺法護・菩薩十住行道品）〔註 339〕

〔註 335〕見於《大正藏》第 10 冊，頁 445。

〔註 336〕見於《大正藏》第 17 冊，頁 752。

〔註 337〕見於《大正藏》第 8 冊，頁 462。

〔註 338〕見於《大正藏》第 8 冊，頁 499。

〔註 339〕見於《大正藏》第 10 冊，頁 454。

惟分耨！菩薩悉示一切諸根，隨所樂喜而說其德，無常·苦·空·非身之義，各令得其所。（西晉·竺法護·佛說須眞天子經）〔註 340〕

菩薩見不報恩人時，心念言：「十方天下人皆使無有慳貪，悉示人於正道。」（西晉·聶道眞·諸菩薩求佛本業經）〔註 341〕

分析上述的例子，「悉示」的詞義同於東漢佛經，表示教授或展示的意思，例如上文：「悉示道徑」是說全部展現了如何求佛道的方法。「悉示道住」是說全部展現了佛道的內涵。「悉示諸十方虛空法」是說全部展現了各種虛空之法。「悉示一切諸根」是說全部展現了所有的根義。例如上文：「悉示人於正道」是說對人教授正道的內涵。

隋唐漢譯佛典「悉示」一詞的使用狀況，請見下文：

付囑父母。囑累朋友及與知識。相憙樂者。所發業事皆悉付囑。所有藏伏藏皆悉示人。（隋·闍那崛多·大威德陀羅尼經）〔註 342〕

此是某鬼此是某龍。如是一一次第具悉示令紀念。後以淨泥悉掃除卻壇上色座。莫到日出。所有餘法皆亦如是。自外一切於後散除。（唐·阿地瞿多·陀羅尼集經）〔註 343〕

和東漢及六朝佛經相同，隋唐佛經「悉示」釋爲教授或展示之意，「悉示」後內容或是對象，例如上文：「皆悉示人」是說全部都展示給眾人。例如上文：「悉示令紀念」是說全部展現給眾人，並要求眾人全部記住。「悉示」一詞於中土文獻中未見，僅見於佛教文獻。

3. 歷時使用分析

「悉」《說文》：「悉，詳盡也。〔註 344〕」本義是詳細之意。西漢·賈誼《論

〔註 340〕見於《大正藏》第 15 冊，頁 103。

〔註 341〕見於《大正藏》第 10 冊，頁 453。

〔註 342〕見於《大正藏》第 21 冊，頁 760。

〔註 343〕見於《大正藏》第 18 冊，頁 892。

〔註 344〕請參見漢·許愼著、清·段玉裁注《說文解字注》（臺北：洪葉出版社，1989），頁 50。

積貯疏》:「生之有時，而用之亡度，則物力必屈。古之治天下，至孅至悉也，故其畜積足恃。〔註 345〕」又西漢．司馬遷《史記．張釋之馮唐傳》:「釋之從行，登虎圈。上問上林尉諸禽獸簿，十餘問，尉左右視，盡不能對。虎圈嗇夫從旁代尉對上所問禽獸簿甚悉，欲以觀其能口對回應無窮者。〔註 346〕」，皆解釋爲詳盡。

「示」《說文》:「示，天垂象，見吉凶，所以示人也。〔註 347〕」本義是指天顯示出某種象徵向人們展示禍福。《易．繫辭下》:「夫乾確然，示人易矣；夫坤隤然，示人簡矣。〔註 348〕」解釋爲以某種徵兆向人提示禍福好壞。

以下整理「悉示」一詞歷時的詞性及詞義變化：

	佛經文獻			中土文獻
時間	東漢	六朝	隋唐	無
詞性	動詞	動詞	動詞	無
詞義	教授或展示	教授或展示	教授或展示	無

「悉示」一詞於東漢佛經之後，詞性、詞義十分穩定，沒有變動，「悉示」是由上對下的展現，在宗教相關文字記載上較爲常見，在中土文獻未見此詞，亦可理解。

「悉示」一詞於東漢佛經的用法爲以「悉示」＋對象（人）或展示的內容。如：「佛所有悉示我」、「佛爲悉示愚癡皆盡」，一直延續至六朝爲止，如：「悉示道住」、「悉示諸十方虛空法」等。但隋唐佛經「悉示」一詞後可接動詞，如：「悉示令紀念」。

（七）報　意

1. 東漢佛經詞義分析

「報意」一詞在東漢佛經的使用情形，舉例說明如下：

問念息得道何以爲無所知。報意知息息不知意是爲無所知。人不能

〔註 345〕請參見漢．賈誼《四部備要．新書》（北京：中華書局，1990），頁 29。

〔註 346〕請參見漢．司馬遷《史記》（北京：中華書局，1959），頁 2752。

〔註 347〕請參見漢．許愼著、清．段玉裁注《說文解字注》（臺北：洪葉出版社，1989），頁 2。

〔註 348〕請參見清．阮元校刻《十三經注疏．周易正義》（北京：中華書局，1980），頁 86。

得校計意。便令數息。欲令意定。(安世高・佛說大安般守意經)〔註 349〕

問意見行何以爲止。報意以自觀身貪。便使觀他人身。爲意從貪轉故應止。若意貪他人身。當還自觀身也。(安世高・佛說大安般守意經)〔註 350〕

「報意知息息不知意是爲無所知」是說回應佛法含意,知道修行時的氣息調和,從氣息調和中領略佛法的高深,看似不明白卻了然於心。「報意以自觀身貪」是說回應、反觀佛法含意來自我反省自身的貪婪。「報意」在此解釋爲回應佛法的內涵。

2. 六朝至隋唐佛經詞義分析

「報意」一詞於六朝佛經的使用情形,舉例說明如下:

意是過去、未來、現在耶?非過去、未來、現在耶?意是僊人法,非僊人法耶?意是有爲法耶?無爲法耶?意是有漏法無漏法耶?於三法報意何所在耶?意在黑黑報耶?意在白白報耶?意在不黑不白不白不黑報耶?意在不麁行法細行法耶?(姚秦・竺佛念・菩薩處胎經)〔註 351〕

「於三法報意何所在耶」是說回應三法〔註 352〕一切佛法於何處呢?「報意」解釋爲回應佛法,和東漢佛經的解釋相同。

「報意」一詞於隋唐佛經的使用情形,舉例說明如下:

釋曰。此偈以利他門說菩薩相。隨攝者是施。恒以四攝攝眾生故。無惱者是戒。自信於他不起惱害見故。耐損者是忍。他來違逆不懷加報意故。勇力者是進。在苦度眾生無有退屈心故。(唐・波羅頗蜜

〔註 349〕見於《大正藏》第 15 冊,頁 165。

〔註 350〕見於《大正藏》第 14 冊,頁 171。

〔註 351〕見於《大正藏》第 12 冊,頁 1045。

〔註 352〕所謂「三法」,根據丁福寶《佛學大辭典》的解釋:「三法:一、教法,釋迦一代所說之十二分教是也。二、行法,依教修行之四諦十二因緣六度等是也。三、證法,依行證果之菩提涅槃二果是也。此三者,該收一切之佛法也。」「三法」就是一切佛法的總稱。

多羅・大乘莊嚴經論）〔註 353〕

復有一人見沙門道士齋請讀經乃笑曰。彼向空吟經欲何希耶。虛腹日中一食。此罪人耳。道士乃慈心喻之。故報意不釋。死入地獄。考毒五苦。（唐・釋道世・法苑珠林）〔註 354〕

「他來違逆不懷加報意故」是說他違背了佛法，且內心不懷有佛意。「故報意不釋」則是說因此不特別解釋佛意。

3. 歷時使用分析

「報」的本義是依照法律判罪。《說文・幸部》：「報，當罪人也。〔註 355〕」《韓非子・五蠹》：「楚之有直躬，其父竊羊，而謁之吏。令尹曰：『殺之！』以爲直於君而曲於父，報而罪之。〔註 356〕」「報而罪之」依照法律而定其罪。解釋爲報答、回報。《詩經・大雅・抑》：「投我以桃，報之以李。〔註 357〕」「報之以李」以李子來回報。解釋爲報復。《韓非子・飾邪》：「明法親民以報吳，則夫差爲擒。〔註 358〕」「以報吳」用來報復吳國。「意」的本義請見上例「制意」之「意」。以下整理「報意」一詞歷時的詞性及詞義變化：

	佛經文獻			中土文獻
時間	東漢	六朝	隋唐	無
詞性	動詞	動詞	動詞	無
詞義	回應佛法的內涵	回應佛法的內涵	回應佛法的內涵	無

「報意」一詞於東漢佛經至隋唐佛經爲止，所見之詞例其詞性及詞義均無改變，唯中土文獻未見該詞。「報意」一詞作一般動詞用，如：「報意知息息不知意是爲無所知」、「報意以自觀身貪」六朝佛經用法同於東漢，如：「於三法報意何所在耶」。隋唐佛經亦同，如：「他來違逆不懷加報意故」、「故報

〔註 353〕見於《大正藏》第 31 冊，頁 655。

〔註 354〕見於《大正藏》第 53 冊，頁 706。

〔註 355〕請參見漢・許愼著、清・段玉裁注《說文解字注》（臺北：洪葉出版社，1989），頁 501。

〔註 356〕請參見韓非《四部備要・韓非子》（北京：中華書局，1990），頁 134。

〔註 357〕請參見清・阮元校刻《十三經注疏・毛詩正義》（北京：中華書局，1980），頁 556。

〔註 358〕請參見韓非《四部備要・韓非子》（北京：中華書局，1990），頁 40。

意不釋」。中土文獻則未見該詞。

（八）欺　餘

1. 東漢佛經詞義分析

「欺餘」一詞在東漢佛經的使用情形，舉例說明如下：

> 或時有比丘非大姓家，但有方便受法，如法說、如要行、隨法行，爲從是名聞故；如法行、隨法諦，不自譽，亦不欺餘，是賢者法。（安世高・佛說是法非法經）〔註 359〕

> 或時一者比丘，色像多端正，餘比丘不如，便從端正故自譽欺餘，是非賢者法。（安世高・佛說是法非法經）〔註 360〕

「亦不欺餘」是說也不輕易欺侮、輕視其他人。「便從端正故自譽欺餘」是說端正行爲，以自我爲榮，而不輕視其他人。

2. 六朝至隋唐佛經詞義分析

六朝至隋唐佛經「欺餘」一詞未曾出現，而是以「欺餘人」的形式出現。「欺餘人」一詞的使用情形，舉例說明如下：

> 時有眾人俱往視之，見是螢火知非林燒。今汝惡梵亦復如是，唱言：『我癡。』而自欺誑及欺餘人，汝及餘人後自當知是幻積聚。（宋・求那跋陀羅・央掘魔羅經）〔註 361〕

「而自欺誑及欺餘人」是說自我欺騙也欺騙他人。「欺餘人」即欺騙、欺負他人，詞義同於東漢佛經「欺餘」，故「餘」即「餘人」，解釋爲其他的人。隋唐佛經則是於「欺餘人」前接「輕」，成爲「輕欺餘人」，至此更能證明「餘」即「餘人」。

3. 歷時使用分析

「欺」《說文・欠部》：「欺，詐也。〔註 362〕」本義是欺騙、詐騙。《戰國

〔註 359〕見於《大正藏》第 1 冊，頁 838。

〔註 360〕見於《大正藏》第 1 冊，頁 838。

〔註 361〕見於《大正藏》第 2 冊，頁 522。

〔註 362〕請參見漢・許愼著、清・段玉裁注《說文解字注》（臺北：洪葉出版社，1989），頁 418。

策・秦策一》:「反覆東山之君，從以欺秦。〔註 363〕」「欺秦」是指欺騙秦國。解釋爲誤導。《呂氏春秋・有度》:「有度而以聽，則不可欺矣。〔註 364〕」「不可欺矣」是說不可以誤導之。

「餘」的本義是豐饒、富足。《說文・食部》:「餘，饒也。〔註 365〕」《淮南子・精神訓》:「聖人食足以接氣，衣足以蓋形，適情不求餘。〔註 366〕」「不求餘」是說不可要求有豐饒的享受。可解釋爲剩下、多出來的。《詩經・秦風・權輿》:「今也每食無餘。〔註 367〕」「無餘」是說沒有剩下來的。解釋爲末端、最後的。《書經・禹貢》:「導弱水至於合黎，餘波入於流沙。〔註 368〕」「餘波」是指波浪的最末。以下整理「欺餘」一詞歷時的詞性及詞義變化：

	佛　經　文　獻			中土文獻
時間	東漢	六朝	隋唐	無
詞性	動詞	動詞	動詞	無
詞義	欺侮、輕視其他人	欺侮、輕視其他人	欺侮、輕視其他人	無

「欺餘」一詞於東漢佛經至隋唐佛經的解釋以「欺餘」→「欺餘人」→「輕欺餘人」這樣的順序產生變化，詞義不變。

「欺餘」於東漢佛經作不及物動詞使用，如：「亦不欺餘」、「便從端正故自譽欺餘」。六朝佛經「欺餘」一詞後接賓語，結合成固定的三音節詞「欺餘人」，如：「而自欺誑及欺餘人」。隋唐佛經亦同，且於「欺餘人」前接定語「輕」，讓三音節詞變成四字句「輕欺餘人」，成爲佛經常見的句型。中土文獻則未見該詞。

（九）嬈　亂

1. 東漢佛經詞義分析

〔註 363〕請參見《四部備要・戰國策》（北京：中華書局，1990），頁 12。

〔註 364〕請參見《新編諸子集成・呂氏春秋》（北京：中華書局，1993），頁 320。

〔註 365〕請參見漢・許愼著、清・段玉裁注《說文解字注》（臺北：洪葉出版社，1989），頁 224。

〔註 366〕請參見漢・劉安撰、何寧集釋《新編諸子集成・淮南子集釋》（北京：中華書局，1993），頁 543。

〔註 367〕請參見清・阮元校刻《十三經注疏・毛詩正義》（北京：中華書局，1980），頁 374。

〔註 368〕請參見清・阮元校刻《十三經注疏・尚書正義》（北京：中華書局，1980），頁 151。

「嬈亂」一詞在東漢佛經的使用情形，舉例說明如下：

視求菩薩道人當如大王城所有寶處太子，爲無有恐難。觀阿閦佛刹當如大王，憋魔見求菩薩道者，如是不復嬈亂。（支婁迦讖・阿閦佛國經）〔註 369〕

如是，舍利弗！阿閦佛昔時作是願德本，乃至其佛刹諸魔及魔天子不復起事嬈亂，其佛刹所有德等乃如是。（支婁迦讖・阿閦佛國經）〔註 370〕

「如是不復嬈亂」是說如果不再作亂。「乃至其佛刹諸魔及魔天子不復起事嬈亂」是說乃至於佛刹諸魔及魔天子都不再挑起戰爭作亂。「嬈亂」解釋爲作亂。

2. 六朝至隋唐佛經詞義分析

「嬈亂」一詞於六朝佛經的使用情形，舉例說明如下：

時，魔波旬作是念：「沙門瞿曇住王舍城寒林中丘塚間，爲諸聲聞如是說法：『人命甚促，乃至不修賢修義。』我今當往，爲作嬈亂。」（宋・求那跋陀羅・雜阿含經）〔註 371〕

時，魔波旬便作是念：「此沙門瞿曇遊波羅㮈仙人住處鹿野園中，彼爲弟子因未來說法，我寧可往而嬈亂之。」……於是，世尊而作是念：「此魔波旬來到我所，欲相嬈亂。」（東晉・瞿曇僧伽提婆・中阿含經）〔註 372〕

「我今當往，爲作嬈亂。」意思是我現在應該前往，並且挑起戰爭。「我寧可往而嬈亂之」意思是我寧願前往並且引起紛爭。「欲相嬈亂」意思是想要挑起紛亂。

復有六法，謂六諍本：若比丘好瞋不捨，不敬如來，亦不敬法，亦不敬眾，於戒穿漏，染汙不淨；好於眾中多生諍訟，人所憎惡，嬈亂淨眾，天、人不安。諸比丘！汝等當自內觀，設有瞋恨，如彼嬈

〔註 369〕見於《大正藏》第 11 冊，頁 759。

〔註 370〕見於《大正藏》第 11 冊，頁 759。

〔註 371〕見於《大正藏》第 2 冊，頁 284。

〔註 372〕見於《大正藏》第 1 冊，頁 511。

亂者，當集和合眾，廣設方便，拔此諍本；汝等又當專念自觀，若結恨已滅，當更方便，遮止其心，勿復使起。（後秦・佛陀耶舍、竺佛念・佛説長阿含經）〔註373〕

時，諸上座比丘語差摩比丘言：「我聞仁者初所説，已解已樂，況復重聞！所以問者，欲發仁者微妙辯才，非爲嬈亂汝，便堪能廣説如來、應、等正覺法。」（宋・求那跋陀羅・雜阿含經）〔註374〕

佛告諸比丘：「若有人不行殺生，亦不念殺，受命極長。所以然者，以彼不嬈亂故。是故，諸比丘！當學不殺生。如是，諸比丘！當作是學。」（東晉・瞿曇僧伽提婆・增壹阿含經）〔註375〕

「嬈亂淨眾」意思是擾亂大眾。「如彼嬈亂者」意思是像他這樣的製造擾亂的人。「非爲嬈亂汝」意思是並不是要擾亂你的。「以彼不嬈亂故」意思是因爲你不製造紛亂的緣故。

「嬈亂」一詞於隋唐佛經的使用情形，舉例説明如下：

汝諸比丘！至心諦聽，當爲汝説。我非但今被魔波旬所誑得脱，不曾被其之所惱亂；過去世時，魔王波旬誑惑於我，亦不能得嬈亂於我。（隋・闍那崛多・佛本行集經）〔註376〕

菩薩一坐妙菩提座，魔來嬈亂亦不移動，於出世定慧智法空、實際、眞如、如理聖道、一切種智皆不移動。何以故？一切智法一坐得故。（唐・玄奘・大般若波羅蜜多經）〔註377〕

慈氏！當知菩薩摩訶薩修大乘者，聞斯語已都不信從，作是思惟：「此是惡魔嬈亂我耳，而作障礙欲誘誑我令退菩提。」既知是已，復發是心：「我今不應違本誓願受如斯語，決定進求無上佛果。」（唐・般若・大乘理趣六波羅蜜多經）〔註378〕

〔註373〕見於《大正藏》第1冊，頁52。

〔註374〕見於《大正藏》第2冊，頁30。

〔註375〕見於《大正藏》第2冊，頁576。

〔註376〕見於《大正藏》第3冊，頁797。

〔註377〕見於《大正藏》第7冊，頁934。

〔註378〕見於《大正藏》第8冊，頁879。

菩薩住是念時，一切世間無能嬈亂，一切異論無能變動，往世善根悉得清淨，於諸世法無所染著，眾魔外道所不能壞，轉身受生無所忘失。（唐・實叉難陀・大方廣佛華嚴經）〔註379〕

「亦不能得嬈亂於我」意思是對我也不能形成紛擾。「魔來嬈亂亦不移動」意思是即使是惡魔來擾亂我也不會有改變。「此是惡魔嬈亂我耳」意思是這是因爲惡魔來干擾我的緣故。「一切世間無能嬈亂」意思是世上的一切都不能擾亂。

3. 歷時使用分析

「嬈」《說文・女部》：「苛也。一曰擾、戲弄也，一曰嬥也。〔註380〕」本義是苛責，也解釋爲擾亂。《淮南子・原道訓》：「其魂不躁，其神不嬈。〔註381〕」「其神不嬈」是指精神不被擾亂。

「亂」《說文・乙部》：「治也。從乙，乙，治之也；從𤔔。〔註382〕」本義是治理。《書經・盤庚中》：「茲予有亂政同位。〔註383〕」孔傳：「亂，治也。此我有治政之臣，同位於父祖。」「亂政」是指治理國家。後解釋爲動盪不安。《孫子・勢》：「亂生於治。〔註384〕」《呂氏春秋・察今》：「故治國無法則亂。〔註385〕」引申爲戰爭，武力對抗。《左傳・隱公四年》：「臣聞以德和民，不聞以亂。〔註386〕」「不聞以亂」是說沒聽過以戰爭來治理人民的。也解釋爲雜亂、不整齊。《左傳・莊公十年》：「吾視其轍亂，望其旗靡，故逐之。〔註387〕」「轍

〔註379〕見於《大正藏》第10冊，頁114。

〔註380〕請參見漢・許愼著、清・段玉裁注《說文解字注》（臺北：洪葉出版社，1989），頁631。

〔註381〕請參見漢・劉安撰、何寧集釋《新編諸子集成・淮南子集釋》（北京：中華書局，1993），頁64。

〔註382〕請參見漢・許愼著、清・段玉裁注《說文解字注》（臺北：洪葉出版社，1989），頁747。

〔註383〕請參見清・阮元校刻《十三經注疏・尚書正義》（北京：中華書局，1980），頁171。

〔註384〕請參見東漢・孫武等注《諸子集成・孫子十家注》（臺北：世界書局，1936年），頁75。

〔註385〕請參見秦・呂不韋《新編諸子集成・呂氏春秋》（北京：中華書局，1993），頁177。

〔註386〕請參見清・阮元校刻《十三經注疏・春秋左傳正義》（北京：中華書局，1980），頁1725。

〔註387〕請參見清・阮元校刻《十三經注疏・春秋左傳正義》（北京：中華書局，1980），

亂」是指車輛雜亂。以下整理「嬈亂」一詞歷時的詞性及詞義變化：

	佛　　經　　文　　獻			中土文獻
時間	東漢	六朝	隋唐	無
詞性	動詞	動詞	動詞	無
詞義	作亂	擾亂	擾亂	無

「嬈亂」於東漢之後，於佛經翻譯中其詞義及詞性很快地趨於穩固，至隋唐佛經爲止，幾乎沒有變動過，但中土文獻卻未曾出現「嬈亂」一詞，主要原因是「嬈」本義是指精神被擾亂，指涉的範圍較小，自然使用較少，未能出現「嬈亂」一詞亦能理解。而佛經翻譯將「嬈」的意涵擴大，被擾亂的範圍從精神到實體均可。

「嬈亂」一詞於東漢至隋唐佛經皆作一般動詞用，如：「如是不復嬈亂」、「乃至其佛剎諸魔及魔天子不復起事嬈亂」。六朝佛經「嬈亂」一詞可當名詞用，如：「我今當往，爲作嬈亂」。也可當一般動詞用，如：「我寧可往而嬈亂之」、「欲相嬈亂」、「以彼不嬈亂故」。可作及物動詞用，如：「嬈亂淨眾」、「非爲嬈亂汝」。「嬈亂」可後接名詞詞尾「者」，如：「如彼嬈亂者」。隋唐佛經繼承六朝的用法。作一般動詞用，如：「魔來嬈亂亦不移動」、「一切世間無能嬈亂」。作及物動詞用，如：「亦不能得嬈亂於我」、「此是惡魔嬈亂我耳」。中土文獻未收此詞。

（十）澆　漬

1. 東漢佛經詞義分析

「澆漬」僅出現於《長阿含十報法經》，使用狀況請見下文：

> 第二五法，可增行德者。五種定。行道弟子，是身自守得喜樂，澆漬身行，可身一切無有一處不到喜樂，從自守樂。（安世高・長阿含十報法經）〔註 388〕

「是身自守得喜樂，澆漬身行」是說自己可以得到內心的歡喜，那麼喜樂便能遍佈全身。「澆漬」解釋爲像澆淋在身上一般地遍佈全身。

頁 1767。

〔註 388〕見於《大正藏》第 1 冊，頁 234。

譬如蓮華水中生水中長，至根至莖至葉，一切從冷水遍澆漬遍行。道弟子身亦如是，從無有愛樂澆漬，可一切身遍從無有愛樂。道弟子，是五種定，是爲第三行。（安世高・長阿含十報法經）〔註 389〕

「一切從冷水遍澆漬遍行。」是說所有都用冷水徹底灌溉。但「從無有愛樂澆漬」是說從無到有用愛樂灌溉、浸潤。用來「澆漬」的材料不同，可以是具體的「冷水」，也可以是抽象的「愛樂」。

2. 六朝至隋唐佛經詞義分析

「澆漬」一詞於六朝佛經的使用情形，舉例說明如下：

譬如摩尼珠，光明清淨能照四方，餘寶不及，水雨澆漬光明不滅。（東晉・佛馱跋陀羅・大方廣佛華嚴經）〔註 390〕

入大池中。八功德水。遊戲受樂。互相澆漬。其池名曰阿棲之迦。（元魏・瞿曇般若流支・正法念處經）〔註 391〕

上述兩例「澆漬」都是以水來淋上，例如上文：「水雨澆漬光明不滅」是說以雨水來澆淋也不滅其光明。又如：「八功德水。遊戲受樂。互相澆漬」，將八功德水在遊戲、感受喜樂之間澆淋於上。

「澆漬」一詞於隋唐佛經的使用情形，舉例說明如下：

彼大雨汁洗梵身天諸宮殿已，次洗魔身諸天宮殿、他化自在諸天宮殿、化樂宮殿、刪兜率陀諸天宮殿、夜摩宮殿，洗已復洗，如是大洗，彼等洗時，所有鹹鹵辛苦等味，悉皆流下；次洗須彌留大山王身，及四大洲八萬小洲，自餘大山，並輪圓等，如是澆漬，流注洗蕩，其中所有鹹苦辛味，一時並下，墮大海中。（隋・達摩笈多・起世因本經）〔註 392〕

從上文「如是澆漬，流注洗蕩，」是說就像這樣澆淋於上，讓大雨汁充分地流注其中。同於六朝佛經，「澆漬」解釋爲澆淋於上。

〔註 389〕見於《大正藏》第 1 冊，頁 234。

〔註 390〕見於《大正藏》第 9 冊，頁 554。

〔註 391〕見於《大正藏》第 17 冊，頁 132。

〔註 392〕見於《大正藏》第 1 冊，頁 412。

3. 歷時使用分析

「澆」《說文・水部》:「澆,渋也。〔註 393〕」本義爲灌溉、淋上,也解釋爲浮薄,主要指社會風氣敗壞。《莊子・繕性》:「及唐、虞始爲天下,興治化之流,澆淳散朴,離道以爲,險德以行,然後去性而從於心。〔註 394〕」其中「澆淳散朴」是說使淳樸的社會風氣變得浮薄、敗壞。

「漬」《說文・水部》:「漬,漚也。〔註 395〕」本義爲浸、泡。《吳越春秋・句踐歸國外傳》:「足寒,則漬之以水。冬常抱冰,夏還握火。〔註 396〕」是說把腳泡在水裡。《論衡・商蟲》:「神農、后稷藏種之方,煮馬屎以汁漬種者,令禾不蟲。〔註 397〕」是說用馬糞煮過之後的湯汁來泡種子,可以讓農作物不受到害蟲的侵害。也解釋爲沾染、濡染。《周禮・考工記・鍾氏》:「鍾氏染羽以朱湛丹秫,三月而熾之,淳而漬之。〔註 398〕」在此是指浸染布料。又特指疾病甚爲嚴重之意。《呂氏春秋・貴公》:「仲父之病矣,漬甚,國人弗諱,寡人將誰屬國?〔註 399〕」是說仲父的疾病已經非常嚴重了。以下整理「澆漬」一詞歷時的詞性及詞義變化:

	佛　經　文　獻			中土文獻
時間	東漢	六朝	隋唐	無
詞性	動詞	動詞	動詞	無
詞義	澆淋	澆淋於上	澆淋於上	無

「澆」是指淋上,「漬」是浸泡,「澆漬」一詞從東漢至隋唐,其詞義變化不大,意指各種不同性質的水澆淋於各處。

先秦至清代的中土文獻亦無使用「澆漬」,若用以表示澆淋之意,如「澆灑」,

〔註 393〕請參見漢・許慎著、清・段玉裁注《說文解字注》(臺北:洪葉出版社,1989),頁 568

〔註 394〕請參見清・王先謙《新編諸子集成》(北京:中華書局,1993),頁 136

〔註 395〕請參見漢・許慎著、清・段玉裁注《說文解字注》(臺北:洪葉出版社,1989),頁 563。

〔註 396〕請參見東漢・趙曄《四部備要・吳越春秋》(北京:中華書局,1990),頁 37。

〔註 397〕請參見東漢・王充《四部備要・論衡》(北京:中華書局,1990),頁 142。

〔註 398〕請參見清・阮元校刻《十三經注疏・周禮注疏》(北京:中華書局,1980),頁 919。

〔註 399〕請參見秦・呂不韋《新編諸子集成・呂氏春秋》(北京:中華書局,1993),頁 9。

《太平廣記・異人》:「天自在於廟中獨語曰:『此方人爲惡日久，天將殺之。』遂以手探階前石盆中水。望空澆灑。〔註 400〕」亦有「澆灌」，酈道元《水經注・夷水》「每至大旱，平樂左近村居，輦草穢著穴中。龍怒，須臾水出，蕩其草穢，傍側之田，皆得澆灌。〔註 401〕」,「澆漬」直至現代漢語的文學作品才出現，《混沌譜》:「煉丹共分爲水法煉丹和火法煉丹兩大類，水法煉丹是用各種不同屬性的水爲主，化解、過濾、封閉、煮熬、養釀，澆漬等手段〔註 402〕」使用「澆漬」是作爲文學形容之用，和佛經並無直接的繼承關係。

「澆漬」一詞於東漢佛經後皆作及物動詞用，後接澆淋的對象，可具體亦可抽象，如:「是身自守得喜樂，澆漬身行」澆淋於上的是抽象的喜樂氣氛。「一切從冷水遍澆漬遍行」澆淋於上的是具體的冷水。又如:「水雨澆漬光明不滅」、「八功德水。遊戲受樂。互相澆漬」。中土文獻未見此詞。

（十一）作　厚

1. 東漢佛經詞義分析

「作厚」一詞在東漢佛經的使用情形，舉例說明如下：

> 何謂四事。其身若金剛諸邪不能得其便。爲一切而作厚。所作事具足辦而不中悔。(支婁迦讖・佛說伅眞陀羅所問如來三昧經)〔註 403〕

> 其有貧窮者佛能爲作珍寶。其有失道徑者能示於道路。佛以加大哀不以爲勤劇。等心於一切堅固而作厚。常忍於苦樂不捨於一切人。(支婁迦讖・佛說阿闍世王經)〔註 404〕

「爲一切而作厚」是說爲一切做好最充足的準備。「一切堅固而作厚」是說爲了一切堅固而做好最足夠的準備。「作厚」解釋爲做好準備。

2. 六朝至隋唐佛經詞義分析

「作厚」一詞於六朝佛經的使用情形，舉例說明如下：

〔註 400〕請參見宋・李昉等《太平廣記》(北京：中華書局，1961)，頁 560。

〔註 401〕請參見北魏・酈道元《四部備要・水經注》(北京：中華書局，1990)，頁 485。

〔註 402〕《混沌譜》爲網路小說，作者：浮生倦客。其作品主要於網站「精品文學網」上發表，網址：http：//www.bestory.com/novel/2/106565/311669.html

〔註 403〕見於《大正藏》第 15 冊，頁 350。

〔註 404〕見於《大正藏》第 15 冊，頁 395。

菩薩行六波羅蜜乃至佛十八法，行菩薩法亦無有瑕，是為具足菩薩支節，金剛三昧成阿耨多羅三耶三菩阿惟三佛，為眾生作厚，其厚者終不腐敗而生五道。（西晉・無羅叉・放光般若經）〔註405〕

菩薩興發行者，會止於有為，不住無為、不造無為，是故為世作厚。住於有為，悉知可否處；住於無為，知諸慧處。已知有為可否便住其中，已知無為慧不止其中。天子！譬如勇悍健男子，張弓建箭仰射虛空，箭不住空亦不下墮。（西晉・竺法護・佛說須真天子經）〔註406〕

「為眾生作厚」是說為眾人做準備或是其他貢獻。「是故為世作厚」是說為此替世上人做準備或其他貢獻。「作厚」一詞和東漢佛經相同。隋唐佛經及中土文獻並無「作厚」一詞出現。

3. 歷時使用分析

「作」《說文・人部》：「作，起也。〔註407〕」本義是製作、生產。《周禮・考工記序》：「作車以行陸，作舟以行水。〔註408〕」「作車」、「作舟」是指製作車子、船隻。可解釋為振作。《左傳・莊公十年》：「一鼓作氣，再而衰，三而竭。〔註409〕」解釋為勞動、工作。《樂府詩集・雜歌謠辭・擊壤歌》：「日出而作，日入而息。〔註410〕」天亮了就出門耕作。也解釋為創作、寫作。《論語・述而》：「述而不作，信而好古。〔註411〕」是說傳述古代聖賢待人處世的道理，並非由自己來創作。也引申解釋為培育、打造。《尚書・康誥》：「亦惟助宅天命，作新民。〔註412〕」培育人民。可解釋為擔任、充當。《尚書・舜典》：「伯

〔註405〕見於《大正藏》第8冊，頁138。

〔註406〕見於《大正藏》第15冊，頁105。

〔註407〕請參見漢・許慎著、清・段玉裁注《說文解字注》（臺北：洪葉出版社，1989），頁378。

〔註408〕請參見清・阮元校刻《十三經注疏・周禮注疏》（北京：中華書局，1980），頁906。

〔註409〕請參見清・阮元校刻《十三經注疏・春秋左傳正義》（北京：中華書局，1980），頁1767。

〔註410〕請參見宋・郭茂倩《四部備要・樂府詩集》（北京：中華書局，1990），頁493。

〔註411〕請參見清・阮元校刻《十三經注疏・論語注疏》（北京：中華書局，1980），頁2481。

〔註412〕請參見清・阮元校刻《十三經注疏・尚書正義》（北京：中華書局，1980），頁203。

禹作司空。〔註413〕」《論語・子路》:「人而無恒,不可以作巫醫。〔註414〕」都解釋為擔任之意。

「厚」《說文・𣆪部》:「厚,山陵之厚也。〔註415〕」本義是多層,上下距離大,與「薄」相對。《詩・小雅・正月》:「謂天蓋高,不敢不局。謂地蓋厚,不敢不蹐。〔註416〕」「謂地蓋厚」是說大地是那樣地寬厚。引申為豐厚、豐富。《墨子・尚賢上》:「爵位不高,則民弗敬;蓄祿不厚,則民不信。〔註417〕」「不厚」是指不夠多之意。也可解釋為看重、優待。《墨子・尚賢中》:「厚於貨者,不能分人以祿。〔註418〕」「厚於貨者」是說過份重視財富的人。以下整理「作厚」一詞歷時的詞性及詞義變化:

	佛經文獻			中土文獻
時間	東漢	六朝	隋唐	無
詞性	動詞	動詞	無	無
詞義	做好準備	做好準備	無	無

東漢及六朝佛經使用「作厚」來表示做好準備之意,六朝之後不僅是佛經,中土文獻從未使用過該詞,但以「作」為動詞,並解釋為準備的詞語,中土文獻則是採用其他類似的詞彙,如:

1. 「作善」是指為善、做善事。《尚書・伊訓》:「作善降之百祥,作不善降之百殃。〔註419〕」
2. 「作福」使指做善事而獲得福氣。《尚書・盤庚上》:「作福作災,予亦不敢動用非德。〔註420〕」也解釋為賜福。漢・董仲舒《春秋繁露・保位權》:「所好多則作福,所惡多則作威。〔註421〕」多做好事自然上天

〔註413〕請參見清・阮元校刻《十三經注疏・尚書正義》(北京:中華書局,1980),頁130。

〔註414〕請參見清・阮元校刻《十三經注疏・論語注疏》(北京:中華書局,1980),頁2508。

〔註415〕請參見漢・許慎著、清・段玉裁注《說文解字注》(臺北:洪葉出版社,1989),頁232。

〔註416〕請參見清・阮元校刻《十三經注疏・毛詩正義》(北京:中華書局,1980),頁443。

〔註417〕請參見清・孫詒讓《新編諸子集成・墨子閒詁》(北京:中華書局,2001),頁46。

〔註418〕請參見清・孫詒讓《新編諸子集成・墨子閒詁》(北京:中華書局,2001),頁54。

〔註419〕請參見清・阮元校刻《十三經注疏・尚書正義》(北京:中華書局,1980),頁162。

〔註420〕請參見清・阮元校刻《十三經注疏・尚書正義》(北京:中華書局,1980),頁169。

〔註421〕請參見漢・董仲舒《四部備要・春秋繁露》(北京:中華書局,1990),頁36。

給予福份。

3. 「作禮」是指舉手施禮、行禮之意。南朝·梁簡文帝《六根懺文》:「懺悔已竟，誠心作禮。〔註422〕」

4. 「作程」是指作爲楷模、典範。漢·蔡邕《陳太丘碑文》:「含光醇德，爲士作程。〔註423〕」爲士人立下模範。也解釋爲立下法度、準則。《文選·陸倕·新刻漏銘》:「配皇等極，爲世作程。〔註424〕」是替世人立下典範。

5. 「作範」樹立榜樣。《三國志·蜀志·郤正傳》:「是故創制作範，匪時不立，流稱垂名，匪功不記。〔註425〕」南朝·宋·傅亮《爲宋公修楚元王墓教》:「楚元王積仁吉德，啓藩斯境，素風道業，作範後昆。〔註426〕」

「作厚」和這些詞語不同的地方在於「厚」爲形容詞用，但中土文獻「作」後多接名詞，主要由於名詞針對指涉的事物的範圍、內容明確，而形容詞所指涉的則較模糊。

「作厚」一詞於東漢佛經作一般動詞用，如:「爲一切而作厚」、「一切堅固而作厚」，六朝佛經和東漢的用法相同，如:「爲眾生作厚」、「是故爲世作厚」。但隋唐佛經及中土文獻並無出現該詞。

（十二）炎　照

1. 東漢佛經詞義分析

「炎照」於東漢佛經使用狀況，請見下文：

> 復次，舍利弗！阿閦佛光明皆炎照三千大千世界，我當願見是，見已令我成無上正眞道最正覺，當復自炎照其佛刹。』菩薩摩訶薩用

〔註422〕請參見唐·道宣《四部備要·廣弘明集》(北京：中華書局，1990)，頁300。

〔註423〕請參見漢·蔡邕《四部備要·蔡中郎集》(北京：中華書局，1990)，頁120。

〔註424〕請參見梁·昭明太子撰、唐·李善注《四部備要·文選》(北京：中華書局，1990)，頁549。

〔註425〕請參見西晉·陳壽《四部備要·三國志》(北京：中華書局，1990)，頁451。

〔註426〕請參見梁·昭明太子撰、唐·李善注《四部備要·文選》(北京：中華書局，1990)，頁362。

是行故得生阿閦佛剎。（支婁迦讖・阿閦佛國經）〔註427〕

如是，舍利弗！阿閦佛阿比羅提世界住，炎照十方等諸求菩薩道之人。（支婁迦讖・阿閦佛國經）〔註428〕

譬如，舍利弗！日宮殿遠住，遙炎照天下人；如是，阿閦佛遠住，炎照他方世界諸住菩薩摩訶薩。（支婁迦讖・阿閦佛國經）〔註429〕

「炎照」解釋為照耀之意，作動詞用，例如上文：「阿閦佛光明皆炎照三千大千世界」是說阿閦佛光明能照遍宇宙的各個角落。「炎照十方」是說能照耀至各個角落。「遙炎照天下人」是說普遍地照耀全天下人。

2. 六朝至隋唐佛經詞義分析

「炎照」一詞於六朝佛經的使用情形，舉例說明如下：

時，有拘迦那娑天女，光明之天女，放電光明，炎照熾然，於後夜時來詣佛所，稽首佛足，退坐一面。其身光明普照山谷，即於佛前而說偈言。（宋・求那跋陀羅・雜阿含經）〔註430〕

分別辯者，而為一乘無有邊際，宣佈正法，炎照三界苦惱之厄，除去陰蓋，逮致三昧。解暢法者，奉諸菩薩聖慧之業，遵修法行，道明超越，巍巍無量。曉了義者，敷演十住所處本末，開解學者各得其所，不失志行，得度世俗靡所不通。（西晉・竺法護・漸備一切智德經）〔註431〕

「炎照」是指發射非常強烈且熱的光芒，作動詞用，例如上文「炎照熾然」是說這強烈的光芒照耀著。「炎照」解釋為照耀，和東漢佛經用法相同，作動詞用，例如上文：「炎照三界苦惱之厄」則是指照耀這生死往來的全部世界所產生苦惱。隋唐佛經及中土文獻中未見「炎照」一詞。

〔註427〕見於《大正藏》第11冊，頁761。

〔註428〕見於《大正藏》第11冊，頁762。

〔註429〕見於《大正藏》第11冊，頁763。

〔註430〕見於《大正藏》第2冊，頁349

〔註431〕見於《大正藏》第10冊，頁487。

3. 歷時使用分析

「炎」《說文・炎部》:「炎，火光上也。〔註 432〕」本義是火焰升飛。《尚書・洪範》:「火曰炎上。〔註 433〕」也解釋爲燃燒。《淮南子・人間訓》:「火之燔孟諸而炎雲臺。〔註 434〕」是說雲臺燃燒。也解釋爲炎熱，《楚辭・九章・悲回風》:「觀炎氣之相仍兮，窺煙液之所積。〔註 435〕」「炎氣」是指熱氣。也可解釋爲旺盛。《楚辭・大招》:「南有炎火千里，蝮蛇蜒只。〔註 436〕」「炎火」是指大火。

「照」《說文・火部》:「照，明也。〔註 437〕」本義是照明。《易經・恒》:「《彖》曰：日月得天而能久照，四時變化而能久成。〔註 438〕」「久照」是說長久地照耀。引申解釋爲察覺、明瞭。《韓非子・難三》:「明能照遠姦而見隱微。〔註 439〕」「照遠姦」是說察覺不尋常的地方。以下整理「炎照」一詞歷時的詞性及詞義變化：

	佛　經　文　獻			中土文獻
時間	東漢	六朝	隋唐	無
詞性	動詞	動詞	無	無
詞義	照耀	照耀	無	無

「炎照」一詞從作爲動詞，解釋爲照耀，後轉爲名詞使用，解釋爲光芒，然而隋唐佛經就已經不使用「炎照」一詞，中土文獻亦未見。

「炎照」一詞於東漢至六朝佛經爲止，皆作不及物動詞用，後接區域或對象，如:「炎照十方」、「炎照天下人」、「炎照他方世界」、「炎照三界苦惱之厄」。

〔註 432〕請參見漢・許愼著、清・段玉裁注《說文解字注》(臺北：洪葉出版社，1989)，頁 491。

〔註 433〕請參見清・阮元校刻《十三經注疏・尚書正義》(北京：中華書局，1980)，頁 188。

〔註 434〕請參見漢・劉安撰、何寧集釋《新編諸子集成・淮南子集釋》(北京：中華書局，1993)，頁 1280。

〔註 435〕請參見屈原《四部備要・楚辭》(北京：中華書局，1990)，頁 70。

〔註 436〕請參見屈原《四部備要・楚辭》(北京：中華書局，1990)，頁 97。

〔註 437〕請參見漢・許愼著、清・段玉裁注《說文解字注》(臺北：洪葉出版社，1989)，頁 489。

〔註 438〕請參見清・阮元校刻《十三經注疏・周易正義》(北京：中華書局，1980)，頁 47。

〔註 439〕請參見《四部備要・韓非子》(北京：中華書局，1990)，頁 111。

隋唐佛經及中土文獻已不使用此詞。

（十三）放　鏡

1. 東漢佛經詞義分析

「放鏡」一詞在東漢佛經的使用情形，舉例說明如下：

> 閉目放鏡不欲見。以放鏡憂愁。我已壯去老到顏色醜樂已去。（安世高・地道經）〔註 440〕

「閉目放鏡」是說閉上眼睛，擱置鏡子於一旁。「以放鏡憂愁」是說在放下鏡子後內心十分惆悵。「放鏡」是指放下鏡子，有自我放逐、放棄之意。

2. 六朝至隋唐佛經詞義分析

「放鏡」一詞於六朝佛經的使用情形，舉例說明如下：

> 設見如是，還自羞鄙，閉目放鏡；吾已去少！衰老將至，心懷愁憂，已離安隱，至於窮極。（西晉・竺法護・修行道地經）〔註 441〕

「還自羞鄙，閉目放鏡」是說內心感到羞愧，閉上眼睛放下鏡子。東漢和六朝佛經「放鏡」可引申爲反省自己，「鏡」用以自照，自我反省。「放鏡」一詞於隋唐佛經及中土文獻中皆未見。

3. 歷時使用分析

「放」《說文・放部》：「放，逐也。〔註 442〕」本義是放逐、流放之意。是指古代將人驅逐到偏遠地方。也解釋爲捨棄、廢棄。《書經・康誥》：「惟威惟虐，大放王命。〔註 443〕」「大放」是指放棄之意。作形容詞用，解釋爲放縱、不拘束。《孟子・滕文公下》：「湯居亳，與葛爲鄰，葛伯放而不祀。」趙岐注：「放縱無道，不祀先祖。〔註 444〕」「放而不祀」是指行爲放縱，連祖先都不祭拜。

〔註 440〕見於《大正藏》第 15 冊，頁 233。

〔註 441〕見於《大正藏》第 15 冊，頁 186。

〔註 442〕請參見漢・許愼著、清・段玉裁注《說文解字注》（臺北：洪葉出版社，1989），頁 162。

〔註 443〕請參見清・阮元校刻《十三經注疏・尚書正義》（北京：中華書局，1980），頁 205。

〔註 444〕請參見清・阮元校刻《十三經注疏・孟子注疏》（北京：中華書局，1980），頁 2712。

「鏡」《說文・金部》:「鏡，景也。〔註 445〕」作動詞用，解釋為映照。，後解式為用以反映物體形象的用具，古代多以銅或鐵鑄成鏡。《墨子・非攻中》:「鏡於水，見面之容。〔註 446〕」「鏡於水」是指以水為鏡。以下整理「放鏡」一詞歷時的詞性及詞義變化：

	佛　經　文　獻			中土文獻
時間	東漢	六朝	隋唐	無
詞性	動詞	動詞	無	無
詞義	放下鏡子	放下鏡子	無	無

「放鏡」一詞於東漢佛經解釋為放下鏡子，至六朝佛經仍維持相同的詞義。但隋唐亦佛經及中土文獻未收該詞，作一般動詞用，如:「閉目放鏡」、「以放鏡憂愁。六朝佛經同於東漢，如:「還自羞鄙，閉目放鏡」。

（十四）增　饒

1. 東漢佛經詞義分析

「增饒」僅見於《一切流攝守因經》，請見下文：

> 癡者，比丘！不聞者，世間人，不見慧者，亦不從慧人聞法，亦不從慧人受教誡，亦不從慧人分別解，便得非本念。令未生流便生，已生流令增饒不致，未生有亦癡便生，已生有亦癡便增饒不致。以不知不解，如有令不可念法便念，可應念法者便不念。(安世高・一切流攝守因經)〔註 447〕

「已生流令增饒不致」、「已生有亦癡便增饒不致」其中「增饒不致」解釋為增加之意。六朝及隋唐佛經皆未見此詞，

2. 中土文獻詞義分析

「增饒」遲至元代才出現，見於《宋史・食貨志》:「兩監舊額歲課二十五萬餘緡，自許商人並邊中糧草，增饒給鈔支鹽，商人得鈔千錢，售價半之，縣

〔註 445〕請參見漢・許慎著、清・段玉裁注《說文解字注》（臺北：洪葉出版社，1989），頁 710

〔註 446〕請參見清・孫詒讓《新編諸子集成・墨子閒詁》（北京：中華書局，2001），頁 139。

〔註 447〕見於《大正藏》第 1 冊，頁 813。

官陰有所亡，坐賈獲利不貲。〔註 448〕」「增饒」解釋爲大量增加之意。

3. 歷時使用分析

「增」《說文》:「增，益也。」段玉裁注:「益者、饒也。〔註 449〕」本義是添增、加多。《詩經・小雅・天保》:「天保定爾，以莫不興。如山如阜，如岡如陵。如川之方至，以莫不增。」鄭玄箋:「川之方至，謂其水縱長之時也，萬物之收皆增多也。〔註 450〕」其中「以莫不增」是指河流彙聚之後也收攏了萬物於其中，所以必然增加。

「饒」《說文》:「饒，飽也。」段玉裁注:「饒者，甚飽之詞也。引以爲凡甚之偁。〔註 451〕」本義是充滿。以下整理「增饒」一詞歷時的詞性及詞義變化：

	佛經文獻			中土文獻
時間	東漢	六朝	隋唐	元代
詞性	動詞	無	無	動詞
詞義	增加	無	無	大量增加

「增饒」一詞僅見於東漢佛經，中土文獻則遲至元代才出現，兩者相距千餘年，然而「增饒」一詞的詞義並無改變。

「增饒」一詞於佛經多與「不致」組合成四字句「增饒不致」，爲述補式片語。六朝及隋唐佛經皆未見此詞。中土文獻遲至元代才出現，和東漢相距的時間略長，如:「增饒給鈔支鹽」作一般動詞用。

（十五）曲　低

1. 東漢佛經詞義分析

「曲低」僅見於《阿閦佛國經》，六朝以後譯出的佛經亦未見，請見下文：

復次，舍利弗！阿閦菩薩摩訶薩授無上正眞道決時，是三千大千世

〔註 448〕請參見《四部備要・宋史》（北京：中華書局，1989），頁 1389。

〔註 449〕請參見漢・許愼著、清・段玉裁注《說文解字注》（臺北：洪葉出版社，1989），頁 696。

〔註 450〕請參見清・阮元校刻《十三經注疏・毛詩正義》（北京：中華書局，1980），頁 412。

〔註 451〕請參見漢・許愼著、清・段玉裁注《說文解字注》（臺北：洪葉出版社，1989），頁 224。

界中諸藥、樹木一切皆自曲低向阿閦菩薩作禮；譬我亦如是，成無上正眞道最正覺、得薩芸若慧時，是三千大千世界諸藥、樹木一切皆自曲低向我作禮。（支婁迦讖・阿閦佛國經）〔註452〕

「一切皆自曲低向阿閦菩薩作禮」是說所有的一切都彎曲身體以示崇敬地都向阿閦菩薩行禮。「曲低」則釋爲低頭以表示臣服之意。

2. 歷時使用分析

「曲」《說文》：「曲，象器曲受物之形。〔註453〕」本義是彎曲、不直。《論語・述而》：「飯蔬食飲水，曲肱而枕之，樂亦在其中矣。〔註454〕」其中「曲肱」是指彎曲手臂之意。「曲」的字義從形容物體外型彎曲的樣子，引申解釋內心隱晦、不易見的心思，從具體而漸抽象的詞義演進。

「低」的本義是低下，和「高」相對。《說文注》：「一曰下也。從人、氐，氐亦聲。〔註455〕」《論衡・偶會》：「火星與昴星出入，昴星低時火星出，昴星見時火星伏，非火之性厭服昴也，時偶不並，度轉乖也。〔註456〕」其中「昴星低時火星出」是說當昴星的位置在天空的下方時，那麼火星就會出現在天空中。「低」是和「高」相對的概念，從實際的高度差別引申至形容的範圍擴大，可用以指身份、程度、能力、價格的低下、低落。以下整理「欺餘」一詞歷時的詞性及詞義變化：

	佛經文獻			中土文獻
時間	東漢	六朝	隋唐	無
詞性	動詞	無	無	無
詞義	低頭以表示臣服	無	無	無

僅有東漢佛經出現過「曲低」一詞，其餘佛經及中土文獻皆未出現，於

〔註452〕見於《大正藏》第11冊，頁753。

〔註453〕請參見漢・許愼著、清・段玉裁注《說文解字注》（臺北：洪葉出版社，1989），頁643。

〔註454〕請參見清・阮元校刻《十三經注疏・論語注疏》（北京：中華書局，1980），頁2482。

〔註455〕請參見漢・許愼著、清・段玉裁注《說文解字注》（臺北：洪葉出版社，1989），頁634。

〔註456〕請參見東漢・王充《四部備要・論衡》（北京：中華書局，1990），頁23。

東漢佛經「曲低」作不及物動詞，如：「一切皆自曲低向阿閦菩薩作禮」。

「曲低」雖未見於六朝以後的譯出佛經，但「曲低」爲並列式複合詞，這一類複合詞中有一群「同素異序」複合詞值得注意，在復合形式尚未成熟之前，AB、BA 兩者並存的狀況亦時有可見，但「曲低」則是 AB、BA 兩式分別出現，東漢僅有「曲低」，六朝則未見，唐代以後譯出佛經則出現「低曲」，請見下文：

> 爾時世尊。住於優樓頻螺迦攝修學林中。時佛世尊。晡時出遊泉所。脱諸衣服入泉沐浴。而欲出水。於其岸邊有一大樹。名過竪那。去佛甚遠。爾時世尊。舒手欲捉其樹。即便低屈。佛攀枝出於時迦攝見此事已而作是念。其大樹先來不屈。今誰低曲。詣世尊所白言。大沙門此大過竪那樹。先不低屈。（唐・義淨・根本説一切有部毘奈耶破僧事）〔註 457〕

> 由此發起極重喘嗽。形貌僂前云何。謂坐威儀位。身首低曲。（唐・玄奘・瑜伽師地論）〔註 458〕

以上兩例「低曲」都是指垂下、低下之意，和東漢佛經「曲低」詞義相同，且「低曲」與「低屈」同時並用的情形，「屈」本指彎曲，《禮記・樂記》：「屈伸俯仰，綴兆舒疾，樂之文也。簠簋俎豆，制度文章，禮之器也。〔註 459〕」，其中「屈伸俯仰」彎曲伸直前俯後仰。以音韻角度來分析，「屈」《廣韻》區勿切（溪母物韻）、「曲」丘玉切（溪母燭韻），兩字雙聲，且韻母相近，詞義也相近，故「低曲」、「低屈」同時使用亦可想見。

中土文獻與「曲低」同義，用以表示臣服或是崇敬之意的詞彙，則多使用「屈」字，如：《三國志・諸葛亮傳》「先主曰：『君與俱來。』庶曰：『此人可就見，不可屈致也。將軍宜枉駕顧之。』由是先主遂詣亮，凡三往，乃見。〔註 460〕」，其中「屈致」釋爲委屈、冤屈之意。中土文獻中「曲」與「屈」的用法各字不同，單純表示彎曲之意實用「曲」；表示屈服或是崇敬之意則用

〔註 457〕見於《大正藏》第 24 冊，頁 133。

〔註 458〕見於《大正藏》第 30 冊，頁 323。

〔註 459〕請參見清・阮元校刻《十三經注疏・禮記正義》（北京：中華書局，1980），頁 1530。

〔註 460〕請參見西晉・陳壽《四部備要・三國志》（北京：中華書局，1990），頁 395。

「屈」。但佛經「曲」、「屈」的用法則有不同，「曲」除了單純解釋為彎曲之外，也用以表示發自內心並表達崇敬之意時；當用以表示投降時，則使用「屈」，如：「聲色不能汙，榮位不能屈，難動如地，已免憂苦，存亡自在。」（竺大力、康孟詳・修行本起經）。〔註461〕中土文獻一律使用「屈」同時表示崇敬及降服兩種意思。

（十六）慧　浴

1. 東漢佛經詞義分析

「慧浴」僅見於《長阿含十報法經》，其使用狀況，請見下文：

> 第二五法，可增行德者。五種定。行道弟子，是身自守得喜樂，澆漬身行，可身一切無有一處不到喜樂，從自守樂。譬慧浴者，亦慧浴弟子。弟子持器，若杅若釜。澡豆水漬，已漬和使澡豆著膩，內外著膩不復散，從漬膩故。道行者亦如是，是身自守愛生樂，漬和相近相著，身一切無有不著，從自守喜樂。道弟子，是五種定，是上頭行。（安世高・長阿含十報法經）〔註462〕

文中「慧浴者」就是指「慧浴弟子」，是負責服務洗浴工作的人，用清洗洗澡用具來譬喻修行者的內心，也要時時保持澄淨。然而六朝至唐代佛經皆未用此詞，中古文獻亦未見。

2. 歷時使用分析

「慧」《說文》：「慧，儇也。〔註463〕」徐鍇《說文解字繫傳》：「儇，慧也。〔註464〕」本義是指智慧。《論語・衛靈公》：「言不及義，好行小慧。〔註465〕」其中「好行小慧」是指喜歡賣弄小聰明。《左傳・成公十八年》：「周子有兄而無慧，不能辨菽麥。〔註466〕」其中「無慧」是指沒有智慧。

〔註461〕見於《大正藏》第3冊，頁467。

〔註462〕見於《大正藏》第1冊，頁234。

〔註463〕請參見漢・許慎著、清・段玉裁注《說文解字注》（臺北：洪葉出版社，1989），頁508。

〔註464〕請參見南唐・徐鍇《說文解字繫傳》（北京：中華書局，1987），頁161。

〔註465〕請參見清・阮元校刻《十三經注疏・論語注疏》（北京：中華書局，1980），頁2517。

〔註466〕請參見清・阮元校刻《十三經注疏・春秋左傳正義》（北京：中華書局，1980），

「浴」《說文》:「浴,灑身也。〔註467〕」本義是清洗身體,《左傳・文公十八年》:「夏,五月,公遊於申池。二人浴於池,歜以撲抶職。〔註468〕」其中「浴於池」是指在池塘裡洗澡。《論衡・譏日》:「洗,去足垢;盥,去手垢;浴,去身垢。皆去一形之垢,其實等也。〔註469〕」其中「浴,去身垢」是說沐浴就是指洗去身上的污垢。以下整理「慧浴」一詞歷時的詞性及詞義變化:

	佛經文獻			中土文獻
時間	東漢	六朝	隋唐	無
詞性	動詞	無	無	無
詞義	服務洗浴	無	無	無

「慧浴」一詞僅見於東漢佛經,其餘佛經集中土文獻皆無該詞。「慧浴」後接名詞詞尾「者」,組合成「慧浴者」。然而六朝至唐代佛經皆未用此詞,中古文獻也未見。

(十七)視 占

1. 東漢佛經詞義分析

「視占」一詞在東漢佛經的使用情形,舉例說明如下:

> 若天無所不覆。以四諦過於四寶。以無眼者悉得<u>視占</u>。所說法無涯底。於三世行爲一切作本。今自歸其足而有輪。(支婁迦讖・佛說伅眞陀羅所問如來三昧經)〔註470〕

「以無眼者悉得<u>視占</u>」是說即使是看不見的人,也能夠做到像是看見事物並推測眞實狀況,「視占」釋爲察看判斷的能力。

> 時於菩薩中有一菩薩。名曰普視悉見。則文殊師利勅三摩陀阿樓者

頁1923。

〔註467〕請參見漢・許愼著、清・段玉裁注《說文解字注》(臺北:洪葉出版社,1989),頁569

〔註468〕請參見清・阮元校刻《十三經注疏・春秋左傳正義》(北京:中華書局,1980),頁1861。

〔註469〕請參見東漢・王充《四部備要・論衡》(北京:中華書局,1990),頁204。

〔註470〕見於《大正藏》第15冊,頁349。

陀。令嚴治其處可容來者。其菩薩受教。應時四面而視占。則時悉以辨。（支婁迦讖・佛說阿闍世王經）〔註471〕

「應時四面而視占。則時悉以辨。」是說馬上向四面八方檢視察看且予以判斷，「視占」釋爲察看判斷。

2. 六朝至隋唐佛經詞義分析

六朝佛經「視占」一詞的使用狀況，請見下文：

取寶物上覆皆用作囊，悉取珍寶盛著囊中，載著車上，持到恒水邊，視占深處以投其中。（吳・支謙・說賴吒和羅經）〔註472〕

師教行人行住坐立相。其人內境界多者視占極高遠知緣外多。若一心徐步視占審諦者知緣內。若外緣者教觀塚間死屍。（宋・曇摩蜜多・五門禪經要用法）〔註473〕

文殊勅三摩陀阿樓陀者。令嚴治其處可容來者。菩薩受教。四面視占則時悉辨。（梁・寶唱・經律異相）〔註474〕

佛住王舍城加蘭陀竹園。時六群比丘先至作樂處。視占如坐禪比丘。伎兒既集作眾伎樂。眾人悅樂喜笑。比丘默然。（東晉・佛陀跋陀羅、法顯・摩訶僧祇律）〔註475〕

首先觀察前三例「視占深處以投其中」意思是仔細察看水之深處，並將東西投入。「若一心徐步視占審諦者知緣內。」意思是如果一心一意循序漸進地觀察審視的人，必能瞭解其中奧妙。「四面視占」意思是向四方觀察，這三例「視占」解釋爲觀察、勘查之意，作動詞用。第四例「視占如坐禪比丘」意思是眼神、姿態就像是坐禪比丘一樣，「視占」則是指姿態而言，作名詞用。

「視占」一詞於隋唐佛經的使用情形，舉例說明如下：

〔註471〕見於《大正藏》第15冊，頁400。

〔註472〕見於《大正藏》第1冊，頁870。

〔註473〕見於《大正藏》第15冊，頁326。

〔註474〕見於《大正藏》第53冊，頁144。

〔註475〕見於《大正藏》第22冊，頁494。

時婆羅門默然杜口，馬鳴叱曰：「何不釋難？所事鬼魅宜速授辭！」疾褰其帷，視占其怪。（唐・玄奘・大唐西域記）〔註 476〕

「視占其怪」意思是觀察、檢視其可疑之處，和東漢佛經的用法相同。

3. 中土文獻詞義分析

「視占」一詞首次見於漢，《周禮・地官・司稽》：「掌巡市，而察其犯禁者，與其不物者，而搏之。」鄭玄注：「不物，衣服視占不與眾同，及所操物不如品式。〔註 477〕」意思是「不物，衣服視占不與眾同」的意思是檢視部分人的衣服與行爲不和大眾相同，且所使用的物品也不符合規定，「視占」解釋爲檢視、觀察，這和東漢佛經的詞義相同。

4. 歷時使用分析

「視」《說文・見部》：「視，瞻也。〔註 478〕」解釋爲看見。《論語・顏淵》：「非禮勿視，非禮勿聽，非禮勿言，非禮勿動。〔註 479〕」意思是不符合禮節的事物不要觀看。

「占」本義是占卜，古時利用察看龜甲上破裂的兆象來預測吉凶。《說文・卜部》：「占，視兆問也。〔註 480〕」以下整理「視占」一詞歷時的詞性及詞義變化：

	佛經文獻			中土文獻
時間	東漢	六朝	隋唐	東漢
詞性	動詞	動詞	動詞	動詞
詞義	看見並推測	觀察、勘查	觀察、勘查	觀察、判斷

「視占」一詞，「視」爲看見之意，「占」則有觀察、考察的意思，以觀看這一動作來比較，「視」表現單純觀看之意，而「占」則是深入探究，從單純的

〔註 476〕見於《大正藏》第 51 冊，頁 913。

〔註 477〕請參見清・阮元校刻《十三經注疏・周禮注疏》（北京：中華書局，1980），頁 738。

〔註 478〕請參見漢・許愼著、清・段玉裁注《說文解字注》（臺北：洪葉出版社，1989），頁 412。

〔註 479〕請參見清・阮元校刻《十三經注疏・論語注疏》（北京：中華書局，1980），頁 2502。

〔註 480〕請參見漢・許愼著、清・段玉裁注《說文解字注》（臺北：洪葉出版社，1989），頁 128。

看見擴大至深層的觀察、勘查之意。

「視占」一詞於東漢佛經作不及物動詞，如：「以無眼者悉得視占」、「應時四面而視占。則時悉以辦。」。六朝佛經也作不及物動詞，如：「四面視占」；也可作及物動詞使用，如：「視占深處以投其中」、「若一心徐步視占審諦者知緣內。」，「視占」後接欲觀察的人事物或是地點。隋唐佛經則是多作及物動詞使用，如：「視占其怪」。中土文獻於東漢變開始使用「視占」一詞，亦作不及物動詞用，如：「不物，衣服視占不與眾同」。

（十八）勸　助

1. 東漢佛經詞義分析

「勸助」一詞在東漢佛經的使用情形，舉例說明如下：

> 如是，舍利弗！其比丘白大目如來言：「天中天！我從今以往發無上正眞道意，以意勸助而不離之，用願無上正眞道也，當令無諛諂，所語至誠、所言無異。」（支婁迦讖・阿閦佛國經）〔註 481〕

> 若有菩薩摩訶薩念是三事善本積累以持作勸助，勸助已持願向阿閦佛刹，其人即得生其佛刹。（支婁迦讖・阿閦佛國經）〔註 482〕

> 吾等當護是法。當教告人廣說其事。後世若有菩薩有功德者。當逮得是經卷。我等當勸助而擁護之。（支婁迦讖・佛說伅眞陀羅所問如來三昧經）〔註 483〕

> 其佛阿波羅者陀陀。教導其兒。自歸佛及法比丘僧。授與五戒。教令悔過。勸助功德。乃發阿耨多羅三耶三菩心。（支婁迦讖・佛說阿闍世王經）〔註 484〕

根據上文「以意勸助而不離之」意思是以無上正眞道義來規勸，並使之不離。「勸助已持願向阿閦佛刹」意思是勸告他們要向阿閦佛刹持願。「我等當勸助而擁護之」意思是我們必須要勸告並且擁護有功德者。「勸助功德」是勸人要

〔註 481〕見於《大正藏》第 11 冊，頁 752。

〔註 482〕見於《大正藏》第 11 冊，頁 762。

〔註 483〕見於《大正藏》第 15 冊，頁 367。

〔註 484〕見於《大正藏》第 15 冊，頁 394。

多行功德。

> 如是，舍利弗！阿閦如來行菩薩道行，世世常自見如來·無所著·等正覺、常修梵行，於彼所說法時一切皆行度無極，少有行弟子道。彼所行度無極爲說法——有立於佛道者便勸助爲現正，令歡喜踊躍，皆令修無上正眞道——便發是大尊意（支婁迦讖·阿閦佛國經）〔註 485〕

> 我當見其佛剎之善快，見是以我亦當取。如是比佛剎之善快，當勸助若干百菩薩、若干千菩薩、若干百千菩薩，爲現正令歡喜踊躍，上及阿閦世尊等。（支婁迦讖·阿閦佛國經）〔註 486〕

> 譬若如人有出息入息。因是而得住足。欲饒益一切故。一切眾會。諸欲天子。諸色天子。清淨天子。眞陀羅揵陀羅摩休勒。皆讚歎勸助佛之所言。皆持眾華而散佛上。（支婁迦讖·佛說伅眞陀羅所問如來三昧經）〔註 487〕

根據上文「有立於佛道者便勸助爲現正」意思是有想要修行佛法的人，便勸說他們展現正心。「當勸助若干百菩薩」意思是需要幫助這百位菩薩。「皆讚歎勸助佛之所言」全部都讚歎、贊成佛所說的話。

2. 六朝至隋唐佛經詞義分析

「勸助」一詞於六朝佛經的使用情形，舉例說明如下：

> 以是德本，不以勸助令立聲聞、辟支佛地，唯學薩芸若慧，是菩薩摩訶薩善師。色痛癢思想生死識，不說無常，亦不可得亦無所著。以是德本，不用勸助令立聲聞、辟支佛地，常建立之薩芸若慧。（西晉·竺法護·光贊經）〔註 488〕

> 彼梵三缽天，受是偈不受惡，說善事不說惡言，勸助是。（西晉·法立、法炬·大樓炭經）〔註 489〕

〔註 485〕見於《大正藏》第 11 冊，頁 754。

〔註 486〕見於《大正藏》第 11 冊，頁 762。

〔註 487〕見於《大正藏》第 15 冊，頁 364。

〔註 488〕見於《大正藏》第 8 冊，頁 176。

〔註 489〕見於《大正藏》第 1 冊，頁 309。

第一得解脫，以善覺觀不離善根，名聞遠布智慧普至，種種香遠布猶樹茂盛，七覺意寶分別無常苦空無我，已度智慧百福具足，常入三昧無有亂志，勸助眾生使發善心，能成辦一切種種三昧，於學無學中最爲第一。（符秦・僧伽跋澄・僧伽羅剎所集經）〔註490〕

我能知持地大神發起惡見，我便以法勸助，令意開解歡喜，即立遠塵離垢諸法法眼生。譬如白繒淨好持著染中，則受染色好。（西晉・法立、法炬・大樓炭經）〔註491〕

假使以逮，得是法忍；亦無有生，眾生無命。是謂本淨，無吾我法；時定光佛，授我此慧。吾時湣哀，無限眾生；不令眾生，來相勸請。今眾生故，感動梵天；使彼勸我，乃轉法輪。今我如是，清淨正法；梵天來下，以相勸助。轉於離垢，微妙正法；眾生因覺，乃解神識。』」（西晉・竺法護・普曜經）〔註492〕

阿難！我行此住處已，生歡悅，我此歡悅，一切身覺正念正智，生喜、生止、生樂、生定，如我此定，一切身覺正念正智。阿難！或有比丘、比丘尼、優婆塞、優婆私共來詣我，我便爲彼行如是如是心，遠離，樂無欲，我亦復爲彼說法，勸助於彼。（東晉・瞿曇僧伽提婆・中阿含經）〔註493〕

根據上文「不用勸助令立聲聞」意思是不必要勸說，聽到便馬上去做。「勸助是」是說必須規勸。「勸助眾生使發善心」是指規勸眾生要多發善心助人。「我便以法勸助」是說我用佛法來勸告他人。「梵天〔註494〕來下，以相勸助」意思是當大梵天王來臨時，也互相勸告。「勸助於彼」是指對他人行勸說。「勸助」

〔註490〕見於《大正藏》第4冊，頁131。

〔註491〕見於《大正藏》第1冊，頁299。

〔註492〕見於《大正藏》第3冊，頁528。

〔註493〕見於《大正藏》第1冊，頁738。

〔註494〕所謂「梵天」，根據丁福保《佛學大辭典》的解釋：「梵天，色界之初禪天也。此天離欲界之婬欲，寂靜清淨，故云梵天。此中有三天：第一梵眾天；第二梵輔天；第三大梵天，但常稱爲梵天者，指大梵天王，名曰尸棄，深信正法，每逢佛出世，必最初來請轉法輪，又常住佛之右邊，手持白拂。」

解釋爲規勸之意。

> 德光太子語父母及諸眷屬：「今願仁者，勸助城郭莊飾瓔珞以奉如來，不當有貪心有所惜也；應時皆同心勸助，放心布施。」（西晉・竺法護・佛說德光太子經）〔註 495〕

> 新學菩薩欲學六波羅蜜者，當與眞知識相隨，常當承事，又復當與能解說般若波羅蜜者相隨亦親近。有能解說是般若波羅蜜者，常當呼人勸助，令學六波羅蜜，當守奉行，當持是得阿耨多羅三耶三菩。（西晉・無羅叉・放光般若經）〔註 496〕

> 於此四人，不但今世諍功分衛，唯有一人，所獲薄少，餘人得多。阿難比丘，眾人勸助，一切所安。往古久遠不可計時，於他異土。（西晉・竺法護・生經）〔註 497〕

> 善哉，善哉！賢者勸助，爲說是致要語。如賢者言，行等、念等助一切人不廢此行。夫眾生自然，念亦自然，當以知此。眾生恢廓，念恢廓，當以知此。（吳・支謙・大明度經）〔註 498〕

> 爾時彌勒菩薩謂須菩提：「若有菩薩摩訶薩，勸助爲福，出人布施、持戒，自守者上，其福轉尊。極上無過菩薩摩訶薩勸助福德。」（支婁迦讖・道行般若經）〔註 499〕

根據上文「應時皆同心勸助」意思是在這個時候應該要統一心意一同幫助。「常當呼人勸助」時常勸說別人要幫助他人。「眾人勸助」是指大家都幫助阿難比丘。「勸助爲福」意思是能勸告幫助他人是種福份。在此「勸助」解釋爲用勸說的方式使對方給予他人說明。

> 彼主兵臣爲大天王，欲合軍眾，便能合之，欲解便解，欲令大天王四種軍眾不使疲乏，及勸助之，諸臣亦然，是謂大天王成就如是主

〔註 495〕見於《大正藏》第 3 冊，頁 417。

〔註 496〕見於《大正藏》第 8 冊，頁 81。

〔註 497〕見於《大正藏》第 3 冊，頁 86。

〔註 498〕見於《大正藏》第 8 冊，頁 482。

〔註 499〕見於《大正藏》第 8 冊，頁 438。

兵臣寶。阿難！是謂大天王成就七寶。（東晉・瞿曇僧伽提婆・中阿含經）〔註 500〕

於時尊者觀其人德，內外表裡，不覩瑕短，普勸助之。（西晉・竺法護・生經）〔註 501〕

吾不貪欲不宜處家，棄兜術來在此人間心無所慕，寂三昧定以權方便而試當之，勤親道場以無蓋哀而勸助之。（西晉・竺法護・普曜經）〔註 502〕

賢者欲知成佛身如是，因緣所作，用數百千事乃共合成，有菩薩之行，有功德、有勸助德，令十方人使安隱，具足菩薩願者，欲知成佛身者如是。（支婁迦讖・道行般若經）〔註 503〕

我眼所見，十方各如十恒沙剎，一沙爲一佛剎，盡見其中所有一切。有從兜術天來入母腹中者，及有生者，有出家行學道者，有降伏魔者，有釋梵來勸助者，有轉法輪一切說法者，有欲般泥洹者，有已般泥洹燒舍利者，如是等輩不可計數，我持是眼悉已見之。（吳・康僧會・舊雜譬喻經）〔註 504〕

根據上文「及勸助之」意思是等到勸告他。「普勸助之」意思是全部的人都來勸告。「勤親道場以無蓋哀而勸助之」意思是親自常來道場卻因爲深切的悲傷而勸勉、鼓勵他。「有勸助德」意思是有實行勸助的功德、「有釋梵來勸助者」則是說有帝釋與梵天這樣可以來實行勸助的神佛。前三例「勸助之」解釋爲用勸說的方式使對方給予他人說明。「勸助德」及「勸助者」作名詞用。

「勸助」一詞於隋唐佛經的使用情形，舉例說明如下：

有諸菩薩於阿耨多羅三藐三菩提欲退還者。我爲彼等。作大勸助不退轉中。我當爲彼一切眾生令得安住不退轉地。彼等一切皆令得樂。

〔註 500〕見於《大正藏》第 1 冊，頁 513。

〔註 501〕見於《大正藏》第 3 冊，頁 72。

〔註 502〕見於《大正藏》第 3 冊，頁 500。

〔註 503〕見於《大正藏》第 8 冊，頁 477。

〔註 504〕見於《大正藏》第 4 冊，頁 519。

有諸菩薩。發於阿耨多羅三藐三菩提。我爲彼等應教此行。當令安住得不退轉。（隋・闍那崛多・大威德陀羅尼經）〔註 505〕

我時答王言:「禪定非明暗,諸佛無睡眠,帝釋常服膺,梵王來勸助。」（唐・地婆訶羅・方廣大莊嚴經）〔註 506〕

若不迴向及隨喜等。唯自修成義當於小。故以迴向四番形斥果報四番也。此一往勸助之言耳。若不修等者。重實三昧也。不修此法人天之中。有修是三昧者爲之憂悲。（唐・湛然・止觀輔行傳）〔註 507〕

吾往古世行無量德。合集眾行由得是相遍於身體。今粗舉要。如來之相足安平立。大人相者。乃往古世堅固勸助而不退轉。未曾覆蔽他人功德故。（唐・釋道世・法苑珠林）〔註 508〕

根據上文「作大勸助不退轉中」意思是極力勸告但仍不奏效。「梵王來勸助」意思是由梵王來進行勸說。「此一往勸助之言耳」意思是這是希望能夠勸勉、鼓勵的話語而已。「乃往古世堅固勸助而不退轉」意思是於是從古至今堅持勸告、勉勵而不退縮。「勸助」解釋爲勸告、勸勉及鼓勵之意。

若汝諮問如來秘密方便者。諸有求大乘人。當於眞言行法皆得通達。以通達故不久勤修。亦與我等無異。以見如是利義故。以一音聲同心勸助也。爾時秘密主蒙大眾勸發已。即說伽他廣問世尊。（唐・一行・大毘盧遮那成佛經疏）〔註 509〕

第八菩薩齋日。皆持是齋。從分檀布施得福。菩薩齋日去臥時。於佛前叉手言。今日一切十方。其有持齋戒者。行六度者。某皆助安無量。勸助歡喜。福施十方。一切人非人等。所在勤苦厄難之處。皆令得福。解脫憂苦。出生爲人。安隱富樂無極。（唐・釋道世・諸

〔註 505〕見於《大正藏》第 21 冊，頁 771。

〔註 506〕見於《大正藏》第 3 冊，頁 614。

〔註 507〕見於《大正藏》第 46 冊，頁 188。

〔註 508〕見於《大正藏》第 53 冊，頁 348。

〔註 509〕見於《大正藏》第 39 冊，頁 643。

經要集）〔註 510〕

第四大神名曰喜樂雨如意珠一一寶珠自然住在幢旛之上顯說無量歸佛歸法歸比丘僧及說五戒無量善法諸波羅蜜饒益勸助菩提音者。（唐・窺基・觀彌勒上生兜率天經贊）〔註 511〕

智論菩薩晝三夜三常行三事。一者清且偏袒右肩合掌禮十方諸佛言。我某甲三世三業罪願令除滅更不復作。二者十方三世諸佛功德願隨喜勸助。三者勸請十方諸佛初轉法輪及久住。於世行此三行功德無量。（唐・釋道宣・四分律刪繁補闕行事鈔）〔註 512〕

精進有二種。一者身精進。二者心精進。若身勤修善法。行道禮誦講說勸助開化。是爲身精進。（隋・智顗・法界次第初門）〔註 513〕

根據上文「以一音聲同心勸助也」是說以同一種聲音、同一種意念來勸勉之。「勸助歡喜」意思是因爲勸勉、幫助他人而感到歡喜。「諸波羅蜜饒益勸助菩提音者」意思是各位波羅蜜深切地勸勉、鼓勵菩提音者。「二者十方三世諸佛功德願隨喜勸助」意思是第二是古往今來全部各地的諸佛的功德所致，希望隨著心意勸勉、鼓勵。「行道禮誦講說勸助開化化」意思是行禮、唱送佛號，宣揚佛理來勸勉、鼓勵愚昧的眾人。「勸助」解釋爲用勸說的方式，進而給予他人說明。

3. 中土文獻詞義分析

「勸助」最早出現於漢・王粲《羽獵賦》：「遵古道以遊豫兮，昭勸助乎農圃。〔註 514〕」「昭勸助乎農圃」是說幫忙農人耕作。宋・曾鞏《提舉常平制》二：「朕憫夫農之艱且勤，故詳爲勸助之政。〔註 515〕」「勸助之政」是說對農夫施行獎勵。

〔註 510〕見於《大正藏》第 54 冊，頁 48。

〔註 511〕見於《大正藏》第 38 冊，頁 290。

〔註 512〕見於《大正藏》第 40 冊，頁 145。

〔註 513〕見於《大正藏》第 46 冊，頁 687。

〔註 514〕請參見清・嚴可均輯《全上古秦漢三國六朝文・全後漢文》（北京：商務印書館，1999），頁 910。

〔註 515〕請參見宋・曾鞏輯《曾鞏集》（北京：中華書局，1984），頁 398。

4. 歷時使用分析

「勸」《說文・力部》:「勸,勉也。〔註516〕」本義是勉勵、獎勵。《書經・多方》:「慎厥麗,乃勸;厥民刑,用勸。〔註517〕」「乃勸」、「用勸」是指對人民用獎勵的方式。也解釋爲勸告、勸助。《左傳・僖公五年》:「陳轅宣仲怨鄭申侯之反己於召陵,故勸之城其賜邑。〔註518〕」「勸之城其賜邑」是勸告將城池賜給對方。也解釋爲努力不懈。《戰國策・宋策》:「齊攻宋,宋使臧子索救於荊。荊大說,許救甚勸。〔註519〕」「許救甚勸」救援非常努力。

「助」《說文・力部》:「助,左也。〔註520〕」本義是幫助之意。《小爾雅・廣詁》:「助,佐也。〔註521〕」是輔佐之意。

「勸助」《漢語大詞典》釋爲獎勵扶助,漢・王粲《羽獵賦》:「遵古道以遊豫兮,昭勸助乎農圃。〔註 522〕」宋・曾鞏《提舉常平制二》:「朕憫夫農之艱且勤,故詳爲勸助之政。〔註523〕」。以下整理「勸助」一詞歷時的詞性及詞義變化:

	佛經文獻			中土文獻
時間	東漢	六朝	隋唐	漢
詞性	動詞	動詞	動詞	動詞
詞義	1. 勸告 2. 贊成、幫助	規勸	規勸	鼓勵獎助

東漢至隋唐佛經「勸助」一詞,詞義重點在「勸」,東漢佛經也有表示幫助的用法,但六朝之後的佛經翻譯只保留規勸的用法,然而中土文獻部分,則由

〔註516〕請參見漢・許愼著、清・段玉裁注《說文解字注》(臺北:洪葉出版社,1989),頁706。

〔註517〕請參見清・阮元校刻《十三經注疏・尚書正義》(北京:中華書局,1980),頁228。

〔註518〕請參見清・阮元校刻《十三經注疏・春秋左傳正義》(北京:中華書局,1980),頁1795。

〔註519〕請參見《四部備要・戰國策》(北京:中華書局,1990),頁163。

〔註520〕請參見漢・許愼著、清・段玉裁注《說文解字注》(臺北:洪葉出版社,1989),頁705。

〔註521〕請參見《四部備要・小爾雅義證》(北京:中華書局,1990),頁9。

〔註522〕請參見清・嚴可均輯《全上古秦漢三國六朝文・全後漢文》(北京:商務印書館,1999),頁910。

〔註523〕請參見宋・曾鞏輯《曾鞏集》(北京:中華書局,1984),頁398。

漢代起「勸助」解釋爲獎助、扶助之意，但「勸助」一詞於中土文獻中出現的次數十分稀少，故詞義的變化不大，從宋代仍承襲漢代的用法可以證明之。

「勸助」一詞於東漢之後的佛經翻譯中，有兩種用法，第一種是作一般動詞用，解釋爲勸告，「助」字的動詞意義虛化，如：「以意勸助而不離之」、「勸助已持願向阿閦佛剎」、「我等當勸助而擁護之」、「有立於佛道者便勸助爲現正」、「當勸助若干百菩薩」。第二種用法，「勸助」解釋爲勸勉並幫助，作及物動詞用，後接受動作的對象，如：「當勸助若干百菩薩」、「皆讚歎勸助佛之所言」。

六朝承繼東漢的用法，作一般動詞用，或是及物動詞用。如：「不用勸助令立聲聞」、「勸助是」、「勸助眾生使發善心」、「勸助於彼」。除此之外，六朝佛經可見到「勸助」前接發出動作的人物，如：「常當呼人勸助」、「眾人勸助」。另有「勸助」後接名詞詞尾「德」、「者」，作名詞用，如：「有勸助德」、「有釋梵來勸助者」。隋唐亦承繼六朝的用法，無新的變化。

中土文獻最早出現於東漢，作及物動詞用，「勸助」解釋爲鼓勵扶助之意，後接事物，而非人物，如：「昭勸助乎農圃」。接著是遲至北宋又見「勸助」一詞，作不及物動詞用，如：「故詳爲勸助之政」。

（十九）推　逐

1. 東漢佛經詞義分析

「推逐」一詞僅見於《中本起經》，請見下文：

> 大鬼將軍名曰半師，承佛神旨，知其心念，即召閱叉，推逐尼揵，裸形無恥，不應止此。（曇果、康孟詳・中本起經）〔註 524〕

「即召閱叉，推逐尼揵」意思是馬上召來閱叉，驅逐尼揵，驅逐的對象是人。

> 事會發露，王大恚之，斥徙吉星，捐棄於外，以其道士故全其命；照堂等輩，幽之地窟；推逐邪道，廣闡佛法。（曇果、康孟詳・中本起經）〔註 525〕

「推逐邪道，廣闡佛法」意思是驅逐歪邪的宗教，廣泛地闡揚佛法，對象是宗教。「推逐」於東漢佛經裡都釋爲追捕或驅逐之意。

〔註 524〕見於《大正藏》第 4 冊，頁 153。

〔註 525〕見於《大正藏》第 4 冊，頁 158。

2. 六朝至隋唐佛經詞義分析

「推逐」一詞於六朝佛經的使用情形，舉例說明如下：

> 大鬼將軍。名曰半師。承佛神旨。即召閱叉推逐尼揵。（梁・寶唱・經律異相）〔註 526〕

> 是愁忽然過，後繼續復來；日夜相推逐，周旋如輪轉。（宋・釋寶雲・佛本行經）〔註 527〕

> 復先徵詰發心。推逐妄執。破群疑。顯藏性。令信解不謬。（宋・子璿・首楞嚴義疏注經）〔註 528〕

以上三例，「推逐」釋爲驅逐、驅趕之意，同於東漢佛經的釋義。例如上文：「即召閱叉推逐尼揵」是召來閱叉，命其驅逐尼揵。又如：「日夜相推逐，周旋如輪轉。」意思是日日夜夜不斷地驅除（愁思），卻又周而復始地不斷出現。又如：「推逐妄執」是指破除內心的偏執與執著。

「推逐」一詞於隋唐佛經的使用並不普遍，僅有少數例子，舉例說明如下：

> 由二種門。發起觀察。由正道理。推逐觀察。於一切種皆不應理。（唐・玄奘・瑜伽師地論）〔註 529〕

> 諸有學者一一應作。下第三結成前破中。景師解云。由二種門發起觀察。由正道理是一門。推逐觀察是第二門。僧玄師云。由二種門發起觀察者。謂由敘計中教理二門。而致觀察彼計起因緣。由正道理推逐觀察者。破中以理推徵觀察。彼計皆不應理也。（唐・釋遁倫・瑜伽論記）〔註 530〕

分析唐代漢譯佛典的「推逐」之詞義，「推逐」已不再是驅逐之意，轉而指推敲事理之意，作動詞用。「推逐觀察是第二門」意思是推理、思索及觀察是第二種方式。「由正道理推逐觀察者」是指能夠用正道來推敲、觀察出道理的人。和

〔註 526〕見於《大正藏》第 53 冊，頁 11。

〔註 527〕見於《大正藏》第 4 冊，頁 97。

〔註 528〕見於《大正藏》第 39 冊，頁 831。

〔註 529〕見於《大正藏》第 30 冊，頁 313。

〔註 530〕見於《大正藏》第 42 冊，頁 352。

東漢及六朝佛經「推逐」一詞的詞義已完全不同。

3. 中土文獻詞義分析

「推逐」一詞最早出現於唐代，唐·張鷟《朝野僉載》卷五：「須臾一人來問明府若爲推逐，即披布衫籠頭送縣，一問具承，並贓並獲。〔註531〕」「若爲推逐」是說要是進行驅逐的話。又唐·杜佑《通典·鄉導》：「戰日有罪須罰，有功須賞，依名排次，甚爲省易。不然推逐稍難，爭競不定。〔註532〕」「不然推逐稍難」是說否則驅逐則將變得困難。「推逐」一詞的詞義和東漢佛經相同，都是釋爲驅逐、追捕之意，作動詞用。

4. 歷時使用分析

「推」《說文》：「推，排也。〔註533〕」本義是指用手向外用力讓物體移動。《左傳·襄公十四年》：「夫二子者，或挽之，或推之，欲無入，得乎？〔註534〕」其中「推之」指推動物品。

「逐」《說文》：「逐，追也。〔註535〕」本義是追趕。《左傳·隱公十一年》：「公孫閼與潁考叔爭車，潁考叔挾輈以走，子都拔棘以逐之，及大逵，弗及，子都怒。〔註536〕」其中「以逐之」是指追逐潁考叔。「推逐」《漢語大詞典》釋爲追捕、驅斥。以下整理「推逐」一詞歷時的詞性及詞義變化：

	佛　經　文　獻			中土文獻
時間	東漢	六朝	隋唐	唐代
詞性	動詞	動詞	動詞	動詞
詞義	追捕或驅逐	追捕或驅逐	推敲事理	驅逐、追捕

〔註531〕請參見唐·張鷟《朝野僉載》（北京：中華書局，1979），頁110。

〔註532〕請參見唐·杜佑《通典》（北京：中華書局，1988），頁4026。

〔註533〕請參見漢·許愼著、清·段玉裁注《說文解字注》（臺北：洪葉出版社，1989），頁602。

〔註534〕請參見清·阮元校刻《十三經注疏·春秋左傳正義》（北京：中華書局，1980），頁1957。

〔註535〕請參見漢·許愼著、清·段玉裁注《說文解字注》（臺北：洪葉出版社，1989），頁74。

〔註536〕請參見清·阮元校刻《十三經注疏·春秋左傳正義》（北京：中華書局，1980），頁1736。

「推逐」於東漢至隋唐佛經皆解釋爲驅逐或追捕，對象可實可虛，邪惡宗教或人物，至隋唐佛經則有了改變，「推逐」轉而指推敲道理，其中的變化是「推」的詞義從具體驅逐人物，轉而抽象的哲理思考，推敲出正確的道理，詞義重心在「推」，「逐」的詞義則淡化。中土文獻「推逐」一詞則同於東漢及六朝佛經的用法。

「推逐」用法爲「推逐」後接具體的人事物，如：「即召閱叉，推逐尼揵」、「推逐邪道，廣闡佛法」，六朝佛經「推逐」一詞後除了具體人事物外，還可接抽象事物，如：「推逐妄執」，皆作及物動詞用。

隋唐佛經「推逐」一詞的詞義則有了改變，解釋爲推敲事理，與「觀察」組合成四字句「推逐觀察」，屬並列式片語，在句中可當主語用，如：「推逐觀察是第二門」；在句中可當述語用，又後接名詞詞尾「者」，如：「由正道理推逐觀察者」。中土文獻中「推逐」的用法和東漢佛經的詞義相同，但用法上稍有差異，如：「須臾一人來問明府若爲推逐」、「不然推逐稍難」，「推逐」後不接賓語，作不及物動詞用。

（二十）沾　污

1. 東漢佛經詞義分析

「沾污」一詞在東漢佛經的使用情形，舉例說明如下：

> 何謂四事。盡知世事。便能度一切人。已離憎愛。以淨於本無所沾污。是爲四事。（支婁迦讖・佛說伅眞陀羅所問如來三昧經）〔註 537〕

> 於生死而有行。其心不可見。心者如風無所著。其心者爲本淨。已知心本淨。於生死無所沾污。（支婁迦讖・佛說伅眞陀羅所問如來三昧經）〔註 538〕

> 若有計他人有我者。我不受是物。亦不從有所沾污。亦不從以得脱從是而受物。亦不從定意者。亦不從亂意者而受是物。亦不從智慧者。亦不從無智慧者而受是物。（支婁迦讖・佛說阿闍世王經）

〔註 537〕見於《大正藏》第 15 冊，頁 351。

〔註 538〕見於《大正藏》第 15 冊，頁 362。

〔註539〕

譬若菩薩已得忍辱。悉持諸惡。菩薩若惠好願。那羇頭梁耶謂阿闍世。諸逆以淨以得是忍。王言。一切諸法悉淨無所沾污故。是法亦不可汙。（支婁迦讖・佛說阿闍世王經）〔註540〕

根據上文「以淨於本無所沾污」意思是本來以潔淨爲基本，不會沾上髒東西。「於生死無所沾污」意思是對生死而言是無法沾上污穢的東西。「亦不從有所沾污」意思是從不會沾上髒東西。「無所沾污」意思是不會被沾上污穢的東西。「有所沾污」則相反，是說被沾上了污穢的東西。

2. 六朝至隋唐佛經詞義分析

「沾污」一詞於六朝佛經的使用情形，舉例說明如下：

如是，舍利弗！菩薩以漚惒拘舍羅示現有欲，於色欲中育養一切，無所沾污——觀欲如火，譬如怨家；說欲之惡，志常穢之。菩薩雖在欲中示現，常作是念：『行權菩薩尚作是意，何況新學發意者乎？』（西晉・無羅叉・放光般若經）〔註541〕

彼復以此三昧，心清淨無瑕穢，諸結便盡，亦無沾污，性行柔軟，逮於神通，便得自識無量宿命事，所從來處，靡不知之。（東晉・瞿曇僧伽提婆・增壹阿含經）〔註542〕

王爾時，以五教治政，不枉人民：一者慈仁不殺恩及群生，二者清讓不盜捐己濟眾，三者貞潔不淫不犯諸欲，四者誠信不欺言無華飾，五者奉孝不醉行無沾污。當此之時，牢獄不設，鞭杖不加，風雨調適，五穀豐熟，災害不起，其世太平，四天下民，相率以道。信善得福惡有重殃，死皆昇天，無入三惡道者。（吳・康僧會・六度集經）〔註543〕

〔註539〕見於《大正藏》第15冊，頁401。

〔註540〕見於《大正藏》第15冊，頁402。

〔註541〕見於《大正藏》第8冊，頁4。

〔註542〕見於《大正藏》第2冊，頁574。

〔註543〕見於《大正藏》第3冊，頁52。

然此道人，頭破血瀝，沾污床座，駈令入角，得急失糞。（元魏・吉迦夜、曇曜・雜寶藏經）〔註 544〕

根據上文「無所沾污」、「無沾污」兩者意思都是沒有沾上污穢的東西。「沾污床座」是指座席沾染了污穢的東西。

「沾污」一詞於隋唐佛經的使用情形，舉例說明如下：

故託以顯至極圓道緣起之妙。不捨生死而無沾污。是以就事爲目故曰世間淨眼。難測。非喻莫曉。故設以擬狀。（唐・智儼・大方廣佛華嚴經搜玄分齊通智方軌）〔註 545〕

又造一小木像。重燒此甲。以灰塗之。人或沾污。像即移去。其行道之處。皆悉生花。大如梨棗。數過千百。現有表塔。（唐・慧詳・弘贊法花傳）〔註 546〕

根據上文「無沾污」和上同，意思是沒有沾染污穢的東西。「人或沾污」是說人們會污染了這個小木像。

開闡法門者開說涅槃城門合眾生進趣其果也。洗濯垢污者執相之惑皆沾污慧身使習忘解遣除迷垢故云洗濯也。（隋・吉藏・無量壽經義疏）〔註 547〕

襄州峴山華嚴寺盧舍那瑞像者。本是周朝古像。法滅藏之得存。每有凶相以涕出爲期。隋文將崩。一鼻涕出。沾污於懷金薄剝起。雖後修飾望還如涕。貞觀末年四月內連涕不止。塗污胸懷方可尺許。（唐・釋道宣・廣弘明集）〔註 548〕

隋文將崩。兩鼻洟出沾污懷中。金薄剝起洟流有光。拭之無塵望還如洟。貞觀二十三年四月內洟還連出塗漫懷中。（唐・釋道宣・集神州三寶感通錄）〔註 549〕

〔註 544〕見於《大正藏》第 4 冊，頁 494。

〔註 545〕見於《大正藏》第 35 冊，頁 15。

〔註 546〕見於《大正藏》第 51 冊，頁 24。

〔註 547〕見於《大正藏》第 37 冊，頁 119。

〔註 548〕見於《大正藏》第 52 冊，頁 203。

〔註 549〕見於《大正藏》第 52 冊，頁 420。

「沾污慧身」、「沾污於懷」、「沾污懷中」三句，「沾污」都解釋爲沾染上污穢的東西，只是被沾染的對象不同，分別是「慧身」及「懷中」。

3. 中土文獻詞義分析

「沾污」一詞最早出現於三國，一是解釋爲弄髒《三國志・魏志・武帝紀》「葬高陵」裴松之注引《曹瞞傳》：「每與人談論，戲弄言誦，盡無所隱，及歡悅大笑，至以頭沒杯案中，肴膳皆沾污巾幘，其輕易如此。〔註 550〕」宋・沈括《夢溪筆談・技藝》：「不若燔土，用訖再火令藥鎔，以手拂之，其印自落，殊不沾污。〔註 551〕」二是解釋爲玷污，即指聲譽名節受損。明・葉盛《水東日記・廣西帥府隸鄭牢》：「大人初到，如一潔新白袍，有一沾污如白袍點墨，終不可湔也。〔註 552〕」

4. 歷時使用分析

「沾」《說文・水部》：「沾，水出壺關，東入淇。〔註 553〕」本爲古河流名，是淇水的支流。《水經注・淇水》：「沾水注之，水出壺關縣東沾臺下，石壁崇高，昂藏隱天，泉流發於西北隅，與金谷水合，金谷即沾臺之西溪也。東北會沾水，又東流注淇水。〔註 554〕」又解釋爲浸濕、浸潤。《莊子・齊物論》：「麗之姬，艾封人之子也。晉國之始得之也，涕泣沾襟。〔註 555〕」「沾襟」沾濕衣襟。

「污」《說文・水部》：「污，薉也。〔註 556〕」本義是指髒東西。《左傳・宣公十五年》：「高下在心，川澤納污，山藪藏疾，瑾瑜匿瑕。〔註 557〕」「川澤納

〔註 550〕請參見西晉・陳壽《四部備要・三國志》（北京：中華書局，1990），頁 26。

〔註 551〕請參見宋・沈括《夢溪筆談》（北京：中華書局，2009），頁 198。

〔註 552〕請參見明・葉盛《水東日記》（臺北：臺灣學生書局，1986），頁 152。

〔註 553〕請參見漢・許愼著、清・段玉裁注《說文解字注》（臺北：洪葉出版社，1989），頁 531。

〔註 554〕請參見北魏・酈道元《四部備要・水經注》（北京：中華書局，1990），頁 170。

〔註 555〕請參見清・王先謙《新編諸子集成》（北京：中華書局，1993），頁 24。

〔註 556〕請參見漢・許愼著、清・段玉裁注《說文解字注》（臺北：洪葉出版社，1989），頁 565。

〔註 557〕請參見清・阮元校刻《十三經注疏・春秋左傳正義》（北京：中華書局，1980），頁 1887。

污」河川池澤收容了這些穢物。引申爲惡劣、不清廉。《書經・胤征》:「舊染污俗,咸與惟新。〔註558〕」「污俗」是指不好的習俗。也解釋爲弄髒。《呂氏春秋・不侵》:「萬乘之嚴主辱其使者,退而自刎也,必以其血污其衣。〔註559〕」「血污其衣」是說鮮血弄髒了衣服。

「沾污」《漢語大詞典》收錄兩個解釋,一是解釋爲弄髒。二是解釋爲玷污,即指聲譽名節受損。以下整理「沾污」一詞歷時的詞性及詞義變化:

	佛經文獻			中土文獻
時間	東漢	六朝	隋唐	三國
詞性	動詞	動詞	動詞	動詞
詞義	沾染污穢的東西	沾上污穢的東西	沾染污穢的東西	1. 弄髒 2. 玷污,即指聲譽名節受損

從東漢至隋唐的佛經翻譯中「沾污」很單純地用以只沾上污穢的東西,都是用以形容實體。中土文獻「沾污」一詞最早出現是在三國時代,起初解釋爲弄髒之意,後引申爲名譽受到玷污。

「沾污」一詞於東漢佛經多作一般動詞用,和「無所」及「有所」結合成四字句,如:「以淨於本無所沾污」、「於生死無所沾污」、「亦不從有所沾污」、「無所沾污」、「有所沾污」。

六朝佛經則繼續使用「無所沾污」、「無沾污」;亦可作及物動詞,後接被沾染的對象或物品,如:「沾污床座」。隋唐佛經亦同於六朝,如:「無沾污」、「人或沾污」。值得注意的是從六朝起「有所沾污」不再使用,改具體表明施做動作的主體,而「無所沾污」也簡化爲「無沾污」。

中土文獻最早出現於三國,作及物動詞用,後接被污染的對象或物品,如:「肴膳皆沾污巾幘」。

(二十一)補　處

1. 東漢佛經詞義分析

「補處」於東漢佛經使用狀況,請見下文:

如視赤子,承事諸佛,積德無限,累劫勤苦,通十地行,在一生補

〔註558〕請參見清・阮元校刻《十三經注疏・尚書正義》(北京:中華書局,1980),頁158。

〔註559〕請參見《新編諸子集成・呂氏春秋》(北京:中華書局,1993),頁122。

> 處，功成志就，神智無量。（竺大力、康孟詳・修行本起經）〔註 560〕

> 諷誦已，是諸菩薩摩訶薩從一佛剎復遊一佛剎，意常樂諸佛・天中天，至成無上正眞道最正覺。我亦如是，從一佛剎復遊一佛剎，即住於兜術天得一生補處之法。（支婁迦讖・阿閦佛國經）〔註 561〕

> 二生補處、三生補處等正覺求弟子道人所不能及。若有聞《阿閦佛德號法經》，受持、諷誦，爲若干百人、若干千人、若干百千人說之（支婁迦讖・阿閦佛國經）〔註 562〕

「在一生補處，功成志就」，先說「處」的含意，根據丁福保《佛學大辭典》的解釋：「根與境爲生心心所作用之處，故云處。」因此，「在一生補處」是說用一輩子來補全佛法於內心的種種作用。「即住於兜術天得一生補處之法」是說若能住兜術天，將能得到永遠的補全佛法於內心的種種作用。「二生補處、三生補處」用兩輩子、三輩子來補全佛法於內心的種種作用，「補處」解釋爲補全不足之處。

2. 六朝至隋唐佛經詞義分析

「補處」一詞於六朝佛經的使用情形，舉例說明如下：

> 有二法與凡夫人，得大功德，成大果報，得甘露味，至無爲處。云何爲二法？供養父母，是謂二人獲大功德，成大果報。若復供養一生補處菩薩，獲大功德，得大果報。（東晉・瞿曇僧伽提婆・增壹阿含經）〔註 563〕

> 又信聖眾，眾中學者，猶如眾流游於大海。聖眾之中或得道跡；或得往來；或獲不還；或成無著緣覺果證；或行菩薩，至不退轉、一生補處，無上正眞亦由是生，此則無極。（西晉・竺法護・生經）〔註 564〕

〔註 560〕見於《大正藏》第 3 冊，頁 463。

〔註 561〕見於《大正藏》第 11 冊，頁 754。

〔註 562〕見於《大正藏》第 11 冊，頁 763。

〔註 563〕見於《大正藏》第 2 冊，頁 60。

〔註 564〕見於《大正藏》第 3 冊，頁 95。

> 於諸世界有諸菩薩得授記莂，若得陀羅尼忍辱三昧，或得上位一生補處。是菩薩等所有光明，以佛光故悉不復現。如是等眾叉手向於蓮華尊佛瞻仰尊顏。（北涼．曇無讖．悲華經）〔註 565〕

> 菩薩於九十一劫，修道德，學佛意，通十地行，在一生補處。後生第四兜術天上，爲諸天師，功成志就，神智無量。期運之至，當下作佛，託生天竺迦維羅衛國，父王名白淨，聰叡仁賢；夫人曰妙，節義溫良。（吳．支謙．佛說太子瑞應本起經）〔註 566〕

「若復供養一生補處菩薩」意思是若重新供養一生補處的菩薩，是指補到佛位的菩薩。「一生補處」、「或得上位一生補處」也是同樣是指補到佛位的菩薩，「補處」作動詞用，但已和東漢佛經「補處」的詞義不同。

「補處」一詞於隋唐佛經的使用情形，舉例說明如下：

> 復有菩薩摩訶薩，八萬四千人俱，皆是一生補處大法王子，有大威德如大龍王，百福圓滿身光照曜，猶如千日破諸昏闇，智慧澄澈逾於大海，了達諸佛秘密境界。（唐．般若．大乘本生心地觀經）〔註 567〕

> 爾時，無量諸禽獸等，聞此偈已，於一念心至誠懺悔，便捨惡道生第四天，奉覲一生補處菩薩，聞不退法，究竟涅槃。善男子！以是因緣，今此苦身猶如捨宅，一切煩惱即爲宅主。是故淨信善男子等，發菩提心出家入道，必得解脫一切眾苦，皆當成就阿耨多羅三藐三菩提。（唐．般若．大乘本生心地觀經）〔註 568〕

「皆是一生補處大法王子」是說都是用一生補上佛位的大法王子。「奉覲一生補處菩薩」是說尊敬地晉見那以一生來補上佛位的菩薩，「補處」作動詞用，和六朝佛經「補處」的詞義相同。東漢佛經的「補處」是指補全不足之處，到了六朝專指補上佛位，唐代亦同。

〔註 565〕見於《大正藏》第 3 冊，頁 168。

〔註 566〕見於《大正藏》第 3 冊，頁 473。

〔註 567〕見於《大正藏》第 3 冊，頁 291。

〔註 568〕見於《大正藏》第 3 冊，頁 309。

3. 中土文獻詞義分析

「補處」一詞則於南朝出現，是出現於與佛教相關的文獻中，南朝・梁・劉孝儀《雍州金像寺無量壽佛像碑》：「昔堯乃則天，莫能名其聖，丘纔譬日，無德稱其道，況復欲宣五品，將歎三法，固使迦葉恥其無智，龍樹羞其非辯，猶聞獻蓋長者，頌以七言，無學比丘，陳其百句，至有九輩性生，一身補處，塵洗玉池，神聞金葉，樹聲繁會，趙簡於是未聞，地寶焜煌，周穆之所不見。〔註 569〕」「一身補處」則是指全身都是補丁。又南朝・陳・徐陵《東陽雙林寺傅大士碑》：「子長、子雲，自敘元系，則云補處，仰嗣釋迦。〔註 570〕」在此「補處」應解釋爲補上佛位。又《敦煌變文集・維摩詰經講經文》：「受灌頂職位，爲法王孫，居兜率施天，是生補處。〔註 571〕」,「是生補處」亦解釋爲補上佛位之意。後用以借指補官。宋・陸游《夜讀岑嘉州詩集》詩：「晚途有奇事，隨牒得補處。〔註 572〕」宋・陸游《高齋小飲戲作》詩：「白帝、夜郎俱不惡，兩公補處得憑欄。〔註 573〕」都是指補上官位之意。

4. 歷時使用分析

「補」《說文・衣部》：「補，完衣也。〔註 574〕」本義是縫補衣服。《禮記・內則》：「衣裳綻裂，紉箴請補綴。〔註 575〕」「補綴」是指縫補衣服上的破洞。引申修補各種破損的器物。《禮記・月令》：「修宮室，壞牆垣，補城郭。〔註 576〕」「補城郭」是指修補城牆。也解釋爲彌補、補救。《詩經・大雅・烝民》：「袞職有闕，維仲山甫補之。〔註 577〕」

〔註 569〕請參見清・嚴可均輯《全上古秦漢三國六朝文・全梁文》(北京：商務印書館，1999)，頁 682。

〔註 570〕請參見清・嚴可均輯《全上古秦漢三國六朝文・全陳文》(北京：商務印書館，1999)，頁 388。

〔註 571〕請參見王重民《敦煌變文集下》(北京：人民文學出版社，1957)，頁 595。

〔註 572〕請參見《四部備要・陸放翁全集》(北京：中華書局，1990)，頁 45。

〔註 573〕請參見《四部備要・陸放翁全集》(北京：中華書局，1990)，頁 70。

〔註 574〕請參見漢・許愼著、清・段玉裁注《說文解字注》(臺北：洪葉出版社，1989)，頁 400。

〔註 575〕請參見清・阮元校刻《十三經注疏・禮記正義》(北京：中華書局，1980)，頁 1462。

〔註 576〕請參見清・阮元校刻《十三經注疏・禮記正義》(北京：中華書局，1980)，頁 1373。

〔註 577〕請參見清・阮元校刻《十三經注疏・毛詩正義》(北京：中華書局，1980)，頁 568。

「處」的本義是人所處的地位。《韓非子・外儲說左下》：「子之處，人之所欲也。〔註 578〕」「子之處」是指所身處的地位。

「補處」《漢語大詞典》有兩種解釋，一是佛教專用語。是指前佛既滅後，菩薩成佛而補其位之意。亦指嗣前佛而成佛之菩薩。二是指曾經到過的地方。以下整理「補處」一詞歷時的詞性及詞義變化：

	佛　經　文　獻			中土文獻
時間	東漢	六朝	隋唐	南朝
詞性	動詞	動詞	動詞	動詞
詞義	補全佛法於內心的種種作用	補上佛位	補上佛位	1. 修補破損之處 2. 補上佛位

「補處」一詞於東漢佛經解釋為補全佛法於新的種種作用，至六朝佛經則專指補上佛位之意，這個解釋延續至隋唐佛經及中土文獻，然而中土文獻也同時繼承東漢佛經的用法。

「補處」於東漢佛經出現後，常與「一生」、「二生」、「三生」結合成四字句，如：「在一生補處，功成志就」、「即住於兜術天得一生補處之法」、「二生補處、三生補處」，「補處」作不及物動詞用。六朝佛經則沿用「一生補處」這個四字句，但後可接人物，如：「若復供養一生補處菩薩」、「或行菩薩，至不退轉、一生補處」、「或得上位一生補處」。隋唐佛經亦同，如：「皆是一生補處大法王子」、「奉覲一生補處菩薩」。

中土文獻則於南朝時出現，和「一身」結合成四字句為「一身補處」。其他尚有「自敘元系，則云補處」、「是生補處」，作一般動詞使用。

（二十二）撾　捶

1. 東漢佛經詞義分析

「撾捶」一詞在東漢佛經的使用情形，舉例說明如下：

> 其有罵詈撾捶者亦不瞋恚。但念其法。以何念法。何所罵者。何所瞋者。（支婁迦讖・佛說阿闍世王經）〔註 579〕

> 若復有撾捶者，是亦不向；亦不畏人非人——其人如是等見護，便

〔註 578〕請參見《四部備要・韓非子》（北京：中華書局，1990），頁 86。

〔註 579〕見於《大正藏》第 15 冊，頁 390。

生阿閦佛剎。」（支婁迦讖・阿閦佛國經）〔註 580〕

其音復問。若有罵詈撾捶欲殺者當云何有忍辱。其意云何不起而有悅。（支婁迦讖・佛說伅真陀羅所問如來三昧經）〔註 581〕

根據上文，「其有罵詈撾捶者」是說有辱罵、鞭打他人的人。「若復有撾捶者」是說如果又有鞭打他人之人。「若有罵詈撾捶欲殺者」是說如果有辱罵、鞭打甚至殺害他人的人，「撾捶」解釋為捶打。

其撾捶亦爾。以內空無所得。於外空無所疑。（支婁迦讖・佛說阿闍世王經）〔註 582〕

雖為人所撾捶罵詈百劫亦不起意。是為忍辱。（支婁迦讖・佛說阿闍世王經）〔註 583〕

何謂為四。……三者設有災變妄起。至罵詈數數輕易及撾捶閉著牢獄。設有是當自悔前世惡所致。（支婁迦讖・佛說遺日摩尼寶經）〔註 584〕

根據上文「其撾捶亦爾」是說鞭打也是如此。「雖為人所撾捶罵詈百劫亦不起意」是說雖然被人所鞭打、辱罵至百劫也不在意。「至罵詈數數輕易及撾捶閉著牢獄」是說直到辱罵多次，甚至鞭打至關入牢獄的程度。

2. 六朝至隋唐佛經詞義分析

「撾捶」一詞於六朝佛經全部解釋為搥打，可以分為三種類型，舉例說明如下：

諸法亦無生者、亦無滅者，亦無生死，亦無罵者、亦無割者、亦無剝者、亦無撾捶亦無縛者。（西晉・無羅叉・放光般若經）〔註 585〕

為諸貢高，卑下謙順，輕毀罵詈，若撾捶者，其求佛道，默然不校。

〔註 580〕見於《大正藏》第 11 冊，頁 763。

〔註 581〕見於《大正藏》第 15 冊，頁 359。

〔註 582〕見於《大正藏》第 15 冊，頁 390。

〔註 583〕見於《大正藏》第 15 冊，頁 405。

〔註 584〕見於《大正藏》第 12 冊，頁 189。

〔註 585〕見於《大正藏》第 8 冊，頁 108。

（西晉・竺法護・正法華經）〔註 586〕

人常忍辱身心至密，現受罵詈默然不報，若使眾生取撾捶者，不念怨儲亦如地大包受萬物，終無識想有增減意。（姚秦・竺佛念・十住斷結經）〔註 587〕

若罵詈者默而不報。是口清淨。若撾捶者受而不校。是身清淨。若瞋恚者哀而不慍。是心清淨。若毀辱者而不懷恨。是性清淨。（西晉・竺法護・大寶積經）〔註 588〕

若得榮寵不以爲歡，罵不報罵行忍爲業，若撾捶者默受不報，是故說，常欲勝者，於言宜默也。（姚秦・竺佛念・出曜經）〔註 589〕

不絕生穀，亦不受雞羊豬；無有捨宅，亦不市買；不行斤斗寸尺欺侵人。皆離於刀杖撾捶恐怖人。（吳・支謙・佛說梵網六十二見經）〔註 590〕

根據上文「亦無撾捶亦無縛者」意思是沒有鞭打他人的人，也沒有束縛他人的人。「若撾捶者」，如果有鞭打他人的人。「若使眾生取撾捶者」意思是如果要眾人去抓鞭打他人的人。「若撾捶者受而不校」意思是如果有鞭打他人的人，卻不接受管教、勸導。「若撾捶者默受不報」如果是鞭打他人的人，默默承受不通報。「皆離於刀杖撾捶恐怖人」意思是都要離開以刀劍、棍棒鞭打他人的那些恐怖的人。這六例和東漢佛經的解釋相同，「撾捶」表示鞭打。

十九者，醉便妄殺蟲豸；二十者，醉便撾捶舍中付物破碎之；二十一者，醉便家室視之如醉囚，語言衝口而出（佛說分別善惡所起經）〔註 591〕

疾病劫時，人民奉行經戒，正見離邪見，行十善事，用是故，爾時

〔註 586〕見於《大正藏》第 9 冊，頁 65。

〔註 587〕見於《大正藏》第 10 冊，頁 982。

〔註 588〕見於《大正藏》第 11 冊，頁 659。

〔註 589〕見於《大正藏》第 4 冊，頁 715。

〔註 590〕見於《大正藏》第 1 冊，頁 264。

〔註 591〕見於《大正藏》第 17 冊，頁 518。

他方世界諸鬼神，來嬈是諸人，撾捶諸人，撓亂其意。（西晉・法立、法炬・大樓炭經）〔註 592〕

但與惡人不成就子共相追隨，遇諸凶人共撾捶之，加得手拳，今欲投水中，久乃置耳，叫呼得脫捨去。（西晉・竺法護・生經）〔註 593〕

根據上文「醉便撾捶舍中付物破碎之」意思是喝醉了就摔爛家裡的東西。「撾捶諸人」意思是鞭打他人。「遇諸凶人共撾捶之」意思是遇到兇惡的人一起鞭打他們。還有其他的例子，請見下例：

一人燒已燒已命，以有老病死。惡道之事，人便現受取之事，遂相撾捶，見已即自訟事。（西晉・法立、法炬・大樓炭經）〔註 594〕

此間鬼神淫亂，是故他方鬼神，得來嬈諸人，撾捶撓亂其意。譬如王者，若大臣勅兵使守護城門，此諸淫亂，若他國有強賊來，鈔掠此郡國縣邑如是。疾病劫時人民，奉行經戒，正見離邪見，奉十善事，他方鬼神，來觸嬈人，撾捶撓亂其意。（西晉・法立、法炬・大樓炭經）〔註 595〕

時，魔心念：『我寧可化於此國土長者梵志，取諸持戒沙門道人，撾捶罵詈、裂衣破鉢破頭。今起瞋恚，吾因是緣得其方便。』尋如所念，即化國中長者梵志，取諸沙門持戒奉法，撾捶罵詈、壞鉢破頭、裂其被服。（吳・支謙・弊魔試目連經）〔註 596〕

伯車乘入國，言以嚴法，輒違民心。王忿民慢，奪財撾捶。叔請乃釋，俱還本國。送叔者被路，罵伯者聒耳。（吳・康僧會・六度集）〔註 597〕

淳陀！謂殺生惡業，手常血腥，心常思惟撾捶殺害，無慚無愧，慳

〔註 592〕見於《大正藏》第 1 冊，頁 302。

〔註 593〕見於《大正藏》第 3 冊，頁 103。

〔註 594〕見於《大正藏》第 1 冊，頁 308。

〔註 595〕見於《大正藏》第 1 冊，頁 302。

〔註 596〕見於《大正藏》第 1 冊，頁 867。

〔註 597〕見於《大正藏》第 3 冊，頁 30。

貪悋惜，於一切眾生乃至昆蟲，不離於殺。(宋・求那跋陀羅・雜阿含經)〔註 598〕

若人來罵，撾捶割剝，支解奪命，心不起瞋。如羼提比丘爲迦梨王截其手、足、耳、鼻，心堅不動。(後秦・鳩摩羅什・大智度初品中菩薩釋論)〔註 599〕

罪之所爲，顏常若漆，身體羸瘦，而無潤澤。爲諸品類，所見賤穢，瓦石打擲，啼哭淚出。其人常被，撾捶榜笞，饑渴虛乏，軀形瘦燥。(西晉・竺法護・正法華經)〔註 600〕

一者所犯發露而不覆藏。心無纏垢。二者眞言致死終不違眞。三者所說而不相奪一切侵欺呵罵輕易撾捶縛害。一切是我宿命所作。不起恚他不生使纏。四者堅住不信他說。至信佛法亦不信之。內清淨故。是謂迦葉。菩薩有四順相。(晉代・失譯・佛說摩訶衍寶嚴經)〔註 601〕

根據上文，在「撾捶」的前後接上各種和刑罰相關的動詞，如：「撾捶縛害」、「撾捶榜笞」、「撾捶割剝」、「撾捶殺害」、「奪財撾捶」、「撾捶罵詈」、「撾捶撓亂」，用以表示各種責罰或施行處刑等。

「撾捶」一詞於隋唐佛經的使用情形，舉例說明如下：

一者當以時衣食。二者病瘦當呼醫治之。三者不得妄撾捶之。四者有私財物不得奪之。(唐・釋道世・法苑珠林)〔註 602〕

若人來罵。撾捶割剝支解奪命。心不起瞋。如羼提比丘常修慈忍。(隋・智顗・四教義)〔註 603〕

或逢罵詈謗毀、楚撻撾捶、割截手足、挑髓破腦一切諸苦競來迫切。

〔註 598〕見於《大正藏》第 2 冊，頁 271。

〔註 599〕見於《大正藏》第 25 冊，頁 89。

〔註 600〕見於《大正藏》第 9 冊，頁 78。

〔註 601〕見於《大正藏》第 12 冊，頁 194。

〔註 602〕見於《大正藏》第 53 冊，頁 432。

〔註 603〕見於《大正藏》第 46 冊，頁 745。

（隋・達摩笈多・大方等大集經菩薩念佛三昧）〔註 604〕

隋唐時期「撾捶」於佛經出現的次數較少，根據上文「三者不得妄撾捶之」是說第三是不可以任意地鞭打他人。「撾捶割剝」表示鞭打、剝削。「楚撻撾捶」是指鞭打。

3. 中土文獻詞義分析

「撾捶」一詞見於西晉・陳曄《三國志・魏志・齊王芳傳》：「道路但當期於通利，聞乃撾捶老小，務崇修飾，疲困流離，以至哀歎。〔註 605〕」其中「撾捶老小」是指老人小孩通通鞭打，和佛經的解釋相同，但使用方式較爲單一，僅出現「撾捶」後接對象一種方式。

4. 歷時使用分析

「撾」的本義是敲打、擊打之意。《西京雜記・卷五》：「入終南山採薪，還晚，趨舍未至，見張丞相墓前石馬，謂爲鹿也，即以斧撾之，斧缺柯折，石馬不傷。〔註 606〕」其中「以斧撾之」是說用斧頭劈開它（石馬）的意思。也解釋爲鼓槌。《後漢書・文苑列傳》：「次至衡，衡方爲漁陽參撾，蹀錢而前，容態有異，聲節悲壯，聽者莫不慷慨。〔註 607〕」其中「參撾」是指一種擊鼓的技巧。李賢注：「撾，擊鼓杖也。」

「捶」《說文・手部》：「以杖擊也。〔註 608〕」本義爲用棍棒一類的東西敲打、擊打之意。《荀子・富國》：「上下一心，三軍同力，名聲足以暴炙之，威強足以捶笞之，拱揖指揮，而強暴之國莫不趨使，譬之是猶烏獲與焦僥搏也。〔註 609〕」其中「威強足以捶笞之。」是說力量強大到可以擊打它。「捶」、「笞」都是擊打的意思。也可解釋爲舂、搗打。《禮記・內則》：「欲乾肉，則捶而食之。〔註 610〕」是說先拍打後再吃。「撾捶」《漢語大詞典》釋爲鞭打。以下整

〔註 604〕見於《大正藏》第 13 冊，頁 866。

〔註 605〕請參見西晉・陳壽《四部備要・三國志》（北京：中華書局，1990），頁 54。

〔註 606〕請參見《歷代筆記小說大觀・西京雜記》（上海：上海古籍出版社，2012），頁 41。

〔註 607〕請參見劉宋・范曄《四部備要・後漢書》（北京：中華書局，1990），頁 1006～1007。

〔註 608〕請參見漢・許慎著、清・段玉裁注《說文解字注》（臺北：洪葉出版社，1989），頁 615。

〔註 609〕請參見荀子《四部備要・荀子》（北京：中華書局，1990），頁 50。

〔註 610〕請參見清・阮元校刻《十三經注疏・禮記正義》（北京：中華書局，1980），頁 1468。

理「撾捶」一詞歷時的詞性及詞義變化：

	佛　　經　　文　　獻			中土文獻
時間	東漢	六朝	隋唐	西晉
詞性	動詞	動詞	動詞	動詞
詞義	捶打	1. 捶打 2. 處以刑罰	1. 捶打 2. 處以刑罰	鞭打

「撾捶」一詞於東漢佛經解釋爲捶打，到了六朝引申爲處以刑罰，捶打也是刑罰的一種，至隋唐仍然沿用。中土文獻則於西晉時方可見，和東漢佛經相同，僅單純解釋爲鞭打之意。

「撾捶」於東漢佛經的用法，「撾捶」後接名詞詞尾「者」，的形式出現，作名詞用，如：「其有罵詈撾捶者」、「若復有撾捶者」、「若有罵詈撾捶欲殺者」。或是直接當一般動詞使用，如：「其撾捶亦爾」、「雖爲人所撾捶罵詈百劫亦不起意」、「至罵詈數數輕易及撾捶閉著牢獄」，施作動作的對象都是人類。

六朝佛經承襲東漢的用法，但「撾捶」後接的名詞詞尾「者」及「人」兩類，作名詞用。如：「亦無撾捶亦無縛者」、「若撾捶者」、「若撾捶者受而不校」、「皆離於刀杖撾捶恐怖人」。第二種用法是「撾捶」後接受此動作的對象，作及物動詞用，如：「撾捶舍中付物」、「撾捶恐怖人」、「撾捶諸人」是說捶打所有人。第三種用法是在「撾捶」的前後接上各種和刑罰相關的動詞，如：「撾捶縛害」、「撾捶榜笞」、「撾捶割剝」、「撾捶殺害」、「奪財撾捶」、「撾捶罵詈」、「撾捶撓亂」，與刑罰相關的動詞組合成四字句，是六朝佛經最常見的用法，用以表示各種責罰或施行處刑等。隋唐佛經則同於六朝，如：「三者不得妄撾捶之」，作及物動詞用。或是和其他與刑罰相關動詞連用組合成四字句，如：「楚撻撾捶」、「撾捶割剝」。中土文獻最早出現於西晉，如：「聞乃撾捶老小」，作及物動詞用，和六朝佛經相同。

（二十三）臨　顧

1. 東漢佛經詞義分析

「臨顧」於東漢佛經使用狀況，請見下文：

王即出禮拜迎，澡洗沐浴，施新衣服，問訊：「今日臨顧，勞屈尊聖！」

阿夷答言：「聞大王夫人生太子，故來瞻省。」（竺大力、康孟詳・修行本起經）〔註 611〕

「今日臨顧，勞屈尊聖！」是說今日的大駕光臨，煩勞你這一趟，非常感謝。針對的對向爲「大王」，可見「臨顧」是一種較爲尊敬的用語。

迦蘭迦事訖乃出，相揖而坐：「不面在昔屈辱臨顧，傾企之情有兼來趣。明請大賓，執事自逼，是使乃心滯而不敘。」（曇果、康孟詳・中本起經）〔註 612〕

「不面在昔屈辱臨顧，傾企之情有兼來趣。」是說不計較過去的羞辱，願意再次拜訪，內心的感謝之情無法言喻。綜合上文，「臨顧」應當解釋爲光臨、拜訪之意，多使用於正式場合，帶有尊敬、謙卑的效果。

2. 六朝至隋唐佛經詞義分析

「臨顧」一詞於六朝佛經的使用情形，舉例說明如下：

聞佛來至，出城奉迎前禮佛足，請佛及僧：「臨顧屈意，受我三月四事供養」佛即然可。（吳・支謙・撰集百緣經）〔註 613〕

唯願如來至彼世界。若不臨顧。我當自以報得神力接此世界。（後秦・鳩摩羅什・佛說華手經）〔註 614〕

我本端妙顏容姿瑋。爾時相召不能臨顧。今既殘毀何用來爲。（元魏・吉迦夜、曇曜・付法藏因緣傳）〔註 615〕

根據上文「臨顧屈意」意思是如果願意委屈來我這的話。「若不臨顧」意思是如果不願意前來。「爾時相召不能臨顧」意思是那個時候你邀請我，我卻無法前往。這三例「臨顧」多用以表示親自到來之意。

爲佛比丘僧故而白時到，「今正是時，願世尊臨顧。」是時世尊知時已到，便著衣持缽，比丘僧前後圍繞。（安世高・阿那邠邸化七

〔註 611〕見於《大正藏》第 3 冊，頁 464。

〔註 612〕見於《大正藏》第 4 冊，頁 156。

〔註 613〕見於《大正藏》第 4 冊，頁 209。

〔註 614〕見於《大正藏》第 16 冊，頁 136。

〔註 615〕見於《大正藏》第 50 冊，頁 305。

子經）〔註 616〕

時到，今正是時，唯願世尊臨顧鄙舍。（東晉・瞿曇僧伽提婆・增壹阿含經）〔註 617〕

世尊！今時已到，餐具已辦，唯願世尊以時臨顧。（東晉・瞿曇僧伽提婆・中阿含經）〔註 618〕

明日設淨微食。願世尊及僧臨顧。須臾世尊默然受。（姚秦・竺佛念・鼻奈耶）〔註 619〕

王若過者則應讚歎。是舍嚴麗功德成就。能令大王回駕臨顧。（北涼・曇無讖・大般涅槃經）〔註 620〕

根據上文「願世尊臨顧」意思是希望世尊可以光臨。「唯願世尊臨顧鄙舍」是說希望世尊光臨我家。「願世尊及僧臨顧」意思是希望世尊及僧侶光臨。「能令大王回駕臨顧」意思是如果能夠讓大王回頭來光臨。六朝佛經還有其他的例子，請見下文：

尊德至重，無上福田。眾生蒙佑，不宜自輕。弟子愚意，欲請尊靈。臨顧貧舍，展釋微誠。（蕭齊・釋曇景・佛說未曾有因緣經）〔註 621〕

又復有人於日中後日沒時生。而彼生者於此時分。多遇惡星臨顧方所。（宋・天息災・大方廣菩薩藏文殊師利根本儀軌經）〔註 622〕

及日初出同時臨顧。此人所作所修皆得成就。又於晨朝及日中時兼在白月。遇金星木星水星。此等宿曜有大力勢。臨顧世間一切眾生。於此之時人若生者。所修善業及修行持誦大明大陀羅尼。

〔註 616〕見於《大正藏》第 2 冊，頁 862。
〔註 617〕見於《大正藏》第 2 冊，頁 596。
〔註 618〕見於《大正藏》第 1 冊，頁 501。
〔註 619〕見於《大正藏》第 24 冊，頁 867。
〔註 620〕見於《大正藏》第 12 冊，頁 539。
〔註 621〕見於《大正藏》第 17 冊，頁 538。
〔註 622〕見於《大正藏》第 20 冊，頁 88。

一切事業決定成就。（宋・天息災・大方廣菩薩藏文殊師利根本儀軌經）〔註 623〕

世尊。食時既至所設已辦。願垂臨顧入王舍城。至我室內哀受我供。（高齊・那連提耶舍・月燈三昧經）〔註 624〕

又復此金星木星水星。隨有一星與日與月。同居方所臨顧生者。此人生後必大富貴壽命長遠。得大自在一切見重。（宋・天息災・大方廣菩薩藏文殊師利根本儀軌經）〔註 625〕

根據上文「臨顧貧舍」意思是光臨寒舍。「多遇惡星臨顧方所」意思是遇到很多惡星運行到方角與所處〔註 626〕。「及日初出同時臨顧」意思是等到天亮時同時光臨。「願垂臨顧入王舍城」意思是希望可以光臨進入王舍城。「臨顧世間一切眾生。」意思是前往探視眾人。「同居方所臨顧生者」意思是一起居住在同一地方，並且去看顧生者。前四例「臨顧」用以表示光臨某個地點，後兩例則視用以表示看顧某人之意。

「臨顧」於隋唐佛經的詞例不如六朝時期多，其使用情形，舉例說明如下：

婆羅門持食，跪而問曰：「大德慧利隨緣，幸見臨顧，為夕不安耶？為粥不味乎？」（唐・玄奘・大唐西域記）〔註 627〕

夜有異僧寄宿大堂。窓隙出入守者告安。安往禮曰。自顧罪重如何臨顧。（唐・釋道宣・集神州三寶感通錄）〔註 628〕

根據上文「幸見臨顧」意思是很幸運地親眼見到了您。「自顧罪重如何臨顧」意思是自己的罪孽深重，要如何前往呢？這兩例「臨顧」和六朝佛經相同，多用以表示親自到來之意，所對話的對象多以「世尊」、「佛」、「僧」等地位崇高的宗教人物居多。

〔註 623〕見於《大正藏》第 20 冊，頁 881。

〔註 624〕見於《大正藏》第 15 冊，頁 559。

〔註 625〕見於《大正藏》第 20 冊，頁 881。

〔註 626〕所謂「方角」，根據丁福保《佛學大辭典》的解釋：「方所，方角與所處也。法華經曰：「善應諸方所。」

〔註 627〕見於《大正藏》第 51 冊，頁 905。

〔註 628〕見於《大正藏》第 52 冊，頁 432。

世尊。唯願世尊及比丘僧。明日食時臨顧我家受我供養。憐愍我等諸眾生故。(隋・闍那崛多・大乘大集經賢護)〔註629〕

汝等當知放光如來應供正遍覺。今在海岸欲來臨顧阿修羅宮。諸仁當知。以是因緣放光如來遂從眉間白毫藏處放一光明。(隋・闍那崛多・大法炬陀羅尼經)〔註630〕

世尊。今者將諸大眾不見遺棄臨顧我宮。我心欣踴不自勝任。(隋・闍那崛多・大法炬陀羅尼經)〔註631〕

根據上文「明日食時臨顧我家受我供養」意思是明天吃飯的時間光臨我家,受我招待。「今在海岸欲來臨顧阿修羅宮」意思是現在身處於海岸,想要去阿修羅宮。「今者將諸大眾不見遺棄臨顧我宮」意思是今天大家不嫌棄,光臨我的住所。分析上述三例,「臨顧」解釋爲某個處所進行察看,甚至是接受供養,讓該處所的人們感到十分光榮。隋唐時期「臨顧」一詞的用法較爲簡單,大致上延續著六朝佛經的用法。

3. 中土文獻詞義分析

「臨顧」一詞於宋代即可見,但詞例不多,如:《太平廣記・異僧九・洪昉禪師》「小女久疾,今幸而痊。欲造小福,修一齋,是以請師臨顧。齋畢,自令侍送無慮。〔註632〕」其中「是以請師臨顧」是說於是請師父親自來照顧、檢視,由人物接受動作,和東漢佛經的用法相同。

4. 歷時使用分析

「臨」《說文・臥部》:「臨,監臨也。〔註633〕」本義是從上往下看,察視之意。《詩經・大雅・大明》:「上帝臨女,無貳爾心。〔註634〕」其中「臨女」

〔註629〕見於《大正藏》第13冊,頁889。

〔註630〕見於《大正藏》第21冊,頁721。

〔註631〕見於《大正藏》第21冊,頁740。

〔註632〕請參見宋・李昉等《太平廣記》(北京:中華書局,1961),頁631。

〔註633〕請參見漢・許愼著、清・段玉裁注《說文解字注》(臺北:洪葉出版社,1989),頁392。

〔註634〕請參見清・阮元校刻《十三經注疏・毛詩正義》(北京:中華書局,1980),頁508。

是說看視那位女子之意。

「顧」《說文》:「顧，還視也。〔註635〕」本義是四處看。《詩經・檜風・匪風》:「顧瞻周道，中心怛兮。〔註636〕」其中「顧瞻」是四處察看。《論語・鄉黨》:「車中不內顧，不疾言，不親指。〔註637〕」其中「車中不內顧」是說在車內不四處張望。

《漢語大詞典》解釋「臨顧」為:「敬辭，猶言光臨見訪。」，其舉例之書證相當晚，以清・蒲松齡《聊齋誌異》為例:「王亦曾聞祖有狐妻，信奇言，便邀臨顧，嫗從之。〔註638〕」其中「便邀臨顧」是說就邀請一起去察看。以下整理「臨顧」一詞歷時的詞性及詞義變化:

	佛　經　文　獻			中土文獻
時間	東漢	六朝	隋唐	宋代
詞性	動詞	動詞	動詞	動詞
詞義	光臨、拜訪	親自到來並看顧	親自到來並看顧	親自到來並看顧

東漢佛經中「臨顧」僅只用於解釋光臨、拜訪。到了六朝以後，「臨顧」轉而解釋為親自前來並進而看顧的目的，中土文獻也承繼這個用法。

「臨顧」一詞自東漢佛經出現後，作不及物動詞用，是較為尊敬的用語，如:「今日臨顧，勞屈尊聖！」、「不面在昔屈辱臨顧，傾企之情有兼來趣。」，多使用於正式場合，帶有尊敬、謙卑的效果。六朝佛經繼承東漢佛經的用法，如:「臨顧屈意」、「爾時相召不能臨顧」，所對話的對象多以「世尊」、「佛」、「僧」等第為崇高的宗教人物居多。

六朝佛經出現另外兩種用法，一是「臨顧」可前接人物，再配合上動詞「願垂」、「唯願」、「願」，用以表示希望該人物前往看視之意。如:「願世尊臨顧」、「唯願世尊臨顧鄙舍」、「願世尊及僧臨顧」、「能令大王回駕臨顧」，多

〔註635〕請參見漢・許慎著、清・段玉裁注《說文解字注》(臺北：洪葉出版社，1989)，頁423。

〔註636〕請參見清・阮元校刻《十三經注疏・》(北京：中華書局，1980)，頁383。

〔註637〕請參見清・阮元校刻《十三經注疏・論語注疏》(北京：中華書局，1980)，頁2496。

〔註638〕請參見清・蒲松齡《古本小說集成・聊齋誌異》(上海：上海古籍出版社，1994)，頁102。

使用於地位崇高的人物，如：「世尊」、「如來」、「僧」、「大王」等。

另一種用法是「臨顧」後接人物或地點，用以表示看顧某人或光臨某處所，如：「臨顧世間一切眾生」、「臨顧生者」、「臨顧方所」、「臨顧入王舍城」。隋唐佛經大致延續著六朝的用法，可作不及物動詞用，也可後接地點，如：「幸見臨顧」、「自顧罪重如何臨顧」、「明日食時臨顧我家受我供養」、「今在海岸欲來臨顧阿修羅宮」。中土文獻則最早出現於宋代，「是以請師臨顧」，和六朝佛經的第二種用法相同。

（二十四）鑽　穿

1. 東漢佛經詞義分析

「鑽穿」於東漢佛經已出現，其使用狀況，請見下文：

> 何謂行何謂步。如金剛鑽穿眾寶。云何可以鑽穿其法。譬若以空鑽穿一切。所以故是名曰法。爲無所想。是故金剛。所以者何。鑽穿一切諸所求故。無願者若鑽金剛穿。諸所未脫令而得脫。法身者若金剛。諸所亂者而空理之。怛薩阿竭者如金剛。悉穿無所有。其脫如金剛過於諸不脫者。（支婁迦讖・佛說阿闍世王經）〔註 639〕

根據上文「金剛鑽穿眾寶」是說以金剛貫穿各種寶物。「以空鑽穿一切」是說以因緣貫穿一切。「鑽穿一切諸所求故」是說貫穿一切所想要的欲望。「鑽穿」表示貫穿之意。

2. 六朝至隋唐佛經詞義分析

「鑽穿」一詞於六朝佛經的使用情形，舉例說明如下：

> 心堅強者志能如是，則以指爪壞於雪山，以蓮華根鑽穿金山，則以鋸斷須彌寶山。其無有信不能精進，懷而諛諂放逸喜忘，雖在世久終不能除淫、怒、癡垢。（西晉・竺法護・修行道地經）〔註 640〕

「以蓮華根鑽穿金山」意思是用蓮花的根貫穿金山，和東漢佛經的解釋相同。

> 又彼比丘。觀業報法。猶如彼珠。譬如有珠。其珠有瑕。不普清淨。非一切門而不鮮白。不任鑽穿。不任修治。一切人見則不讚歎。非

〔註 639〕見於《大正藏》第 15 冊，頁 398。

〔註 640〕見於《大正藏》第 15 冊，頁 198。

王王等所應畜用。如是如是。彼外道法。是相似法。如有瑕珠。所言瑕者。謂身見瑕。戒取疑瑕。非一切門。唯是地獄餓鬼畜生三趣之門。非是好法。又亦不與無漏相應。不任鑽穿。非答難法。非是法師法鑽所穿。（元魏・瞿曇般若流支・正法念處經）〔註 641〕

經曰。佛子。譬如大摩尼寶珠過十寶性。一出大海。二巧匠善治。三善轉精妙。四善清淨。五善淨光澤。六善鑽穿。七貫以寶縷。八置在琉璃高幢。九放一切光明。十隨王意雨眾寶物能與一切眾生一切寶物。如是佛子。菩薩發薩婆若心過十聖性。一初發心布施離慳。二善修持戒正行明淨。三善修禪定三昧三摩跋提令轉精妙。四菩提分善清淨。五方便神通善淨光澤。六因緣集觀善鑽穿。七種種方便智縷善貫穿。八置於自在神通幢上。九觀眾生行放多聞智慧光明。十諸佛授智位。爾時能為一切眾生現作佛事。即名得薩婆若。（後魏・菩提流支・十地經論法雲地）〔註 642〕

根據上文「不任鑽穿」意思是（珠）無法穿洞。「六善鑽穿」是「十寶性」之一，意思是易於穿透。「六因緣集觀善鑽穿」是「十聖性」之一，意思是擁有善於參透、理解佛法因緣的能力。第一例「不任鑽穿」依然解釋為貫穿；第二、三例則轉為解釋對佛法的理解。

「鑽穿」一詞於隋唐佛經的使用情形，舉例說明如下：

理髮梳頭，操刀斫斵，鑽穿等事。劈裂木石，射准不差，乃至毛髮射人支節，放箭尋聲，牽弓挽強。如是諸技，悉皆明達，成就具足（隋・闍那崛多・佛本行集經）〔註 643〕

「操刀斫斵，鑽穿等事」意思是拿刀砍斷、鑽洞等這些事情。「鑽穿」解釋為鑽洞之意。

佛子！譬如大摩尼珠有十種性出過眾寶。何等為十？一者從大海出；二者巧匠治理；三者圓滿無缺；四者清淨離垢；五者內外明徹；六者善巧鑽穿；七者貫以寶縷；八者置在瑠璃高幢之上；九者普放

〔註 641〕見於《大正藏》第 17 冊，頁 23。

〔註 642〕見於《大正藏》第 26 冊，頁 202。

〔註 643〕見於《大正藏》第 3 冊，頁 920。

一切種種光明；十者能隨王意雨眾寶物，如眾生心充滿其願。（唐・澄觀・大方廣佛華嚴經）〔註 644〕

佛子！當知菩薩亦復如是，有十種事出過眾聖。何等爲十？一者發一切智心；二者持戒頭陀，正行明淨；三者諸禪三昧，圓滿無缺；四者道行清白，離諸垢穢；五者方便神通，內外明徹；六者緣起智慧，善能鑽穿；七者貫以種種方便智縷；八者置於自在高幢之上；九者觀眾生行，放聞持光；十者受佛智職，墮在佛數，能爲眾生廣作佛事。（唐・澄觀・大方廣佛華嚴經）〔註 645〕

佛子！當知薩婆若心亦復如是，若時菩薩大菩提心，超過十種聖者種性，而乃得起杜多功德，遠離戒禁善炙煉冶，靜慮、等持、等至圓滿，道支行相善淨無垢，方便神通善瑩明徹，以緣起觀善妙鑽穿，貫以種種方便慧縷，置於自在高幢之上，觀眾生行放聞慧光，正等覺智受灌灑已，是時得名一切智者，能爲一切諸有情界廣作佛事。（唐・尸羅達摩・佛說十地經）〔註 646〕

根據上文「六者善巧鑽穿」意思是第六是說大摩尼珠善於鑽洞。「六者緣起智慧，善能鑽穿」意思是第六是眾緣而生的智慧，能夠明瞭佛法。「以緣起觀善妙鑽穿」意思是用因緣來觀察虛妄是最能明瞭佛法的。

三者所「鑽穿」的對象都是佛法、因緣等哲學性的概念，而非實體物品，「鑽穿」解釋爲通徹明瞭。

3. 歷時使用分析

「鑽」《說文・金部》:「鑽，所以穿也。〔註 647〕」本義是穿洞、打孔。《論語・陽貨》:「鑽燧改火。〔註 648〕」即鑽木取火之意。也解釋爲鑽研、研究義

〔註 644〕見於《大正藏》第 10 冊，頁 209。

〔註 645〕見於《大正藏》第 10 冊，頁 209。

〔註 646〕見於《大正藏》第 10 冊，頁 573。

〔註 647〕請參見漢・許愼著、清・段玉裁注《說文解字注》（臺北：洪葉出版社，1989），頁 714。

〔註 648〕請參見清・阮元校刻《十三經注疏・論語注疏》（北京：中華書局，1980），頁 2526。

理。《論語・子罕》:「仰之彌高,鑽之彌堅。〔註 649〕」「鑽之彌堅」是說越是鑽研月覺得思想體系牢不可破。也特指在龜甲上鑽洞以占卜吉凶。《莊子・外物》:「乃刳龜,七十二鑽而一鄄尢遺筴。〔註 650〕」是指在龜甲上鑽鑿的洞。

「穿」《說文・穴部》:「穿,通也。〔註 651〕」本義是穿過而使其有孔洞。《詩經・召南・行露》:「誰謂鼠無牙,何以穿我墉?〔註 652〕」意指在我家的牆壁上打洞。也解釋爲指開鑿、挖掘。《禮記・月令》:「穿竇窖,修囷倉。〔註 653〕」「穿竇窖」是指開挖用來儲藏穀物的地窖。也解釋爲孔洞之意。《周禮・考工記・陶人》:「甑實二鬲鈁甫,厚半寸、脣寸,七穿。〔註 654〕」「七穿」是指有七個縷空的洞。也引申爲破敗、破爛之意。《莊子・山木》:「衣弊履穿,貧也,非憊也。〔註 655〕」「履穿」是指鞋子磨破了洞。以下整理「鑽穿」一詞歷時的詞性及詞義變化:

	佛　經　文　獻			中土文獻
時間	東漢	六朝	隋唐	無
詞性	動詞	1.動詞 2.名詞	動詞	無
詞義	貫穿	1.貫穿 2.對於佛法的理解力	通徹明瞭	無

東漢的佛經譯者結合了「鑽洞」與「理解」兩個概念而新創「鑽穿」一詞,從最初是針對實際物品而言,用以表示鑽洞至透穿的程度,從六朝佛經起,將詞義擴大,「鑽穿」一詞是轉而形容對佛法、因緣等概念的充分理解。

「鑽穿」一詞自東漢佛經出現後,作及物動詞用,後接的對象可以是實體,也可以是概念,如:「金剛鑽穿眾寶」、「以空鑽穿一切」、「鑽穿一切諸所

〔註 649〕請參見清・阮元校刻《十三經注疏・論語注疏》(北京:中華書局,1980),頁 2490。

〔註 650〕請參見清・王先謙《新編諸子集成》(北京:中華書局,1993),頁 240。

〔註 651〕請參見漢・許慎著、清・段玉裁注《說文解字注》(臺北:洪葉出版社,1989),頁 348。

〔註 652〕請參見清・阮元校刻《十三經注疏・毛詩正義》(北京:中華書局,1980),頁 288。

〔註 653〕請參見清・阮元校刻《十三經注疏・禮記正義》(北京:中華書局,1980),頁 1374。

〔註 654〕請參見清・阮元校刻《十三經注疏・周禮注疏》(北京:中華書局,1980),頁 924。

〔註 655〕請參見清・王先謙《新編諸子集成》(北京:中華書局,1993),頁 172。

求故」，東漢佛經也出現「若鑽金剛穿」，這證實「鑽穿」的成詞過程尚在進行中。六朝佛經延續東漢佛經的用法，多作及物動詞用，後接的對象多為抽象概念，如：「不任鑽穿」、「六善鑽穿」、「六因緣集觀善鑽穿」，「鑽穿」一詞也轉指對於佛法的理解力。隋唐佛經的「鑽穿」承繼六朝的用法，如：「操刀斫斵，鑽穿等事」、「六者善巧鑽穿」、「六者緣起智慧，善能鑽穿」。

雖然中土文獻中未見「鑽穿」一詞，分別探究兩字詞義，「鑽」多用以指鑽洞之意，如「鑽鑿」《三國志・蜀志・郤正傳》：「自司馬、王、揚、班、傅、張、蔡之儔遺文篇賦，及當世美書善論，益部有者，則鑽鑿推求，略皆寓目。〔註 656〕」、「鑽笮」馬融〈長笛賦〉：「丸挺雕琢，刻鏤鑽笮。〔註 657〕」而「穿」意指穿透，多指對於概念的理解或是看透事物的本質，如「洞穿」、「看穿」、「戳穿」等詞。

（二十五）斷　脈

1. 東漢佛經詞義分析

「斷脈」一詞在東漢佛經的使用情形，舉例說明如下：

> 從是岸邊。致度岸邊。度就斷脈。是亦如是。止觀雙俱行。一處一時一意。上要至竟。為成四事。譬如日出。上至竟。為現作四事。致明壞冥現色現竟。譬如船渡。捨是岸邊致渡岸邊。致物斷脈。止觀亦如是。（安世高・陰持入經）〔註 658〕

「度就斷脈」、「致物斷脈」中「脈」是指水脈，引申為斷絕十二因緣之脈是以「水脈」來象徵解釋「十二因緣」。「斷脈」解釋為斷絕水脈。

2. 六朝至隋唐佛經詞義分析

「斷脈」一詞於六朝佛經的使用情形，舉例說明如下：

> 一名滒滒蟲。為壞胎藏風之所殺害。若男若女。欲命終時。此風斷脈。二名惙惙蟲。為轉胎藏風之所殺害。若男若女。令失氣力。或於口中出一掬黃。猶如金色。（元魏・瞿曇般若流支・正法念處經）

〔註 656〕請參見西晉・陳壽《四部備要・三國志》（北京：中華書局，1990），頁 451。

〔註 657〕請參見清・嚴可均輯《全上古秦漢三國六朝文・全後漢文》（北京：商務印書館，1999），頁 169～170。

〔註 658〕見於《大正藏》第 15 冊，頁 179。

〔註 659〕

罪人曰：「見之！」王曰：「是吾三使者。四曰世間死人，刀風斷脈，拔其命根，身體正直，不滿十日，肉壞血流，膖脹爛臭，無可取者，生時相愛，死皆相惡。汝見之不？」（東晉・曇無蘭・五苦章句經）〔註 660〕

「此風斷脈」意指這種風可以奪走性命。「刀風斷脈」意指這刀風可以奪走性命。「斷脈」皆指中斷生命，「脈」是指血脈、生命。

隋唐佛經及中土文獻皆未見「斷脈」一詞，若欲表示中斷生命則是使用「斷命」一詞，「斷命」從六朝起佛經也使用「斷命」，如：《中阿含經》：「碎身至斷命，奪象牛馬財，破國滅亡盡，彼猶故和解。〔註 661〕」（東晉・瞿曇僧伽提婆），「脈」從東漢佛經解釋爲水脈的概念延伸爲十二因緣，至六朝後，改指稱生命，和「脈」的本義血脈相同。

3. 歷時使用分析

「斷」《說文・斤部》：「斷，截也。〔註 662〕」本義是斷開、折斷。《易經・繫辭下》：「斷木爲杵，掘地爲臼，臼杵之利，萬民以濟。〔註 663〕」「斷木」是指被折斷的樹木。也解釋爲人的肢體損傷。《禮記・王制》：「瘖聾跛躃斷者、侏儒、百工各以其器食之。〔註 664〕」「斷」是指沒有手或腳的殘障人士。也解釋爲宰殺。《逸周書・世俘》：「斷牛六，斷羊二。〔註 665〕」「斷牛」是指解殺牛隻。也可解釋爲斷絕、拒絕。漢《古詩爲焦仲卿妻作》：「自可斷來信，徐徐更謂之。〔註 666〕」「斷來信」是指斷絕書信來往。

〔註 659〕見於《大正藏》第 17 冊，頁 397。

〔註 660〕見於《大正藏》第 17 冊，頁 547。

〔註 661〕見於《大正藏》第 1 冊，頁 535。

〔註 662〕請參見漢・許愼著、清・段玉裁注《說文解字注》（臺北：洪葉出版社，1989），頁 724。

〔註 663〕請參見清・阮元校刻《十三經注疏・周易正義》（北京：中華書局，1980），頁 87。

〔註 664〕請參見清・阮元校刻《十三經注疏・禮記正義》（北京：中華書局，1980），頁 1347。

〔註 665〕請參見《四部備要・逸周書》（北京：中華書局，1990），頁 34。

〔註 666〕請參見《四部備要・樂府詩集》（北京：中華書局，1990），頁 446。

「脈」《說文・永部》:「脈,血理分衺行體者。〔註 667〕」本義是指分佈餘人或動物身上的血管。以下整理「斷脈」一詞歷時的詞性及詞義變化:

	佛經文獻			中土文獻
時間	東漢	六朝	隋唐	無
詞性	動詞	動詞	無	無
詞義	斷絕水脈	中斷生命	無	無

「斷脈」一詞從東漢佛經解釋爲斷絕水脈,後至六朝引申爲斷絕生命,將水脈擴大用以指稱生命,而隋唐佛經及中土文獻則未見該詞。

「斷脈」一詞於東漢佛經多作一般動詞用,如:「度就斷脈」、「致物斷脈」。六朝佛經亦同,如:「此風斷脈」、「刀風斷脈」。隋唐佛經及中土文獻皆未見「斷脈」一詞。

(二十六)散　節

1. 東漢佛經詞義分析

「散節」於東漢佛經使用狀況,請見下文:

> 病者不復久。內見風起名刀風。令病者散節。(安世高・地道經)〔註 668〕

> 復一風起名節間居風。令病者骨骼直掣振。或時舉手足。或把空。或起或坐。或呻號或哭或瞋。已散節。已斷結。已筋緩。已骨髓傷。已精明等去。(安世高・地道經)〔註 669〕

「令病者散節」意思是使病人的骨頭散開,作動詞用。「已散節」意思是斷成一節一節的,作動詞用。六朝及隋唐佛經皆未見「散節」一詞,故無語料可供討論。

2. 中土文獻詞義分析

「散節」一詞最早見於三國,魏・曹丕《感物賦》:「伊陽春之散節,悟乾

〔註 667〕請參見漢・許慎著、清・段玉裁注《說文解字注》(臺北:洪葉出版社,1989),頁 575。

〔註 668〕見於《大正藏》第 15 冊,頁 233。

〔註 669〕見於《大正藏》第 15 冊,頁 233。

坤之交靈。〔註670〕」「散節」表示季節的變化、更替。

3. 歷時使用分析

「散」的本義是指切碎零散的肉。《說文・肉部》:「散，雜肉也。〔註671〕」因身解釋爲分離、分散。《易・說卦》:「雷以動之，風以散之。」「風以散之」是說風來吹散它。引申解釋爲喪失、失去。《國語・齊語》:「狄人攻衛，衛人出廬於曹，桓公城楚丘以封之。其畜散而無育，桓公與之繫馬三百。」韋昭注:「散，謂失亡也。〔註672〕」「畜散」是說牲畜都死亡。

「節」《說文・竹部》:「節，竹約也。」段玉裁注:「約，纏束也，竹節如纏束之狀。〔註673〕」本義是指竹節，也用以指草本植物莖上長葉子的部分，或是樹木的枝條交接處。《易・說卦》:「其於木也，爲堅多節。〔註674〕」「多節」是指樹木的枝條繁多。也可指動物身上骨骼的連接處。《莊子・養生主》:「彼節者有間，而刀刃者無厚，以無厚入有間，恢恢乎其於遊刃必有餘地矣。〔註675〕」「彼節者有間」牠（牛）的關節間有縫隙。可指稱爲禮節、法度。《論語・微子》:「長幼之節，不可廢也。〔註676〕」「長幼之節」是說長輩與晚輩之問相處的節度。《禮記・曲禮上》:「禮不踰節，不侵侮，不好狎。〔註677〕」作動詞用，指控制、限制。《易經・未濟》:「飲酒濡首，亦不知節也。〔註678〕」「不知節」是說不懂得節制。也可作形容詞用，形容恰好的意思。《墨子・辭過》:「風雨節而五穀孰，衣服節而肌膚和。〔註679〕」「衣服節」是指合宜的衣

〔註670〕請參見清・嚴可均輯《全上古秦漢三國六朝文・第五冊》（北京：商務印書館，1999），頁38。

〔註671〕請參見漢・許愼著、清・段玉裁注《說文解字注》（臺北：洪葉出版社，1989），頁178。

〔註672〕請參見《四部備要・國語》（北京：中華書局，1989），頁50。

〔註673〕請參見漢・許愼著、清・段玉裁注《說文解字注》（臺北：洪葉出版社，1989），頁191。

〔註674〕請參見清・阮元校刻《十三經注疏・周易正義》（北京：中華書局，1980），頁95。

〔註675〕請參見清・王先謙《新編諸子集成・莊子集解》（北京：中華書局，1993），頁29。

〔註676〕請參見清・阮元校刻《十三經注疏・論語注疏》（北京：中華書局，1980），頁2529。

〔註677〕請參見清・阮元校刻《十三經注疏・禮記正義》（北京：中華書局，1980），頁1231

〔註678〕請參見清・阮元校刻《十三經注疏・周易正義》（北京：中華書局，1980），頁73。

〔註679〕請參見清・孫詒讓《新編諸子集成・墨子閒詁》（北京：中華書局，2001），頁38。

服。

「散節」《漢語大詞典》解釋爲：猶發節，謂季節開始。三國・魏・曹丕《感物賦》：「伊陽春之散節，悟乾坤之交靈。〔註 680〕」「伊陽春之散節」是說春天氣候的交替。以下整理「散節」一詞歷時的詞性及詞義變化：

	佛　經　文　獻			中土文獻
時間	東漢	六朝	隋唐	三國
詞性	動詞	無	無	動詞
詞義	使骨頭散開、斷開	無	無	季節變換

東漢佛經「散節」之「節」是指骨頭；中土文獻的「散節」之「節」則是指節氣，兩者詞彙同形，卻詞義大不相同。

「散節」一詞於東漢佛經，多前接人物，作一般動詞用，如：「令病者散節」、「已散節」。六朝及隋唐佛經皆未見「散節」一詞，故無語料可供討論。中土文獻最早見於三國，但詞義完全不同，故於用法部分不予以討論。

第三節　形容詞性複合詞詞義及用法分析

承上兩節針對名詞及動詞性複合詞的意義分析，本章節將針對形容詞性複合詞進行意義分析與討論。先秦至兩漢時期，形容詞的發展速度是較爲緩慢的，這個時期有著突飛猛進的進步是名詞及動詞，形容詞則是緊接在後。到了兩漢時期由於複音詞的大量增加，同時推動形容詞的發展。

形容詞是用以表示人事物的性質、特色或狀態所使用的詞。在句中多半是加在名詞之前做定語用，可受程度副詞的修飾。由於形容詞是用以表示狀態，在結合成複合詞的初期多以兩個形容詞詞素結合的情況最多，也就是屬於形容詞的複合詞多爲並列式複合詞。另一個特色是詞性活用，這個現象在形容詞性複合詞中表現最爲活躍。

詞性活用是豐富語彙內容的方式之一，都是短暫存在於各種語境之中，和詞彙兼類有所不同，正如呂叔湘：「語義的變化比較特殊，只是偶而這樣用，沒有經常化，這算是臨時『活用』，不同於永久性的詞類轉變……這種活用如

〔註 680〕請參見清・嚴可均輯《全上古秦漢三國六朝文・全三國文》（北京：商務印書館，1999），頁 38。

果經常化了，就成了詞類轉變了。〔註 681〕」這一類的詞性活用則是實際語法結構中的臨時運用，東漢佛經的形容詞兼作名詞使用的情形亦有不少。

古漢語中某些詞在特定的語言環境中可以靈活運用，並臨時改變它的基本功能，在句中充當其他類詞。這種臨時的靈活運用，就叫做「詞類活用」。

根據本文統計東漢佛經共計 8 例形容詞性複合詞，從兩個單音節詞的詞義出發，探求結合而成的複合詞之詞義，以東漢佛經為出發點，與六朝至隋唐佛經做一比較，整理出其複合詞的詞義及詞性的變化過程，並與該複合詞首次出現於中土文獻的使用狀況相比較，分析該複合詞在佛經與中土文獻兩者各自的詞義、詞性及使用狀況。以下將此 8 例複合詞逐一分析討論之：

（一）危　脆

1. 東漢佛經詞義分析

「危脆」一詞僅見於《中本起經》，請見下文：

> 喜怒得失，欲者無厭，斯利危脆，若雲過庭，老病死來，靡不分散。（曇果、康孟詳・中本起經）〔註 682〕

「欲者無厭，斯利危脆」意思是有欲望的人是貪得無厭的，而所追求的利益十分地脆弱，容易失去，「危脆」多用以形容利益的脆弱、不堪一擊。

2. 六朝至隋唐佛經詞義分析

「危脆」一詞於六朝佛經中的使用情況，舉例說明如下：

> 所以者何？恐地有塵來坌師故。我不當惜是危脆之身。（西晉・無羅叉・放光般若經）〔註 683〕

> 復次，比丘，一切諸法皆悉無常，身命危脆猶如驚電，汝等不應生於放逸。汝等當知，如來不久，卻後三月，當般涅槃。（東晉・法顯・大般涅槃經）〔註 684〕

> 佛告王曰：「命極危脆，極壽不過百年，所出無幾。人壽百年，計三

〔註 681〕請參見呂叔湘《漢語語法分析問題》（北京：商務印書館，1979），頁 46～47。

〔註 682〕見於《大正藏》第 4 冊，頁 148。

〔註 683〕見於《大正藏》第 8 冊，頁 146。

〔註 684〕見於《大正藏》第 1 冊，頁 193。

十三天一日一夜，計彼日夜三十日爲一月，十二月爲一歲，彼三十三天正壽千歲，計人中壽壽十萬歲，復計還活地獄中一日一夜。」（東晉・瞿曇僧伽提婆・增壹阿含經）〔註 685〕

眾生可湣，常處闇冥，受身危脆，有生、有老、有病、有死，眾苦所集，死此生彼，從彼生此，緣此苦陰，流轉無窮，我當何時曉了苦陰，滅生、老、死？（後秦・佛陀耶舍、竺佛念・長阿含經）〔註 686〕

佛之正道不同於彼九十五種邪見倒惑無有果報，修行佛道必獲正果，云何悋惜如此危脆不定之命毀佛聖教？（後秦・鳩摩羅什・大莊嚴論經）〔註 687〕

如今，比丘！人命危脆不可久保，誰當貪慕願受此生？唯有凡夫無知之人願生三有。（姚秦・竺佛念・出曜經）〔註 688〕

第一慮未然，必當被傷害，憑草計現在，彼命得脫死。二魚俱得免，以濟危脆命，愚守少水池，受困於獵者。（姚秦・竺佛念・出曜經）〔註 689〕

我於無量阿僧祇劫恒河沙生，護持淨戒，見天女魔女及世間女不起染心故，生不危脆身。（劉宋・求那跋陀羅・央掘魔羅經）〔註 690〕

從上述例子分析，「危脆」用以形容生命及肉體非常危急脆弱的狀態，例如上文：「危脆之身」意思是身體是脆弱的。「身命危脆猶如驚電」意思是身體及性命可如天上的閃電一樣迅速消失。「命極危脆，極壽不過百年」意思是性命是那樣地脆弱，最多也不過是百年的壽命。「常處闇冥，受身危脆」意思是經常處於幽暗之處，生命變得脆弱不堪。「云何悋惜如此危脆不定之命毀佛聖教」意

〔註 685〕見於《大正藏》第 2 冊，頁 828。

〔註 686〕見於《大正藏》第 1 冊，頁 7。

〔註 687〕見於《大正藏》第 4 冊，頁 268。

〔註 688〕見於《大正藏》第 4 冊，頁 616。

〔註 689〕見於《大正藏》第 4 冊，頁 621。

〔註 690〕見於《大正藏》第 2 冊，頁 536。

思是爲了吝惜這樣的脆弱、不穩定的身體而來毀壞違棄佛教呢？「人命危脆不可久保」意思是人的性命危險脆弱，不能夠長久保留。「以濟危脆命」意思是來救濟這危急脆弱的性命。「生不危脆身」意思是活著並不會危害生命。「危脆」多用以形容身體或性命的危險脆弱。

> 第一覺悟：世間無常，國土危脆；四大苦空，五陰無我；生滅變異，虛僞無主；心是惡源，形爲罪藪。如是觀察，漸離生死。（安世高・佛說八大人覺經）〔註 691〕

> 世間皆悉無常危脆，我所修學，無漏聖道，不著色聲香味觸法，永得無爲，到解脫岸。（劉宋・求那跋陀羅・過去現在因果經）〔註 692〕

> 佛告三彌離提：「危脆敗壞，是名世間。云何危脆敗壞？三彌離提！眼是危脆敗壞法，若色、眼識、眼觸、眼觸因緣生受，內覺若苦、若樂、不苦不樂，彼一切亦是危脆敗壞。耳、鼻、舌、身、意亦復如是。是說危脆敗壞法，名爲世間。」（劉宋・求那跋陀羅・雜阿含經）〔註 693〕

從上列三個例子分析，「危脆」用以形容國土、世間無常，無法控制之意。例如上文：「世間無常，國土危脆」意思是世間變化多端，國家的土地也是瀕臨危險。「世間皆悉無常危脆」，意思是世間的所以事物都是沒有定數且危急又脆弱。「危脆敗壞，是名世間」意思是危險脆弱又腐敗毀壞的就是稱爲「世間」這個東西。六朝佛經中「危脆」可用以形容人的身體、性命的脆弱危急，也用以形容國土、世間的無法預測，其範圍比起東漢譯出佛經「危脆」詞義擴大。

「危脆」一詞於隋唐佛經中的使用情況，舉例說明如下：

> 大王須識，此身危脆，敗壞無常，非牢固形，是破散法，隨有地處，捨之而行。猶如泥摶，一種無異。（隋・闍那崛多・佛本行集經）〔註 694〕

> 以實照爲常。實則至妙之色。亦常不變矣。然長壽對於凡夫之夭促。

〔註 691〕見於《大正藏》第 17 冊，頁 715。

〔註 692〕見於《大正藏》第 3 冊，頁 631。

〔註 693〕見於《大正藏》第 2 冊，頁 56。

〔註 694〕見於《大正藏》第 3 冊，頁 763。

金剛對凡身之危脆。故無長無短方爲長壽。非實非虛始曰金剛。(唐・澄觀・大方廣佛華嚴經)〔註 695〕

今我此身不淨危脆，由捨此故，獲得如來清淨堅固金剛之身。(唐・玄奘・大般若波羅蜜多經)〔註 696〕

以上三個例子中「危脆」用以表示一般肉身的柔弱與不堪一擊。也可用以表示人以外的事物，其狀態危急的樣子。「此身危脆」意思是這個身體脆弱、「金剛對凡身之危脆」意思是金剛對於這個脆弱的凡人身體。「今我此身不淨危脆」意思是現在我的身體不潔淨又脆弱。隋唐佛經中「危脆」縮小爲形容人的身體脆弱之意。

譬如高山危脆不安同於朽屋。不生不滅非自非他。(唐・地婆訶羅・大乘密嚴經)〔註 697〕

人是不堅何足破，樹稱危脆任能摧，縱汝瞋目須彌崩，何能舉眼瞻菩薩？設使善浮過大海，復能一氣吸滄溟，如是之事自可爲，無能懷惡觀菩薩。(唐・地婆訶羅・方廣大莊嚴經)〔註 698〕

從上述兩個例子分析「危脆」多用以指稱具體事物的破敗、危急的狀態，例如上文:「高山危脆不安同於朽屋」意思是高山脆弱不穩定，就跟已經腐朽的木屋一樣。「樹稱危脆任能摧」意思是樹木危急脆弱，誰都能任意摧毀。和六朝佛經相比，隋唐佛經「危脆」所形容的對象縮小了，到高山、樹木這些具體事物上。

3. 中土文獻詞義分析

「危脆」一詞首次出現則遲至南朝，梁・沈約所著《宋書・張邵傳》:「人生危脆，必當遠慮。〔註 699〕」其中「人生危脆」解釋爲人的一生是既危險又脆弱，對象屬抽象概念，和東漢佛經的用法相同。其次是唐・盧照鄰《釋疾

〔註 695〕見於《大正藏》第 36 冊，頁 156。

〔註 696〕見於《大正藏》第 6 冊，頁 792。

〔註 697〕見於《大正藏》第 16 冊，頁 736。

〔註 698〕見於《大正藏》第 3 冊，頁 591。

〔註 699〕請參見《四部備要・宋書》(北京：中華書局，1990)，頁 438。

文》:「何斯柱之危脆，一夫觸之而云折。〔註 700〕」其中「斯柱之危脆」意思是那樑柱是這麼地危險又脆弱，改轉向具體概念，其概念由抽象轉而具體的變化過程，和東漢佛經至隋唐佛經的用法同出一轍。

4. 歷時使用分析

「危」字的本義指站於高處而感到畏懼。《說文》:「在高而懼也。從𠂆，人在厓上，自卪止之也。〔註 701〕」《韓非子・有度》:「法不信，則君行危矣。〔註 702〕」都是危險、不安的意思。「危」字從本義解釋為感到畏懼，後可解釋為敗亡、威脅、懷疑等意。

「脆」本義是易碎、不堅韌。《道德經》:「其安易持，其未兆易謀。其脆易泮，其微易散。〔註 703〕」其中「其脆易泮」意思是事物脆弱時容易消失。《呂氏春秋・恃君覽・觀表》:「凡此十人者，皆天下之良工也，其所以相者不同，見馬之一徵也，而知節之高卑，足之滑易，材之堅脆，能之長短。〔註 704〕」其中「材之堅脆」意思是馬的體質是堅韌或脆弱。「脆」還解釋為身心柔弱、無法承受打擊。《呂氏春秋・季冬紀・介立》:「其士卒眾庶皆多壯矣，因相暴以相殺，脆弱者拜請以避死，其卒遞而相食，不辨其義，冀幸以得活。〔註 705〕」其中「脆弱者拜請以避死」意思是柔弱的人請求饒此一死。「危脆」於《詞典》則解釋為：危險、脆弱之意。以下整理「危脆」一詞歷時的詞性及詞義變化：

	佛經文獻			中土文獻
時間	東漢	六朝	隋唐	南朝
詞性	形容詞	形容詞	形容詞	形容詞
詞義	利益的脆弱、不堪一擊	1. 身體及性命的脆弱 2. 具體事物破敗、危急	1. 身體及性命的脆弱 2. 具體事物破敗、危急	1. 身體及性命的脆弱 2. 具體事物破敗、危急

〔註 700〕請參見清・童誥輯《欽定全唐文》(北京：中華書局，1983)，頁 18。

〔註 701〕請參見漢・許愼著、清・段玉裁注《說文解字注》(臺北：洪葉出版社，1989)，頁 453。

〔註 702〕請參見《四部備要・韓非子》(北京：中華書局)，1990，頁 13。

〔註 703〕清・孫詒讓《新編諸子集成・道德經》(北京：中華書局，2008)，頁 165。

〔註 704〕請參見《新編諸子集成・呂氏春秋》(北京：中華書局)，1993，頁 274。

〔註 705〕請參見《新編諸子集成・呂氏春秋》(北京：中華書局)，1993，頁 118～119。

「危脆」東漢佛經起，用以表現利益的危險又脆弱。六朝起至唐代，「危脆」所指涉的對象有兩方面：一是身體及性命的脆弱，二是具體事物破敗、危急的狀態，可以含括國家、國土及世事。「危」及「脆」兩字的本義都有危險、脆弱的含意，由東漢時期用以指稱利益追求的不穩定及易於消逝的抽象意義，至六朝起轉而實指身體、生命乃至國家、世事的脆弱不堪，「危脆」的指稱對象由抽象轉而具體。

「危脆」一詞多作名詞及謂語使用，如：「欲者無厭，斯利危脆」。六朝佛經，可作謂語使用。如：「身命危脆猶如驚電」、「常處闇冥，受身危脆」、「命極危脆，極壽不過百年」、「世間無常，國土危脆」。也可作定語使用，如：「生不危脆身」、「危脆之身」。又與其他形容詞組合成四字句出現，如：與「無常」結合成「世間皆悉無常危脆」，與「敗壞」結合成「危脆敗壞，是名世間」。

隋唐佛經則多作謂語使用，「此身危脆」、「金剛對凡身之危脆」、「高山危脆不安同於朽屋」。也作四字句，如：「今我此身不淨危脆」。

中土文獻則見於南朝，多作謂語使用，如：《宋書・張邵傳》：「人生危脆，必當遠慮。〔註 706〕」，至唐代也多作謂語使用，如：唐・盧照鄰《釋疾文》：「何斯柱之危脆，一夫觸之而云折。〔註 707〕」

（二）淨　潔

1. 東漢佛經詞義分析

「淨潔」一詞於東漢佛經的使用情況，請見下文：

> 於是菩薩，安坐入定，棄苦樂意，無憂喜想，心不依善，亦不附惡，正在其中，如人沐浴淨潔覆以白㲲，中外俱淨，表裡無垢，喘息自滅，寂然無變，成四禪行。（竺大力、康孟詳・修行本起經）〔註 708〕

上例「淨潔」是指清潔身體之意，「如人沐浴淨潔」意思是就像人清潔身體一樣，作動詞用。

> 其佛言：「有名諸法甚深無有底，其水甚美，於是浴者悉得淨潔。若欲浴者當於中浴，眾邪惡可以消除。浴已，諸天人及一切皆得安隱，

〔註 706〕請參見《四部備要・宋書》（北京：中華書局，1990），頁 438。

〔註 707〕請參見清・童誥輯《欽定全唐文》（北京：中華書局，1983），頁 18。

〔註 708〕見於《大正藏》第 3 冊，頁 470。

便以法教化無所不遍。所以者何？諸過去佛悉那中浴，是故現瑞應。」（支婁迦讖・文殊師利問菩薩署經）〔註 709〕

上述兩例是指「於是浴者悉得淨潔」意指像洗完澡的人那樣全身上下呈現乾淨的狀態，在此作名詞用。

無有生者無所屬。無所屬者便已輕。已輕者便淨潔。已淨者便無垢。已無法甚明甚朗。甚明者是心本。（支婁迦讖・佛說伅眞陀羅所問如來三昧經）〔註 710〕

及悉見諸法淨潔本無瑕穢。自作黠明不從他人持黠明。於佛法亦不著。何況常著色。亦無結者亦無脫者。本無不見泥洹。亦無死生亦無泥洹。是爲眞沙門。（佛說遺日摩尼寶經）〔註 711〕

其心功德。通無央數剎土。其心淨潔。習其處而往還。到佛所無所失。常教道一切人。（支婁迦讖・佛說伅眞陀羅所問如來三昧經）〔註 712〕

佛口中本淨潔譬如欝金之香。佛反以楊枝漱口。隨世間習俗而入。示現如是。（佛說內藏百寶經）〔註 713〕

佛身如金剛淨潔無瑕穢無清便。現人大小清便。隨世間習俗而入。示現如是。（佛說內藏百寶經）〔註 714〕

菩薩清淨行尸波羅蜜。凡有三十二事。何謂三十二。一者菩薩身所行常清淨。是爲持戒。二者菩薩離慳貪、瞋恚、愚癡。口所言淨潔。是爲持戒。（支婁迦讖・佛說伅眞陀羅所問如來三昧經）〔註 715〕

上述六例「淨潔」皆作形容詞用，「已輕者便淨潔」是指獲得乾淨的狀態。「諸

〔註 709〕見於《大正藏》第 14 冊，頁 440。
〔註 710〕見於《大正藏》第 15 冊，頁 352。
〔註 711〕見於《大正藏》第 12 冊，頁 193。
〔註 712〕見於《大正藏》第 15 冊，頁 348。
〔註 713〕見於《大正藏》第 17 冊，頁 752。
〔註 714〕見於《大正藏》第 17 冊，頁 752。
〔註 715〕見於《大正藏》第 15 冊，頁 356。

法淨潔」是指各種法門非常純淨之意。「其心淨潔」意指內心純淨。「佛口中本淨潔」意指佛的口一直都是純潔。「佛身如金剛淨潔」意指佛的身體如金剛那樣純淨。「口所言淨潔」意思是口中所說的話都是乾淨、純淨的內容。

2. 六朝至隋唐佛經詞義分析

「淨潔」一詞於六朝佛經中的使用情況，舉例說明如下：

汝等以家事往欲試亂道，反爲世尊所見攝取迷惑誑詐。譬如有人行入水中，洗去垢濁令身淨潔，反溺水死；汝等如是，欲往試佛壞其道意，視其舉動，取其長短，反爲瞿曇所見迷惑，沒溺自失不得濟己。（西晉・竺法護・生經）〔註 716〕

譬如淨潔美食與毒相得，色雖香美故爲雜毒。若有愚癡之人欲得食之，雖爲當時貪其色好香可口，久後不便其身。（西晉・無羅叉・放光般若經）〔註 717〕

時，究羅檀頭婆羅門即於座上遠塵離垢，得法眼淨。猶如淨潔白迭，易爲受染，檀頭婆羅門亦復如是（後秦・佛陀耶舍、竺佛念・佛說長阿含經）〔註 718〕

「淨潔」一詞在六朝佛經的使用方式，除了同於東漢佛經用以形容身體的潔淨，也用以食物的衛生程度及物品的清潔，作形容詞用。「洗去垢濁令身淨潔」是說洗去污垢讓身體潔淨。「淨潔美食」意指衛生乾淨的食物。「猶如淨潔白迭」意思是就像是純白乾淨的白色棉布。

「淨潔」一詞於隋唐佛經中的使用情況，舉例說明如下：

難陀。第二十九七日。於母腹中。有風名曰花條。此風能吹胎子。令其形色鮮白淨潔。或由業力令色黧黑。或復青色。更有種種雜類顏色。或令乾燥無有滋潤。白光黑光隨色而出。（唐・義淨・大寶積經）〔註 719〕

〔註 716〕見於《大正藏》第 3 冊，頁 90。

〔註 717〕見於《大正藏》第 8 冊，頁 58。

〔註 718〕見於《大正藏》第 1 冊，頁 101。

〔註 719〕見於《大正藏》第 11 冊，頁 330。

著新淨衣。浣故名淨。正法華云淨潔被服。此下復云內外俱淨。有作新染非也。(唐・窺基・妙法蓮華經玄贊)〔註 720〕

一者四大無病所生常安。二者所生清淨面首端正。三者身體常香衣服淨潔。四者肌體濡澤威光德大。(唐・釋道世・法苑珠林)〔註 721〕

唐代佛經中「淨潔」都是用以形容物品乾淨、清潔的樣子,「令其形色鮮白淨潔」是指使胎子顏色潔白乾淨。「淨潔被服」及「衣服淨潔」都是指衣服乾淨、清潔。

3. 中土文獻詞義分析

「淨潔」一詞見於劉宋・鄭緝之《永嘉郡記》:「陽嶼有仙石,頂上有平石,方十餘丈,名仙壇,壇陬輒有一筋竹,凡有四竹,葳蕤青翠,風來動音,自成宮商,石上淨潔,初無麤籜,相傳云,曾有卻粒者,於此羽化,故謂之仙石。〔註 722〕」其中「石上淨潔」是指仙石山上的平石乾淨、清潔,「淨潔」作形容詞使用。

4. 歷時使用分析

「淨」指清潔、乾淨之意。清・段玉裁《說文解字注・水部》:「瀞,此今之淨字也。古瀞今淨、是之謂古今字。古籍少見。韻會云。楚辭收潦而水清。注作瀞。〔註 723〕」用以指河流清澈。《墨子・節葬下》:「是粢盛酒醴不淨潔也。〔註 724〕」其中「不淨潔」是用以形容酒醴污濁的狀態。可作動詞用,表示清洗乾淨。《國語・周語中》:「淨其巾冪。〔註 725〕」是指洗淨布幕。

「潔」也是清潔、乾淨之意。《說文新附・水部》:「潔,瀞也。〔註 726〕」

〔註 720〕見於《大正藏》第 34 冊,頁 823。

〔註 721〕見於《大正藏》第 53 冊,頁 543。

〔註 722〕請參見劉宋・鄭緝之撰、孫詒讓校集《永嘉郡記校集本》(瑞安:政協瑞安市文史資料委員會,1993),頁 21。

〔註 723〕請參見漢・許慎著、清・段玉裁注《說文解字注》(臺北:洪葉出版社,1989),頁 541。

〔註 724〕請參見清・孫詒讓《新編諸子集成・墨子閒詁》墨子(北京:中華書局,2001),頁 179。

〔註 725〕請參見《四部備要・國語》(北京:中華書局,1990),頁 14。

〔註 726〕請參見《叢書集成初編・說文新附考》(臺北:臺灣商務印書館,1936),頁 217。

和「淨」同意。可用以形容個人的德行操守清白。《管子‧明法解》:「如此，則嶲士謹幾殳心傴願之人失其職，而廉潔之吏失其治。〔註 727〕」其中「廉潔」是指品德操守高潔、清白。「淨潔」於《詞典》解釋爲乾淨、清潔之意。以下整理「淨潔」一詞歷時的詞性及詞義變化：

	佛　經　文　獻			中土文獻
時間	東漢	六朝	隋唐	劉宋
詞性	1. 形容詞 2. 名詞 3. 動詞	形容詞	形容詞	形容詞
詞義	1. 形容乾淨、清潔的樣子 2. 清潔的狀態 3. 清潔身體	1. 身體的潔淨 2. 食物的衛生程度 3. 物品的清潔	物品的乾淨清潔	物品的乾淨清潔

「淨潔」一詞於東漢佛經可作爲動詞、名詞及形容詞用，到了六朝之後僅存形容詞的用法。詞義部分，東漢佛經中「淨潔」的使用範圍是人及佛祖，鮮少使用於一般物品。六朝起，「淨潔」一詞可用以形容人及各種物品的清潔狀態，詞性愈發穩定的同時，詞義的指涉範圍則隨之擴大。

（三）羸　劣

1. 東漢佛經詞義分析

「羸劣」一詞於東漢佛經僅出現於《佛說伅眞陀羅所問如來三昧經》，請見下文：

> 四者菩薩人有罵詈毀辱悉受。是爲忍辱。五者菩薩若見疲病羸劣。當哀傷之。是爲忍辱。（支婁迦讖‧佛說伅眞陀羅所問如來三昧經）〔註 728〕

> 其有聞者莫不得度。十八者世間工師伎道化身。悉入其中教化令爲佛道。十九者示現般遮旬世間有貧窮羸劣者。指示地中伏藏財物。施與貧窮人。竟爲説經法皆令發意。（支婁迦讖‧佛說伅眞陀羅所問

〔註 727〕請參見《四部備要‧管子》（北京：中華書局，1990），頁 175。

〔註 728〕見於《大正藏》第 15 冊，頁 357。

如來三昧經）〔註 729〕

上述兩例「羸劣」多與其他形容詞合用，解釋爲衰弱，可用以形容身體方面及經濟等外在情況的衰弱，作「疲病羸劣」、「貧窮羸劣」。「疲病羸劣」是指生病衰弱的樣子。「貧窮羸劣」是指貧窮狀況差的樣子。

2. 六朝至隋唐佛經詞義分析

「羸劣」一詞於六朝佛經中的使用情況，舉例說明如下：

> 閻羅言：「處汝罪者，非父母非天非帝王，非沙門道人過，汝身所作，當自得之，是第一問。」第二問：「汝不見病困劇時羸劣甚極手足不任？」其人言：「我實見之。」（東晉・竺曇無蘭・佛說鐵城泥犁經）〔註 730〕

> 假使菩薩修行十六殊勝之智，終不懷抱狐疑邪見，則能消除一切眾結，其心堅強而不怯弱，意念牢固亦不昏妄，獨步三界無所忌難，志若金剛終無羸劣，心常慚愧羞恥不及，意能照鑒靡不通達，智如玄明莫不蒙曜，辯才言辭終不有滯，逮致總持未曾忽失。（姚秦・竺佛念・十住斷結經）〔註 731〕

> 我病不差，不安隱身，諸苦轉增無救。譬如多力士夫，取羸劣人，以繩繼頭，兩手急絞，極大苦痛，我今苦痛有過於彼。（劉宋・求那跋陀羅・雜阿含經）〔註 732〕

六朝佛經中「羸劣」作形容詞用，形容極爲衰弱的樣子。「病困劇時羸劣甚極」是說病重的時候，非常的衰弱。「志若金剛終無羸劣」意思是意志就像金剛一般，沒有衰弱的時候。「取羸劣人」意思是抓住弱小的人。

「羸劣」一詞於隋唐佛經中的使用情況，舉例說明如下：

> 云何爲四？一現在安樂，二煩惱怨賊勢力羸劣，三於當來世常得尊貴無所乏少，四精勤修習當得無上正等菩提。（唐・般若・大乘理趣

〔註 729〕見於《大正藏》第 15 冊，頁 358。

〔註 730〕見於《大正藏》第 1 冊，頁 827。

〔註 731〕見於《大正藏》第 10 冊，頁 979。

〔註 732〕見於《大正藏》第 2 冊，頁 29。

六波羅蜜多經）〔註 733〕

雖復現處卑賤生趣。而生佛家種姓尊貴。積集殊勝福慧資糧。雖復現處羸劣醜陋眾所憎趣。而得勝妙那羅延身。一切有情常所樂見。（唐・玄奘・說無垢稱經）〔註 734〕

隋唐佛經亦作形容詞用，表示衰弱的樣子，「二煩惱怨賊勢力羸劣」是說第二種是煩惱、埋怨壞人，及自己的力量衰弱。「雖復現處羸劣醜陋眾所憎趣」是說雖然現在的狀況衰弱又醜陋，被眾人所厭惡的狀況。

3. 中土文獻詞義分析

「羸劣」一詞見於晉・王羲之〈十七帖〉：「略盡，實望投老得盡田裡骨肉之歡，此一條不謝二疏，而人理難知此，不知小卻得遂本心不？交衰朽羸劣，所憂營如此。〔註 735〕」其中「交衰朽羸劣」是說身體越來越發衰老、衰弱。又《三國志・魏書・高柔傳》：「促收考竟。柔見弘信甚羸劣，奏陳其事，宜加寬貸。〔註 736〕」其中「甚羸劣」，是形容衰弱的樣子，作形容詞用。

4. 歷時使用分析

「羸」的本義是瘦弱的樣子，《說文・羊部》：「瘦也。從羊羸聲。〔註 737〕」《禮記・問喪》：「孝子喪親，哭泣無數，服勤三年，身病體羸，以杖扶病也。〔註 738〕」其中「身病體羸」是說身體瘦弱。也用以形容衰弱的樣子，《左傳・桓公六年》：「小國離，楚之利也，少師侈，請羸師以張之。〔註 739〕」其中「羸師」是指衰弱的軍隊。

「劣」的本義是弱小，《說文・力部》：「劣，弱也。〔註 740〕」《論衡・效力》：

〔註 733〕見於《大正藏》第 8 冊，頁 888。

〔註 734〕見於《大正藏》第 14 冊，頁 575。

〔註 735〕請參見清・嚴可均輯《全上古秦漢三國六朝文》（北京：商務印書館，1999），頁 215。

〔註 736〕請參見《四部備要・三國志》（北京：中華書局，1990），頁 290。

〔註 737〕請參見漢・許慎著、清・段玉裁注《說文解字注》（臺北：洪葉出版社，1989），頁 148

〔註 738〕請參見清・阮元校刻《十三經注疏・禮記正義》（北京：中華書局，1980），頁 1657。

〔註 739〕請參見清・阮元校刻《十三經注疏・春秋左傳正義》（北京：中華書局，1980），頁 1749。

〔註 740〕請參見漢・許慎著、清・段玉裁注《說文解字注》（臺北：洪葉出版社，1989），

「秦漢之事，儒生不見，力劣不能覽也。〔註741〕」是說力氣弱小。也用以形容少、不足的樣子。《論衡・儒增》：「夫德劣故用兵，犯法故施刑。〔註742〕」其中「德劣」是指沒有德行。也用以形容笨拙、低劣的樣子，《法言・學行》：「彼（猗頓）以其回，顏以其貞，顏其劣乎？〔註743〕」其中「顏其劣乎」意指他的樣子很笨拙嗎？

「羸劣」《詞典》有兩種解釋，一是指疲弱、瘦弱的樣子。《後漢書・東海恭王強傳》：「臣內自省視，氣力羸劣，日夜浸困。〔註744〕」唐・馮贄《雲仙雜記》卷五：「沉休文羸劣多病，日數米而食。〔註745〕」都是形容身體瘦弱的樣子。二是指低下。晉・葛洪《抱朴子・擢才》：「往者之介潔，乃末葉之羸劣也。〔註746〕」是說低下、低弱的樣子。以下整理「羸劣」一詞歷時的詞性及詞義變化：

	佛　　經　　文　　獻			中土文獻
時間	東漢	六朝	隋唐	南朝
詞性	形容詞	形容詞	形容詞	形容詞
詞義	衰弱	形容極爲衰弱的樣子	形容極爲衰弱的樣子	形容極爲衰弱的樣子

「羸劣」不論是佛經或是中土文獻的詞性、詞義都相同，變化度極小，東漢佛經喜與其他形容詞詞彙結合成四字格，六朝至隋唐佛經及中土文獻則多用以修飾名詞。

（四）細　滑

1. 東漢佛經詞義分析

「細滑」一詞在東漢佛經中的使用情況，舉例說明如下：

頁706。

〔註741〕請參見《新編諸子集成・論衡校釋》（北京：中華書局，1990），頁580。

〔註742〕請參見《新編諸子集成・論衡校釋》（北京：中華書局，1990），頁360。

〔註743〕請參見《四部備要・法言》（北京：中華書局，1990），頁7。

〔註744〕請參見《四部備要・後漢書》（北京：中華書局，1990），頁617。

〔註745〕請參見《四庫全書・子部・雲仙雜記》（上海：上海古籍出版社，1987），頁53。

〔註746〕請參見《四部備要・抱朴子》（北京：中華書局，1990），頁111。

知眾生或五陰自弊，一色像，二痛癢，三思想，四行作，五魂識，皆習五欲，眼貪色，耳貪聲，鼻貪香，舌貪味，身貪細滑，牽於愛欲，或於財色思望安樂，從是生諸惡本，從惡致苦。（修行本起經）〔註 747〕

復有五事。何謂五事？一、不於諸界有所念。何謂諸界？眼色、耳聲、鼻香、舌味、身細滑，意欲所得，不作是念。二、常於佛法而作功德。三、若見同菩薩其心有悅。所以者何？用實大故。四、於一切無虛飾之心。所以者何？我當度故。五、亦於是中無所想。是爲五事。（文殊師利問菩薩署經）〔註 748〕

一切人無有我。無有我是三昧相。亦不可得身。亦不可得細滑。亦不可得心。（支婁迦讖・佛說伅眞陀羅所問如來三昧經）〔註 749〕

以功德慧心爲眼。清淨所視色無有惡。聲香味細滑法亦復如是。以淨於六事。（佛說阿闍世王經）〔註 750〕

「細滑」於東漢佛經中有兩種用法，一是「身細滑」，二是「味細滑」，皆作形容詞用。「身細滑」是指身體喜歡舒服、光滑的感覺。「味細滑」是指喜歡美味的食物。

2. 六朝至隋唐佛經詞義分析

「細滑」一詞於六朝佛經中的使用情況，舉例說明如下：

沙門不得轉自相平某好床機、被枕臥具某有弊疏不得照鏡摩須念著細滑；不得觀長者鬪諸賤人及畜生鬪；不得效以手拳相加（吳・支謙・佛開解梵志阿颰經）〔註 751〕

復次迦旃延！有五姓欲愛念愛色近淫染著，眼知色、耳知聲、鼻知香、舌知味、身知細滑。此迦旃延！或有愛色，或有不愛色，謂或

〔註 747〕見於《大正藏》第 3 冊，頁 471。

〔註 748〕見於《大正藏》第 14 冊，頁 441。

〔註 749〕見於《大正藏》第 15 冊，頁 354。

〔註 750〕見於《大正藏》第 15 冊，頁 390。

〔註 751〕見於《大正藏》第 1 冊，頁 261。

有一於色歡喜具滿，喜意所念亦滿，於彼色於餘色，不欲不思，不欲得不願求，是彼色最爲妙最爲上。此迦旃延！或有一愛聲香味細滑，或有一不愛滑，或有一細滑者歡喜具滿，喜意所念亦滿，於彼細滑更餘細滑，不欲不思，不欲得不願求，是彼細滑最上最妙。（劉宋・求那跋陀羅・佛說鞞摩肅經）〔註 752〕

如是，比丘！應刷知刷。云何比丘應護瘡而護？比丘！眼見色不分別好惡、守護眼根不著外色、遠捨諸惡護於眼根，耳聽聲、鼻嗅香、舌嗜味、身貪細滑意多念，制不令著，護此諸根不染、外塵如吐惡見。（後秦・鳩摩羅什・佛說放牛經）〔註 753〕

六朝佛經中「細滑」是指滑順、細緻的感受，可用以修飾各種物品。如「身知細滑」、「身貪細滑」用以形容衣物的觸感柔軟、光滑。「念著細滑」是用以形容皮膚光滑、柔軟。「或有一愛聲香味細滑」是指食物的美味、細緻。「於彼細滑更餘細滑」「是彼細滑最上最妙」、「或有一細滑者歡喜具滿」則是指各種高級、舒服的感受。

「細滑」一詞於隋唐佛經中的使用情況，舉例說明如下：

復有種種異類眾鳥，常出妙聲，和雅清暢；有草青色，右旋宛轉，柔軟細滑，如孔雀毛，香氣皆似婆利師華，觸之如觸迦旃鄰提迦衣，以足蹈之，隨足上下（隋・闍那崛多・起世經）〔註 754〕

嗚呼我子！在於宮內，細滑床敷，柔軟氈褥，或覆天衣，或復兩邊挾置倚枕，或臥或偃，隨意自在（隋・闍那崛多・佛本行集經）〔註 755〕

四者三界火然大地通同洞然熾盛。如來在中住金剛三摩地時。自然得感有流泉浴池。名華軟草細滑青翠。如迦遮鄰地觸軟清淨。氛氳香氣不可有比。如來在中安住自在。神力甚希奇特之法。（唐・

〔註 752〕見於《大正藏》第 1 冊，頁 914。

〔註 753〕見於《大正藏》第 2 冊，頁 547。

〔註 754〕見於《大正藏》第 1 冊，頁 315。

〔註 755〕見於《大正藏》第 3 冊，頁 740。

不空・大乘瑜伽金剛性海曼殊室利千臂千缽大教王經）〔註 756〕

若其地平一段細滑。是謂一處。若地皮起或復破裂。或爲大縫或時書字種種彩畫。是謂異處。若盤器等一段細滑。是謂一處。（唐・義淨・根本說一切有部毘奈耶）〔註 757〕

「柔軟細滑，如孔雀毛」意思是像孔雀羽毛一樣柔軟、細緻。「在於宮內，細滑床敷」意思是皇宮裡的床鋪觸感滑順、柔軟。「名華軟草細滑青翠」意思是名爲華軟草的植物，摸起來感覺光滑。「地平一段細滑」及「若盤器等一段細滑」意思是地板及食器光滑。

3. 中土文獻詞義分析

「細滑」一詞見於北魏・酈善長《水經注》曰：「泜水東出，房子城西出白土，細滑如膏，可用濯綿，霜鮮雪曜，異於常綿。〔註 758〕」「細滑如膏」是說白土光滑的程度就像石膏一樣。

4. 歷時使用分析

「細」的本義是指微小的絲。《說文・糸部》：「細，微也。〔註 759〕」與「大」相對，引申指細微的事物，《淮南子・墬形》：「壚土人大，沙土人細。」高誘注：「細，小也。」〔註 760〕可引申解釋爲繁重、瑣碎的樣子。《左傳・襄公二十九年》：「美哉！其細已甚，民不堪也，是其先亡乎！」杜預注：「譏其煩碎。〔註 761〕」，是說過於瑣碎之意。與「粗」相對，用以形容事物細小、柔弱的樣子。《韓非子・二柄》：「楚靈王好細腰，而國中多餓人。〔註 762〕」其中「細腰」是指女性瘦弱的樣子。

〔註 756〕見於《大正藏》第 20 冊，頁 728。

〔註 757〕見於《大正藏》第 23 冊，頁 638。

〔註 758〕請參見《四部備要・水經注》（北京：中華書局，1990），頁 187。

〔註 759〕請參見漢・許慎著、清・段玉裁注《說文解字注》（臺北：洪葉出版社，1989），頁 653。

〔註 760〕請參見《新編諸子集成・淮南子》（北京：中華書局，1998），頁 343。

〔註 761〕請參見清・阮元校刻《十三經注疏・春秋左傳正義》（北京：中華書局，1980），頁 2006。

〔註 762〕請參見《四部備要・韓非子》（北京：中華書局），1990，頁 14。

「滑」的本義是滑溜、光滑的樣子。《說文・水部》:「滑,利也。〔註 763〕」引申爲柔軟的樣子。《韓非子・難言》:「所以難言者:言順比滑澤,洋洋纚纚然,則見以爲華而不實。〔註 764〕」其中「言順比滑澤」是說言語柔潤、順滑。以下整理「細滑」一詞歷時的詞性及詞義變化:

	佛　經　文　獻			中土文獻
時間	東漢	六朝	隋唐	北魏
詞性	形容詞	形容詞	形容詞	形容詞
詞義	舒服、美味	柔軟、滑順	柔軟、滑順	柔軟、滑順

「細滑」一詞作形容詞用,但用以形容的範圍不同,東漢及六朝佛經主要指身體的觸感及食物的美味。隋唐佛經及中土文獻則擴大範圍,用以指各種物質的觸感光滑。

(五)善　快

1. 東漢佛經詞義分析

「善快」一詞在東漢佛經中的使用情況,舉例說明如下:

> 不求釋梵魔,四王轉輪聖,願我得成佛,度脫諸十方。女言善快哉:所願速得成!願我後世生,常當爲君妻。(竺大力、康孟詳・修行本起經)〔註 765〕

> 天中天!願佛當復廣說其佛剎之善快。所以者何?若有求菩薩道者,聞知彼佛剎之善快及阿閦如來所現行教授;若復有求弟子道未得度者,聞彼佛剎之善快及阿閦如來所現教授恭敬清淨之行。(支婁迦讖・阿閦佛國經)〔註 766〕

> 善哉,善哉。舍利弗!所問甚善,汝問佛義快乃如是念阿閦佛剎之善快。(支婁迦讖・阿閦佛國經)〔註 767〕

〔註 763〕請參見漢・許愼著、清・段玉裁注《說文解字注》(臺北:洪葉出版社,1989),頁 556。

〔註 764〕請參見《四部備要・韓非子》(北京:中華書局),1990,頁 8。

〔註 765〕見於《大正藏》第 3 冊,頁 462。

〔註 766〕見於《大正藏》第 11 冊,頁 755。

〔註 767〕見於《大正藏》第 11 冊,頁 755。

「善快」解釋爲極好、極佳之意，帶有驚歎的意味，作形容詞用。「女言善快哉」是說那個女人說太好了！「聞知彼佛剎之善快」、「阿閦佛剎之善快」都是指佛寺的美好。

2. 六朝至隋唐佛經詞義分析

「善快」一詞於六朝佛經中的使用情況，舉例說明如下：

> 波羅奈城有國王，號曰大猶，以法治國，不枉萬民。王有大臣，名密善財，智慧聰明，無所不通，名德超異，與世不同。其性吉祥，殊妙和雅，安隱無患，常懷慈心，多所湣哀，志懷柔潤。其王無湣，釋子哀心，志不懷慈，常伺人過，欲得其便，心懷兇惡，無一善快。（西晉・竺法護・生經）〔註768〕

> 世尊！菩薩所施爲漚惒拘舍羅，甚善快哉！所作已應無倚無著，應空、無相，所施善本爲阿耨多羅三耶三菩，所施爲不二入。（西晉・無羅叉・放光般若經）〔註769〕

> 阿難！若比丘觀時，則知念不移動，其心移動，不趣向近，不得清澄，不住不解於不移動者，彼比丘彼彼心於彼彼定，御復御，習復習，軟復軟，善快柔和，攝樂遠離。若彼心於彼彼定，御復御，習復習，軟復軟，善快柔和，攝樂遠離已，當以內空成就遊。（東晉・瞿曇僧伽提婆・中阿含經）〔註770〕

> 若言大勝大巧大善大妙大福大好大快供養僧伽婆尸沙。若言勝巧勝善勝妙勝福勝好勝快供養。僧伽婆尸沙。若言巧善巧妙巧福巧好巧快供養。僧伽婆尸沙。若言善妙善福善好善快供養。僧伽婆尸沙。（後秦・弗若多羅・十誦律）〔註771〕

> 時王月益歡喜還歸。時一仙人於後七日命終。即處彼第一夫人胎中。女人有三種智。知有娠時。知所從得。知男子有欲意看。時夫

〔註768〕見於《大正藏》第3冊，頁101。

〔註769〕見於《大正藏》第8冊，頁60。

〔註770〕見於《大正藏》第1冊，頁738。

〔註771〕見於《大正藏》第23冊，頁17。

人白王言。王今知不。我今有娠。王言善快。當重供養。即勅一切供具增益一倍。(姚秦・佛陀耶・四分律)〔註 772〕

「善快」釋爲極好、極佳之意，作形容詞用，「無一善快」意思是沒有一個是不好的。「甚善快哉」意思是非常地好啊！「善快柔和」意思是十分美好又柔和。「善快供養」意思是十分好的供養。「王言善快」意思是王說太好了！以上的「善快」都解釋爲非常美好之意。

隋唐佛典中「善快」一詞的使用狀況，請見下文：

佛言。大善快問。我正欲說。汝今復問初句標贊大善快問者。深契聖心。後二句釋所以。以正欲說即遇問詞。機感相投潛通密應。故言快問。(唐・宗密・佛說盂蘭盆經疏)〔註 773〕

「善快」仍解釋爲極好之意，「汝今復問初句標贊大善快問者」意思是我今天又問了第一句標示十分棒又好的問題。中土文獻則未出現該詞。

3. 歷時使用分析

「善」的本義是美好之意。《說文・誩部》：「善，吉也。〔註 774〕」可用以形容人，《禮記・中庸》：「送往迎來，嘉善而矜不能，所以柔遠人也。〔註 775〕」其中「嘉善」是指有德行的人。也解釋爲親善、友好。《左傳・隱公六年》：「親仁善鄰，國之寶也。〔註 776〕」其中「善鄰」對鄰邦友好。也解釋爲擅長。《禮記・學記》：「善歌者使人繼其聲，善教者使人繼其志。〔註 777〕」其中「善歌者」是指擅長歌唱的人。

「快」的本義是高興、痛快。《說文・心部》：「快，喜也。〔註 778〕」《戰

〔註 772〕見於《大正藏》第 22 冊，頁 911。

〔註 773〕見於《大正藏》第 39 冊，頁 511。

〔註 774〕請參見漢・許慎著、清・段玉裁注《說文解字注》(臺北：洪葉出版社，1989)，頁 102。

〔註 775〕請參見清・阮元校刻《十三經注疏・禮記正義》(北京：中華書局，1980)，頁 1630。

〔註 776〕請參見清・阮元校刻《十三經注疏・春秋左傳正義》(北京：中華書局，1980)，頁 1731。

〔註 777〕請參見清・阮元校刻《十三經注疏・禮記正義》(北京：中華書局，1980)，頁 1523。

〔註 778〕請參見漢・許慎著、清・段玉裁注《說文解字注》(臺北：洪葉出版社，1989)，

國策・秦策五》:「文信侯去而不快。〔註779〕」「快」指痛快之意。亦可作動詞，解釋爲放縱。《荀子・大略》:「賤師而輕傅，則人有快；人有快則法度壞。〔註780〕」「則人有快」是說爲人放縱，不守法度。以下整理「善快」一詞歷時的詞性及詞義變化：

	佛經文獻			中土文獻
時間	東漢	六朝	隋唐	無
詞性	形容詞	形容詞	形容詞	無
詞義	極好、極佳	極好、極佳	極好、極佳	無

「善快」一詞自東漢譯出佛經首次出現後，其詞性其詞義便已穩定，都是形容各種事物或人物極好、極佳之意，多作謂語使用，如:「女言善快哉」、「聞知彼佛剎之善快」、「阿閦佛剎之善快」。六朝佛經，也多作謂語使用，如：「王言善快」、「無一善快」。也和其他容片語合成四字句，如：和「柔和」組合成「善快柔和」。也作狀語用，如:「善快供養」。

隋唐佛經則多作謂語使用，如:「汝今復問初句標贊大善快問者」。中土文獻則未出現該詞。

（六）愁　毒

1. 東漢佛經詞義分析

「愁毒」在東漢佛經僅出現於《佛說伅眞陀羅所問如來三昧經》，請見下文：

> 二十者世間有死喪號哭愁毒者。亦復化現威神。亦復愁毒化教愁毒人令爲經道。二十一者世間亡財物。菩薩化示伏藏財物教令爲道。二十二者若有侯王。若有傍臣。若有迦羅越。儻有無子愁毒者。便化入腹中作子。(支婁迦讖・佛說伅眞陀羅所問如來三昧經)〔註781〕

頁507。

〔註779〕請參見《四部備要・戰國策》(北京：中華書局，1990)，頁39。

〔註780〕請參見《新編諸子集成・荀子》(北京：中華書局，1993)，頁133。

〔註781〕見於《大正藏》第15冊，頁359。

「愁毒」作形容詞用，指非常憂愁的樣子。「死喪號哭愁毒者」是說像是家人過世那般大哭、憂愁的人。「無子愁毒者」是說因爲沒有孩子而十分憂愁的人。

2. 六朝至隋唐佛經詞義分析

「愁毒」一詞於六朝佛經中的使用情況，舉例說明如下：

> 時魔波旬，墮大地獄苦痛無量，時泥梨傍往語之言：「子欲知之，若有一籌，一鳥飛現，知過十千萬歲，如是之比亦復難限。弊魔！吾在地獄壽數如是，然後乃從大地獄出，更復遭厄二萬餘歲。」爾時，弊魔甚大愁毒。（吳．支謙．弊魔試目連經）〔註 782〕

> 是誹謗法人儻聞是事，其人沸血便從面孔出。或恐便死，因是被大痛。其人聞之，心便愁毒而消盡。譬若斷華著日中即爲萎枯。（前秦．曇摩蜱、竺佛念．摩訶般若鈔經）〔註 783〕

> 若菩薩行無所得般若波羅蜜時，惡魔愁毒，如箭入心。譬如人新喪父母；如是，須菩提！惡魔見菩薩行無所得般若波羅蜜時，便大愁毒，如箭入心。（後秦．鳩摩羅什．大智度論釋無盡方便品）〔註 784〕

> 有石似段肉，餓烏來欲食，彼作軟美想，欲以補饑虛，竟不得其味，折嘴而騰虛，我今猶如烏，瞿曇如石生，不入愧而去，猶烏陵虛逝，內心懷愁毒，即彼沒不現。（劉宋．求那跋陀羅．雜阿含經）〔註 785〕

六朝佛經「愁毒」解釋爲擔心、憂愁。可作形容詞及名詞使用。作形容詞使用有：「弊魔甚大愁毒」是說這魔內心非常的憂慮。「心便愁毒而消盡」是說內心感到擔憂而打消念頭。「惡魔愁毒」是說惡魔心中感到憂慮。作名詞用，如：「內心懷愁毒」是說內心懷抱著憂慮的心情。

「愁毒」一詞於隋唐佛經中的使用情況，舉例說明如下：

> 時，有一智慧大臣並及國師婆羅門等，見淨飯王，宛轉[9]於地，左倒右扶，心大愁毒，悲苦纏迫，意不暫歡，身心一時生大熱惱。其

〔註 782〕見於《大正藏》第 1 冊，頁 868。

〔註 783〕見於《大正藏》第 8 冊，頁 523。

〔註 784〕見於《大正藏》第 25 冊，頁 621。

〔註 785〕見於《大正藏》第 2 冊，頁 59。

等欲開解王意故，故現顏色，自無憂愁（隋・闍那崛多・佛本行集經）〔註 786〕

爾時，四眾憂悲苦惱，哽咽流淚，痛切中心追思戀慕，愁毒悶絕，佛神力故，掩淚寂然，無發問者。何以故？一切四眾已於戒、歸、三寶、四諦，通達曉了，無有疑故。（唐・若那跋陀羅・大般涅槃經後分）〔註 787〕

爾時王子爲求菩提故。當捨妻時。地六震動。其妻哽咽。隨逐婆羅門。既失男女。復離賢夫。苦中生苦。愁毒纏懷。（唐・義淨・根本說一切有部毘奈耶藥事）〔註 788〕

隋唐佛經「愁毒」和六朝佛經的使用情況相同，作形容詞用，「心大愁毒」意指內心有極深的憂慮。「愁毒悶絕」意指非常憂慮到快要不能呼吸的地步。作名詞用，「愁毒纏懷」意指憂慮的心情縈繞內心不去。

3. 中土文獻詞義分析

「愁毒」一詞見於南朝的樂府民歌，《華山畿二十五首》：「腹中如亂絲，憒憒適得去，愁毒已復來。〔註 789〕」其中「愁毒已復來」是說內心憂慮的心情又再度浮現。「愁毒」作名詞用，指憂慮的心情。

4. 歷時使用分析

「愁」本義爲憂愁、憂慮。《說文・心部》：「愁，憂也。〔註 790〕」《左傳・襄公二十九年》：「哀而不愁，樂而不荒。〔註 791〕」是說悲傷卻不憂愁。引申解釋爲悲哀、，悲傷。《左傳・襄公八年》：「民死亡者，非其父兄，即其子弟；

〔註 786〕見於《大正藏》第 3 冊，頁 744。

〔註 787〕見於《大正藏》第 12 冊，頁 903。

〔註 788〕見於《大正藏》第 24 冊，頁 67。

〔註 789〕請參見《四部備要・樂府詩集》（北京：中華書局，1990），頁 316。

〔註 790〕請參見漢・許慎著、清・段玉裁注《說文解字注》（臺北：洪葉出版社，1989），頁 518。

〔註 791〕請參見清・阮元校刻《十三經注疏・春秋左傳正義》（北京：中華書局，1980），頁 2007。

夫人愁痛，不知所庇。〔註 792〕」「夫人愁痛」是說身爲人都會感到悲傷。也用以形容辛苦、傷神的樣子，《墨子・所染》：「傷形費神，愁心勞意。〔註 793〕」其中「愁心」是指內心愁苦。

「毒」的本義是毒物。《易・噬嗑》：「六三：噬臘肉，遇毒。」孔穎達疏：「毒者，苦惡之物也。」〔註 794〕，引申指惡、罪惡。《左傳・昭公四年》：「楚王方侈，天或者欲逞其心，以厚其毒而降之罰，未可知也。〔註 795〕」其中「以厚其毒而降之罰」因其重大的罪惡而給予懲罰。用以指陷害、毒害之意，作動詞用。《左傳・僖公二十八年》：「晉侯聞之，而後喜可知也，曰，莫餘毒也已。〔註 796〕」也可用以形容酷烈、狠毒之意。《國語・吳語》：「吾先君闔廬不貫不忍，被甲帶劍，挺鈹搢鐸，以與楚昭王毒逐於中原柏舉。〔註 797〕」是用以形容戰爭的殘酷、兇狠。

「愁毒」在《詞典》解釋爲愁苦怨恨。《後漢書・楊秉傳》：「而今枝葉賓客布列職署，或年少庸人，典據守宰，上下忿患，四方愁毒。〔註 798〕」其中「四方愁毒」是指周圍所人都感到怨恨之意。以下整理「愁毒」一詞歷時的詞性及詞義變化：

	佛　經　文　獻			中土文獻
時間	東漢	六朝	隋唐	南朝
詞性	形容詞	1. 形容詞 2. 名詞	1. 形容詞 2. 名詞	名詞
詞義	非常憂愁的樣子	1. 形容憂慮的樣子 2. 擔心、憂愁	1. 形容憂慮的樣子 2. 擔心、憂愁	憂慮的心情

〔註 792〕請參見清・阮元校刻《十三經注疏・春秋左傳正義》（北京：中華書局，1980），頁 1940。

〔註 793〕請參見清・孫詒讓《新編諸子集成・墨子閒詁》（北京：中華書局，2001），頁 13

〔註 794〕請參見清・阮元校刻《十三經注疏・周易正義》（北京：中華書局，1980），頁 37

〔註 795〕請參見清・阮元校刻《十三經注疏・春秋左傳正義》（北京：中華書局，1980），頁 2033。

〔註 796〕請參見清・阮元校刻《十三經注疏・春秋左傳正義》（北京：中華書局，1980），頁 1826。

〔註 797〕請參見《四部備要・國語》（北京：中華書局，1990），頁 121。

〔註 798〕請參見《四部備要・後漢書》（北京：中華書局，1990），頁 729。

「愁毒」一詞在東漢佛經解釋爲憂慮的樣子，「毒」用以形容「愁」的程度，結構上屬主謂式複合詞。六朝至隋唐佛經則增加了名詞的用法，「愁毒」用以表示憂慮的心情，屬於詞性活用，而中土文獻則作名詞用，但由於《華山畿二十五首》爲樂府詩歌，詩歌用字的精簡風格，「愁毒」一詞亦能視爲名詞、形容詞兼具的複合詞，「愁毒」作形容詞用，見於唐・韓愈《田氏廟碑》：「業業魏土，嬰兒弄兵。吏戎愁毒，莫保首領。〔註 799〕」，「吏戎愁毒」是說官吏一臉憂愁的樣子。

（七）尊　豪

1. 東漢佛經詞義分析

「尊豪」一詞在東漢佛經僅出現於《中本起經》，請見下文：

> 佛告族姓子：「榮位尊豪，快樂如意，皆是前世福德所致；今復見佛，功德增益。」（中本起經）〔註 800〕

> 佛告長者：「宿命善行，乃得見佛，雖復尊豪然不通道者，譬如狂華，落不成實。」（中本起經）〔註 801〕

根據上述的例子，「榮位尊豪」是指地位崇高、尊貴，作形容詞用。「雖復尊豪」是指地位崇高、尊貴的人，作名詞用。

2. 六朝至隋唐佛經詞義分析

「尊豪」一詞於六朝佛經中的使用情況，舉例說明如下：

> 菩薩常皆一心脫門三昧正受，以慧開化而娛樂之，以一切智、無上正真諸佛之典斷眾罣礙，施一切法而得自在，得爲國主，尊豪由己。菩薩樂此如來十力以爲遊居，是爲菩薩十宮殿也。（西晉・竺法護・度世品經）〔註 802〕

> 聖人及天下尊豪富貴，唯尚戒淨，明佛諸經。坐中語言，無不好聽，

〔註 799〕請參見《四部備要・昌黎先生集》（北京：中華書局，1990），頁 258。

〔註 800〕見於《大正藏》第 4 冊，頁 161。

〔註 801〕見於《大正藏》第 4 冊，頁 162。

〔註 802〕見於《大正藏》第 10 冊，頁 627。

其所行處，無不敬愛者，今在天下作人，不貪財色，奉佛神化，死無不生天上者。（西晉・白法祖・佛般泥洹經）〔註803〕

今蓮華首，爲現妙音菩薩所行，不可限量變無數形，爲諸眾生宣佈講化《正法華經》。或現梵天形色貌而誘立之；或現天帝形或尊豪形或將軍形，化導眾兵（西晉・竺法護・正法華經）〔註804〕

是故，比丘、若比丘尼、當施設心無有猶豫狐疑於佛、猶豫狐疑於眾。具足於戒律，心意專正，無有錯亂，亦不興意希望餘法，亦不僥倖修梵行：「我當以此行法作天、人身，神妙尊豪。」（東晉・瞿曇僧伽提婆・增壹阿含經）〔註805〕

「尊豪」一詞指地位尊貴的人，作名詞用，「聖人及天下尊豪富貴」是說聖人及天下所有地位崇高、尊貴的人。也用以形容尊貴的樣子，作形容詞用，「得爲國主，尊豪由己」是說身爲國王，尊貴、偉大與否都任憑自己。「或尊豪形」是說可以成爲尊貴、偉大的人。「我當以此行法作天、人身，神妙尊豪」是說我將以這個方式來修形成天、人類，十分地奧妙、偉大。

隋唐佛典中「尊豪」一詞於隋唐佛經中的使用情況，舉例說明如下：

凡所生處身所經歷。有大名聞眾人愛敬。贊美流佈遇善知識。朋友親屬皆是世間尊豪勝上。乃至一切天龍神鬼。見此菩薩生稀有心歡喜愛樂。摩那婆。是爲住忍菩薩摩訶薩第一增上勝功德事。（隋・闍那崛多・大法炬陀羅尼經）〔註806〕

後五百歲還來生此。城邑聚落塵閑山野。種姓尊豪有大威德。聰明智慧善巧方便。心意調柔常懷慈潛。多所饒益。顏貌端嚴辯才清妙。數術工巧皆能善知。自隱其德安住頭陀功德之行。在在所生捨家爲道。（唐・菩提流志・大寶積經）〔註807〕

〔註803〕見於《大正藏》第1冊，頁164。

〔註804〕見於《大正藏》第9冊，頁128。

〔註805〕見於《大正藏》第2冊，頁817。

〔註806〕見於《大正藏》第21冊，頁690。

〔註807〕見於《大正藏》第11冊，頁522。

隋唐佛經中「尊豪」的用法和六朝佛經相同，作名詞及形容詞用，「朋友親屬皆是世間<u>尊豪</u>勝上」，意指親朋好友都是世上最高貴、偉大的人，作名詞用。「種姓<u>尊豪</u>有大威德」，意指各家族及尊貴的人都有擁有極大的品德與威望。

3. 中土文獻詞義分析

「尊豪」一詞最早見於《太平廣記・李錡婢》：「按李錡宗屬，亟居重位，頗以尊豪自奉，聲色之選，冠絕於時。〔註 808〕」「尊豪」作名詞用。指地位尊貴、偉大的人。「尊豪」一詞在中土文獻中十分少見，多以「雄豪」、「英豪」等詞出現。

4. 歷時使用分析

「豪」及「尊」的字義在第三章第一節「豪尊」一詞已經討論過，故在此不贅述。以下整理「尊豪」一詞歷時的詞性及詞義變化：

	佛經文獻			中土文獻
時間	東漢	六朝	隋唐	南朝
詞性	1. 形容詞 2. 名詞	1. 形容詞 2. 名詞	1. 形容詞 2. 名詞	名詞
詞義	1. 地位尊貴的 2. 地位尊貴的人	1. 地位尊貴的 2. 地位尊貴的人	1. 地位尊貴的 2. 地位尊貴的人	地位尊貴的人

「尊豪」一詞在佛經中的詞性及用法從東漢起就已穩定，一直是名詞與形容詞並用的情形，由於東漢佛經另有「豪尊」一詞，作名詞用。因此「尊豪」作形容詞比名詞的情況來得更多。中土文獻方面，「尊豪」及「豪尊」皆作名詞用，但用例十分稀少。

（八）慈　哀

1. 東漢佛經詞義分析

「慈哀」一詞在東漢佛經中的使用情況，舉例說明如下：

> 汝當於是世，<u>慈哀</u>行四恩，施惠法甘露，滅除三毒病。（修行本起經）〔註 809〕

〔註 808〕請參見宋・李昉等《太平廣記》（北京：中華書局，1961），頁 2169。

〔註 809〕見於《大正藏》第 3 冊，頁 462。

九者菩薩極大慈哀向於十方。是爲持戒。(佛說伅眞陀羅所問如來三昧經)〔註 810〕

惟願用時勞屈尊神。其心慈哀等於一切。已受過諸限。其功德過於梵。(佛說伅眞陀羅所問如來三昧經)〔註 811〕

十五者菩薩常以柔軟之心向人。是爲忍辱。十六者菩薩常持慈哀之心向人。是爲忍辱。(佛說伅眞陀羅所問如來三昧經)〔註 812〕

上述四例「慈哀」解釋爲悲憫慈愛之意,「慈哀行四恩」意指以悲憫慈愛的心意來從事四恩。「極大慈哀」是指非常有慈悲心,以上兩例作名詞用。「其心慈哀」意指擁有悲憫的心。「常持慈哀之心」是說經常保有一顆悲憫慈愛的心,這兩例則作形容詞用。發出「慈哀」動作的對象可以是菩薩等神佛,也能是一般人。

2. 六朝至隋唐佛經詞義分析

「慈哀」一詞於六朝佛經中的使用情況,舉例說明如下:

佛不殺生,無怨結,不持刀杖,教人爲善,慈哀一切及蜎蜚蠕動之類;亦不取他人財物,但欲布施,心亦念布施,見人劫掠人者哀念之;身自行清淨,不入人罪法。(吳・支謙・說梵網六十二見經)〔註 813〕

阿難!我今爲汝已說淨不動道,已說淨無所有處道,已說淨無想道,已說無餘涅槃,已說聖解脱。如尊師所爲弟子起大慈哀,憐念湣傷,求義及饒益,求安隱快樂者,我今已作。(東晉・瞿曇僧伽提婆・中阿含經)〔註 814〕

於是那提迦葉、伽耶迦葉,各與二百五十弟子,至於佛所,頭面禮足,而白佛言:「世尊唯願,慈哀濟度我等。」佛言:「善來比丘。」

〔註 810〕見於《大正藏》第 15 冊,頁 356。

〔註 811〕見於《大正藏》第 15 冊,頁 356。

〔註 812〕見於《大正藏》第 15 冊,頁 357。

〔註 813〕見於《大正藏》第 1 冊,頁 264。

〔註 814〕見於《大正藏》第 1 冊,頁 543。

鬚髮自落，袈裟著身，即成沙門。（劉宋・求那跋陀羅・過去現在因果經）〔註 815〕

「慈哀」解釋爲慈悲憐憫，作動詞用。也解釋爲慈悲的心，作名詞用。「慈哀一切」意指慈悲憐憫一所有一切眾生。「起大慈哀」意指內心升起極大的慈悲心。「慈哀濟度我等」意指憐憫並濟助我們。「慈哀」一詞的發出動作者一律爲世尊及其弟子。

「慈哀」一詞於隋唐佛經中的使用情況，舉例說明如下：

爾時會中諸菩薩眾。皆從坐起白佛言世尊唯願慈哀憐愍。我等說此陀羅尼呪。爾時世尊以梵音聲。即說呪曰。（唐・義淨・佛說一切功德莊嚴王經）〔註 816〕

願我之母，永脫地獄。畢十三歲，更無重罪，及歷惡道。十方諸佛，慈哀愍我，聽我爲母所發廣大誓願。（唐・實叉難陀・地藏菩薩本願經）〔註 817〕

爲諸眾生得安樂故，除一切病故，得壽命故，得富饒故，滅除一切惡業、重罪故，離障難故，增長一切白法諸功德故，成就一切諸善根故，遠離一切諸怖畏故，速能滿足一切諸希求故。惟願世尊，慈哀聽許！（唐・伽梵達摩・千手千眼觀世音菩薩廣大圓滿無礙大悲心陀羅尼經）〔註 818〕

同於六朝佛經，「慈哀」一詞的發出對象爲世尊及其弟子，「唯願慈哀憐愍」意思是希望可以慈悲憐憫我們。「慈哀愍我」意思是慈悲憐憫我們，「慈哀聽許」意思是請懷著慈悲心聽我們的心聲並允許我們，皆作動詞用。

3. 歷時使用分析

「慈」是指長輩對晚輩的慈愛之情。《說文・心部》：「慈，愛也。〔註 819〕」

〔註 815〕見於《大正藏》第 3 冊，頁 650。

〔註 816〕見於《大正藏》第 21 冊，頁 892。

〔註 817〕見於《大正藏》第 13 冊，頁 781。

〔註 818〕見於《大正藏》第 20 冊，頁 106。

〔註 819〕請參見漢・許愼著、清・段玉裁注《說文解字注》（臺北：洪葉出版社，1989），

《周禮・地官・大司徒》:「一曰慈幼。」鄭玄注:「慈幼,謂愛幼少也。」〔註 820〕,都是指對晚輩的愛護。也能指仁愛。《左傳・莊公二十七年》:「夫禮樂慈愛,戰所畜也。〔註 821〕」其中「慈愛」是指仁愛之心。也用以指對父母的孝順。《莊子・漁父》:「事親則慈孝。〔註 822〕」是說祀奉父母必須孝順。

「哀」的本義是憐憫,《說文・口部》:「哀,閔也。〔註 823〕」用以形容悲傷、悲痛的樣子。《釋名・釋言語》:「哀,愛也,愛乃思念之也。〔註 824〕」也用以指愛,《管子・侈靡》:「國雖弱,令必敬以哀。」,郭沫若等集校引李哲明曰:「哀讀爲愛,古字通。〔註 825〕」由於「哀」、「愛」古音同音,故詞義相同。以下整理「慈哀」一詞歷時的詞性及詞義變化:

	佛經文獻			中土文獻
時間	東漢	六朝	隋唐	無
詞性	形容詞	1. 動詞 2. 名詞	動詞	無
詞義	形容內心充滿悲憫慈愛	1. 慈悲憐憫 2. 慈悲心	慈悲憐憫	無

中土文獻未見「慈哀」一詞,解釋爲慈悲憐憫之意多用「慈憫」,明・吳承恩《西遊記・孫悟空三島求方　觀世音甘泉活樹》「弟子因此志心朝禮,特拜告菩薩,伏望慈憫,俯賜一方,以救唐僧早早西去。〔註 826〕」,由於「哀」多解釋爲悲傷、哀痛之意,和「慈」的詞義相反,故未能成詞。

頁 508。

〔註 820〕請參見清・阮元校刻《十三經注疏・周禮注疏》(北京:中華書局,1980),頁 706。

〔註 821〕請參見清・阮元校刻《十三經注疏・春秋左傳正義》(北京:中華書局,1980),頁 1781。

〔註 822〕請參見《新編諸子集成・莊子集解》(北京:中華書局),1993,頁 275。

〔註 823〕請參見漢・許慎著、清・段玉裁注《說文解字注》(臺北:洪葉出版社,1989),頁 61。

〔註 824〕請參見清・王先謙《釋名疏證補》(上海:上海古籍出版社,1984),頁 185。

〔註 825〕請參見《四部備要・管子》(北京:中華書局,1990),頁 107～108。

〔註 826〕請參見《古本小說集成・新說西遊記》(上海:上海古籍出版社,1994),頁 837～838。

佛經部分，東漢佛經作形容詞用，六朝及隋唐佛經則作動詞及名詞用，這些詞性的變化代表詞彙內部的改變，東漢佛經作形容詞用，基於「慈」、「哀」兩字同爲形容詞結合成複合詞使用，詞性仍維持形容詞，至六朝起，轉爲動詞及名詞用，顯示複合詞內部的穩定度增加，詞性隨之轉變。

第四章　東漢佛經複合詞的結構與歷時變化分析

本章將從共時及歷時兩個角度，配合「內部結構」及「外部功能」〔註1〕兩大方面來深入分析東漢佛經複合詞的種種特色，共安排三節的篇幅來敘述及討論。

第一節採以共時的角度，將東漢佛經複合詞依「內部結構」進一步區分出五種類型，分析這五類的數量及比例分佈，並與先秦至東漢時期中土文獻複合詞於詞彙中所佔比例作一比較，可以表現出東漢佛經複合詞在語法構詞的完備程度，藉著複合詞觀察東漢末年漢語口語詞彙發展的眞實情形。

第二節採以歷時角度與「外部功能」兩個方向，探討佛經複合詞的使用狀況、詞性及東漢至六朝的使用頻率逐一分析與討論。隨著語境不同，導致詞性改變，連帶地詞義及用法也隨之不同，透過東漢佛經複合詞使用環境狀況的分析，即是否只限於佛經使用？或是六朝以後的中土文獻也開始使用？經由這些差別可以瞭解複合詞的本質與變化歷程，同時明白東漢譯經師使用詞彙的過程中，是如何掌握這些詞彙的本質，進而達到如實的翻譯，這是本章欲討論的重點。

第三節則以佛經複合詞「內部結構」的各種類型表現出的特色加以分析，

〔註1〕關於複合詞的「內部結構」與「外部功能」，其詳細內容於前文第二章第一節已有介紹，在此僅簡略說明。

首先是從音韻角度分析並列式複合詞內部的詞素排列順序，聲調在此擁有重大的影響力；接著是討論東漢佛經中常見的「四字格」。所謂的「四字格」是指由兩個複合詞結合而成，四字格的傳統從《詩經》起已盛行，藉此可以瞭解東漢佛經的行文風格與強調誦讀流暢的要求。第三部分是探討四例複合詞，這四例於東漢佛經與中土文獻中呈現完全不同的詞義及用法，本文稱之爲「同形異義」，這其中的變化與特色將進行探討，以上所提將安排在第三節逐一分析並討論之。

藉由觀察東漢佛經複合詞，利用「內部結構」及「外部功能」兩個角度來詮釋東漢佛經複合詞，提出條理化的規律，再以同時代及六朝至隋唐的語料檢驗，可以提供我們瞭解複合詞的生命歷程與使用狀況，進一步爲漢語詞彙史提供強有力的證據，並用來證明複合詞於各個朝代所展現的生命力與發展狀況。

第一節　複合詞的發展歷程

這一節將以東漢佛經複合詞的「內部結構」進行分類，逐一說明東漢複合詞的發展情形，配合同時代及六朝至隋唐的語料作爲對照，觀察並完整描寫出東漢佛經複合詞的時代意義。

「內部結構」是指複合詞裡構成語素之間的組合關係，本文欲討論的五種形式，分別是：由兩個語意相近或相對而詞類相同的語素並列組合成的「並列式複合詞」；形成「修飾語」與「被修飾語」關係的「偏正式複合詞」；形成「述語」與「賓語」關係的「述賓式複合詞」；形成「述語」與「補語」關係的「述補式複合詞」；形成「主語」與「謂語」關係的「主謂式複合詞」。

本文使用語料含括了東漢至隋唐的佛經及中土文獻兩大部分作爲對照，藉由複合詞的分析，可以深究佛經譯經師與中土人士對於漢語詞彙理解上的差異與詞彙的新創使用。

一、複合詞的分佈狀況

根據「內部結構」來分析 48 例東漢佛經複合詞，根據兩個語素之間的語法關係，可以分爲五類，請見下表所示：

【表 4.1-1】東漢佛經複合詞之「內部結構」及詞類分佈一覽表

詞 類	並列式複合詞	偏正式複合詞	述賓式複合詞	述補式複合詞	主謂式複合詞
名 詞	殃福　梯陛 豪尊　堤塘	卿女　紺馬 等意　靖室 根義　澡罐 決言	勸意　助身	無	福施
動 詞	推逐　發求 視占　澆漬 撾捶　攝制 臨顧　勸助 鑽穿　嬈亂 曲低	側塞　悉示 慧浴	斷脈　沾污 作厚　制身 制意　放鏡 報意　欺餘 補處　散節	增饒	炎照
形容詞	危脆　淨潔 羸劣　細滑 尊豪　慈哀 善快	無	無	無	愁毒
總 計	22（45.8%）	10（20.8%）	12（25.0%）	1（2.0%）	3（6.4%）

分別是：並列式複合詞有 22 例；偏正式複合詞有 10 例；述賓式複合詞有 12 例；述補式複合詞僅 1 例，主謂式複合詞僅有 3 例。

從數量及比例上來看，東漢佛經中並列式複合詞最多，述賓式及偏正式複合詞次之，最少的是主謂式複合詞及述補式複合詞。如此不平均的分佈狀況，源自於漢語複合詞的「內部結構」。分析複合詞的數量及比例增減趨勢可以瞭解東漢佛經複合詞的發展歷程。

複合詞始於先秦時期就以蓬勃發展，至隋唐爲止複合詞在不同時期的發展亦有不同，探究這些構詞關係幫助我們可以揭示了東漢佛經複合詞的結構特色，同時也是用以觀察、描寫東漢末年漢語的口語眞實狀況的最佳素材。

以下就「發展完備的三種複合詞」及「發展中的兩種複合詞」這兩大主軸分別說明東漢佛經複合詞的實際情形及發展歷程分析。

二、發展完備的三種複合詞

「發展完備的三種複合詞」是指並列式、偏正式及述賓式這三種複合詞。並列式及偏正式這兩種複合詞是較早發展完備的複合詞形式，接著述賓式複合詞於六朝時逐漸發展完成。但在漢語詞彙雙音化的發展初期，並列式與偏正式的發展情形互有消長，述賓式複合詞的發展則較晚。以下依據三種複合詞的數量多寡為序，分別是並列式、述賓式及偏正式的順序逐一說明各自的發展歷程及在東漢佛經中的實際情形。

（一）發展完備的並列式複合詞

首先觀察並列式複合詞，並列式複合詞最大的特色是兩個語素之間在語義上存有並列關係。根據檢索結果，A、B 意義相同或相近佔了大多數。而所謂的意義相同或相近，僅只就其中的一個或幾個義位〔註 2〕（sememes）而言，無法使所有的義位都相同或是相近，因此使得複合詞的語素之間可有同義、類義，甚至是反義的關係存在。

觀察【表 4.1-1】，可知東漢佛經並列式複合詞的詞素之間的關聯，可區分為同義、類義及反義。

同義並列式複合詞，意指其兩個詞義相同的語根複合而成，從中分析詞素詞義，實際上完美地達到同義並列的複合詞相當地少，構成複合詞的兩個詞素之間的詞義，多少都有著不同程度的差異，這個差異表現於使用範圍、褒貶、程度輕重等方面。屬同義並列的並列式複合詞有：澆漬、撾捶、淨潔、羸劣、鑽穿。

類義並列式複合詞的兩個詞素，其詞義相似而不相等。屬於類義並列的並列式複合詞有：梯陛、豪尊、堤塘、推逐、視占、攝制、臨顧、危脆、發求、勸助、細滑、尊豪、慈哀、善快、嬈亂、曲低。

反義並列式複合詞的「反義」，主要是指詞素之間的詞義關係，可以包含相反與相對兩種，「相反」是指正反相對，即黑白分明的組合；「相對」則是指程度上的對應。東漢佛經的反義並列式複合詞「殃福」是屬於詞義相反的類型。這三種詞義組合以類義並列最多，利用類似詞義的單音詞來組合成詞，可以表現更豐富的詞義及內涵。

以詞性的組合來說，數量最多的是動詞＋動詞＝動詞，其次是形容詞＋形

〔註 2〕所謂「義位」（sememes），原是語義學術語，是指語義系統中能獨立存在的基本語義單位。且具有民族性、地方性、時代性、抽象性、模糊性和可變性等種種性質，而義位與義位之間可存在並列、對立、包容和關聯關係。

容詞＝形容詞，最少的是名詞＋名詞＝名詞。由於名詞的發展最早，至東漢末年名詞發展已經趨緩，一方面此時漢語雙音化已經成熟，帶動了動詞性及形容詞性雙音詞的快速增加。

就發展態勢來說，東漢時期並列式複合詞雖然取得強勢的地位，但先秦時期呈現偏正式複合詞的數量多於並列式複合詞的情形，先秦至漢代中土文獻中關於並列式與偏正式複合詞學者已有相關歸納研究，以下針對先秦至東漢中土文獻並列式與偏正式複合詞於漢語詞彙的比例，請見下表所示：

【表 4.1-2】先秦至西漢中土文獻並列式與偏正式比例對照表〔註 3〕

	成書年代	書名	複合詞總　數	並列式複合詞	偏正式複合詞	兩者合計所佔比例
1.	西周時期	《周易》	399	52（13.0%）	232（58.2%）	71.2%
2.	西周初年至春秋中葉	《詩經》	706	209（29.6%）	484（68.7%）	98.3%
3.	戰國時期	《論語》	225	68（30.2%）	124（55.1%）	85.3%
4.	戰國時期	《孟子》	260	146（56.8%）	100（38.9%）	94.7%
5.	西漢時期	《太平經》	2,267	1,261（53.2%）	733（30.8%）	84.0%
6.	東漢時期	《論衡》	2,088	1,404（67.2%）	517（24.8%）	92.0%
7.	東漢佛經複合詞		48	22（45.8%）	10（20.8%）	66.6%

《周易》、《詩經》、《論語》這三部文獻一致的傾向爲偏正式複合詞的數量及比例多於並列式複合詞，從《詩經》至《論語》逐漸拉近兩者的差距，從《孟子》起則開始出現並列式複合詞的數量多於偏正式的情形，進入戰國時期後並列式複合詞大幅增加。此後，並列式複合詞依照這個趨勢繼續發展，漢代以後並列式複合詞的數量急速增加，比例上大大地超越了偏正式複合詞，從西漢時期的文獻《太平經》複合詞的統計數字便可觀察到並列式複合詞（53.2%）幾乎是偏正式複合詞（30.8%）的兩倍，從並列式複合詞多於偏

〔註 3〕【表 4-1.2】並列式及偏正式複合詞數量及比例的統計數字分別來自於趙振興（《周易》）、沈懷興（《詩經》、《論語》）、程湘清（《孟子》、《論衡》）、林金強（《太平經》）。請參見趙振興〈《周易》的複音詞考察〉，《古漢語研究》2001 年第 4 期，頁 71～77、沈懷興：〈漢語偏正式構詞探微〉，《中國語文》，1998 年第 3 期，頁 189～194、程湘清《兩漢漢語研究》（濟南：山東教育出版社，1992）、林金強《《太平經》雙音詞研究》華南師範大學碩士論文，2003。

正式複合詞的比例變化代表先秦到兩漢時期並列式複合詞由弱轉強的趨勢，造成這個現象的主要原因便是漢語詞彙的雙音化傾向。

東漢時期，利用與東漢佛經時代相近的《論衡》作對照，《論衡》並列式複合詞有 1,404 例（67.24%），占約一半以上的比例；東漢佛經複合詞則有 22 例（45.8%），也是佔了近過半的比例，由於並列式複合詞是較早發展完成的語法造詞方式，在東漢時期的中土文獻都佔了極大的比例，東漢時期並列式複合詞不僅在詞彙史上的地位穩固，統計同時代的中土文獻中並列式複合詞數量，也超越其他四類，儼然成爲最大的複合詞群。

漢語詞彙從單音節演變至雙音詞的同時，偏正式雙音詞多於並列式雙音詞是十分自然的事，因爲偏正式短語的使用頻率原本就高於並列式短語，「漢語雙音詞的歷史源頭大多是理據性非常直觀的短語或句法結構，在發展過程中詞與詞之間的界線逐漸變得模糊，理據性也就相應地弱化甚至消失了。〔註 4〕」當短語的詞彙化逐步進行，偏正式雙音詞自然多於並列式雙音詞。隨後由於社會、科技等等方面的進步，人爲創造的雙音詞也逐漸增加，加上爲了滿足追求雙音的需求，並列式雙音詞便成爲最便利的方式，因此進入了戰國時代之後，並列式自然逐漸追上偏正式的數量及比例，相同的，複合詞方面的變化也是如此，以此對照東漢佛經複合詞的分佈情形，並列式多於偏正式的現象也能得到合理的解釋。

（二）快速發展中的述賓式複合詞

具有述賓關係的複合詞在先秦已經出現，但多用以表示職官名稱的詞，如：「將軍」、「司馬」等。兩漢時期則擴大到一般詞彙，包含一般動詞、名詞及形容詞，在樣式及數量上都有飛快的發展。進入兩漢時期後，述賓式複合詞開始的快速發展，何樂士〔註 5〕分析先秦至兩漢時期的中土文獻，將述賓式複合詞根據賓語類型歸爲五大類，再各依述賓關係與賓語小類再度細分，共區分出 20 種小類，請見下列述賓式複合詞的詳細分類：

〔註 4〕 請參見董秀芳《詞彙化：漢語雙音詞的衍生和發展》（成都：四川民族出版社，2002），頁 35～36。

〔註 5〕 這 20 種述賓式複合詞的結構，請參見楊伯峻、何樂士著《古漢語語法及其發展》（北京：語文出版社，2001），頁 549～551。

【表 4.1-3】述賓式複合詞的述賓關係表

賓語類型	述賓關係與賓語小類	
1.受事賓語：	（1）施事主語＋述語＋受事	（2）受事主語＋述語＋受事
2.關係賓語：	（3）爲賓述（目的賓語）	（4）對（向與）賓述（對向賓語）
	（5）把賓述（處置賓語）	（6）把賓述（工具賓語）
	（7）以…給賓（給予賓語）	（8）替賓述（原因賓語）
	（9）因賓述（原因賓語）	（10）比賓述（比較賓語）
	（11）述於賓（程度賓語）	（12）述於賓（處所賓語）
3.施事賓語：	（13）使賓述（使動施事賓語）	（14）被賓述（被動施事賓語）
4.時間賓語：	（15）視賓述（意動賓語）	（16）稱賓爲（稱謂賓語）
5.其他賓語：	（17）述賓（存在賓語）	（18）述賓（等同賓語）
	（19）述賓（類似賓語）	（20）述賓（時間賓語）

從這 20 種分類的述賓關係所構成的述賓式複合詞，種類多樣且豐富，由此可觀察到述賓式的語法構詞活力十足。

述賓式歷來的發展狀況如何？從先秦至東漢爲止述賓式複合詞的發展情形，可以從先秦至東漢中土文獻中述賓式的數量及比例變化〔註 6〕來觀察，請見下表所示：

【表 4.1-4】先秦至東漢中土文獻並列、偏正及述賓式複合詞數量及比例對照表

	成書年代	書名	並列式複合詞	偏正式複合詞	述賓式複合詞
1.	西周時期	《周易》	29（29.9%）	65（67.0%）	3（3.1%）
2.	西周初年 春秋中葉	《詩經》	209（29.6%）	484（68.7%）	13（1.84%）
3.	戰國時期	《論語》	68（30.2%）	124（55.1%）	2（0.9%）
4.	西漢時期	《太平經》	1,261（53.2%）	733（30.8%）	132（5.5%）
5.	東漢時期	《論衡》	1,404（67.2%）	517（24.8%）	52（2.5%）
6.	東漢佛經複合詞		22（45.8%）	10（20.8%）	12（25.0%）
7.	劉宋時期	《世說新語》	926（54.9%）	573（34.0%）	77（4.6%）

〔註 6〕【表 4.1-4】的統計數字承【表 4.1-2】而來，《世說新語》的統計數字，採用程湘清的研究成果。請參見程湘清主編《魏晉南北朝漢語研究》（濟南：山東教育出版，1992），頁 1。

由上表可知述賓式複合詞於先秦時期出現的數量及比例極少，還在發展的初期，進入兩漢時期比例則開始明顯上升，以東漢時期的文獻《論衡》爲例，統計出共有 52 個述賓式複合詞，以動詞最多，名詞次之，形容詞最少，且這個階段述賓式複合詞的動詞尚限於不及物動詞，且不帶賓語，這和現代漢語不同，現代漢語的述賓式複合詞可以帶賓語出現，如：「起草」→起草法案、「列席」→列席會議等。

東漢佛經述賓式複合詞，在數量及比例僅次於並列式複合詞，動詞最多有 10 例，名詞次之有 2 例，形容詞則無，共計 12 例，這個詞例數量與同時代的《論衡》述賓式複合詞的詞類分佈是一致的。而東漢佛經述賓式複合詞則出現述語爲及物動詞的詞例，但後仍不接賓語，共計 4 例，分別是：

1. 「沾污」,「已離憎愛。以淨於本無所沾污。」（支婁迦讖・佛說伅眞陀羅所問如來三昧經）

2. 「放鏡」「閉目放鏡不欲見」（安世高・地道經）

3. 「斷脈」「捨是岸邊致渡岸邊。致物斷脈。」（安世高・陰持入經）

4. 「作厚」、「其身若金剛諸邪不能得其便。爲一切而作厚。」（支婁迦讖・佛說伅眞陀羅所問如來三昧經）

只有「補處」一例，後可接也可不接賓語，「即住於兜術天得一生補處之法。」（支婁迦讖・阿閦佛國經）「補處」後接賓語「之法」是指將能得到永遠的補全佛法於內心的種種作用。「通十地行，在一生補處，功成志就。」（竺大力、康孟詳・修行本起經）則屬後不接賓語。

東漢佛經複合詞依「內部結構」分類，比例由高至低分別是並列式→述賓式→偏正式；同爲東漢時期《論衡》複合詞的比例由高至低爲並列式→偏正式→述賓式。東漢至隋唐時期中土文獻述賓式複合詞的數量從未超越偏正式，但東漢佛經則不同，雖然述賓式只多於偏正式 2 例，相距十分微小，但能看出述賓式在口語表現上比偏正式來的強而有力，述賓式的構詞方式與偏正式相比更是有利於口語表達，而偏正式內部詞素屬修飾與被修飾的關係，適合書面表達。東漢末年的動詞已有一定程度的發展，又加上該時代正是複音詞大量出現的時期，以述語搭配賓語的組合這種近似於短語的結構，是使用者較易掌握的方式。對於外來的佛經譯經師而言，述賓結構中述語和賓語的語法順序與印歐語系用法較爲類似，也比較容易學習並掌握的部分，間接促成東漢佛經中述賓式複合詞的數量僅次於並列式成為第二多的構詞類型。

雖然佛經中述賓式複合詞的比例提高，然而六朝中土文獻的述賓式複合詞所佔的比例依然和兩漢時期沒有太大的差別，主要原因在於此時的述賓式複合詞多為不及物動詞所致，「詞性構成方式日趨複雜，已比較接近現代漢語，不同的是這時的支配式複音動詞都是不及物動詞。〔註7〕」故數量上很難增加。

（三）高活躍度的偏正式複合詞

根據學者的研究，偏正式複合詞在漢語詞彙史上所佔的比例最高，即使是現代漢語也是相同的情形，東漢佛經複合詞中僅次於並列式與述賓式複合詞，且與述賓式複合詞的差距甚小，所佔的比例高的原因來自於偏正式複合詞的高活躍度，而活躍度正是基本詞三個主要特徵之一〔註8〕。

偏正式複合詞的發展歷程，可以藉由對專書詞彙的研究來觀察，首先是沈懷興利用《周易》、《詩經》、《論語》、《辭源》、《現代漢語辭典補編》五部專書為材料，分析偏正式複合詞的比例，提出偏正式複合詞的數量不僅最多，且進一步指出三音節和三音節以上的複合詞中至少有 75%的詞是屬於偏正式，因此，將這些複合詞也計算進去的話，偏正式所佔的比例將再度提高，沈懷興提出「偏正式的活躍度是最高〔註9〕」這一論點是無庸置疑的。

除了沈懷興的研究成果外，亦有不少學者以各種漢語典籍為材料，進行雙音詞或複音詞的歸納研究，已有突出成果的是顏洽茂〔註10〕與周俊勛〔註11〕。顏洽茂選擇以魏晉南北朝的佛經為語料，分析譯經詞彙的構成、結構模式及語意構成，分析了譯經詞彙呈現的各種現象，最後論及譯經詞彙在漢語史上的地

〔註7〕請參見程湘清《魏晉南北朝漢語研究》（濟南：山東教育出版社，1992），頁62。

〔註8〕所謂「活躍度」是指基本詞擁有較強的構詞能力。這些構詞能力強的基本詞又被稱為「根詞」，也同時是基本詞的核心。例如：「社」，可發展出「社會」、「結社」、「社稷」、「學社」、「會社」等等。另外兩個主要特徵分別為穩固性及全民性，請參見張世祿：《古代漢語》上冊（臺北：洪葉出版社，1992），頁134～135。

〔註9〕請參見沈懷興：〈漢語偏正式構詞探微〉，《中國語文》，1998年第3期，頁189～194。

〔註10〕請參見顏洽茂：《佛教語言闡釋：中古佛經詞匯研究》（杭州：杭州大學出版社，1997）。

〔註11〕請參見周俊勛：《魏晉南北朝志怪小說詞匯研究》博士學位論文，2003，四川大學

位及功用。周俊勛利用志怪小說爲材料，分析了詞彙從單音節詞雙音化的過程，新舊詞彙在生成過程中的交互作用與融合。綜合前輩學者的研究成果來觀察先秦至現代漢語中並列式與偏正式複合詞的數量與比例，分析兩者各占的比例來討論偏正式複合詞的發展狀況，請見下表所示：

【表 4.1-5】歷來並列式與偏正式比例對照表〔註 12〕

	成書時代	書名	複合詞總　數	並列式複合詞	偏正式複合詞	合計
1.	先秦	《周易》	399	13.0%	58.2%	71.2%
2.	先秦	《詩經》	706	23.9%	55.3%	79.2%
3.	先秦	《論語》	225	30.2%	55.1%	85.3%
4.	先秦	《墨子》	1,295	56.2%	36.8%	93.0%
5.	先秦	《戰國策》	2,612	22.4%	73.2%	95.6%
6.	先秦	《孟子》	234	44.9%	38.5%	83.4%
7.	先秦	《莊子》	424	47.4%	47.2%	85.6%
8.	先秦	《荀子》	1250	61.4%	37.0%	98.4%
9.	先秦	《呂氏春秋》	881	49.7%	46.3%	96.0%
10.	東漢	《論衡》	2,300	67.2%	24.8%	92.0%
11.	東漢	《說文解字》	937	46.8%	45.9%	92.7%
12.	東漢	《釋名》	912	81.7%	12.7%	94.4%
13.	東漢	東漢佛經複合詞	48	45.8%	20.8%	66.6%
14.	西晉	《三國志》	1,982	58.9%	31.5%	90.4%
15.	東晉	《抱朴子》	4,885	35.2%	46.8%	82.0%
16.	劉宋	《幽明錄》	1,243	51.8%	34.0%	85.8%
17.	劉宋	《世說新語》	1,686	54.9%	34.0%	88.9%
18.	南朝・齊	《百喻經》	884	58.8%	31.0%	89.8%

〔註 12〕【表 4-1.5】歷來並列式與偏正式比例對照表所採用的數量及比例，除了沿用【表 4-1.2】之外，其餘中土文獻並列式及偏正式複合詞數量及比例的統計數字分別參考自：錢光（《墨子》）、李仕春（《戰國策》）、劉志生（《莊子》）、殷曉名（《荀子》）、張雙棣（《呂氏春秋》）、喻遂生、郭力（《說文解字》）、陳建初、喻華（《釋名》）、唐子恆（《三國志》）、董玉芝（《報朴子》）、鄒志強（《幽明錄》）、顏洽茂（《百喻經》、《雜寶藏經》、《賢愚經》）、魏達純（《顏氏家訓》）、祖生利（《景德傳燈錄》）、沈懷興（《辭源》、《現代漢語辭典補編》）。

	成書時代	書名	複合詞總　數	並列式複合詞	偏正式複合詞	合計
19.	北魏	《雜寶藏經》	2,378	55.0%	32.5%	87.5%
20.	隋	《顏氏家訓》	1,857	64.2%	無數據	無數據
21.	北宋	《景德傳燈錄》	5,024	48.9%	38.5%	87.4%
22.	元	《賢愚經》	3,972	60.4%	29.8%	90.2%
23.	清	《辭源》	12,863	20.8%	58.6%	79.4%
24.	現代	《現代漢語辭典補編》	18,494	27.2%	47.8%	75.0%

由上表可知，先秦的專書，並列式與偏正式所佔的比例，互有消長，以八成以上的比例最多。東漢時期皆高於九成；六朝時期至清代亦維持八成以上。

東漢佛經偏正式複合詞共有10例，多集中在名詞與動詞，而無形容詞；且名詞部分被修飾語全爲名詞，修飾語則有代名詞「卿女」；名詞「根義」、「澡罐」；形容詞「紺馬」、「靖室」、「等意」、「決言」。動詞部分被修飾語全爲動詞，修飾語全爲副詞。

根據學者們的研究，先秦時期偏正式複合詞雖大部分是名詞，動詞和形容詞都很少，但並列式名詞、動詞、形容詞皆已成形，內部發展較爲成熟。如：《詩經》並列式複合詞的特點爲：「其中兩個詞素的組合還比較自由鬆散，說明《詩經》時代單音詞變成聯合式複合詞還在過渡階段〔註13〕。」而後的《周易》、《詩經》及《論語》則呈現偏正式大於並列式，可以想見當時偏正式的活躍程度。

再看《孟子》、《莊子》、《墨子》、《荀子》、《呂氏春秋》、《戰國策》中兩者的比例，因爲各書的內容取向不同，自然在並列式與偏正式的數量上互有高低，不過，從兩者總和所佔複合詞總數的比例即可瞭解，這兩種構詞法在當時是居主導地位。因此，從漢代起並列式與偏正式的比例越來越接近，偏正所佔的比例明顯增加，可想見偏正式的發展速度已經增快，這個特色也反映於東漢佛經複合詞之中，且根據研究兩漢時期形成的偏正式複合詞有高達四成的詞彙仍被至現代漢語使用著〔註14〕，顯示出偏正式複合詞的發展已漸於

〔註13〕請參見向熹：〈《詩經》裏的複音詞〉，《語言學論叢》第六輯（北京：商務印書館，1980），頁54。

〔註14〕根據程湘清統計《論衡》中的複合詞，歸結出「517個偏正式複音詞中，流傳到現

完備。

以漢語詞彙來說，造詞主流是以並列式與偏正式最為強勢，其次才是述賓式。而東漢佛經複合詞卻呈現述賓式強於偏正式的情形，述賓式蓬勃發展的主要時期是在六朝，然而目前對古漢語的研究資料全部來自於古代文獻，書面語和口語之間的發展速度並不一致，口語自然是早於書面語，而佛經詞彙正是反映這個特點的最佳材料，加上本文則取複合詞的條件之一為「未出現於東漢中土文人文獻」，所選出的複合詞自然口語化程度又更高了，故從東漢佛經複合詞的比例顯示述賓式高於偏正式自然是合理的。

三、發展中的主謂式與述補式複合詞

從上文可以瞭解為何並列式、偏正式及述賓式複合詞的數量偏多的原因，相對來說，主謂式及述補式複合詞的數量卻異常地稀少，眞正的原因是什麼？這其中牽涉到主謂式及述補式複合詞的構詞模式。以下分就這兩種複合詞的構詞模式及造成詞彙數量偏少的理由加以說明並討論之：

（一）主謂式複合詞的成詞局限

從主謂式短語經過詞彙化〔註 15〕成為主謂式複合詞，這之中的變化是十分不易察覺的，因為從短語到複合詞，其詞義變化往往不大。而主謂式複合詞被多位學者〔註 16〕歸為產能低落的類型。從歷時發展來看，主謂式結構雖然在先秦已經出現，但數量很少，詞化程度也不高，如：「地震」一詞，《左傳・文公九年》：「九月癸酉，地震。」作名詞使用。《史記・周本紀》：「陽伏而不能出，陰迫而不能爭，於是有地震。」作動詞使用，又可見到《後漢書・光武帝紀下》：

代漢語的共有 230 個，占 44%。」請參見程湘清：〈《論衡》複音詞研究〉，《漢語史專書複音詞研究》（北京：商務印書館，2008），頁 157。

〔註 15〕「詞彙化」是指複合詞產生的特定過程。包括句法結構的詞化及詞的語素化。請參見顏紅菊〈從句法獨立到詞法獨立——主謂結構成詞的獨立象似動因〉收錄於《湖南科技學院學報》第 29 卷第 7 期，頁 206～208。

〔註 16〕將主謂式複合詞歸為不能產形式的學者主要有沈懷興及董秀芳等。請參見沈懷興〈漢語偏正式構詞探微〉收錄於《中國語文》，1998 年第 3 期，頁 189～194；董秀芳《詞彙化：漢語雙音詞的衍生和發展》（成都：四川民族出版社，2002），頁 197～212

「九月戊辰，地震裂。」「震」與「裂」組合成並列短語擔任「地」的謂語，可見此時「地震」一詞尚未完成詞彙化，而今現代漢語中「地震」作名詞使用，且無法自由替換語素，也不與其他成分併列，正式成爲主謂式複合詞。

根據程湘清的統計《論衡》中表述式複音詞〔註17〕有14個，占全書複音詞總數的0.61%〔註18〕；《世說新語》有17個，占全書複音詞總數的0.8%〔註19〕；敦煌變文有40個，占變文複音詞總數的0.92%〔註20〕，從這些資料可以證明主謂式複合詞在漢語詞彙中僅占極少的一部分。

主謂結構本身擁有極強的句法獨立性，適合用來描述事件。因此，成詞過程中就要降低短語中句法的獨立性，同時需要更多的語義限制，在必須符合這樣的種種條件之下，主謂式複合詞的數量自然較少。歸納主謂式複合詞的造詞困難，其原因有二，分別是：強烈的句法限制以及主語、謂語成分的語義限制。以下逐一說明討論之：

1. 句法限制

從主謂式短語至主謂式複合詞的詞彙化過程中必須顧及到主語和謂語之間的關係。爲此，董秀芳提出以「論元結構」來解釋動詞與賓語及動詞與主語之間的關係，認爲動詞與主語病不構成一對直接成分，並提出「只有在域內論元（internal argument）自然空缺的情況下，域外論元（external argument）才有可能與動詞組成一個獨立的結構，才具備詞彙化的可能。這一句法限制決定了出現在主謂式雙音詞裡的動詞只能是不及物性的。〔註21〕」認定了主謂結構中謂語部分都是不及物的。

以下就從東漢佛經主謂式複合詞「福施」、「炎照」及「愁毒」三例來逐一驗證。

1. 「炎照」：「阿閦佛光明皆炎照三千大千世界，我當願見是」（支婁迦讖・

〔註17〕程湘清所謂的「表述式複音詞」，其詞法地位相當於本文所指的「主謂式複合詞」。

〔註18〕請參見程湘清主編《兩漢漢語研究》（濟南：山東教育出版社，1992），頁337。

〔註19〕請參見程湘清主編《魏晉南北朝漢語研究》（濟南：山東教育出版社，1992），頁59。

〔註20〕請參見程湘清主編《隋唐五代漢語研究》（濟南：山東教育出版社，1992），頁69。

〔註21〕請參見董秀芳《詞彙化：漢語雙音詞的衍生和發展》（成都：四川民族出版社，2002），頁203。

阿閦佛國經）、「日宮殿遠住，遙炎照天下人」（支婁迦讖・阿閦佛國經）「照」屬不及物動詞，「炎照」作動詞用。

2.「福施」：「我當於某處立福施、於某處不立福施。」（支婁迦讖・阿閦佛國經）「施」施予，作爲謂語且屬及物動詞，並非不及物動詞，然而「施」是在被動意義上使用的及物動詞，且主謂式複合詞不作動詞用，「福施」相當於「福被施予」，「立福施」是指建立行善事的風氣，「福施」作名詞用，「當一個動詞在被動意義上使用時，其賓語被移走，因而動詞與主語的關係變得密切，這樣表被動的動詞就可能與主語發生黏合。〔註 22〕」即使是及物動詞，只要具備被動意義，仍然可以視爲是主謂式複合詞。

3.「愁毒」：「二十者世間有死喪號哭愁毒者。亦復化現威神。亦復愁毒化教愁毒人令爲經道。」（支婁迦讖・佛說伅眞陀羅所問如來三昧經）「毒」，毒害之意，作爲謂語且屬及物動詞，同於上例的「福施」，「愁毒」相當於「爲愁所毒」，而「愁毒」與前文「死喪」、「號哭」並列，並且做爲「者」的修飾語使用。

2. 主語及謂語成分的語義限制

主謂式複合詞數量少，另一個原因來自於主語及謂語成分的語義限制，根據董秀芳〔註 23〕針對現代漢語中主謂式雙音詞語義特徵的分析，得出能夠完成詞彙化的語義條件。

首先是主語部分需要具備三個條件，分別是：1. 無生名詞，主語多是表示事物或現象的名詞，語義特徵可記爲〔－生命性〕（－animacy）。2. 當事而非施事，主語成分爲當事（theme），是指主語對該動作並無自主意識，也不具備控制力。3. 無指性，是指主語成分在指稱性質上爲無指，如「海嘯」中「海」，不對應客觀世界中存在的特定實體。

其次是謂語成分，則需要具備 2 個條件，分別是：1.非可控。動詞從語義上可以分爲自主動詞及非自主動詞〔註 24〕。自主動詞表示有意識的動作行爲；

〔註 22〕請參見董秀芳《詞彙化：漢語雙音詞的衍生和發展》（成都：四川民族出版社，2002），頁 204。

〔註 23〕請參見董秀芳《詞彙化：漢語雙音詞的衍生和發展》（成都：四川民族出版社，2002），頁 206～208。

〔註 24〕請參見馬慶株《著名中年語言學家自選集》（合肥：安徽教育出版社，2002），頁 161。

非自主動詞則表示無心、無意識的動作行爲。非自主動詞的語義特徵標示爲〔－可控〕，用以表示動作行爲由一個無意識的主體控制。如：「病」、「漏」等。2.非完成，謂語成分表示的是一個持續的動作或狀態，其語義特徵記爲〔－完成〕，以下依照這些條件來檢視東漢佛經三例主謂式複合詞。

1. 炎　照

	炎
生命性	－
施事／當事	當事

	照
有／無指性	無指
可控性	－
完成性	－

「炎照」見於「阿閦佛光明皆炎照三千大千世界，我當願見是」(支婁迦讖・阿閦佛國經）中「炎」是指「阿閦佛光明」，屬當事、無生命性。「照」是指阿閦佛光明普遍照耀於全世界，不分人種、階級，屬無指性、無可控性及無完成性。

2. 福　施

	福
生命性	－
施事／當事	當事

	施
有／無指性	無指
可控性	－
完成性	－

「福施」見於「我當於某處立福施、於某處不立福施。」(支婁迦讖・阿閦佛國經)「福」作爲名詞，意指幸福、善行，屬當事、無生命性。「施」是指施予，施予的對象亦無分類，屬無指性、無可控性及無完成性。

3. 愁　毒

	愁
生命性	－
施事／當事	當事

	毒
有／無指性	無指
可控性	－
完成性	－

「愁毒」見於「二十者世間有死喪號哭愁毒者。亦復化現威神。亦復愁毒化教愁毒人令爲經道。」(支婁迦讖・佛說伅眞陀羅所問如來三昧經)「愁」意指憂愁、愁慮，屬當事、無生命性。「毒」是指毒害，「爲愁所害」的對象沒有

特定，屬無指性、無可控性及無完成性。

從上述 3 例主謂式複合詞的數量及內容分析，可知東漢時期主謂式複合詞尚處於發展階段，且不屬於是「格式標準」的主謂式複合詞複合詞，從「福施」、「愁毒」兩詞的動詞屬及物動詞這一點便可瞭解。

東漢佛經中主謂式結構，多半都是屬於主謂式短語，歷經六朝乃至現代漢語，仍處於數量弱勢的狀態，主謂式短語歷經詞彙化成爲複合詞的過程中，主語及謂語彼此之間因爲種種條件的限制，讓主謂式複合詞的成詞之路更加艱辛。

（二）述補式複合詞的語法造詞局限

述補式複合詞的內部有動詞語素與補語語素，決定動詞語素與補語語素的結合，必須在語義上有相關性才行，也就是兩者要能固化成複合詞，而補語語素也必須融合入動詞語素中。依據語義類型的不同，動詞與補語之間的相關也有呈現程度上的區別。其中較爲特殊的是表趨向的述補式複合詞，礙於「趨向」這個語義素的限制，導致這類述補式複合詞的補語語素僅能由「位移動詞」來擔任，同時造成表趨向的述補式複合詞的數量遠少於表結果的述補式複合詞。

上古漢語的述補式複合詞，被部分學者認爲不存在，且應歸屬於連動結構的兼語式，呂叔湘便指出「兼語式的定義就是一個動賓結構套上一個主謂式。〔註 25〕」請見下面的例子：

「遂逐出獻公。」（史記・衛康叔世家）屬「述補＋賓語（受事）」。

「野火燒野田，野鴨飛上天。」（樂府詩集卷二十五・紫騮馬哥辭）屬「述補＋賓語（施事）」。

從先秦以單音節詞爲主的漢語，演進至漢代以雙音詞爲主的語言型態，東漢正是單音節詞與雙音節詞混合交融的時期，這時的單音節詞演進至雙音節詞的過程中，並非一步到位，中間需要經過語法化、詞彙化等過程，這個過渡時期所出現的複合詞，不少已經成形，如：並列式、偏正式，還在起步階段的莫過於述補式了，述補式複合詞的前身，主要是由句法語序而來，屬於「短語入詞」的結構，成爲了雙音節的複合詞後，經過凝結固化，自然而然也能有生產

〔註 25〕請參見呂叔湘《呂叔湘全集・二》（遼寧：遼寧教育出版社，2002），頁 528。

力，再進一步去衍生出其他的述補式複合詞。

述補式複合詞則是內部動詞語素與補語語素於結合過程中，受限於語素的相關性，且僅表達三種語義：表結果、表趨向及表程度，構成過程又常與後接的賓語發生關係，對於東漢佛經譯經師而言，漢語複合詞的兩種語序：句法與詞法，接收度較高的自然是詞法結構，故新創述補式複合詞，無異是一種難度較高的造詞法，因此，轉而使用先秦沿用的述補式複合詞即可，無須新創，更形簡便。

東漢佛經複合詞中，除了在先秦時期發展較快也較完整的並列式與偏正式外，其次便是述賓式，這三者不僅數量較多，加上是以動詞構詞爲主，故使用的層面較廣。主謂式複合詞受限於主語和謂語的種種條件限制，因此，成詞過程比其他類型的複合詞要更加緩慢且困難。其主要原因是主謂式複合詞受限於詞彙化過程裡來自於內部的種種限制，即使是現代漢語亦不發達。而述補式複合詞則是數量最少，詞性也是最單純的，根據學者們的研究，述補式在東漢時期才剛開始萌芽，因此，東漢佛經中所見之述補式複合詞，狀態及結構尚不穩定，必須遲至六朝時期才漸漸成形。

第二節　複合詞歷時變化分析

這一節主要針對共計 48 例複合詞的內部結構進行歷時分析各種特色進行分析，共分爲三個重點進行歷時的分析與討論。

首先是這 48 例的詞義變化分析，複合詞隨著說話者的需要隨時微調其詞義及詞性等方面來配合，從這 48 例複合詞來觀察東漢至隋唐佛經及中土文獻的話，可以發現複合詞從一開始不穩定的狀態，到了六朝佛經及中土文獻逐漸站穩腳步，在詞義、詞性及用法上都趨於固定。另一方面，複合詞在佛經與中土文獻中的變化並非同步進行，而是有快有慢，觀察並分析這些差異是探討複合詞十分值得注目的論題。

接著是複合詞的詞性變化，在東漢佛經中若是複合詞同時具備兩種詞性，多半是由於詞彙的穩定度尚不足的緣故，在六朝以後的漢譯佛經中會擇一詞性繼續使用。但也可見到傳至六朝佛經時有作兩種詞性使用的情形，這顯示了複合詞正處於轉型中，這些現象多半也和同時期的漢語變化有著密切的關係。

最後是使用頻率分析，本文討論的複合詞在東漢佛經中並非是常見的詞，甚至是僅限於少數譯者或單部經典使用，透過分析東漢、六朝及隋唐複合詞的使用次數，並和中土文獻的使用狀況做比較，可以觀察出這些複合詞的生命力高低狀況，從中可以證明這些複合詞是否順利留存於六朝以後的漢譯佛經或是中土文獻中，即使在東漢佛經並非常用詞也有其珍貴的價值。

以下就從複合詞詞義及詞類變化與漢語的融入度三點逐一討論各面向的歷時變化過程及特色。

一、複合詞詞義變化分析

複合詞的詞義方面，由可分爲「詞義擴大」、「詞義縮小」及「詞義轉移」等三方面來切入探討，從東漢至隋唐佛經及中土文獻作比較分析，以歷時的角度來觀察，藉以描述的詞義變化歷程。

這些口語化程度極高的複合詞於東漢佛經使用後，譯經師賦予複合詞的基本詞義，到了六朝及隋唐時期，該時代的譯經師針對這些複合詞有了不同的解釋及用法，複合詞的種種變化也非同步呈現於同時代的中土文獻，因此針對佛經與中土文獻的比較也是重點之一。經過整理比較，48 例當中共有 16 例出現詞義變化的現象，以下分爲「詞義擴大及詞性增加」、「詞義縮小及詞性減少」，及詞義轉移等三部分來討論。

（一）詞義擴大及詞性增加

「詞義擴大」是指意義範圍擴大，有可能是義項增加，也可能是同一義位內的限制義素減少。同理，詞性擴大是指複合詞的詞性增加，這一類複合詞的數量最多，共計 7 例，以下按照覆合詞分屬名詞、動詞、形容詞的順序排列，請見下列表格整理：

【表 4.2-1】屬「詞義擴大」複合詞一覽表

詞 例	東漢佛經基本義	詞義及詞性變化	變化時代	語料
1. 根義	五根的總稱	求尋佛法的基礎根本來源	六朝	漢譯佛經
2. 紺馬	七寶之一	祥瑞的象徵	唐代	中土文獻

詞 例	東漢佛經基本義	詞義及詞性變化	變化時代	語料
3. 澡罐	1.洗浴時的用具 2.僧侶必備用具	一般人洗浴時的用具	唐代	中土文獻
4. 撾捶	捶打	1. 捶打 2. 處以刑罰	六朝	漢譯佛經
5. 臨顧	光臨、拜訪	親自到來並看顧	六朝	漢譯佛經
6. 危脆	利益的脆弱、不堪一擊	1. 身體及性命的脆弱 2. 具體事物破敗、危急	六朝	漢譯佛經
7. 勸意	勸勉從事佛法的想法	1. 向佛的心意（名） 2. 勸勉向佛的心意（動）	六朝	漢譯佛經

從上面表格可以觀察到複合詞有 6 例屬於詞義擴大，「勸意」則是詞性增加且詞性增加，變化的時代多半集中在六朝佛經，也就是說六朝之後這些複合詞的詞義大致底定，不再改變，以下逐一解釋該複合詞的詞義及詞性變化。

「根義」本指五根，而這五根都是尋求佛法的基礎，且「根」有能生、增上的意涵，故六朝佛經引申解釋爲求尋佛法的基礎根本來源。

「紺馬」，由七寶之一，佛教七寶蓄納了佛家淨土的光明與智慧，其蘊育著深刻的內涵，使七寶成爲珠寶中的靈物，六朝多作「紺馬寶」，至唐代中土文獻「紺馬」擴大解釋爲祥瑞的象徵。

「澡罐」用是指僧侶洗浴時專用的道具，洗浴是佛教的一項重要的儀式。對一般人而言，洗浴也是日常生活中的要事，原爲佛教的專有名詞，至至唐代中土文獻作爲一般名詞使用，其使用的範圍擴大。

「撾捶」的字面解釋爲捶打，而捶打也是一種刑罰，故六朝佛經以後用「撾捶」作爲刑罰之一。

「臨顧」從光臨、拜訪，引申解釋爲親自到來並看顧，東漢佛經中「臨顧」的對象是一般人，六朝佛經中「臨顧」的對象多爲世尊、神佛、菩薩等，因爲接受動作的對象不同，故解釋也隨之擴大。

「危脆」原用以解釋像利益這一類無實體的東西是脆弱、不堪一擊的，六朝佛經之後，用以形容實體事物，故轉擴大解釋爲生命、身體或具體事物的破敗。

「勸意」從字面上解釋是勸勉向佛的心意，六朝佛經保留了東漢佛經的用法外，也作動詞用，解釋為勸勉向佛，從名詞轉為動詞使用，是屬詞性增加的例子。

從這 7 個詞例可以歸納出的詞義擴大及詞性增加，多半來自於使用對象或是施作動作的對象擴大，為了因應這個改變，複合詞的詞義自然也隨之引申或擴大範圍來因應。

（二）詞義縮小及詞性減少

和「詞義擴大」類似，「詞義縮小」是指意義範圍縮小、義項減少，或是詞義不變，但詞性數量減少，也有同一義位內的限制義素增加，比起「詞義擴大」的詞例，「詞義縮小」的現象較少見，共計 2 例，請見下列表格整理：

【表 4.2-2】屬「詞義縮小並詞性減少」複合詞一覽表

詞 例	東漢佛經基本義	詞義及詞性變化	變化時代	語 料
1. 淨潔	1. 形容乾淨、清潔的樣子（形容詞） 2. 清潔的狀態（名詞） 3. 清潔身體（動詞）	乾淨、清潔的樣子（形容詞）	六朝	中土文獻
2. 尊豪	1. 地位尊貴的（形容詞） 2. 地位尊貴的人（名詞）	地位尊貴的人（名詞）	南朝	中土文獻

「淨潔」在東漢佛經中用以形容身體、物品的清潔，也可以作為動詞使用，多指清潔身體之意，到了六朝僅作形容詞用，也可以用於形容身體及各種物品的乾淨狀態，使用範圍縮小。

「尊豪」在東漢佛經中用以指地位尊貴的，作形容詞用。也指地位尊貴的人，作名詞用。在東漢至隋唐佛經中「尊豪」皆具備兩種詞性，南朝的中土文獻則僅作為名詞使用，可能是受到「X 豪」，如：「雄豪」、「英豪」的影響所致。

以上 2 例「淨潔」、「尊豪」皆屬並列式複合詞，在成詞的初期除了依循著語素原本的詞性外，也會隨著語境的不同，增加詞性以擴大使用範圍，這兩個複合詞在東漢佛經都擁有二至三種詞性，但經過一段時間的焠煉，詞性數量減少，複合詞原本構成語素為形容詞，也多作形容詞用。

（三）詞義轉移

詞義的變化主要表現在詞義轉移，指詞義由甲義轉到乙義，甲、乙兩義彼此之間仍有一定的關連，但使用範圍分屬不同，由於並不能歸入「擴大」或是「縮小」來處理，故一律視爲「轉移」來處置，共計 5 例，請見下列表格整理：

【表 4.2-3】屬「詞義轉移」複合詞一覽表

詞 例	東漢佛經基本義	詞義或詞性變化	變化時代	語 料
1. 福施	行善的風氣	爲祈福而捐獻的物品	隋唐	漢譯佛經
2. 卿女	特指某個已屆適婚年齡的女性	特指公卿家的女兒	六朝	中土文獻
3. 補處	補全佛法於內心的種種作用	補上佛位	六朝	漢譯佛經
4. 鑽穿	貫穿	1. 貫穿 2. 對於佛法的理解力（名）	六朝	漢譯佛經
5. 斷脈	斷絕水脈	中斷生命	六朝	漢譯佛經

「福施」本指把福氣施行出去，轉爲複合詞後解釋爲行善的風氣，指稱的範圍較大，隋唐佛經則解釋爲因祈福所需而捐獻的物品，從用以指稱抽象性高的風氣轉爲指稱實質性高的物品，詞義已發生改變。

「卿女」特指某個已屆適婚年齡的女性，至隋唐佛經的用例都是如此，漢譯佛經將「卿」用以稱較親昵的人才使用的人稱代名詞，而中土文獻則將「卿」從古代官名轉變成「你」的人稱代名詞，「卿女」則仍多用以特指公卿家的女兒。

「補處」原指補全佛法作用於內心的種種功效，被「補處」的是一般人。到了六朝佛經，被「補處」的對象改變，只有菩薩、神佛才能「補處」，解釋爲「補上佛位」，「處」的解釋從各種用處轉變爲特指「佛位」。

「鑽穿」本意就是貫穿，後接實體名詞，六朝佛經「鑽穿」可後接抽象事物，故除了原本的貫穿之意，轉而解釋爲對於佛法的理解力，受事的對象有了轉換，從實體轉爲實體及抽象皆可。

「斷脈」的「脈」原指水脈，人類居住地必須靠近水源，六朝佛經則將「脈」

用以象徵「生命」，「斷脈」解釋爲「斷絕生命」，「脈」的指稱對象改變。

詞義的變化，除了時代變遷的因素外，也不得不考慮六朝以後譯場規模及翻譯體制的確立也是一大主因，六朝的佛經譯經師針對東漢佛經，也做了一番的訂正工作，包括重譯佛經等，更別說是對於詞語的重新審視，因此，透過東漢佛經與六朝佛經的相互對照，對於複合詞的瞭解可以更加地深刻。

二、複合詞的詞性變化分析

複合詞的詞性變化過程，每個詞例的狀況都不一樣，有些是東漢時期尚不穩定，後來日趨穩定；有些是東漢時期只有一種詞性，到了六朝以後因爲使用的需要，變成了兩種詞性，但到了隋唐又回歸爲一種詞性，可以推想可能是有其他的詞彙取代了那個消失的詞性才是，另外，值得注意的是中土文獻針對這個詞彙的詞性所做的選擇，當然出現的時代也是必須注意的地方，符合這樣詞性數量變化的詞例共計有 7 例，請見下表的整理：

【表 4.2-4】屬「詞性改變」複合詞一覽表

詞例	東漢佛經	六朝佛經	隋唐佛經	中土文獻
1. 決言	名詞	名詞	1. 名詞 2. 動詞	動詞（南宋）
2. 勸意	名詞	1. 名詞 2. 動詞	名詞	無
3. 鑽穿	動詞	1. 動詞 2. 名詞	動詞	無
4. 愁毒	形容詞	1. 形容詞 2. 名詞	1. 形容詞 2. 名詞	名詞（南朝）
5. 慈哀	形容詞	1. 動詞 2. 名詞	動詞	無
6. 尊豪	1. 形容詞 2. 名詞	1. 形容詞 2. 名詞	1. 形容詞 2. 名詞	名詞（南朝）
7. 豪尊	1. 名詞 2. 形容詞	1. 名詞 2. 形容詞	形容詞	名詞（清代）

「決言」從東漢至隋唐佛經皆作爲名詞使用，解釋爲理解佛法的關鍵。

但隋唐佛經起可作動詞用，解釋爲理解佛法，前接助動詞「可以」，可見詞性改變，其詞義也必須隨之改變。中土文獻雖然也作動詞用，但和漢譯佛經的「決言」全然不同，這個部分留待後文「同形異義」的部分再行討論之。

「勸意」及「鑽穿」的情況相同，六朝佛經中多了一種詞性，但很快地到了隋唐佛經又回歸到與東漢佛經相同的詞性。「勸意」在六朝佛經時多增加了動詞的解釋。但「鑽穿」則否，從東漢佛經解釋爲貫穿實物之意，到了六朝除了「貫穿實物」之外，增加對佛法通徹地理解，「鑽穿」的是抽象物品。隋唐佛經則僅用以指通徹地理解佛法，六朝佛經中的解釋是「鑽穿」這個複合詞的詞義及詞性的過渡階段。

「愁毒」於東漢佛經作形容詞用，用以形容心情非常憂愁的樣子。六朝佛經作名詞用，用以指憂慮的心情，形容詞兼作名詞使用的情形於六朝佛經中十分常見，另一例「尊豪」亦是同樣情形，故不贅述。

「慈哀」於東漢佛經作形容詞用，形容內心充滿悲憫慈愛，六朝佛經則轉爲動詞及名詞，這和「慈」、「哀」的本義有關，「慈」解釋爲長輩對晚輩的慈愛之情；「哀」的本義是憐憫，這些都有強烈的動作感在其中。

「豪尊」一詞，很明顯地是東漢佛經譯者將「豪尊」視爲是擁有權力又地位尊貴的人的代稱，事實上應該寫作「豪尊者」，形容詞之後添加名詞詞尾「者」，這樣一來便可轉爲名詞使用，這一類詞例在東漢佛經中處處可見。

對於複合詞的詞性變化過程，必須搭配不同時期的佛經及中土文獻一同判斷，瞭解複合詞於各時代不同文獻中的使用情形，逐一分析其詞義、詞性及使用環境，才不至於迷失判斷的方向。

三、複合詞融入漢語的成功率

東漢佛經的複合詞，是否能夠繼續存活在佛經中，對複合詞來說，是一大考驗，通過了佛經的考驗後，又是否能夠成爲漢語詞彙的一員，則還有很長的路要走，即使融入了漢語，並成爲一般詞彙，也不見得就能保持原來東漢佛經譯者起初所賦予的詞義及用法。故這個部分將要探討的複合詞有哪些只能融入六朝至隋唐的佛經中被使用？哪些複合詞則可以順利被漢語接受，成爲一般詞彙的一員而不被接受的原因爲何？以下就 48 例複合詞各自在六朝及隋唐佛經及中土文獻的使用情形，表格中標以「✓」的複合詞代表被該文獻接受使用。整理如下表所示：

【表 4.2-5】東漢佛經複合詞融入漢語程度高低一覽表

詞　例	漢譯佛經		中土文獻	使用時代
	六朝	隋唐		
1. 視占	✓	✓	✓	東漢
2. 勸助	✓	✓	✓	三國
3. 沾污	✓	✓	✓	三國
4. 散節	✓		✓	三國
5. 撾捶	✓	✓	✓	西晉
6. 細滑	✓	✓	✓	北魏
7. 卿女	✓	✓	✓	六朝
8. 堤塘	✓	✓	✓	六朝
9. 危脆	✓	✓	✓	南朝
10. 補處	✓	✓	✓	南朝
11. 愁毒	✓	✓	✓	南朝
12. 羸劣	✓	✓	✓	南朝
13. 發求	✓	✓	✓	南朝
14. 尊豪	✓	✓	✓	南朝
15. 殃福	✓	✓	✓	南朝
16. 側塞	✓	✓	✓	南朝
17. 淨潔	✓	✓	✓	劉宋
18. 紺馬	✓	✓	✓	唐代
19. 澡罐	✓	✓	✓	唐代
20. 推逐	✓	✓	✓	唐代
21. 梯陛	✓		✓	唐代
22. 靖室		✓	✓	唐代
23. 助身	✓	✓	✓	北宋
24. 福施	✓	✓	✓	北宋
25. 攝制	✓	✓	✓	北宋

詞　例	漢譯佛經		中土文獻	使用時代
	六朝	隋唐		
26. 臨顧	✓	✓	✓	北宋
27. 決言	✓	✓	✓	南宋
28. 制意	✓	✓		元代
29. 增饒	✓			元代
30. 豪尊	✓	✓		清代
31. 等意	✓	✓		
32. 根義	✓	✓		
33. 勸意	✓	✓		
34. 悉示	✓	✓		
35. 澆漬	✓	✓		
36. 鑽穿	✓	✓		
37. 嬈亂	✓	✓		
38. 報意	✓	✓		
39. 欺餘	✓	✓		
40. 善快	✓	✓		
41. 制身	✓	✓		
42. 慈哀	✓	✓		
43. 炎照	✓			
44. 斷脈	✓			
45. 作厚	✓			
46. 放鏡	✓			
47. 曲低	✓			
48. 慧浴	✓			

從上表可知，在中土文獻出現的用例，使用時代為唐代以前僅有 22 例，可認定這 22 例複合詞已順利融入漢語，而「助身」、「福施」、「攝制」、「臨顧」、「決言」、「制意」、「增饒」共計 7 例，目前能搜尋於中土文獻出現的用例，其時代已晚於唐代，宋代以後已經是屬於中古漢語甚至是近代漢語的範圍了，這些詞彙構成即使與東漢佛經相同，其來源可能已非來自於佛經，故不予列入計算。

在這 22 例中另有 4 例視屬於較特別的情形，分別是「梯陛」、「散節」、「靖室」、「豪尊」。前三例複合詞雖成為漢語詞彙，但漢譯佛經則未見，有趣的是，

「梯陛」及「散節」分別出現於近體詩及詩賦中，有韻語言較爲凝練濃縮，又有時運用調換、變形等技巧來作詩，能否歸入一般詞彙，需要更多的線索來證明才行。「靖室」一詞在唐代被道教借用，應歸入專有名詞，是否以成爲一般詞彙，則需要更多的證明才行。「豪尊」雖晚至清代才出現，但其用例與六朝佛經相同，且出自於佛寺相關資料，故仍可認定爲繼承佛經而來。

剩下的 19 例中有 12 例僅見於六朝及隋唐佛經，可說是僅有佛教範圍承認這些詞彙的存在。最後的 6 例僅由東漢及六朝佛經使用，這些複合詞是東漢譯經師的新創詞彙，到最後卻未能成爲漢語詞彙的一員，六朝距離東漢的時代不遠，語感接近亦屬必然，故能接受並沿用的詞彙也較多，但這些複合詞卻未能見於隋唐佛經，可見該詞彙的內部結構及外部功能已不能爲唐代所接受，甚至連隋唐的佛經譯經師也不使用，可見這些複合詞的生命已到了終點。

總括上文，完全成功的複合詞有 22 例（45.8%），失敗的則有 26 例（54.2%），成功融入漢語的複合詞佔了近半數的比例，由這個數字可以想見東漢佛經譯經師翻譯的過程裡對於使用於佛經的詞彙是經過深思熟慮的。

本節主要是針對的歷時變化作了分析與討論，從複合詞的詞義變化、詞性變化，以及判斷能否成功晉級爲漢語詞彙這三方面著手，雖然這些複合詞的狀態尚不十分穩定，但仍有半數的複合詞已成功地成爲漢語詞彙，東漢佛經譯經師必須兼顧佛教教義與口語通順兩大條件之下進行翻譯的工作，可見他們對於漢語的掌握度實屬上等。此外，另有過半的詞例不爲漢語接受，但換個角度來看，這些複合詞雖專屬於東漢及六朝，同時是當時口語的重要資料，這對於研究東漢及六朝的白話及口語相關方面提供了很好材料與線索。

第三節　複合詞的特色分析

這一節主要針對 48 例複合詞的各種特色逐一進行分析與討論，以期探索出複合詞更深層的內容與時代意義。

首先是關注聲調對複合詞的影響，音韻效果對於並列式複合詞的 22 個詞例的影響力相當顯著，特別是表現於決定複合詞詞素順序的部分，由於組合成並列式複合詞的兩個詞素，彼此之間的地位平等，但凝固成複合詞後卻無法任意改變內部詞素的順序，那麼一開始是如何決定詞素的內部順序呢？決定的因素是什麼？經過分析推論可能是聲調影響了詞序的順序決定。因此，必須從其詞素的聲調分佈情形加以探討〔註 26〕，再歸納平上去入四聲及平仄二分兩種配對類型，以此觀察、分析並列式複合詞的詞素序與聲調之間的關聯性。

其次針對四字格進行討論，東漢佛經中使用了大量的四言及六言，四字格很明顯地是由兩個複合詞所結合而成，對於其結合的規律和依據進行討論與探究，並同時關注歷來漢語書面語的傳統所產生的影響力。

最後是針對東漢佛經「同形異義」複合詞的探討，構詞詞素相同但「內部結構」與「外部功能」卻逐漸改變的複合詞，這樣的情形代表著漢語正在不斷地進化及改變。同一複合詞於不同的文本中產生截然不同的詞義與用法，爲了歸納這些複合詞變化的情形，將觀察從東漢至隋唐的漢譯佛經及中土文獻語料，瞭解這些複合詞在漫長時空裡的用法。以下就依上述三點逐一討論複合詞各面向的歷時變化過程及特色。

一、聲調順序對歷來並列式複合詞的影響

當對複合詞進行觀察與分析時，注意到並列式複合詞的詞序受到音韻的影響十分顯著，然而並列式複合詞內部的語素順序，該怎麼決定呢？正如趙元任所提出的：「並列複合詞是其直接成分（immediate constituents）處於同等地位的一種結構。〔註 27〕」並列複合詞包含兩個成分，不僅都是主體，而且處於同等地位，一旦確定詞素序後，便不能任意調換，要是調換，可能導致語意改變。但若是並列語組〔註 28〕，則有可以調換的空間。董同龢讚同趙元任的說法，提出：「並列複合詞——次序固定是主要的特徵。〔註29〕」因此確認「並列式複合詞」的前後成分次序是不可互換的。

〔註 26〕關於如何確定複合詞的聲調，複合詞用字的韻部參考自周祖謨、羅長培合著：《漢魏晉南北朝韻部演變研究》（北京：中華書局，2007）、劉冠才：《兩漢韻部與聲調研究》（成都：巴蜀書社，2007）。

〔註 27〕請參見趙元任：《中國話的文法》（香港：中文大學出版社，1980），頁 372。

〔註 28〕文中敘述保留使用趙元任的用語：「並列語組」，而目前一般較常見的稱呼則是「並列詞組」，在此特別說明。

〔註 29〕請參見董同龢：《語言學大綱》（臺北：東華書局，1987），頁 120。

（一）語音的時代問題

當並列式複合詞一旦決定順序後，是無法任意變動的，關於並列式複合詞的詞素序問題，已有相當多前輩學者針對各個時代的並列式複合詞進行了分析與探討。

1. 上古漢語

丁邦新以《論語》、《孟子》和《詩經》中的並列式複合詞〔註 30〕爲材料，歸論出並列式複合詞，其詞素次序往往是按平、上、去、入的規律來安排，檢索出的 411 個例子中，例外僅占 19.30%，證明不論是上古漢語，其並列式複合詞的構詞詞素序，主要由聲調來決定。

張博〔註 31〕以五部先秦典籍爲對象，進行了並列式連用詞素序的制約機制全面性的討論與分析，得到連用調序的主要制約因素來自於調序，而異調順序連用也被調序所制約，然而當意義關係與調序互有矛盾時，也不必然由意義制約來決定詞素序。並且針對逆調排列的並列式複合詞組提出了八種可能的原因，然而確認複合詞的聲調部分中，全以《廣韻》爲準，若《廣韻》未收之字，則以《集韻》爲準。但先秦典籍所記載的語音與《廣韻》的時代相差甚遠，《廣韻》的語音並無法等同於先秦的語音，因此，這個部分尚待商榷。

2. 中古漢語

竺家寧以西晉・竺法護所譯四十三部佛經爲材料，篩選出其中的並列式複音詞，並加以分析，最後歸結出詞素的排列順序是由聲調決定的，並且特別出提到「只有在類義並列時，詞序先後才會考慮意義的因素。〔註 32〕」，也就是當並列式複合詞的詞素是類義並列時，兩個類似意義的詞素間，其意義上的關聯性將大於語音關係。

接著是王雲路，以《顏氏家訓》爲材料〔註 33〕進行複音詞的統計分析，其

〔註 30〕請參見於丁邦新：〈論語、孟子、及詩經中並列語成分之間的聲調關係〉，《中央研究院歷史語言所研究集刊》第 47 本第一分，1975，頁 17～51。

〔註 31〕請參見張博：〈先秦並列式連用詞序的制約機制〉，《語言研究》第 2 期，1996，頁 13～26。

〔註 32〕請參見竺家寧：〈西晉佛經並列詞之內部次序與聲調的關係〉，《中正大學中文學術年刊》創刊號，1997.12，頁 41～70。

〔註 33〕請參見王雲路：《中古漢語詞彙史・上》（北京：商務印書館，2010），頁 244～245。

結論與竺家寧相同，認爲影響詞素序最深的是聲調，並且按照平上去入順序來排列。若同調時，則以發音部位和發音方法決定次序；若不合於調序時，則依意義的先後順序決定，但也不諱言會有語音關係無法發揮決定前後詞素序的狀況，那麼，將由語法關係、表意需要、社會習慣等因素來決定詞素序。總歸來說，學者們贊成聲調次序將是影響並列式複合詞的內部成分排列的一大主因。

3. 現代漢語

丁邦新首先以臺灣地區所通行的國語爲材料進行探討〔註 34〕，歸結出除了兩字同一聲調外，若是不同聲調的狀況下，將以聲調來決定前後次序，和上古漢語的狀況相呼應。

總歸上文，從上古至現代漢語，並列式複合詞的內部與色順序無不受到聲調的影響，若有違背聲調排列順序的狀況，多半是爲了遷就詞義的需要，那麼，音韻的影響力自然居於弱勢。

（二）並列式複合詞的聲調分佈情形

以東漢佛經來說，語音歸屬於上古音，上古音的音系研究中爭論最大的即爲聲調的分類問題。關於上古聲調的研究，根據研究成果可分爲兩派，一是上古無上去二聲〔註 35〕，如：清・顧炎武、段玉裁等。現代學者如：黃侃、王力、董同龢等。二是古有四聲說〔註 36〕，清・孔廣森、江有誥、夏燮等。現代學者如：羅常培、周祖謨、丁邦新等。其中丁邦新不僅從語料入手，更進

〔註 34〕所謂由聲調決定詞素序，即爲該複合詞如果有其中之一爲陰平字，那麼該字必定在前；若有一字爲入聲字，那麼該字必定在後，且按照陰平、陽平、上、去、入的次序來決定前後次序。請參見於丁邦新：〈國語中雙音節並列語兩成分間的聲調關係〉，《中央研究院歷史語言所研究集刊》第 39 本下冊，1969，頁 155～173。

〔註 35〕支持古無上去聲的前輩學者，其相關論述請請參見顧炎武：《音學五書》，清・顧炎武《音學五書》上海：上海古籍出版社，2011。段玉裁：〈六書音均表〉，漢・許慎著、清・段玉裁注《說文解字注》（臺北：洪葉出版社，1989）、黃侃：《黃侃國學文集》（北京：中華書局，2006）、王力：《漢語語音史》（北京：商務印書館，2008）。

〔註 36〕支持古有四聲的前輩學者，其相關論述請請參見孔廣森：《詩聲類》、江有誥：《唐韻四聲正》羅常培、周祖謨合著：《漢魏晉南北朝韻部演變研究》（北京：中華書局，2007）、丁邦新：〈論語、孟子、及詩經中並列語成分之間的聲調關係〉，《中央研究院歷史語言所研究集刊》第 47 本第一分，1975，頁 17～51。

一步進行了先秦並列詞素序與聲調關係的研究，本文亦據此成果，以古有四聲〔註 37〕爲基礎，將並列式複合詞的詞素聲調按照平上去入四聲的順序，分爲「順調排列」與「逆調排列」兩種類型，本文所謂「順調排列」是指的是並列式雙音節的詞素聲調有平上去入順向排序的關聯，如以「平去」、「平入」排列，另外，若是同調排列，如：「平平」、「上上」等，也一併歸入「順調排列」之中；反之，「逆調排列」是指並列式雙音節的詞素聲調呈現平上去入逆向排序的關聯，如：「入平」、「入上」屬於「逆調排列」，以下列出以順調排列的並列式複合詞，請見下表：

【表 4.3-1】並列式複合詞之詞素順調排列詞例一覽表

	依　調	同　調
詞例	1. 梯陛（平上） 2. 澆漬（平去）臨顧（平去） 危脆（平去） 3. 殃福（平入）推逐（平入） 羸劣（平入）細滑（平入） 4. 淨潔（去入） 5. 嬈亂（上去）善快（上去）	1. 堤塘（平平）豪尊（平平） 鑽穿（平平）慈哀（平平） 尊豪（平平） 2. 視占（去去）勸助（去去）
合計	11	7

屬於「順調排列」的詞例共計 18 例，「依調排列」有 11 例，「同調排列」有 7 例，也就是大部分的並列式複合詞都符合「順調」的規則。

「逆調排列」僅有 4 例，分別是發求（去平）、擿捶（去上）、曲低（入平）、攝制（入去）。

分析「順調」、「同調」、「逆調」三種類型的數量來看，並列式複合詞內部詞素聲調的優先選擇次序爲依調＞同調＞逆調。

〔註 37〕請參見丁邦新：〈國語中雙音節並列語兩成分間的聲調關係〉，《中央研究院歷史語言所研究集刊》第 39 本下，1969，頁 155～173、丁邦新：〈論語、孟子、及詩經中並列語成分之間的聲調關係〉，《中央研究院歷史語言所研究集刊》第 47 本第一分，1975，頁 17～51、竺家寧：〈西晉佛經並列詞之內部次序與聲調的關係〉，《中正大學中文學術年刊》創刊號，1997.12，頁 41～70、竺家寧：〈從佛經看漢語雙音化的過渡現象〉，《中正大學中文學術年刊》第 1 期，2011，頁 27～52。

（三）聲調決定詞素順序

並列式複合詞的詞素聲調，決定內部詞素的次序，根據丁邦新的研究認爲「順調」應視爲正例，「逆調」視爲例外。從並列式複合詞中來看詞素分佈狀況，屬於「順調排列」的類型共計 18 例（81.8%），「逆調」共計 4 例（18.2%），的確「順調排列」的確佔了多數，正如丁邦新所言：「在雙音節並列語中，如有平聲字，它總用爲第一成份；在沒有平、入聲字時，上聲總用爲第一成份。〔註 38〕」從這些複合詞身上所觀察到的也的確是如此。

聲調決定順序的理由，可以從聲調各自的特色來分析。首先是平聲，「平聲字的數量最多，勢力最爲龐大，加上平聲字作爲第一成份，後接任何一調字皆屬順調，又平聲字本身的音高特性，在搭配組合上自然數量最多。

另一個值得注意的是去聲字與入聲字。從上面的統計可知，使用去聲字爲第二詞素的複合詞有 7 例，其中以去聲同調的並列式複合詞有 2 例。而使用入聲字爲第二詞素的類型有 5 例，兩者合計 12 例（66.6%），比例頗高，這顯示了東漢佛經對於去、入兩聲可能已經各自獨立。

試著比較《論語》、《孟子》、《詩經》與東漢佛經的並列式複合詞的詞素聲調訓序來看，便可知曉。

【表 4.3-2】《詩經》、《論語》、《孟子》與東漢佛經並列式複合詞詞素順序比較表

	聲調順序	《詩經》		《論語》		《孟子》		東漢佛經	
		數量	比例	數量	比例	數量	比例	數量	比例
順調排列	平－上	35	12.5%	11	11%	38	13.1%	1	4.5%
	平－去	25	8.9%	10	10%	43	14.8%	3	13.6%
	平－入	45	16.0%	20	20%	57	19.6%	4	18.4%
	上－去	6	2.1%	9	9%	22	7.6%	2	9.0%
	上－入	16	5.7%	6	6%	12	4.1%	0	0
	去－入	3	1.1%	1	1%	15	5.1%	1	4.5%
小　計		130	46.3%	57	57%	187	64.3%	11	50.0%

〔註 38〕請參見丁邦新〈論語、孟子、及詩經中並列語成分之間的聲調關係〉，《中央研究院歷史語言所研究集刊》第 47 本第一分，1975，頁 35。

	聲調順序	《詩經》		《論語》		《孟子》		東漢佛經	
		數量	比例	數量	比例	數量	比例	數量	比例
同調排列	平－平	61	21.7%	13	13%	42	14.4%	5	23.0%
	上－上	12	4.3%	7	7%	10	3.4%	0	0
	去－去	11	3.9%	5	5%	11	3.8%	2	9.0%
	入－入	9	3.2%	3	3%	5	1.7%	0	0
小　計		93	33.1%	28	28%	68	23.3%	7	32.0%
逆調排列	上－平	14	4.9%	5	5%	11	3.8%	0	0
	去－平	12	4.3%	1	1%	2	0.7%	1	4.5%
	去－上	5	1.8%	2	2%	9	3.1%	1	4.5%
	入－平	13	4.6%	2	2%	5	1.7%	1	4.5%
	入－上	7	2.5%	1	1%	3	1.0%	0	0
	入－去	7	2.5%	4	4%	6	2.1%	1	4.5%
小　計		58	20.6%	15	15%	36	12.4%	4	18.0%
總　計		281	100%	100	100%	291	100%	22	100%

由上表可知，在順調組合方面，《論語》、《孟子》、《詩經》與東漢佛經四者的比例皆超過半數，證實聲調的確影響構詞詞素序。同調組合，四者的比例約接近三成左右。逆調組合，四者的比例也都約在兩成上下。

順調組合方面，僅有東漢佛經以「平－入」爲最多，和《論語》、《孟子》、《詩經》相同，次多是「平－去」；同調組合方面，全部都是以「平－平」的組合爲最多。

逆調部分，東漢佛經只有 4 例，分爲四種類型；其餘《論語》、《孟子》、《詩經》三者均以「上－平」最多，次多的是《詩經》:「去－平」、《論語》:「入－去」、《孟子》:「去－上」且「入－去」多於「去－入」。

由此可證明從上古至東漢爲止，去聲的發展已有了很大進展，與入聲的界線越來越清晰。雖然上古音是否確實存在上去二聲尚有爭議，如：周祖謨指出去聲字之源，一是來自於平上聲轉來；一則自入聲轉來〔註 39〕，故有上、去聲之別。《詩經》的年代較早，去聲字正處於從平上入三聲轉來的過程中，因此丁

〔註 39〕請參見周祖謨：〈古音有無上去二聲辨〉，《問學集》上冊（北京：中華書局，2004），頁 40。

邦新所歸納去、入聲相配的例子少於入、去聲相配。東漢佛經的譯成時代已經遲至公元三世紀，以此可證去聲至東漢時，其發展與字數的增長早已高於上古漢語時期，至少可知東漢時期去聲與入聲的距離已經大於《詩經》時代，可視爲漢語準備演進爲中古音的準備工作之一。

（四）逆調的形成

並列式複合詞內部詞素的聲調配置選擇中，「逆調」是最不得已的選擇。屬「逆調」的複合詞中有部分屬動詞性複合詞，其詞素間具備「連動」關係，這是在並列式複合詞中較爲特殊的現象。而連動結構是現代漢語的基本結構之一，常由連動結構充當謂語來構成連動句，這種句式，呂叔湘認爲：「這是一種構造複雜的句式，共同的特點是：動 1 和動 2 聯繫同一個施動者，中間不能停頓。〔註 40〕」因此，由同一的施事者作動作行爲的發出者，並且是兩個或兩個以上的動作行爲。以此來推論東漢佛經「逆調排列」：「發求」、「撾捶」、「曲低」、「攝制」。這四例全屬動詞詞素並列，在各自的語境中也是用以指兩個動作的行爲的發出。

這四例的並列式複合詞，另一個特質是短語性質十分強烈，對於需要敘述兩個動詞時，佛經譯經師常依據動作的作用時間先後、影響範圍大小等概念來決定詞素序，因此，此時動作的順序將決定詞素的順序，從目前所見「逆調排列」的狀況，可推論是由於詞素之間有「連動關係」所致，同時也是東漢佛經特有的語言特色。

聲調是漢語語音系統最重要的特徵之一，不僅在詩詞歌賦等韻文起了重要作用，在詞語的構造組合中也有不可忽視的影響力。從先秦文獻的《詩經》、《論語》、《孟子》，再到西晉佛經，甚至是近、現代漢語，學者們的研究已經確知並列式複合詞的詞素排列，基本上依平上去入四聲爲序，順調排列。除了前文提及丁邦新的成果之外，周祖謨亦認爲當漢語裡兩個詞並舉合稱時，兩個詞素的先後順序，除了是同聲調的情形外，一般是按照平上去入四聲爲序，以平聲字在前，仄聲字在後。如果同爲仄聲，則以上去入爲序〔註 41〕。符合該規律的並

〔註 40〕請參見呂叔湘編：《現代漢語八百詞》（北京：商務印書館，2000），頁 37。

〔註 41〕請參見周祖謨〈漢語駢列的詞語和四聲〉，《北京大學學報》（哲社版）第 3 期，1985，

列式複合詞，歷經語言演變後，這個規律依然符合漢語詞彙的聲調搭配，證明此規律這些詞語是符合人們的自然發音規律的。換句話說，這樣的規律所構成的複合詞符合語言使用的需要，如此一來，這些並列式複合詞能眞正地深植於語言之中。

逆調排列的並列式複合詞，雖然不符合漢語演進的要求，但確保存了當時漢語的眞實面貌，雖然這些複合詞並不全然爲漢語所接受，但卻是佛經譯經師在翻譯過程中的新嘗試。

二、對四字格〔註42〕文體的偏好

上古漢語中，單音詞在詞彙系統中佔了絕大多數。根據周薦〔註43〕的統計，以趙誠《甲骨文簡明詞典：卜辭分類讀本》爲例，總共收錄2,050條詞例，其中多字組合只有461個（22.49%），單音詞則有1,589個（77.51%），這與現代漢語複音詞爲多數的情形有了鮮明的對比。殷商時代詞彙系統以單音節爲主，複音化的各種構詞法則萌芽於西周早期，完備於春秋戰國。因此，在春秋戰國時期複音詞的數量急速增加，也是漢語複音化迅速發展的第一個時期。

複音化過程裡以雙音化的步伐最快，從東漢開始至唐代爲止，雙音詞爲主的詞彙系統已經建立完備，現代漢語雙音詞則完全取代單音詞取得詞彙系統的主體地位。漢語詞彙雙音化的論題，前輩學者已有許多優秀的成果與論述，對於雙音化的進程，卻尚未有一致的意見，目前提出的成果有五種：

第一種是「語音簡化說〔註44〕」，如：王力，認爲漢語複音化來自語音的簡化，這是較早提出具有重要影響的說法之一，認爲上古漢語語音複雜，到了中

頁1～4。

〔註42〕本文所指的「四字格」或稱爲「四言句式」是指漢譯佛經非屬偈頌四字一句的行文格式，爲了論述的方便起見，採以「四字格」來稱呼之。

〔註43〕請參見周薦〈雙字組合與詞典收條〉，《中國辭書學文集會議論文集》，1998，頁164～174。

〔註44〕請參見王力《王力文集・第九卷・漢語史稿》（濟南：山東教育出版社，1988）、呂叔湘《中國文法要略》（瀋陽：遼寧教育出版社，2002）、張雙棣《《呂氏春秋》詞彙研究》（濟南：山東教育出版社，1989）、魏德勝《《韓非子》語言研究》（北京：北京語言學院出版社，1995）。

古因爲語音簡化的關係，使得同音詞大量增加，妨礙了語言交際，因此發展出複音化。呂叔湘也支持這一學說，認爲同音字增多是詞彙雙音化的一個重要原因。爾後，張雙棣對《呂氏春秋》的詞彙研究、魏德勝對《韓非子》的語言研究證明複音詞數量到了戰國晚期已經佔了全部漢語詞彙的 30%左右。

第二種是「義類義項分離說〔註 45〕」，是指將義類及義項不視爲是同一體，這個理論主要由提倡「字本位」理論的學者所支持，認爲將「字」視爲是漢語的基本結構單位，而漢語的編碼體系爲「1 個字義＝1 個義類×1 個義象」，支持這個論點的學者有徐通鏘，認爲單字把義類與義象統一於字義的傳統將隨著語言發展而改變，必須成爲「雙字」爲主體的格局，突破單字格局「1」的限制。

第三種是「精確表義說〔註 46〕」源於《馬氏文通》而來的，「古籍中諸名往往取雙字同義者，或兩字對待者，較單詞雙字，其詞氣稍覺渾厚。〔註 47〕」爾後大體上沿著語義依循著兩個方向。（1）同音詞過多影響表義的精確度。如：張世祿、史存直等，認爲古代漢語的音節數量比現代漢語多，但音節數有限，也就是想以有限的音節表現無限的事物，將導致大量雙音詞的出現，複音化正是爲了避免如此情況才產生的變化。（2）爲了表義精確化的需求。如：唐鈺明、錢宗武，認爲語義表達的精確化是複合詞形成的主要原因，並提出結構造詞早於語音造詞，語音造詞是因其便利性可使漢語避免同音詞過多的狀況。結構造詞則以偏正式佔了絕對優勢，偏正式是最適合用以對事物進行修飾及限定，也最利於對動態進行描寫，偏正式讓複音詞大量增加，這證明了漢語複音化並非是爲了解決語音形式上的問題，而是進一步追求語義的細緻及精準化。

第四種是「審美觀念說〔註 48〕」，支持這個學說的學者有：陳克炯、楊琳。

〔註 45〕請參見徐通鏘《漢語結構的基本原理：字本位和語言研究》（青島：中國海洋大學出版社，2005），頁 146。

〔註 46〕請參見張世祿《古代漢語教程》（上海：復旦大學出版社，1991）、史存直《漢語詞彙史綱要》（上海：華東師範大學出版社，1989）、唐鈺明〈金文複音詞簡論——兼論復音化的起源〉載於《人類學論文選集》（廣州：中山大學出版社，1986）、錢宗武〈論今文《尚書》複合詞的特點和成因〉，《湖南師範大學社會科學學報》，第五期，1966，頁 67～70。

〔註 47〕請參見《馬氏文通》（北京：商務印書館，1998）。頁 38。

〔註 48〕請參見陳克炯〈《左傳》形容詞的考察和非定形容詞的建立〉，《第一屆國際先秦漢

認爲漢語的特殊性在於音步，音步則以兩個音節構成的發音長度最爲適宜，成爲雙音化的發展趨勢，同時也是爲了並列複詞的產生給予了最重要且直接的動力。這種發展趨勢是根植於漢語結構本身的平衡美、音韻美的要求。

第五種是「韻律構詞說〔註 49〕」認爲韻律詞由音步決定，漢語最基本的音步即爲雙音步，單音節詞必須再加上一個音節才能滿足韻律詞的要求，因爲漢語本身就由「求雙」的傾向。馮勝利提出了一系列關於漢語韻律詞的研究來證明漢語詞彙是韻律詞。

不論哪一種學說才是正確的，從實際漢語詞彙的語言變化來觀察，都證明了「雙音化」確實是漢語詞彙的主流傾向，而「雙音」則來自於奠基於漢語深層的音韻特色而來。

（一）雙音節詞的普遍使用

漢語的複音化藉由音韻的力量，讓雙音節詞成爲最強勢的詞彙集團。雙音節化從《詩經》以來便已奠定，從最簡便的「重疊」方式開始衍生出詞彙組合，即「片語」，但只要經過長期且普遍使用後，「片語」凝固即成複合詞〔註 50〕。這個現象在戰國時代，就已形成「單音節詞語已無法獨立，凡需音步者，均需雙音節。〔註 51〕」進而採用「複合」構詞形式，再逐步建構出我們目前所見多彩多姿的漢語詞彙的世界。

雙音詞的形成方式有三：一是由單音詞利用「襯音〔註 52〕」衍生出單純雙音詞；二是利用「複合」爲手段，融合出新詞；三是佛經譯經師直接以「雙音」

語語法研討會論文集》（長沙：嶽麓書社，1994）、楊琳〈漢語詞彙復音化新論〉，《煙臺大學學報》第 4 期，1995，頁 90～95。

〔註 49〕請參見馮勝利《漢語的韻律、詞法與句法》（北京：北京大學出版社，1997），頁 1～27。

〔註 50〕關於韻律詞和複合詞彼此之間的關係與作用，參看自馮勝利〈韻律詞與韻律構詞法〉、〈韻律詞和複合詞的歷史來源〉《漢語的韻律、詞法與句法》（修訂本）（北京：北京大學出版社，2009），頁 1～54。

〔註 51〕請參見馮勝利《漢語的韻律、詞法與句法（修訂本）》（北京：北京大學出版社，2009）。頁 40。

〔註 52〕所謂「襯音」，如同「襯字」一般，是指單音詞中從複韻尾延伸出來，進而獨立的音節。

來思考並新創詞彙，是屬於純粹雙音節化的過程。

前兩種方式在東漢時期的漢語已經出現，第三個方式則是佛經譯經師出自於翻譯需要所使用的手段，新造詞彙直接以「雙音」來思考，除了顧及詞義內涵外，也同時重視語音輕重分佈的位置，對佛經譯經師而言，「強弱」是雙音詞最直覺性的語音特徵，這也正式宣告單音詞必然走向雙音詞的道路。

中古漢語的雙音詞爲何數量急遽增加呢？從形式上來觀察，和雙音詞的構成音步有關，以雙音詞爲單位構成音步，兩兩組合成四言形式在先秦典籍中十分常見，即使如此，雙音詞爲何能取代單音詞成爲詞彙的主流呢？魏培泉〔註 53〕提出三個原因：其一，社會文明的發展日趨複雜，自然需要更多、更豐富的詞彙；其二，中古漢語的語音趨向簡化，造成同音的單音詞大量增加，因此不得不以復合爲手段來新造詞彙，以利區別；其三，上古漢語中常見一詞多義的現象，可以區別語義，也可兼有詞性區別，但爲了詞義的精確度，利用雙音形式組合新詞，讓詞義的辨別更加容易。無論如何，因應使用的需要，對於詞彙的詞義及內涵要求更加精準之故。

（二）佛經語言四字格文體的建立

佛經行文紛紛採用四言文體，俞理明認爲來自《詩經》、《論語》的成語絕大多數是四言，讓人朗朗上口，因此把四言文體視爲一種修辭手段，在漢朝同時形成了一股風氣，不僅《史記》、《漢書》亦可見，在詔令文書的文字也以四言爲主，且時代越晚越明顯，四言句雖非純文學的主流，但已是一般行文使用上的常態。四言文體讓行文風格變得節奏鮮明、整齊有序，對於傳教、解釋佛理等方面都有所幫助，且四言文體也成爲東漢譯出佛經的特色之一。

東漢是正當雙音節大量發展的時候，加上漢語韻律「求雙」的特質，讓雙音詞再次組合成四字格，這是必然的發展。先秦時期利用重疊或是疊加的方式，讓單音節詞重疊成雙音節詞，同理，雙音節詞也能重疊成四字格的詞語，或是三個雙音詞結合成六字的格式，利用這個方式形成的四言與六言的文體；又或是在四言及六言之上增添一字，成五言或七言。

事實上不論是哪種文體的形成皆非一蹴可幾，漢譯佛經四字格的文體也經

〔註 53〕請參見魏培泉〈上古漢語到中古漢語語法的重要發展〉《古今通塞：漢語的歷史與發展》，第三屆國際漢學會議論文集語言組，2003，頁 75～106。

過了漫長的時間才逐漸成形，縱覽從東漢至六朝漢譯佛經的行文也歷經了一個發展的歷程。

佛經內容有偈頌與散文兩部分，以講唱相間的形式呈現，一般的情況是講說部分使用散文，演唱部分則使用韻文。東漢佛經散文部分，其行文在句式及字數上沒有嚴格的規定，加上譯經師多以「敬順聖言，了不加飾〔註 54〕」的態度進行譯經，故文體句式從三言、四言、五言、七言乃至雜言皆有。隨著譯經愈具規模，四字格文體也愈加的穩定。屬於較早期的，如：安世高《道地經》及支婁迦讖《佛說阿闍世王經》的行文風格，與較晚期的如：康孟詳《中本起經》相比較就發現越晚期的譯經，其行文四字格的傾向越強烈。顏洽茂針對「四字格」的使用做過統計，從東漢到六朝佛經中四字格的使用情形，請見下表所示：

【表 4.3-3】東漢到六朝佛經四字格的使用比例分析

譯經時代	譯經師	經　名	散句句數	四字格數量	四字格比例
東漢	安世高	《道地經》	100	21	21%
東漢	支婁迦讖	《佛說兜沙經》	102	19	19%
東漢	康孟詳	《修行本起經》	100	61	61%
吳	支謙	《佛說四願經》	112	88	79%
東晉	僧伽提婆	《中阿含經》	100	81	81%
姚秦	鳩摩羅什	《妙法蓮華經》	118	95	81%

從【表 4.3-3】反映的情形來看，「四字格」是歷來佛經翻譯很重視的一種句式，較早的譯經「四字格」的數量偏低，到了東漢譯經晚期的康孟詳開始比例提高許多，由此可以證明「四字格」在東漢佛經已經初露端倪，至六朝以後更是位居主流地位。

隨著佛經翻譯走向成熟，散文形式也從最初的無固定樣式走向四言格式，這個行文傾向近年來已有學者嘗試爲這個現象進行思考及說明，如；朱慶之〔註 55〕認爲佛典特有的四言格式是受到佛教原典偈頌文體的影響，只是

〔註 54〕請參見道安《出三藏記集・序》收錄於梁・僧祐《出三藏記集》北京：中華書局，1995。頁 264。

〔註 55〕請參見朱慶之《佛典與中古漢語詞彙研究》（臺北：文津出版社，1992）。頁 13

不講究節奏，不須對仗押韻。不過，俞理明〔註 56〕則反對朱慶之的說法，認爲佛經散文部分，如果受到偈頌影響的話，那麼佛經散文也應該是五言的形式，因此，佛經的四字格應是與原典散文部分對應，同時也不能不考慮當時流行文體的影響力。可以想見佛經的四字格的形成顯然不只一種力量，應該由多方面來進行探討。

漢譯佛經融合了印度文化及漢文化，既是體現印度文化的風貌，也一定程度地融合漢文化的時代特徵。從東漢至六朝的佛經，譯經師盡可能地使用四字格，這個普遍的現象，也有可能是受到從漢賦四言的風格乃至整個六朝駢體文風的影響，駢文作品強調聲文形文之美，如：班固〈兩都賦〉通篇四言，對仗工整。《文心雕龍・章句》：「若夫篇句無常，而字有條數，四字密而不促，六字格而非緩，或變之以三、五，蓋應變之權節也。〔註 57〕」就表示駢文以四、六言爲主要文體，但佛經面對的對象是大眾，強調通俗易懂是首要條件，那麼，使用四字格能帶給佛經什麼好處呢？孫昌武認爲：「漢譯佛典多用四字一頓的形式，少用虛詞，這主要是爲了朗誦方便，特別是齊頌時音節和諧整齊。〔註 58〕」四字一句的形式讓佛經的誦讀更加便利。六朝以後，譯場制度確立，譯經事業也蓬勃發展，譯經師的水準隨之提高後，對於佛經行文的規範、譯本的來源也逐漸嚴謹，這些因素讓六朝譯經的水準比東漢時期提高許多。從文體來看，四字格已經取得譯經師的認可，並在經文中被大量使用著。

對於東漢佛經譯經師來說，由於當時尚未確立譯經的方式，又必須在短時間內學會漢語來翻譯，可見必定使用了不少當時的口語，從安世高至康孟詳的翻譯成果來看，佛經行文逐漸以四字格爲主要句式，除了便於誦讀之外，方便、通俗的特性成爲他們選擇四言文體的最佳理由。

（三）由東漢佛經複合詞組合而成的四字格

東漢佛經的行文風格已逐漸走向四字格的固定模式，考察這些四字格的語音形式，無論內部結構如何，人們都習於讀成「二二」的節奏模式。如：

有意／有身／無意／無身。意爲／人種。是名／爲還。還者／謂意

〔註 56〕請參見俞理明《佛教文獻語言》（成都；巴蜀書社，1993）。頁 25～29。

〔註 57〕請參見王利器校箋《文心雕龍校證》（上海：上海古籍出版社，1980），頁 219。

〔註 58〕請參見孫昌武《佛教與中國文學》（上海：上海人民出版社，2007）。頁 37。

/不復/起惡。起惡者/是爲/不還。亦謂/前助身/後助意。不殺/盜淫/兩舌/惡口/妄言/綺語。是爲/助身。不嫉瞋/恚癡。是爲/助意也。(安世高·佛說大安般守意經)

由上例可知經文節奏模式以「二二」形式爲多，且這是前文提及較早的安世高，其譯文的四字格形式尚不明顯，但多以「二二」的節奏來呈現，可以感受到經文均衡節奏與穩定語感。

東漢佛經行文多四字格且可讀成「二二」的節奏，但每個兩音節的音節段落，並不全是複合詞，如：「其珠鮮潔，又踰於前，鳴聲於遠，聞一由旬。」（竺大力、康孟詳·修行本起經），都是四字格，但依照內部結構及語意的段落分節爲「其珠/鮮潔，又/踰於前，鳴聲/於遠，聞/一由旬。」可以看到四字格式爲了方便讀頌而來。

複合詞和不少字或詞結合成四字格，但有少數複合詞僅與性質相同或相似的複合詞結合而成四字格，出現的時間從東漢至隋唐佛經皆可見到，以下是組合後的四字格及其內部結構的整理表，先依「內部結構」，再依次以名詞、動詞、形容詞的順序排列，請見下表所示：

【表 4.3-4】東漢佛經複合詞於漢譯佛典組合而成的四字格整理表

詞例	四字格			內部結構
	東漢佛經	六朝佛經	隋唐佛經	
殃福	善惡殃福	生死殃福	善惡殃福	並列
澡罐	錫杖澡罐 澡罐履屣	無資料	錫杖澡罐	並列
制意	制身制意	制意棄惡 制意立行	制意思法	並列
撾捶	撾捶撓亂	撾捶縛害 撾捶榜笞 撾捶割剝 撾捶殺害 撾捶撓亂 奪財撾捶	楚撻撾捶	並列
尊豪	榮位尊豪	尊豪富貴 神妙尊豪	尊豪富貴 尊豪勝上	並列

詞　例	四　字　格			內部結構
	東漢佛經	六朝佛經	隋唐佛經	
羸劣	疲病羸劣 貧窮羸劣	貧窮羸劣	無資料	並列
制身	制身制意	無資料	制身語意	並列／述賓
善快	善快柔和	善快供養	無資料	並列／偏正
側塞	側塞虛空 虛空側塞（主謂）	側塞虛空 側塞四方	側塞虛空	述賓／主謂

從上表可以歸納出複合詞與其他複合詞結合成四字格後，在六朝及隋唐佛經中的發展情形，其中以「澡罐」及「制身」配上複合詞結合成的四字格，六朝佛經中並未出現；以「羸劣」及「善快」配上複合詞結合成的四字格，隋唐佛經中並未出現。其餘 5 例則於各朝佛經都能與其他複合詞結合成四字格。又根據四字格的內部結構可分爲並列式、偏正式、述賓式及主謂式，隨著內部結構的不同，複合詞的詞性也隨著變化。以下就四字格內部的詞性搭配與使用特色分別加以討論：

1. 四字格內部結構搭配

四字格可分爲前後兩個複合詞，這兩個複合詞內部的搭配關係，以並列式最多，並列式本是複合詞最早成熟的模式，因此以「並列式＋並列式」來構成四字格時自然也是最爲普遍常見的模式，其次是「述賓式＋述賓式」及「偏正式＋並列式」，其餘依據數量排列依序是「偏正式＋並列式」、「並列式＋述賓式」、「述賓式＋並列式」、「主謂式＋並列式」，以下是並列式四字格內部的複合詞語法關係表，請見下表所示：

【表 4.3-5】四字格內部的複合詞語法關係表

語法關係	東漢佛經	六朝佛經	隋唐佛經
並列＋並列	善惡殃福　撾捶撓亂 疲病羸劣　貧窮羸劣	生死殃福　撾捶縛害 撾捶榜笞　撾捶割剝 撾捶殺害　撾捶撓亂 尊豪富貴　貧窮羸劣	善惡殃福　楚撻撾捶 尊豪富貴
述賓＋述賓	制身制意	制意棄惡　制意立行	制身語意　制意思法
偏正＋偏正	錫杖澡罐	無資料	錫杖澡罐
偏正＋並列	澡罐履屣　榮位尊豪	無資料	無資料

語法關係	東漢佛經	六朝佛經	隋唐佛經
並列＋述賓	無資料	無資料	尊豪勝上
述賓＋並列	無資料	奪財撾捶	無資料
主謂＋並列	無資料	神妙尊豪	無資料

從上表可以觀察到並列式四字格的內部結構多半依然維持「並列」的特色，由兩個內部結構及詞類皆相同的複合片語組合而成，因此「並列＋並列」、「偏正＋偏正」及「述賓＋述賓」這三種組合於東漢至隋唐佛經中都是數量最多的，複合詞屬何種詞類，該四字格的詞類亦相同。其餘的模式數量較少，多是依據行文需要而結合。

屬東漢佛經範圍的並列式四字格，多半集中在「並列＋並列」（4 例），「偏正＋偏正」（1 例）及「述賓＋述賓」（1 例），而「偏正＋並列」（2 例），這顯示了並列式在東漢時期的發展已經完備，偏正式及述賓式則緊追在後。

屬六朝佛經的並列式四字格，「並列＋並列」（8 例）占最多，但多是由「撾捶」搭配其他刑罰類的複合詞所組合的，其詞義內容相去不遠，幾乎接近「一義多形」的狀況；其次是「述賓＋述賓」（2 例），都是由動詞性復合片語合而成，這是因爲六朝時期的述賓式發展是最爲活躍的時期，另外還有「述賓＋並列」、「主謂＋並列」各 1 例。

屬於隋唐佛經的並列式四字格數量偏少，由於複合詞至隋唐仍繼續使用的詞例不多，故在隋唐佛經可以見到的並列式四字格詞例自然數量偏少。

觀察並列式四字格的內部結構，不同的語法構詞方式，顯示出構詞方式於東漢至隋唐這段時期不同的發展狀況，大抵上，並列式複合詞的發展已經完成，利用兩個並列式複合詞組合成並列式四字格式是最大的族群。

2. 四字格的使用特色

漢譯佛經中處處可見四字格，這些四字格的頻繁出現除了前文所提便於誦讀之外，四字格出現的環境也代表漢譯佛經獨有的語言特色及風格。

朱慶之認爲其中有許多是譯經師臨時創造的，這其中有意譯，也有外來語，也有多音節的音譯詞，一致性地趨向於雙音化則是無庸置疑的，因此，這些佛經翻譯保留了東漢時期最直接的口語材料，從中可以見到佛經譯經師如何改造漢語的口語來翻譯佛經，這些改造模式也影響後來漢語詞彙的發展。那麼，利用大量的四字格來行文，能夠替漢譯佛經帶了什麼效果？試分析如下：

（1）易於形成對仗及排比

佛經的內容除了傳教以外，也多半具有教化功用，開頭多以說故事的方式起頭，透過佛祖與弟子的問答過程，來闡述佛家的教義，有時爲了增強說理的氣勢，多使用整齊劃一的四字格來呈現，以形成規律的對仗或排比，有散文也有類似韻文的四字格，讓全文顯得更加錯落有致，誦讀時於韻律上更加鏗鏘有力。如：

> 三爲有慧知識，有慧相隨，有慧相致。四爲獨坐思惟，行牽兩制，制身制意。五爲受精進行，有瞻有力，盡行不捨方便淨法。六爲意守，居最意微妙，隨爲遠所作，所説能念能得意。七爲慧行，從生滅慧，隨得道者，要卻無有疑，但作令壞苦滅。（安世高．長阿含十報法經）

從上面的例子可以發現從第三點至第七點，多半都是以四字格來構句，四字格內不與四字格之間的對仗及排比的句式。如：「制身」對「制意」、「有瞻」對「有力」。「有慧知識，有慧相隨，有慧相致」與「獨坐思惟，行牽兩制，制身制意」這兩組爲排比句式。雖然組合成四字格的詞彙並非全爲複合詞，但可以看出都是譯經師有意的安排。又如：

> 是時城中有長者子五百同輩，聞佛來垂訓，止住奈園，即皆俱行，詣佛聽法。車馬服飾，五色輝煌，出城詣園，人從車馬，寂然如法。詣門下車，叉手直進，禮拜陳情，卻坐男位。佛告族姓子：「榮位尊豪，快樂如意，皆是前世福德所致；今復見佛，功德增益。」諸長者子，歡喜退坐，長跪請佛：「明日屈尊，哀臨蔬食。」佛便告曰：「已先受請，佛不二諾。」（曇果、康孟詳．中本起經）

從上面的例子可以看到四字格的比例非常高，非四字格的成了少數。對仗及排比部分，「車馬」對「服飾」、「出城」對「詣園」、「詣門」對「下車」、「禮拜」對「陳情」、「榮位」對「尊豪」、「快樂」對「如意」。「詣門下車，叉手直進，禮拜陳情，卻坐男位」爲排比句式，從這些四字格的運用很明顯地是譯經師有意地將行文全以四字格的形式來呈現。

（2）有助於調節韻律

佛經常見的「四字格」，表面上是由四個字組成，實際上是兩個雙音節片語合而成，不只是佛經，連古代漢語詞彙裡亦十分常見，並逐漸成爲一種獨立的語言單位。同理，六朝盛行的駢文也是同樣以四言、六言爲主的文體。根據韻律規則來分析，四字格擁有固定的音節數量及重音分佈模式〔註 59〕。而直接利用已完成的複合詞再次組合成四字格是最爲簡便的方式，也成爲當時口語時常使用的格式。

四字格是結合兩個雙音詞，以「二二」的格式成立，馮勝利稱之爲「復合韻律詞」，這樣的四字格是最富韻律美感的格式。但複合詞中僅有 9 例能與其他複合詞組合成四字格，其他的 39 例則是不足「二二」的格式，就必須透過補足或是刪減的方式讓文句達到四字格的形式，雖然 9 例的數量及比例偏少，客觀層面來說，雙音化的發展至東漢已漸成熟，利用大量出現的雙音詞，兩兩結合便能成一四字格，方法上更加簡便又快速，加上四字格符合漢語「求雙」的特質，句子中出現四字格能讓句子在韻律上達到最佳的狀態。如：

> 佛告族姓子：「榮位尊豪，快樂如意，皆是前世福德所致；今復見佛，功德增益。」……佛告長者：「宿命善行，乃得見佛，雖復尊豪然不通道者，譬如狂華，落不成實。」（中本起經）

「尊豪」可與「榮位」組合成四字格「榮位尊豪」，但並不是「尊豪」永遠都能和其他複合詞組合成四字格，但譯經師在翻譯文句時刻意採用四言，如「雖復尊豪」，如此一來讓經文在頌讀時能夠更有韻律感，同時也可方便記憶。

四言與六言的文體形式在佛經是相當常見的句式，以頌讀來說四言與六言是最便利同時是最易記憶的句式，加上四言及六言符合漢語「求雙」的特質，從這可以證明到漢語「雙音化」已經是主流傾向。

三、古今同形異義的複合詞

複合詞雖然大量使用於佛經翻譯中，但並非所有複合詞都能順利成爲漢語詞彙的一員，事實上有不少複合詞慘遭淘汰，相反的亦有複合詞順利融入漢語，成爲一般詞彙被使用著。融入漢語的這些複合詞，有些順利地以本來的型態被漢語接受，有些則必須經過某種程度的改變才行，如：「勸助」、「決言」、「散節」

〔註 59〕關於四字格的音節數量和重音分佈模式，請參見馮勝利《漢語的韻律、詞法與句法》（修訂本）（北京：北京大學出版社，2009）。頁 56～59。

這3個複合詞便是屬於這種情形。只要深究這些複合詞，會發現其詞義、用法及構詞模式已不同於東漢佛經中的樣貌了，這樣的詞彙爲何有如此大的轉變？是什麼原因造成的呢？以下從複合詞的詞義與使用環境等方面逐一分析並討論之：

1. 勸　助

「勸」的本義是勉勵、獎勵。「助」的本義是幫助。《詞典》釋爲獎勵扶助。如：漢・王粲《羽獵賦》：「遵古道以遊豫兮，昭勸助乎農圃。〔註60〕」「昭勸助乎農圃」是說幫忙農人耕作。宋・曾鞏《提舉常平制二》：「朕憫夫農之艱且勤，故詳爲勸助之政。〔註61〕」其中「勸助之政」是說對農夫施行獎勵。

東漢佛經的用法，如：「以意勸助而不離之」（支婁迦讖・阿閦佛國經），「勸助」解釋爲規勸，只有「勉勵」而無幫助之意，後至隋唐漢譯佛經，轉爲「勸助」一詞解釋爲規勸他人去幫助更多人，亦無獎勵之意，故可加名詞詞尾「者」、「德」，成「勸助者」、「勸助德」，東漢佛經譯經師對於「勸助」一詞，只著眼於「勸說」，「助」並無實質異議，至隋唐後轉爲「勸說」而後「幫助他人」，具有連動式的性質。

漢譯佛經與中土文獻對於「勸助」的解釋，主要差別於「勸」字的解釋，佛經譯經師認爲「勸」即勸說，中土文獻則理解爲「獎勵」。解釋爲獎勵的「勸」，最早來自於《尚書・多方》：「愼厥麗，乃勸；厥民刑，用勸。〔註62〕」，是勉勵、獎勵之意。解釋爲勸說，則遲至春秋時代才出現，如：《左傳・僖公五年》：「陳轅宣仲怨鄭申侯之反己於召陵，故勸之城其賜邑。〔註63〕」至此之後，「勸」多當勸說解釋，解釋爲「獎勵」的用法屬於較早期的用法。可見東漢佛經譯經師採取的是當時較通行的用法，而非存古的解釋。

2. 決　言

「決」的本義是疏通壅塞、使水道順行。「言」的本義是說話。《詞典》未

〔註60〕請參見（清）嚴可均《全上古秦漢三國六朝全後漢文》（北京：商務印書館，1999），頁910。

〔註61〕請參見（宋）曾鞏輯《曾鞏集》（北京：中華書局，1984），頁398。

〔註62〕請參見（清）阮元校刻《十三經注疏・尚書正義》（北京：中華書局，1980）頁228。

〔註63〕請參見（清）阮元校刻《十三經注疏・春秋左傳正義》（北京：中華書局，1980）頁1795。

收「決言」一詞，可見「決言」在中土文獻屬片語的狀態，如：南宋・黎靖德《朱子語類・中庸》：「鬼神有無，聖人未嘗決言之。〔註 64〕」「決言」解釋確切地說明，作動詞用，後接賓語，屬偏正式，修飾語「決」用以形容被修飾語「言」，同樣的模式還能造出許多雙音詞，如：敢言、多言、少言、狂言等等。

漢譯佛經的「決言」則解釋爲重要的言語，自然是指菩薩、神佛等所親傳的言論。「於是能仁菩薩，以得決言。」（竺大力、康孟詳・修行本起經），作名詞用，屬偏正式。漢譯佛經和中土文獻的解釋不同呈現在對「決言」之「決」的解釋及用法上的不同。漢譯佛經將「決」解釋爲重要的，作形容詞用；南宋時期的「決」則當副詞使用。而「決」的本義作疏通壅塞，作動詞用，後轉爲形容詞及副詞使用，其形成的時間先後，自然是形容詞在前，副詞在後，以「決」修飾「言」，才有如此不同的解釋。

3. 散　節

「散」的本義是指切碎零散的肉。「節」的本義是指竹節。《詞典》解釋爲：猶發節，謂季節開始。三國・魏・曹丕《感物賦》：「伊陽春之散節，悟乾坤之交靈。〔註 65〕」其中「伊陽春之散節」是說春天氣候的交替，因此，「散」表示替換；「節」則解釋爲「節氣」之「節」，作動詞用，屬動賓式。

東漢佛經將「散節」解釋爲使病人的骨頭散開，「散」解釋爲使之鬆散；「節」是「關節」之「節」，作動詞用，屬動賓式。但比較兩者的詞義是完全不同的狀況。「節」作關節解釋，自春秋時代便已開始，如：《莊子・養生主》：「彼節者有閑，而刀刃者無厚。〔註 66〕」，將「節」作爲節氣解釋則晚至西漢才出現，如：《史記・太史公自序》：「夫陰陽四時、八位、十二度、二十四節各有教令。〔註 67〕」「節」當節氣解釋必須等到二十四節氣的說法成形後才出現。

〔註 64〕請參見（南宋）黎靖德《朱子語類》（北京：中華書局，1986），頁 1549。

〔註 65〕請參見（清）嚴可均輯《全上古秦漢三國六朝文・第五冊》（北京：商務印書館，1999），頁 3。

〔註 66〕請參見（清）王先謙《新編諸子集成・莊子集解》（北京：中華書局，1993），頁 29。

〔註 67〕請參見（漢）司馬遷《史記》（北京：中華書局，1959），頁 3290。

中土文獻「散節」一詞首次出現於賦，賦屬有韻之文，故文字必須精鍊濃縮，以「散節」說明節氣的變換，有新穎之感，若解釋為關節鬆散，則失其優美的詩意，這也是翻譯時必須面臨的「文質」問題。

同樣外型的詞彙在不同的語境下解釋可以全然不同，除了是因應說話者的需要外，對於東漢佛經譯經師來說，是一種對漢語的新實驗，他們使用的漢語詞彙，必然是當時通俗的口語，如此才能適合大眾閱讀的習慣。這些複合詞後來經過一段時間，加上可能為文人重新解讀後被賦予全新的解釋，也可能原封不動地搬用，深究佛經與中土文獻對於複合詞的不同解釋，將能為古代口語提供一點線索。無論如何，東漢佛經譯經師來到中土，從學習漢語到佛經翻譯，在在都顯現了對漢語的勇敢與嘗試，這些翻譯的特色在佛經翻譯的字裡行間中可以確切地感受到他們的用心。

第五章　結　論

語言就像是生物一樣，隨時都在成長、變化並且老去，而成長速度最快的就是詞彙了，語言與使用者緊密依存著，而本文探討的複合詞，其背後是一群來自國外的僧侶，同時他們也是譯經師，來到中土只爲了實現他們傳遞佛教大愛的夢想，願意重頭開始學習漢語，透過翻譯佛經，透過口頭傳授等等方式，讓佛教思想被大家接受，希望中土的人們也能如同他們一樣，得到佛祖的關懷與鼓勵，對於人生能夠有更大的期待與希望。

本文討論的重點：複合詞，是奠基於雙音詞的出現，而雙音詞來自於漢語的雙音化，起點可以追溯到甲骨文時代，從出土資料中可以見到相當多人名、地名及其他種種專名採用雙音的形式，這樣「求雙」的語言習慣與風格，正代表著雙音化必然成爲漢語詞彙的主流，而且是從極早的時間便已開始。另一方面，僧侶們抵達中土的時間點，剛好也是上古漢語跨越至中古漢語的過渡階段，漢語本身也正進行著極大的變動與進化，當時的人們開始大量地組合起單音節詞成爲雙音節詞，以便用來更確切地傳達豐富的思想與感情，同時，這個時期的漢語也是生命力最旺盛的時刻，佛經譯經師一面翻譯佛經，一面不斷地從中土文獻裡汲取大量的詞彙，好滋養佛經翻譯的內容，「沿用」與「創新」便是詞彙組合的兩大動力來源，「沿用」是爲了「創新」而準備，學習中土文獻裡的詞彙，轉變成詞彙創新的養分。因此，從東漢佛經的複合詞便是佛經譯經師竭盡心力的最佳證明。

爲此，結論將從兩個方面著手，一是對於的複合詞的整體特色做一總結，二是從複合詞的研究對於早期漢譯佛經翻譯的研究，能夠有多少的幫助，爲此一扼要的說明與討論。

第一節　東漢佛經複合詞的整體特色

東漢佛經複合詞雖然數量不多，但其中所蘊含的語言變化，可說是提供了語言變化最佳的證明，從複合詞的詞義、用法、詞性等方面著手，可以證明佛經譯經師於佛經翻譯時的用心，也證明東漢時期的漢語生命力的豐沛與旺盛。

一、強烈的時代色彩

東漢佛經的複合詞正意味著專屬於東漢佛經譯經師筆下的產物，代表著外來的漢語學習者對於漢語的認識與理解，也代表著透過漢語對佛經思想的再度詮釋，這些複合詞是於東漢末年處於政治、經濟、文化、語言都在激烈變動的時代裡創作出的新產物，強烈的時代色彩是複合詞最顯著的標誌。那麼，哪些是專屬於它們的時代色彩呢？以下分就三點說明：

（一）高度活躍的述賓式複合詞

複合詞，以內部結構來區分，數量最多的是並列式複合詞（22 例，45.8%），其次便是述賓式複合詞（12 例，25.0%），述賓式複合詞比併列式複合詞少了十個百分點的差距，顯示東漢時期述賓式複合詞的發展尚未完全成熟，和偏正式複合詞相（10 例，20.8%）比較的話，則是高於偏正式的數量及比例，顯示出述賓式複合詞在漢語口語方面的活躍性外，透過佛經翻譯也推度了漢語詞彙雙音化的進程，自然促進了述賓式複合詞的進展。

對於外來佛經譯經師而言，述賓式複合詞的結構與印歐語系的結構類似，在學習與掌握上都有幫助，故述賓式的複合詞的大量發展，佛經翻譯工作的推動是功不可沒。

（二）活潑多變的詞性

東漢佛經複合詞有 6 例複合詞，即「決言」、「勸意」、「鑽穿」、「愁毒」、「慈哀」及「尊豪」，這 6 例的詞性產生了變化，雖然比例跟數量都不高，但是詞性的變化代表詞義的改變，而詞義的改變背後代表著使用者對於詞彙的解讀有不同的詮釋。

從對這 6 例複合詞的詞性分析開始推究致詞義的變化，乃至在語料中的呈現，都可以幫助我們瞭解該詞彙在不同時代的地位與內涵，特別要注意的是在產生變化的時代，同時也揭示該時代的語言正在改變中。歷來對詞彙的研究拘限於一般詞彙的研究，尚未觸及非一般詞彙的研究，認爲無法成爲一般詞彙的詞彙是毫無用處的，而這樣的觀念應該要被修正，無法成爲一般詞彙的複合詞，正是擁有特殊時代色彩的詞彙最佳代表，而詞性正是帶領我們瞭解這些詞彙最初的叩門磚，對於這樣的詞性變化，應該要多加留意並深入探討。

（三）重視語言聲調的效果

聲調是漢語語音系統最重要的特徵，外來的佛經譯經師想必也深切地感受到聲調的力量。而聲調最顯著的表現在並列式複合詞內部語素的排列順序。

其排列順序可分爲「順調排列」及「逆調排列」，「順調排列」超過半數，「逆調排列」則僅占約兩成，這樣懸殊的比例揭示著聲調有著不可忽視的影響力，這個影響力從先秦文獻的《詩經》、《論語》、《孟子》，再到西晉佛經，甚至是近、現代漢語都存在著。

即使歷經長久時間的語言演變，這個規律依然符合漢語詞彙的聲調搭配，證明此規律這些詞語是符合人們的自然發音規律的，換句話說，這樣的規律所構成的複合詞，符合語言使用的需要，如此一來，這些並列式複合詞能眞正地深植於語言之中。

二、蓬勃的構詞能力

相對於單純詞，只需要透過模仿、類推便可創造出新詞彙，但是複合詞則必須牽涉到語法的規範，從短語進入到複合詞，這中間的拿捏相當難以掌握，詞彙就像是有機體一樣，不斷地更新、變動，對於後人而言，事實上是難以掌握詞彙於個別時代的眞正樣貌，畢竟詞彙是可以帶有高度個人風格的，正如 Givón （1971）所提的，「今天的詞法曾是昨天的句法。〔註 1〕」哪些類型的詞彙已經成形穩定？哪些類型的詞彙還是成長階段？必須靠著大量的文獻來確

〔註 1〕 GIVÓN T. Historical syntax and synchronic morphology: an archaeologist's field trip [J]. Linguistic Society，197/(7): 394-415.

認，不斷地與中土文獻作比對才能找到答案。

這些複合詞中最爲穩定的是並列式複合詞，正如前面所提到的，「重疊」是進入雙音化最簡單的方法之一，並列式複合詞就是最佳證明，從先秦便已開始不斷地創造出並列式複合詞，從學者們針對《論語》、《孟子》等典籍進行的詞彙研究便可瞭解。

地位次於並列式複合詞的是述賓式複合詞，這有別於其他中土文獻的詞彙研究成果，一般來說，偏正式複合詞的勢力大於述賓式複合詞，然而以複合詞爲對象來觀察，述賓式複合詞的勢力超越偏正式複合詞，原因正如於前文所提述賓式複合詞的高度活躍所致。

雖然東漢末年的複合詞發展尚處於發展中，但從東漢佛經的語料來觀察，複合詞的構詞模式已逐漸成形，也日趨成熟。從外來佛經譯經師所使用的翻譯文字便可瞭解，大量運用並列式、偏正式及述賓式複合詞，這些都是推動漢語進入下一個階段的主要力量。

第二節　複合詞對佛經翻譯研究的價値

語言的構成，不單是語音、語法而已，更重要的是使用者。語言也會自己找到出路，利用各種方法，最後構成詞彙並被使用著，但背後無法離開漢語最深層的結構特性，佛經譯經師的翻譯文字中充分地證明了這一點。證明了漢語內部的結構與使用者不斷地拉扯、妥協，最後創造出最令人滿意的漢語詞彙來。

佛經於東漢時期傳入中土之後，緊接著展開的重要工作就是佛經翻譯。梁啓超〔註2〕將佛經翻譯分成三期：

第一期：外國人主譯期

第二期：中外人共譯期

第三期：本國人主譯期

第一期主要由外來的僧侶擔任佛經譯經師，前半期以安世高、支婁迦讖等爲代表，後半期以康孟詳爲代表。前半期的佛經譯經師多半來自中亞地區，來到中土始學習漢語，因此，本身的漢語能力及對漢文化的瞭解仍稍嫌不足，而翻譯過程又無法避免受到母語的影響、對原典的瞭解乃至對漢語的誤用，雖大

〔註2〕　請參見梁啓超《佛學研究十八篇》（上海：上海古籍出版社，2001），頁173。

部分錯誤可由中國弟子所擔任的「筆受」加以潤飾、修正，但仍無法避免翻譯上的錯誤產生。

若換個角度來思考，這些外來的僧人無法純熟地使用文雅的漢語來翻譯，又加上爲了傳教，必須面對普羅大眾，選擇以口語的形式來翻譯，這從佛經翻譯的內容中多爲四言可以得到證明。而四字格的基礎來自於大量的複合詞，因此，從對於複合詞的研究可以還原東漢末年的眞實語言情況，對於佛經翻譯年代的鑑定能有所幫助。

一、對古白話研究的貢獻

這 48 例複合詞看似對漢語詞彙的影響力並不大，況且有過半是屬於失敗的複合詞作品，以歷時的角度來看，的確東漢佛經複合詞在詞彙史上的地位可說是微不足道的，但以共時的角度來看，這些複合詞不正散發著專屬於東漢末年的時代光芒嗎？

這些複合詞揉合了當時的口語和書面語，又加上正處於上古漢語至中古漢語的過渡階段，佛經翻譯文字的風格反映了東漢末年的時代特色，在漢語史的研究上自然有其特殊價値存在，不只是針對實詞的研究，還有各種虛詞、語法、詞性等等的相關研究，讓漢語史的研究眼光不在拘限於書面語料，用更多的研究方法及更全面的語料比較分析來剖析漢語內部個別時代的本質與樣貌，從複合詞能看到的面向並不多也不廣，但提示了看似使用不廣泛、壽命也不長久的複合詞，也有其可貴的研究價値及用途。

二、翻譯的需求與實踐

漢語詞彙從以單音詞爲主，轉變成以雙音詞爲主，歷經了相當長的歲月，更是詞彙史上的重大變化，這一變化進行得相當早，在目前所保存的漢語文獻中，由於多半以文言書寫爲主，若欲以觀察雙音詞的變化歷程，實難從中找到軌跡，口語文獻的記載，從先秦至漢朝並不受到重視，此時唯有依靠當時深受平民歡迎的佛教文獻來補足。然而，佛教文獻裡的雙音化傾向也非由幾位佛經譯經師就可以確立完成，也是順應著漢語自身的變化所致。

漢語和外國語言首次全面性的接觸就是東漢時期的佛經翻譯工作，這個過程讓漢語受到極大的刺激，改變的不僅僅是最容易受到影響的詞彙而已，對於語音、語法等方面都受到莫大的震撼，這個激蕩所留下來的印跡，也就是佛經語料，將是十分寶貴的資料。

翻譯過程裡，爲了調和梵語與漢語之間的不同，最先呈現的是詞彙的改變，其中「雙音化」就是最明顯的變化與貢獻。而「雙音化」帶來最大的貢獻就是複合詞的創造。新創複合詞的過程中，對於佛經譯經師而言，又要符合漢語規範，又要能傳達佛經思想，便成爲了最大的目標，相較於上古漢語對於五種語法造詞法的消極態度，佛經譯經師則是積極地學習漢語，並且運用這五種語法造詞創造出七彩斑斕的複合詞來，從東漢佛經語料中可以發覺從單音節詞、雙音節詞乃至多音節詞不斷地出現，這與中土文獻的行文風格大相逕庭，對於漢語詞彙史來說，是個極重要的階段。佛經的大量翻譯，確實讓漢語感受不得不變化的勢力存在，這是因爲以多音節爲特色的佛經譯經師，他們比漢人更容易察覺到漢語必須步入雙音化，因爲雙音節是漢語詞彙變化必經的道路，也是最符合「求雙」的韻律原則。經過翻譯，佛經譯經師也在不斷地學習及累積經驗，雖然新創詞彙的留存方面，成績不甚理想，但卻是爲了後世的佛經譯經師開闢了一條新的道路。

參考書目

一、傳世文獻

1. 漢・司馬遷《史記》　北京：中華書局，1959。
2. 漢・許慎著、清・段玉裁注《說文解字注》　臺北：洪葉出版社，1989。
3. 東漢・班固《漢書》　北京：中華書局，1962。
4. 晉・王嘉撰、梁・蕭綺錄、齊治平校注《拾遺記》　北京：中華書局，1981。
5. 梁・僧佑《出三藏記集》　北京：中華書局，1995。
6. 劉宋・鄭緝之撰、孫詒讓校集《永嘉郡記校集本》　里安：政協里安市文史資料委員會，1993。
7. 唐・歐陽詢《藝文類聚》　上海：上海古籍出版社，1965。
8. 唐・杜甫著、清・楊倫箋注《杜詩鏡詮》　上海：上海古籍出版社，1962。
9. 唐・李善等《六臣注文選》　北京：中華書局，1987。
10. 唐・張鷟《朝野僉載》　北京：中華書局，1979。
11. 唐・杜佑《通典》　北京：中華書局，1988。
12. 南唐・徐鍇《說文解字繫傳》　北京：中華書局，1987。
13. 宋・李昉等《太平廣記》　北京：中華書局，1961。
14. 宋・曾鞏輯《曾鞏集》　北京：中華書局，1984。
15. 宋・沈括《夢溪筆談》　北京：中華書局，2009。
16. 宋・王讜《唐語林校證》　北京：中華書局，1987。
17. 宋・黎靖德《朱子語類》　北京：中華書局，1986。

18. 明・葉盛《水東日記》　臺北：臺灣學生書局，1986。
19. 清・王先謙《後漢書集解》　北京：商務印書館，2006。
20. 清・王先謙《釋名疏證補》　上海：上海古籍出版社，1984。
21. 清・李漁《閒情偶寄》（清康熙刻本）。
22. 清・阮元校刻《十三經注疏・春秋左傳正義》　北京：中華書局，1980。
23. 清・董誥輯《欽定全唐文》　北京：中華書局，1983。
24. 清・嚴可均輯《全上古秦漢三國六朝文》　北京：商務印書館，1999。
25.《古本小說集成・新說西遊記》　上海：上海古籍出版社，1994。
26.《四庫全書》　上海：上海古籍出版社，1987。
27.《四部備要》　上海：中華書局，1990。
28.《新編諸子集成》　北京：中華書局，1993。
29.《漢魏六朝百三家集》　江蘇：江蘇古籍出版社，2002。
30.《歷代筆記小說大觀》　上海：上海古籍出版社，2012。
31.《叢書集成・初編》　臺北：臺灣商務印書館，1936。
32. 大正新修大藏經刊行會編纂《大正新修大藏經》　臺北：新文豐出版社，1986。

二、近人論著（按照人名筆劃排列）

1. 丁邦新〈論語、孟子、及詩經中並列語成分之間的聲調關係〉收錄於《中央研究院歷史語言所研究集刊》第 47 本第一分，1975.11，頁 17-5。
2. 丁邦新《丁邦新語言學論文集》　北京：商務印書館，1998。
3. 丁喜霞《中古常用並列雙音詞的成詞和演變研究》　北京：語文出版社，2006。
4. 孔慧怡《重寫翻譯史》　香港：香港中文大學，2005。
5. 方一新、高列過〈題安世高譯《佛說寶積三昧文殊師利菩薩問法身經》考辨〉收錄於《漢語史研究集刊》第 10 輯，成都：巴蜀書社，2007，頁 345～373。
6. 方一新、高列過《東漢疑僞佛經的語言學考辨研究》　北京：人民出版社，2012。
7. 方一新〈東漢語料與詞彙史研究芻議〉收錄於《中國語文》第 2 期，1996，頁 140～144。
8. 方一新〈翻譯佛經語料年代的語言學考察——以《大方便佛報恩經》爲例〉收錄於《古漢語研究》第三期，上海：上海教育出版社，2003，頁 178～184。
9. 方一新〈《太子墓魄經》非安譯辯〉收錄於《第四屆中古漢語國際學術研討會論文集》　南京，2004，頁 178～184。
10. 方一新〈作品斷代和語料鑒別〉收錄於《浙江大學漢語史研究中心簡報》　杭州：2004，頁 16～29。
11. 方一新〈《佛說奈女祇域因緣經》翻譯年代考辨〉收錄於《漢語史學報》第 7 輯，上海：上海教育出版社，2008，頁 238～261。

12. 王力《王力文集》　濟南：山東教育出版社，1985。
13. 王天虹〈獨特的漢語四字格形式發展探析〉收錄於《北京勞動保障職業學院學報》2007 年第 1 期，頁 58～60。
14. 王芳、萬久富〈《宋書》雙音詞的研究價值〉收錄於《南通大學學報》(社會科學版)，2005 年第 2 期，頁 86～89。
15. 王寧〈漢語雙音合成詞結構的非句法特徵〉收錄於《江蘇大學學報》(社會科學版)，2008 年第 1 期，頁 31～34、44。
16. 王麗〈《洛陽伽藍記》中的雙音節虛詞研究〉收錄於《東方論壇》2006 年第 5 期，頁 68～71。
17. 王小莘、魏達純〈《顏氏家訓》中聯合式雙音詞的詞義構成論析〉收錄於《廣西大學學報》(哲社版)，1994 年第 6 期，頁 96～102。
18. 王雲路、方一新《中古漢語語詞例釋》　長春：吉林教育出版社，1992。
19. 王雲路〈中古詩歌附加式雙音詞舉例〉收錄於《中國語文》1999 年第 5 期，頁 370～376。
20. 王雲路《六朝詩歌語詞研究》　哈爾濱：黑龍江教育出版社，1999.。
21. 王雲路《詞彙訓詁論稿》　北京：北京語言文化大學出版社，2002。
22. 王雲路〈試說翻譯佛經新詞新義的產生理據〉收錄於《語言研究》2006 年第 2 期，頁 91～97。
23. 王雲路《中古漢語詞彙史》　北京：商務印書館，2010。
24. 王雲路等《中古漢語研究》　北京：商務印書館，2000。
25. 王文顏《佛典漢譯之研究》　臺北：天華出版社，1984。
26. 王志勝〈簡論漢語雙音詞〉收錄於《浙江社會科學》1997 年第 5 期，頁 112～114。
27. 王志潔、馮勝利〈聲調對比法與北京話雙音組的重音類型〉收錄於《語言科學》第 5 卷第 1 期，頁 3～22。
28. 王利器校箋《文心雕龍校證》　上海：上海古籍出版社，1980。
29. 王政紅〈論雙音複合詞的構成格式〉收錄於《南京理工大學學報》(社會科學版)，1997 年第 6 期，頁 1～4+7。
30. 王重民《敦煌變文集》　北京：人民文學出版社，1957。
31. 王浩然〈古漢語單音同義詞雙音化問題初探〉收錄於《河南大學學報》(社會科學版)，1994 年第 3 期，頁 52～55。
32. 王理嘉《音系學基礎》　北京：語文出版社，1991。
33. 王麗華〈漢代《新語》等八部著書兼語式之結構分析〉收錄於《淡江人文社會學刊》第 18 期，頁 2～42。
34. 史存直《漢語史綱要》　北京：中華書局，2008。
35. 史靜薇、高光新〈《詩》毛傳單音詞到鄭箋的雙音化〉收錄於《唐山師範學院學報》2009 年第 6 期，頁 35～37。

36. 史繼林〈略論同素異序雙音合成詞〉收錄於《阿壩師範高等專科學校學報》2007年第4期，頁83～85。
37. 田濤〈同義並列雙音詞的詞素異序現象及語音因素的影響〉收錄於《現代語文》（語言研究版）2008年第3期，頁50～51。
38. 田濤〈從《說文解字》的同義詞看同義並列雙音詞詞素義的歷時演變〉收錄於《濱州學院學報》2008年第1期，頁60～63。
39. 任繼愈主編《中國佛教史》　北京：中國社會科學出版社，1985。
40. 印順法師《原始佛教聖典之集成》　臺北：正聞出版社，1971。
41. 向熹〈《詩經》裡的複音詞〉收錄於《語言學論叢》第六輯，北京：商務印書館，1980，頁27～54。
42. 向熹《簡明漢語史》　北京：高等教育社，1998。
43. 朱舫〈王逸《楚辭章句》中的雙音詞〉收錄於《四川大學學報》（哲社版），1999年S1期，頁93～96。
44. 朱冠明《《摩訶僧祇律》情態動詞研究》　北京：中國戲劇出版社，2008。
45. 朱惠仙〈平等並聯雙音詞的語義構成考察——以佛典語料爲例〉收錄於《浙江工業大學學報》（社會科學版），2008年第3期，頁300～304、321。
46. 朱德熙《朱德熙文集》全五卷，北京：商務印書館，1999。
47. 朱德熙《現代漢語語法研究》　北京：商務印書館，1997。
48. 朱德熙《語法叢稿》　上海：上海教育出版社，1990。
49. 朱慶之《佛典與中古漢語詞彙研究》　臺北：文津出版社，1992。
50. 朱慶之〈漢譯佛經中的「所V」式被動句及其來源〉收錄於《古漢語研究》1995年第1期，頁29～31+45。
51. 朱慶之《佛教漢語研究》　北京：商務印書館，2009。
52. 江藍生《著名中年語言學家自選集・江藍生卷》　合肥：安徽教育出版社，2002。
53. 艾紅娟〈專書複音詞研究的回顧與展望〉收錄於《齊魯學刊》2008年第3期，頁128～131。
54. 何容《中國文法論》　北京：商務印書館，1985。
55. 何志華〈古籍校讎機讀模式初探——兼論中國文化研究所「漢達文庫」的另類功能〉，《語言，文學與信息》（新竹，國立清華大學出版社，2004），頁401～421。
56. 何亞南〈漢譯佛經與傳統文獻詞語通釋二則〉收錄於《古漢語研究》2000年第4期，頁75～77。
57. 吳穎〈同素近義單雙音節形容詞的差異及認知模式〉《語言教學與研究》2009年第4期，頁40～47。
58. 吳金華〈《三國志》雙音節雅言詞散論〉收錄於《古漢語研究》第2期，頁2～9。
59. 吳爲善、吳懷成〈雙音述賓結果補語「動結式」初探——兼論韻律運作、詞語整合與動結式的生成〉收錄於《中國語文》2008年第6期，頁498～503、575。

60. 吳爲善〈雙音化、語法化和韻律詞的再分析〉收錄於《漢語學習》2003 年第 2 期，頁 8～14。

61. 吳海勇〈漢譯佛經佛經四字文體成因芻議〉收錄於《青海社會科學》1999 年第 4 期，頁 77～81。

62. 吳澤順〈漢魏時期同義並列雙音詞的衍生模式——以高誘注中的音訓詞爲例〉收錄於《古漢語研究》2009 年第 4 期，頁 28～31。

63. 呂澂《新編漢文大藏經目錄》　濟南：齊魯書社，1980。

64. 呂叔湘著、江藍生補《近代漢語指代詞》　北京：學林出版社，1985。

65. 呂叔湘等著《語法研究入門》　北京：商務印書館，1999。

66. 呂叔湘《呂叔湘全集》共十九卷，瀋陽：遼寧教育出版社，2002。

67. 宋相偉〈《義淨譯經》的雙音節副詞〉收錄於《語文學刊》mailto:YWXK@chinajournal.net.cn2009 年 10 期，頁 163～164。

68. 宋國明《句法理論概要》　北京：中國社會科學出版社，1997。

69. 宋紹年〈關於「名（代）＋所＋動」結構的切分〉收錄於《中國語文》1996 年第 2 期，頁 155～159。

70. 李明〈AB 式雙音節形容詞重迭式的讀音考察〉收錄於《語言教學與研究》1996 年第 1 期，頁 73～82。

71. 李智〈《孟子》名詞性偏正式雙音複合詞研究〉收錄於《紅河學院學報》2007 年第 4 期，頁 40～43。

72. 李小平〈《顏氏家訓》聯合式雙音詞語素的構成和替換〉收錄於《北京教育學院學報》2006 年第 1 期，頁 14～18。

73. 李小平〈從《顏氏家訓》看駢文對漢語詞彙雙音化的影響〉收錄於《重慶社會科學》2006 年第 3 期，頁 44～47。

74. 李丹葵〈《戰國策》中聯合式雙音詞探析〉收錄於《武漢科技大學學報》（社會科學版），2000 年第 1 期，頁 67～70。

75. 李仕春〈從複音詞數據看中古漢語構詞法的發展〉收錄於《寧夏大學學報》（人社版）2007 年第 3 期，頁 1～7。

76. 李仕春、艾紅娟〈從複音詞數據看中古佛教類語料構詞法的發展〉收錄於《西南交通大學學報》（社科版）2009 年第 4 期，頁 10～14。

77. 李如龍、蘇新春《詞彙學理論與實踐》　北京：商務印書館，2001。

78. 李如龍〈論漢語的單音詞〉收錄於《語文研究》第 2 期，2009，頁 1～7。

79. 李佐豐《上古漢語語法研究》　北京：北京廣播學院出版社，2003。

80. 李佐豐《先秦漢語實詞》　北京：北京廣播學院出版社，2003。

81. 李杏華〈《世說新語》雙音複合詞內部形式反映對象特徵類分〉收錄於《古漢語研究》1996 年第 3 期，頁 50～55。

82. 李勁榮〈雙音節性質形容詞可重迭爲 AABB 式的理據〉收錄於《上海師範大學學

報》（哲社版），2004 年第 2 期，頁 65～70。

83. 李苑靜〈《漢書》服虔注合成雙音詞研究〉收錄於《伊犁師範學院學報》2003 年第 4 期，頁 46～50。

84. 李振東、張麗梅、韓建〈古漢語雙音複合詞理論研究的歷史與現狀述評〉收錄於《佳木斯大學社會科學學報》2007 年第 1 期，頁 74～76。

85. 李晉霞《詞與短語區分的理論與實踐》　北京：中國社會科學出版社，2013。

86. 李紹群、王進安〈雙音節定中式複合詞的語法特點〉收錄於《湖南文理學院學報》（社會科學版），2004 年第 1 期，頁 101～103。

87. 李葆嘉《語義語法學導論——基於漢語個性和語言共性的建構》。

88. 李維琦《佛經詞語匯釋》　長沙：湖南師範大學出版社，2004。

89. 李維琦《佛經釋詞》　長沙：嶽麓書社，1993。

90. 李維琦《佛經續釋詞》　長沙：嶽麓書社，1999。

91. 李德鵬〈論古漢語現代漢語雙音詞判斷標準的一致性〉收錄於《雲南民族大學學報（哲社版）》2009 年第 1 期，頁 156～160。

92. 李曉靜〈從，收錄於《高僧傳》品人形容詞看中古漢語詞彙的雙音化〉收錄於《語文知識》2007 年第 3 期，頁 94～96。

93. 李臨定《漢語比較變換語法》　北京：中國社會科學出版社，1998。

94. 沈家煊〈「語法化」研究綜觀〉收錄於《外語教學與研究》1994 年第 4 期，頁 17～24、80。

95. 沈家煊《不對稱和標記論》　江西：江西教育出版社，1999。

96. 沈懷興〈漢語偏正式構詞探微〉收錄於《中國語文》，1998 年第 3 期，頁 189～194。

97. 沈懷興〈漢語詞彙規範化問題的思考〉收錄於《語言文字應用》，2002 第二期，頁 18～24。

98. 沈懷興〈「聯綿字——雙音單純詞」說產生的歷史背景——兼及先秦漢語構詞方式問題〉收錄於《語言文字學術研究》2010 年第 4 期，頁 38～43。

99. 車淑婭〈《韓非子》同素異序雙音詞研究〉收錄於《語言研究》2005 年第 1 期，頁 113～118。

100. 車豔妮〈《詩經》雙音節形容詞淺析〉收錄於《牡丹江教育學院學報》2009 年第 6 期，頁 24～25。

101. 辛島靜志〈《佛典漢語詞典》之編輯〉收錄於《佛教圖書館館訊》35、36 期，2003，頁 28～32。

102. 辛島靜志〈早期漢譯佛典的語言研究——以支婁迦讖及支謙的譯經對比爲中心〉收錄於《漢語史學報》第 10 輯，上海：上海教育出版社，2010，頁 225～237。

103. 侃本《漢藏佛經翻譯比較研究》　北京：中國藏學出版社，2008。

104. 周及徐〈上古漢語雙音節詞單音節化現象初探〉收錄於《四川大學學報》（哲社

版），2000 年第 4 期，頁 122～128。

105. 周生亞〈《世說新語》中的複音詞問題〉收錄於《吉林大學社會科學學報》1982 年第 2 期，頁 81～88。

106. 周法高《中國古代語法・構詞篇》　臺北：中央研究院歷史語言研究所，1962。

107. 周法高《中國語文論叢》　臺北：正中書局，1981。

108. 周俊勳《中古漢語詞彙研究綱要》　成都：巴蜀書社，2009。

109. 周祖謨〈漢語駢列的詞語和四聲〉收錄於《北京大學學報》（哲社版）1985 年第 3 期，頁 1～4。

110. 周祖謨、羅長培合著《漢魏晉南北朝韻部演變研究》　北京：中華書局，2007。

111. 孟廣道〈古語詞的單雙音節分合形變〉收錄於《淄博學院學報》（社會科學版），1995 年第 3 期，頁 85～86、59。

112. 季羨林《佛教十五題》　北京：中華書局，2007。

113. 屈承熹《漢語認知功能語法》　臺北：文鶴出版社，2010。

114. 林光明《梵漢對音初探》　臺北：嘉豐出版社，2011。

115. 武振玉〈古代漢語中雙音程度副詞的產生與發展〉收錄於《新疆師範大學學報》（哲社版）， 2005 年第 2 期，頁 218～221。

116. 竺家寧〈早期佛經中的派生詞研究〉收錄於《佛學研究論文集四——佛教思想的當代詮釋》　高雄：佛光山文教基金會，1996，頁 387～432。

117. 竺家寧〈西晉佛經並列詞之內部次序與聲調的關係〉收錄於《中正大學中文學術年刊》創刊號，1997 年 12 月，頁 41～70。

118. 竺家寧《漢語詞彙學》　臺北：五南出版社，1999。

119. 竺家寧〈中古佛經的「所」字構詞〉收錄於《古漢語研究》2005 年第 1 期，頁 68～73。

120. 竺家甯《佛經語言初探》　臺北：橡樹林出版社，2005.。

121. 邵敬敏《漢語語法學史稿》　上海：上海教育出版社，1990。

122. 邵敬敏《漢語語法專題研究》　北京：北京大學出版社，2009。

123. 金理新《上古漢語型態研究》　合肥：黃山書社，2006。

124. 俞理明《佛經文獻語言》　成都：巴蜀書社，1993。

125. 俞曉紅〈中土佛經翻譯的主要方式〉收錄於《海南大學學報》（人社版），2004 年第 1 期，頁 60～64。

126. 姚名達《中國目錄學史》　上海：上海古籍出版社，2002。

127. 姚振武〈個別性指稱與「所」字結構〉收錄於《古漢語研究》1998 年第 3 期，頁 45～49。

128. 洪心衡《漢語詞法句法闡要》　吉林：吉林人民出版社，1980。

129. 胡安順〈「所「字三論〉收錄於《語文研究》2010 年第 3 期，頁 39～44。

130. 胡敕瑞《《論衡》與東漢佛典詞語比較研究》　成都：巴蜀書社出版發行，2002。

131. 胡敕瑞〈《道行般若經》與其漢文異譯的互校〉收錄於《漢語史學報》第 4 輯，2004，頁 127～146。
132. 胡曉華、杜伊〈從東晉郭璞注談注釋體例與詞彙雙音化的關係〉收錄於《現代語文》(語言研究版)，2008 年 10 期，頁 151～153。
133. 胡繼明〈《漢書》應劭注偏正式雙音詞研究〉收錄於《東南大學學報》(哲社版)，2003 年第 2 期，頁 97～100。
134. 胡繼明〈《漢書》應劭注偏正式雙音詞研究〉收錄於《東南大學學報》(哲社版)，2003 年 3 月第 2 期，頁 97～100。
135. 胡繼明〈《漢書》應劭注聯合式雙音詞探析〉收錄於《漢字文化》2003 年第 3 期，頁 34～38。
136. 胡繼明〈《漢書》應劭注雙音詞研究〉收錄於《河南師範大學學報》(哲社版)，2002 年第 3 期，頁 93～96。
137. 唐子恒〈《三國志》雙音詞研究〉收錄於《文史哲》1998 年第 1 期，頁 116～121。
138. 唐子桓〈漢大賦雙音詞初探〉收錄於《福建論壇》(文史哲版)，2000 年第 5 期，頁 80～82。
139. 唐作藩《漢語語音史教程》　北京：北京大學出版社，2011。
140. 孫永蘭〈漢語詞彙雙音節化的原因及其作用〉收錄於《昭烏達蒙族師專學報》1996 年第 2 期，頁 68～74。
141. 孫良明《中國古代語法學探究》　北京：商務印書館，2002。
142. 孫錫信《漢語歷史語法要略》　上海：復旦大學出版社，1992。
143. 孫豔〈佛經翻譯與漢語四字格的發展〉收錄於《中央民族大學學報》(哲社版) 2005 年第 1 期，頁 120～125。
144. 徐小波〈《説文》單字同義訓釋與同義並列雙音詞的產生〉收錄於《上饒師範學院學報》2006 年第 1 期，p80～83。
145. 徐正考〈雙音節動詞重迭形式探源〉收錄於《煙臺師範學院學報》(哲社版)，1996 第 3 期，頁 49～51。
146. 徐江勝〈論被動式中的「所」字〉收錄於《語言研究》，2010 年第 30 卷第 3 期，頁 80～83。
147. 徐時儀、梁曉虹、陳五雲《佛經音義與漢語詞彙研究》　北京：商務印書館，2005。
148. 徐時儀、陳五雲、梁曉虹著《佛經音義概論》　南京：鳳凰出版社，2009。
149. 徐時儀、陳五雲、梁曉虹著《佛經音義與漢語詞彙研究》　北京：商務印書館，2005。
150. 徐時儀、陳五雲、梁曉虹編《佛經音義研究：首屆佛經音義研究國際學術研討會論文集》　上海：上海古籍出版社，2006。
151. 徐時儀〈古白話及其分期管窺——兼論漢語詞彙史的研究〉收錄於《南陽師範學院學報》(社會科學版)，第六卷第一期，2007.01，頁 72～78。
152. 徐時儀〈略論《一切經音義》與音韻學研究〉收錄於《杭州師範大學學報》(社

會科學版），2009 年第 6 期，頁 56～63。

153. 徐時儀〈略論《一切經音義》與詞彙學研究〉收錄於《陝西師範大學學報》（哲社版），2009 年第 3 期，頁 106～111。

154. 徐時儀〈漢語詞彙雙音化的內在原因考探〉收錄於《語言教學與研究》2005 年第 2 期，頁 68～76。

155. 徐時儀〈漢語雙音詞的衍生和發展探論〉收錄於《柳州職業技術學院學報》2005 年第 1 期，頁 39～47。

156. 徐時儀〈論片語結構功能的虛化〉收錄於《復旦學報》（社科版）第 5 期，1998，頁 108～112。

157. 徐時儀《古白話詞彙研究論稿》　上海：上海教育出版社，2000。

158. 徐根松〈雙音節同素反序詞的語法、語義考察〉收錄於《浙江師大學報》（社會科學版）1997 第 1 期，頁 107～110。

159. 徐烈炯《生成語法理論》　上海：上海外語教育出版社，1988。

160. 徐從權〈《釋名》聯合式雙音詞探析〉收錄於《黃山學院學報》2005 年第 4 期，頁 900～92。

161. 徐通鏘《漢語結構的基本原理：字本位和語言研究》　青島：中國海洋大學出版社，2005。

162. 徐通鏘《語言論》　長春：東北師範大學出版社，1997。

163. 徐通鏘《歷史語言學》　北京：商務印書館，1991。

164. 殷作炎〈關於普通話雙音常用詞輕重音的初步考察〉收錄於《中國語文》第三期，1982，頁 168～173。

165. 殷國光〈「所」字結構的轉指對象與動詞配價——《莊子》「所」字結構的考察〉收錄於《語言研究》2006 年第 26 卷第 3 期，頁 30～36。

166. 殷曉明〈《荀子》中的偏正式複音詞〉收錄於《佳木斯大學社會科學學報》2005 年第 1 期，頁 57～58。

167. 祖生利〈《景德傳燈錄》中的偏正式複合詞〉收錄於《古漢語研究》2001 年第 4 期，頁 78～82。

168. 馬紅軍、盧穎〈魏晉南北朝時期佛經翻譯對中國古典詩歌的影響〉收錄於《四川外語學院報》2005 年第 6 期，頁 118～121。

169. 馬維漢等《西域翻譯史》　烏魯木齊：新疆大學出版社，1994。

170. 馬慶株《二十世紀現代漢語語法論著指要》　北京：商務印書館，2006。

171. 馬慶株《著名中年語言學家自選集・馬慶株卷》　合肥：安徽教育出版社，2002。

172. 馬慶株《漢語動詞和動詞性結構》　北京：北京語言學院出版社，1992。

173. 馬慶株《漢語語義語法範疇問題》　北京：北京語言文化大學出版社 1998。

174. 馬顯彬〈古代漢語同素異序詞綜論〉收錄於《湛江師範學院學報》，2003，第 1 期，頁 58～61。

175. 沈家煊〈語法化研究綜觀〉收錄於《外語教學與研究》，1994 年第 4 期，頁 17～24。
176. 高列過〈東漢佛經句法的語言接觸現象〉收錄於《漢語史學報》第 7 輯，2008，頁 128～136。
177. 高育花〈《潛夫論》聯合式複音詞的語義構成〉收錄於《中南工業大學學報》（社科版）2001 年第 2 期，頁 159～162。
178. 商豔濤〈《篆隸萬象名義》雙音詞釋義體例初探〉收錄於《語言研究》2005 年第 1 期，頁 119～121。
179. 張舸〈《齊民要術》雙音節詞在漢語史中的承傳〉收錄於《社會科學輯刊》2005 年第 6 期，頁 209～212。
180. 張凱〈《尚書》雙音節名詞研究〉收錄於《漢字文化》2007 年第 5 期，頁 36～43。
181. 張博〈先秦並列式連用詞序的制約機制〉收錄於《語言研究》第 2 期，1996，頁 13～26。
182. 張潔〈《齊民要術》中雙音節助動詞的句法和語義分析〉收錄於《文教資料》2008 年 15 期，頁 32～33。
183. 張豔〈《爾雅》雙音詞淺析〉收錄於《浙江海洋學院學報》（人文科學版），2006 年第 3 期，頁 77～82。
184. 張永言《詞彙學簡論》　武漢：華中工學院出版社，1982。
185. 張永言《語文學論集》　北京：語文出版社，1992。
186. 張玉棉〈試析古漢語聯合式雙音詞的詞義〉收錄於《邢臺師範高專學報》1995 年第 2 期，頁 69～73。
187. 張言軍〈同義單雙音節時間副詞的對比分析〉收錄於《信陽師範學院學報》（哲社版），2008 年第 5 期，頁 113～116。
188. 張風嶺〈《說文解字》雙音詞訓釋研究〉收錄於《山東教育學院學報》2008 年第 3 期，頁 15～17。
189. 張連榮《古漢語詞義論》　北京：北京大學出版社，2005。
190. 張曉傑〈從《說文》同訓詞探尋同義雙音詞形成的規律〉收錄於《伊犁師範學院學報（社會科學版）》2008 年第 3 期，頁 119～122。
191. 張雙棣〈《呂氏春秋》詞彙簡論〉收錄於《北京大學學報》1989 年第 5 期，頁 56～66。
192. 張雙棣《《呂氏春秋》詞彙研究》　濟南：山東教育出版社，1989。
193. 張麗霞〈論漢語構詞的雙音節化趨勢——從「兒」尾與「子」尾的使用頻率談起〉收錄於《山東理工大學學報（社會科學版》2007 年第 3 期，頁 72～74。
194. 敏春芳〈敦煌願文中的同素異序雙音詞〉收錄於《敦煌研究》2007 年第 3 期，頁 107～111。
195. 敏春芳〈敦煌願文中的名詞加綴雙音詞〉收錄於《敦煌學輯刊》mailto:DHXJ@chinajournal.net.cn2006 年第 4 期，頁 117～121。

196. 曹秀華〈三國漢譯佛經的特點及其價值研究述評〉收錄於《湖南輕工業高等專科學校學報》2002 年第 1 期，頁 72～74。
197. 梁光華〈試論漢語詞彙雙音化的形成原因〉收錄於《貴州文史叢刊》1995 年第 5 期，頁 50～55。
198. 梁啓超《佛學研究十八篇》　上海：上海古籍出版社，2001。
199. 梁曉虹〈從語言上判斷《舊雜譬喻經》非康僧會所譯〉收錄於《中國語文通訊》第 40 期，1996。
200. 梁曉虹《佛教詞語的構造與漢語詞彙的發展》，收錄於《中國佛教學術論典》第 66 冊，高雄：普門學報社，2002。
201. 梁曉虹《佛教詞語的構造與漢語詞彙的發展》　北京：北京語言學院出版社，1994。
202. 梅維恒（Mair Victor），朱冠明翻譯〈《賢愚經》的原典語言〉收錄於《漢語史研究集刊》第 8 輯，成都：巴蜀書社，2005，頁 424～444。
203. 章建文、趙代根〈《荀子》複音詞初探〉收錄於《池州師專學報》2002 年第 1 期，頁 99～102、104。
204. 符淮青〈漢語表「紅」的顏色詞群分析〉（上）（下）收錄於《語文研究》1988 年第 8 期，頁 28～35、《語文研究》1989 年第 1 期，頁 39～46。
205. 符淮青《現代漢語詞彙》　北京：北京大學出版社，2004。
206. 符淮青《詞義的分析和描寫》　北京：語文出版社，1996。
207. 符淮青《漢語詞彙學史》　合肥：安徽教育出版社，1996。
208. 許進〈上古漢語的雙音現象〉收錄於《濟甯師專學報》1994 年第 2 期，頁 80～83。
209. 許鈞《文學翻譯的理論與實踐—翻譯對話錄》　南京：譯林出版社，2001。
210. 許鈞《翻譯概論》　北京：外語教學語言出版社，2009。
211. 許世瑛《中國文法講話》　臺北：臺灣開明書局，1966。
212. 許昌秀〈魏晉南北朝時期漢語詞彙雙音節化現象繁盛的原因〉收錄於《語言應用研究》2009.06，頁 45～46。
213. 許威漢《古漢語語法精講》　上海：上海大學出版社，2002。
214. 連金發〈構詞學問題探索〉收錄於《漢學研究》第 18 卷特刊，2000.12，頁 61～78。
215. 郭紹虞《照隅室語言文字論集》　上海：上海古籍出版社，1985。
216. 郭曉妮〈《博物志》聯合式雙音詞探析〉收錄於《語文學刊》2006 年第 8 期，頁 133～136。
217. 郭錫良《漢語史論集》　北京：商務印書館，2005。
218. 陳明娥〈從雙音新詞的存亡看敦煌變文在漢語史上的地位〉收錄於《中南民族大學學報》（人文社會科學版），2002 年第 5 期，頁 87～90。
219. 陳明娥〈敦煌變文雙音新詞全面透視〉收錄於《敦煌研究》2001 年第 3 期，頁

137～142、187。
220. 陳福康《中國譯學理論史稿》　上海：上海外語教育出版社，1992。
221. 陳寶勤〈試論漢語語位構造雙音詞〉收錄於《語文研究》2004 年第 1 期，頁 18～22。
222. 陳蘭芬〈《晏子春秋》雙音詞構詞方式簡論〉收錄於《阜陽師範學院學報》（社會科學版），2003 年第 3 期，頁 35～37。
223. 陸志韋《漢語的構詞法》　北京：科學出版社，1964。
224. 傅惠生〈我國的佛經譯論體系〉收錄於《上海翻譯》2010 年第 1 期，頁 1～5。
225. 喻遂生、郭力〈《說文解字》的複音詞〉收錄於《西南師範大學學報》1987 年第 1 期，頁 123～136。
226. 景盛軒、徐之明〈敦煌佛經詞語考釋〉收錄於《貴州教育學院學報》2003 年第 5 期，頁 60～62、98。
227. 曾昭聰〈中古佛經中的字序對換雙音詞舉例〉收錄於《古漢語研究》2005 年第 1 期，頁 84～87。
228. 曾昭聰〈佛典文獻詞彙研究的現狀與展望〉收錄於《佛教徒書館館刊》第 50 期，2009.12，頁 58～65。
229. 曾昭聰〈漢譯佛經與漢語詞彙〉收錄於《華夏文化》2004 年第 3 期，頁 50～51。
230. 湯用彤《漢魏兩晉南北朝佛教史》　武漢：武漢大學出版社，2008。
231. 湯廷池《漢語詞法句法論集》　臺北：臺灣學生書局，1988。
232. 湯廷池《漢語詞法句法續集》　臺北：臺灣學生書局，1989。
233. 湯廷池《漢語詞法句法三集》　臺北：臺灣學生書局，1992。
234. 湯廷池《漢語詞法句法四集》　臺北：臺灣學生書局，1992。
235. 湯廷池《漢語詞法論集》　臺北：金字塔出版社，2000。
236. 湯廷池《漢語語法論集》　臺北：金字塔出版社，2000。
237. 焦毓梅〈淺談漢譯佛經外來詞的漢語化〉收錄於《社會科學家》2006 年第 4 期，頁 192～195。
238. 程湘清主編《先秦漢語研究》　濟南：山東教育出版，1992。
239. 程湘清主編《兩漢漢語研究》　濟南：山東教育出版，1992。
240. 程湘清主編《魏晉南北朝漢語研究》　濟南：山東教育出版，1992。
241. 程湘清主編《隋唐五代漢語研究》　濟南：山東教育出版，1992。
242. 程湘清《漢語史專書複音詞研究》　北京：商務印書館，2003。
243. 華玉明〈雙音節動詞重迭式 AABB 的狀態形容詞功能〉收錄於《唐都學刊》2003 年第 2 期，頁 121～124。
244. 賀國偉《漢語詞語的產生與定型》　上海：上海辭書出版社，2003。
245. 越建東〈西方學界對早期佛教口傳文獻形成的研究近況評介〉收錄於《中華佛學研究》第 8 期，2004，頁 327～348。

246. 馮軍〈《陳書》雙音節副詞概述〉收錄於《鹽城師範學院學報》(人文社會科學版)，2008 年第 6 期，頁 79～82。

247. 馮勝利《漢語的韻律、詞法與句法》　北京：北京大學出版社，1997。

248. 馮勝利《漢語韻律句法學》(增訂本)北京：商務印書館，2013。

249. 馮勝利《漢語韻律句法學》　上海：上海教育出版社，2000。

250. 黄先義〈中古佛經詞語選釋〉收錄於《台州學院學報》1997 年第 4 期，頁 34～37。

251. 黄建甯〈《太平經》中的同素異序詞〉收錄於四川師範大學學報（社科版）第 1 期，2001，頁 62～66。

252. 楊琳〈漢語詞彙複音化新論〉收錄於《煙臺大學學報》第 4 期，1995，頁 90～95。

253. 楊同軍《語言接觸和文化互動：漢譯佛經詞彙的生成與演變研究——以支謙譯經複音詞中心》　北京：中華書局，2011。

254. 楊伯峻、何樂士合著《古漢語語法及其發展》　北京：語文出版社，2001。

255. 楊樹達《積微居甲文說》　臺北：大通書局，1971。

256. 楊錫彭《漢語語素論》　南京：南京大學出版社，2003。

257. 楊繼光〈漢譯中古佛經詞語例釋〉收錄於《大慶師範學院學報》2009 年第 4 期，頁 98～102。

258. 萬獻初《漢語構詞論》　武漢：湖北人民出版社，2004。

259. 葛本儀《現代漢語詞彙學》　濟南：山東人民出版社，2001。

260. 葛佳才〈東漢譯經中的雙音節時間副詞〉收錄於《西昌師範高等專科學校學報》第 1 期，2000.03，頁 1～8。

261. 董玉芝〈《抱朴子》偏正式複音詞研究〉收錄於《新疆教育學院學報》(漢文綜合版)1995 年第 4 期，頁 72～75。

262. 董玉芝〈《抱朴子》複音詞構詞方式初探研究〉收錄於《古漢語研究》1994 年第 4 期，頁 82～85。

263. 董玉芝〈《抱朴子》聯合式複音詞研究〉收錄於《新疆教育學院學報》(漢文綜合版)1994 年第 1 期，頁 54～60。

264. 董志翹《《入唐求法巡禮行記》詞彙研究》　北京：中國社會科學出版社，2000。

265. 董秀芳《詞彙化：漢語雙音詞的衍生和發展》　四川：四川民族出版社，2002。

266. 路飛飛、張科曉〈《左傳》杜注中雙音詞的結構類型與特點〉收錄於《太原大學學報》2004 年第 4 期，頁 38～42。

267. 遇笑容〈梵漢對勘與中古譯經語法研究〉收錄於《漢語史學報》第 6 輯，2006，頁 61～67。

268. 甯燕〈《論語》雙音詞研究〉收錄於《新疆教育學院學報》2005 年第 3 期，頁 89～92。

269. 熊娟〈佛典文獻中的「～能」附加式雙音詞〉收錄於《台州學院學報》2009 年第

1 期，頁 30～33。
270. 裴源《佛經翻譯史實研究——中國翻譯史綱》　臺北：大乘出版社，1983。
271. 趙芳〈雙音節副詞 AABB 式重迭研究——兼論雙音節特殊重迭 AAB 式〉收錄於《南開語言學刊》2009 第 1 期（總期第 13 期），頁 107～118、183、184。
272. 趙誠《甲骨文簡明詞典：卜辭分類讀本》　北京：中華書局，1988。
273. 趙元任《中國語文法》　香港：中文大學出版社，2002。
274. 趙克勤《古代漢語詞彙學》　北京：商務印書館，1994。
275. 趙奇棟、華學誠〈《淮南子》許慎注、高誘注中的雙音節新詞〉收錄於《徐州師範大學學報》（哲社版），2005 年第 2 期，頁 51～56。
276. 趙振興〈《周易》的複音詞考察〉收錄於《古漢語研究》2001 年第 4 期，頁 71～77。
277. 趙豔芳《認知語言學概論》　上海：上海外語教育出版社，2001。
278. 劉娜〈淺談佛經翻譯對漢語語言的影響〉收錄於《陝西師範大學學報》（哲社版），2006 年 S1 期，頁 403～405。
279. 劉誠〈《韓非子》構詞法初探〉收錄於《湖南師大學報》（哲社版）1985 年第 2 期，頁 101～107。
280. 劉志生〈《莊子》複音詞構詞方式初探〉收錄於《喀什師範學院學報》1995 年第 4 期，頁 78～81。
281. 劉叔新《著名中年語言學家自選集・劉叔新卷》合肥：安徽教育出版社，2002。
282. 劉叔新《漢語描寫詞彙學》　北京：商務印書館，2005。
283. 劉叔新《語法學探微》　天津：南開大學出版社，1996。
284. 劉冠才《兩漢韻部與聲調研究》　成都：巴蜀書社，2007。
285. 劉海豔、王俊傑〈並列式雙音詞產生的原因探析〉收錄於《語文學刊》2009 年 16 期，頁 147～148。
286. 劉開驊〈中古漢語的並列式雙音副詞〉收錄於《煙臺師範學院學報》（哲社版），2004 年第 1 期，頁 57～62。
287. 劉興均〈《周禮》雙音節名物詞詞源義探求舉隅〉收錄於《達縣師範高等專科學校學報》2002 年第 4 期，頁 57～66。
288. 歐陽國泰〈《論語》、《孟子》構詞法比較〉收錄於《廈門大學學報》1994 年第 2 期，頁 41～44。
289. 潘勇〈對複合詞結構詞彙及語法屬性的探討〉收錄於《語文學刊》（高教版）第 5 期，2006，頁 74～77。
290. 潘允中《漢語詞彙史概要》　上海：上海古籍出版社，1989。
291. 潘允中《漢語語法史概要》　許昌：中洲書畫社，1982。
292. 潘文國《字本位與漢語研究》　上海：華東師範大學出版社，2002。
293. 潘文國《漢語的構詞法研究》　上海：華東師範大學出版社，2004。

294. 蔣紹愚、曹廣順《近代漢語語法史研究綜述》　北京：商務印書館，2005。

295. 蔣紹愚《古漢語詞彙綱要》　北京：北京大學出版社，1989。

296. 蔣紹愚《著名中年語言學家自選集·蔣紹愚卷》　合肥：安徽教育出版社，2002。

297. 蔣紹愚《漢語詞彙語法史論文集》　北京：商務印書館，2001。

298. 蔣紹愚《蔣紹愚自選集》　河南：大象出版社，1994。

299. 蔣冀騁〈隋以前漢譯佛經虛詞箋識〉收錄於《古漢語研究》1994 年第 2 期，頁 49～51。

300. 魯國堯《著名中年語言學家自選集·魯國堯卷》　合肥：安徽教育出版社，2002。

301. 黎錦熙《黎錦熙選集》　長春：東北師範大學出版社，2001。

302. 錢光〈《墨子》複音詞初探〉收錄於《甘肅社會科學》1992 年第 1 期，頁 89～97。

303. 錢宗武〈論今文《尚書》複合詞的特點和成因〉收錄於《湖南師範大學社會科學學報》，第五期，1966，頁 67～70。

304. 戴璉璋〈殷周構詞法初探〉收錄於《屈萬里先生七秩榮慶論文集》臺北：聯經出版社，1978，頁 491～500。

305. 謝若秋〈《世說新語》雙音程度副詞考察〉收錄於《廣東技術師範學院學報》2009 年第 5 期，頁 101～103、139。

306. 韓惠言〈《世說新語》複音詞構詞方式初探〉收錄於《固原師專學報》1990 年第 1 期，頁 19～24。

307. 顏洽茂〈中古佛經藉詞略說〉收錄於《浙江大學學報》(人文社會科學版)，2002 年第 3 期，頁 76～79。

308. 顏洽茂〈魏晉南北朝佛經詞釋〉收錄於《杭州大學學報》(哲社版)，1996 年第 1 期，頁 52～60。

309. 顏洽茂《佛教語言闡釋：中古佛經詞彙研究》　杭州：杭州大學出版社，1997。

310. 顏洽茂《南北朝佛經詞彙研究》收錄於《中國佛教學術論典》第 64 冊，高雄：普門學報社，2002。

311. 顏洽茂、荊亞玲〈試論漢譯佛典四言格文體的形成及影響〉收錄於《浙江大學學報》(人社版) 第 38 卷第 5 期，2008，頁 177～186。

312. 顏紅菊〈從句法獨立到詞法獨立——主謂結構成詞的獨立象似動因〉收錄於《湖南科技學院學報》第 29 卷第 7 期，頁 206～208。

313. 魏培泉〈上古漢語到中古漢語語法的重要發展〉收錄於《古今通塞：漢語的歷史與發展》第三屆國際漢學會議論文集語言組，2003，頁 75～106。

314. 魏達純〈《世說新語》中並列式同義（近義、類義）詞語研究〉收錄於《古漢語研究》1996 年第 3 期，頁 56～60、76。

315. 魏達純〈《顏氏家訓》中反義語素並列雙音詞研究〉收錄於《東北師大學報》(哲社版)，1998 年第 1 期，頁 75～79。

316. 魏德勝《《韓非子》語言研究》　北京：北京語言學院出版社，1995。

317. 羅新璋《翻譯論集》 北京：商務印書館，1994。

318. 譚科宏、李保民〈試論先秦韻文對單音詞雙音化的助推作用〉收錄於《長沙大學學報》2008年第3期，頁62～63。

319. 蘇振華、毛向櫻〈從，收錄於《國語》與韋昭注的對比看漢語的雙音化〉收錄於《宜賓學院學報》2008年第8期，頁92～94。

320. 蘇錦坤〈初期漢譯佛典疑難詞釋義〉收錄於《福嚴佛學研究》7期，2013，頁1～74。

321. 顧滿林〈試論東漢佛經翻譯不同譯者對音譯或意譯的偏好〉收錄於《漢語史研究集刊》第5輯，成都：巴蜀書社，2002，頁379～390。

322. 顧滿林〈東漢佛經音譯詞的同詞異形現象〉收錄於《漢語史研究集刊》第8輯，成都：巴蜀書社，2005，頁 325～337。

323. 顧滿林〈漢文佛典音譯詞的節譯形式與全譯形式〉收錄於《漢語史研究集刊》第9輯，成都：巴蜀書社，2006，頁161～177。

三、學位論文（按照發表年代排列）

1. 顏洽茂《南北朝佛經複音詞研究——賢愚經、雜寶藏經、百喻經複音詞初探》碩學位士論文，1981，遼寧師師範大學。
2. 鄧志強《《幽明錄》複音詞構詞方式研究》碩士學位論文，2001，華中師範大學。
3. 化振紅《〈洛陽伽藍記〉詞彙研究》博士學位論文，2001，四川大學。
4. 俞理明《漢語縮略研究》博士學位論文，2002，四川大學。
5. 張正霞《《五十二病方》構詞法研究》碩士學位論文，2003，西南師範大學。
6. 高列過《東漢佛經被動句疑問句研究》，博士學位論文，2003，浙江大學。
7. 周俊勳《魏晉南北朝志怪小說詞彙研究》博士學位論文，2003，四川大學。
8. 時良兵《支謙譯經副詞研究》碩士學位論文，2004，南京師範大學。
9. 車淑婭《《韓非子》詞彙研究》博士學位論文，2004，浙江大學。
10. 馬啓俊《《莊子》詞彙研究》博士學位論文，2004，安徽大學。
11. 馮利華《中古道書語言研究》博士學位論文，2004，浙江大學。
12. 季琴《三國支謙譯經詞彙研究》博士學位論文，2004，浙江大學。
13. 季琴《三國支謙譯經詞彙研究》博士學位論文，2004，浙江大學。
14. 羅曉林《《撰集百緣經》詞彙研究》碩士學位論文，2005，湖南師範大學。
15. 盧春紅《《荀子》複音詞研究》碩士學位論文，遼寧師範大學，2005。
16. 楊會永《《佛本行集經》詞彙研究》博士學位論文，2005，浙江大學。
17. 劉志生《東漢碑刻複音詞研究》博士學位論文，2005，華東師範大學。
18. 胡曉華《郭璞注釋語言詞彙研究》博士學位論文，2005，浙江大學。
19. 丁喜霞《中古常用並列雙音詞的成詞和演變研究》博士學位論文，2005，浙江大學。

20. 郭穎《《諸病源候論》詞語研究》博士學位論文，2005，浙江大學。
21. 呼敘利《宋人筆記與漢語詞彙學》博士學位論文，2006，浙江大學。
22. 張凡《魏晉南北朝志怪小說同義詞研究》博士學位論文，2006，浙江大學。
23. 王洪湧《先秦兩漢商業詞彙——語義系統研究》博士學位論文，2006，華中科技大學。
24. 吳保安《西漢核心詞研究》博士學位論文，2006，華中科技大學。
25. 唐德正《《晏子春秋》詞彙研究》博士學位論文，2006，山東大學。
26. 高婉瑜《漢文佛典尾碼的語法化現象》博士學位論文，2006，國立中正大學。
27. 張悅《從《三國志》、《洛陽伽藍記》、《水經注》看魏晉南北朝漢語雙音合成詞的發展及演變》博士學位論文，2006，山東大學。
28. 許劍宇《《佛本行集經》定中結構研究》博士學位論文，2006，浙江大學。
29. 杜曉莉《《摩訶僧祇律》雙音復合結構語義復合關係研究》博士學位論文，2006，四川大學。
30. 楊同軍《支謙譯經複音詞研究》博士學位論文，2006，四川大學。
31. 彭小琴《《六度集經》語素研究》博士學位論文，2006，四川大學。
32. 劉鋒《支謙譯經異文研究》碩士學位論文，2007，浙江大學。
33. 曾亮《三國漢譯佛經代詞研究》碩士學位論文，2007，湖南師範大學。
34. 解植永《中古漢語判斷句研究》博士學位論文，2007，四川大學。
35. 郭作飛《《張協狀元》詞彙研究》博士學位論文，2007，四川大學。
36. 丘彥遂《論上古漢語的詞綴型態及其語法功能》博士學位論文，2008，臺灣師範大學。
37. 吳欣《高誘《呂氏春秋》詞彙研究》博士學位論文，2008，浙江大學。
38. 劉曉然《雙音短語的詞彙化：以《太平經》爲例》博士學位論文，2008，四川大學。
39. 滕華英《漢語同源詞形成發展認知機制研究》博士學位論文，2008，華中科技大學。
40. 倪小蘭《《無量壽經》同經異譯研究》碩士學位論文，2009，浙江大學。
41. 慧如法師《南傳《法句經》到漢譯《四十二章經》關係與影響之研究》碩士學位論文，2009，華梵大學。
42. 施眞珍《《後漢書》核心詞研究》博士學位論文，2009，華中科技大學。
43. 徐朝暉《《國語解》詞彙語法專題研究》博士學位論文，2009，復旦大學。
44. 劉紅妮《漢語非句法結構的詞彙化》博士學位論文，2009，上海師範大學。
45. 劉祖國《《太平經》詞彙研究》博士學位論文，2009，華東師範大學。
46. 盧巧琴《東漢魏晉南北朝譯經語料整理研究》博士學位論文，2009，浙江大學。
47. 柴紅梅《《摩訶僧祇律》複音詞研究》博士學位論文，2009，浙江大學。

48. 王曉竹《《維摩詰所説經》雙音詞研究》碩士學位論文，2010，四川師範大學。
49. 趙曉馳《隋前漢語顏色詞研究》博士學位論文，2010，蘇州大學。
50. 沈晨《《傳習錄》的四字格研究》碩士學位論文，2010，廣西師範學院。
51. 劉曉靜《東漢核心詞研究》博士學位論文，2011，華中科技大學。
52. 姜興魯《竺法護譯經感覺動詞語義場研究》博士學位論文，2011，浙江大學。
53. 丁瑾《淺析鳩摩羅什與義淨佛經翻譯的異同》碩士學位論文，2012，河北師範大學。
54. 陳平《古漢語心理動詞詞義演變研究》博士學位論文，2012，福建師範大學。
55. 葉慧瓊《《道行般若經》及同經異譯本語法比較研究》博士學位論文，2014，湖南師範大學。

四、外文及翻譯著作（按照人名筆劃排列）

1. Beard, Robert 1995. Lexeme-Mopheme Base Morphology: a general theory of inflection and word formation. Albany:State University of New York.
2. Bloomfield, Leonard. 1934 Language. 中文版：袁家驊、趙世開、甘世福譯，北京：商務印書館，1997。
3. Jerome L. Packard 2004 The Morphology of Chinese Cambridge University Press.
4. William Croft 2000 Typology ana Universals 北京：外語教學與研究出版社，2000.
5. William Croft 著；龔群虎等譯《語言類型學與語言共性》 上海：復旦大學出版社，2009。
6. 日・水野弘元著、劉欣如譯《佛典成立史》 臺北：東大圖書公司，1996。
7. 日・水野弘元著、許洋主譯《佛教文獻研究，水野弘元著作選集（一）》 臺北：法鼓文化出版社，2003。
8. 日・志村良治著、江藍生、白維國譯《中國中世語法史研究》 北京：中華書局，1995。
9. 日・辛嶋靜志著、徐文堪譯〈早期漢譯佛教經典所依據的語言〉收錄於《漢語史研究集刊》第 10 輯，成都：巴蜀書社，2007，頁 293～305。
10. 瑞士・索緒爾、高名凱譯《普通語言學教程》 北京：商務印書館，1999。
11. 荷・許理和著、李四龍、斐勇等譯《佛教征服中國》 南京：江蘇人民出版社，1998。
12. 荷・許理和著，顧滿林譯〈關於初期漢譯佛經的新思考〉（A New Look at the Earliest Chinese Buddhist Texts）收錄於《漢語史研究集刊》第 4 輯，成都：巴蜀書社，2001，頁 288～312 頁。
13. 荷・許理和著、朱冠明譯〈早期佛經中的口語成分——確定最佳源材料的嘗試〉收錄於朱冠明《《摩訶僧祇律》情態動詞研究》 北京：中國戲劇出版社，2008 頁 223～242。

14. 日・藤堂恭俊、塩入良道《中國佛教史》上下冊，臺北：華宇出版社，1986。
15. 日・鐮田茂雄《中國佛教通史》全四卷，高雄：佛光出版社，1985。

五、工具書、資料庫及網站

1. 徐中舒主編《漢語大字典》 成都：四川辭書出版社，2010
2. 羅竹風主編《漢語大詞典》 上海：上海辭書出版社，1994
3. 【漢字古今音資料庫】http://xiaoxue.iis.sinica.edu.tw/ccr/
4. 【佛典辭書數位檢索系統】http://cprg.esoe.ntu.edu.tw/cyj/index.py
5. 【CBETA 電子佛典集成 2011】資料庫，下載網址：www.cbeta.org/
6. 【《佛光大辭典》線上查詢系統】http://www.fgs.org.tw/fgs_book/fgs_drser.aspx
7. 【漢籍電子文獻—瀚典全文檢索系統】http://hanchi.ihp.sinica.edu.tw/ihp/hanji.htm
8. 【大正新脩大藏經テキストデータベース】http://21dzk.l.u-tokyo.ac.jp/SAT/
9. 【漢達文庫】http://www.chant.org/
10. 【漢語大字典】http://words.sinica.edu.tw/sou/sou.html

附錄　東漢佛經複合詞擇取詞例之過程

第一步：揀選雙音詞並對照中土文獻後，得 544 個雙音詞

揀選並對照中土文獻後的結果，得 544 個雙音詞。以下排列按照筆畫順序排列之。

1. 入互
2. 刀杖
3. 力象
4. 十互
5. 上齶
6. 久倒
7. 口門
8. 大坑
9. 大窟
10. 分骨
11. 分衛
12. 化佛
13. 天梵
14. 少識
15. 引意
16. 手計
17. 木種
18. 止互
19. 止意
20. 比隣
21. 火祠
22. 火種
23. 出要
24. 出息
25. 出殺
26. 出煙
27. 匃與
28. 去冥
29. 外計
30. 外息
31. 失戒
32. 平跱
33. 本互
34. 本端
35. 母胎
36. 犯戒
37. 瓦鉢
38. 瓦聲
39. 白觀
40. 皮香
41. 皮膜
42. 立用
43. 光焰
44. 危脆
45. 合住
46. 吉鳥
47. 吐毒
48. 多癡
49. 好遲
50. 好喜
51. 妄信
52. 守戒
53. 守空
54. 守律
55. 守意
56. 收意
57. 曲低
58. 死壞
59. 耳聲
60. 肉髻
61. 肌筋
62. 自然
63. 舌味
64. 住是
65. 作厚
66. 作廚
67. 冷泉
68. 助身
69. 叫喚
70. 坌土

71. 形壽
72. 志就
73. 忼愾
74. 我想
75. 戒忍
76. 戒首
77. 戒寶
78. 狂殺
79. 求佛
80. 決技
81. 決藝
82. 見明
83. 見際
84. 身肌
85. 邪邪
86. 乳根
87. 依佛
88. 刮刷
89. 制互
90. 制身
91. 制意
92. 刺撥
93. 卷縮
94. 取持
95. 取證
96. 味味
97. 奄然
98. 奇特
99. 奇藝
100. 奉戒
101. 奉寶
102. 妬心
103. 定恒
104. 定種
105. 幸恕
106. 往生
107. 忠質
108. 忽念
109. 拔脫
110. 拖拽
111. 放鏡
112. 明堅
113. 明暉
114. 枕頭
115. 果報
116. 欣然
117. 法種
118. 物種
119. 狖香
120. 直利
121. 直業
122. 直語
123. 直黠
124. 知息
125. 知痛
126. 知盡
127. 空棄
128. 空想
129. 肥長
130. 虎聲
131. 迎妃
132. 金肌
133. 俗法
134. 俗網
135. 信佛
136. 信寶
137. 剎名
138. 勅心
139. 勇起
140. 垣壁
141. 宣敘
142. 宣暢
143. 庠雅
144. 度罪
145. 弭箭
146. 待念
147. 後意
148. 思苦
149. 急笮
150. 政導
151. 施寶
152. 柁架
153. 染衣
154. 殃福
155. 毒垢
156. 毒獸
157. 洗刷
158. 洗浣
159. 珍妙
160. 皆然
161. 致佛
162. 苦癡
163. 降胎
164. 面頰
165. 香汁
166. 香美
167. 香熏
168. 俱空
169. 倍悅
170. 倒意
171. 倒頭
172. 倡伎
173. 值佛
174. 剔鬚
175. 卿女
176. 射藝
177. 恐然
178. 恐意
179. 恚念
180. 恚癡
181. 息垢
182. 息意
183. 悋惜
184. 悕望
185. 悚然
186. 核香
187. 根林
188. 根義
189. 案地
190. 烏香
191. 烏麩
192. 烏鵶
193. 烔然
194. 疾轉
195. 祕讖
196. 祠火
197. 索佛
198. 脊根
199. 草屋
200. 蚖虵
201. 迴伏
202. 高床
203. 高學
204. 鬼魑
205. 偈言
206. 側塞
207. 唯然
208. 婇女
209. 婬泆
210. 婬欲
211. 婬瞑
212. 寂然
213. 屠家
214. 悉示
215. 情悸
216. 推索
217. 推逐
218. 敗色
219. 教意
220. 梯陛

221. 梵聲
222. 棄捨
223. 欲瘡
224. 淨水
225. 淨潔
226. 深法
227. 牽身
228. 牽意
229. 牽髮
230. 猛力
231. 現世
232. 現地
233. 現身
234. 現明
235. 現恩
236. 現病
237. 現飢
238. 產戶
239. 異念
240. 眷屬
241. 眼色
242. 眾花
243. 眾垢
244. 眾冥
245. 眾想
246. 累劫
247. 細軟
248. 細滑
249. 紺目
250. 紺馬
251. 罣礙
252. 習戒
253. 習意
254. 習黠
255. 脫置
256. 蛇香
257. 貪求
258. 貪婬
259. 貪嫉
260. 貪餮
261. 陰貌
262. 陰臍
263. 鳥梲
264. 鹿腨
265. 麻油
266. 傍臣
267. 善快
268. 喚呼
269. 喜妬
270. 喜咷
271. 報意
272. 尊佛
273. 尊聖
274. 尊豪
275. 尊諦
276. 悲喚
277. 悶絕
278. 惡師
279. 愕然
280. 散花
281. 散節
282. 斯念
283. 普注
284. 欺奇
285. 欺餘
286. 欻覺
287. 減盡
288. 渴仰
289. 然燈
290. 畫師
291. 痛種
292. 發求
293. 短息
294. 等意
295. 等慈
296. 肅然
297. 菜園
298. 華香
299. 著樂
300. 著膩
301. 視占
302. 評諄
303. 軒血
304. 逮得
305. 閑燕
306. 飯佛
307. 髡頭
308. 黃熟
309. 黑觀
310. 亂意
311. 傷厄
312. 勤意
313. 嗜甜
314. 塗銅
315. 微息
316. 愁毒
317. 愈卿
318. 意覺
319. 愛磣
320. 愛藏
321. 愧寶
322. 慈雨
323. 慈哀
324. 慈意
325. 搵摩
326. 暉赫
327. 業失
328. 極世
329. 極源
330. 概天
331. 溝坑
332. 滅蝕
333. 當然
334. 盟血
335. 節根
336. 經戒
337. 罪弊
338. 腹計
339. 補納
340. 補處
341. 解身
342. 解法
343. 解義
344. 試知
345. 賈客
346. 跳場
347. 農種
348. 遇佛
349. 遍行
350. 遍求
351. 遍知
352. 遍護
353. 鉢食
354. 靖室
355. 頑佷
356. 麁立
357. 麁細
358. 麁惡
359. 塵齒
360. 實妙
361. 實神
362. 實喜
363. 嶄巖
364. 弊馬
365. 弊惡
366. 弊象
367. 徹照
368. 徹聽
369. 摧傷
370. 榮宗

371. 漁獵
372. 漬和
373. 漬膩
374. 漱口
375. 疑嫉
376. 疑解
377. 瘖瘂
378. 盡世
379. 睡瞑
380. 福施
381. 精疑
382. 精凝
383. 精寶
384. 聚合
385. 聚堅
386. 聞寶
387. 腐囊
388. 蓏香
389. 蜜餅
390. 誘恤
391. 誦讀
392. 豪尊
393. 遘精
394. 遙知
395. 遠謝
396. 髦鬣
397. 鼻香
398. 嘩說
399. 嘻喜
400. 噉空
401. 增深
402. 增道
403. 增饒
404. 墮陷
405. 嬈人
406. 嬈侵
407. 審呼
408. 幡花
409. 幢麾
410. 廣說
411. 彈指
412. 德眼
413. 慙寶
414. 慧人
415. 慧知
416. 慧浴
417. 慧寶
418. 慰沃
419. 憂惱
420. 憍豪
421. 憍樂
422. 憒鬧
423. 摩抆
424. 樂忍
425. 樂靜
426. 潔意
427. 澁道
428. 澁聲
429. 澆漬
430. 熟出
431. 稽留
432. 稽停
433. 緣戒
434. 膖脹
435. 蔭蓋
436. 諛訑
437. 諸苦
438. 諸結
439. 豬香
440. 養乳
441. 餘意
442. 髮根
443. 鴈聲
444. 齒根
445. 冀神
446. 徼冀
447. 撾捶
448. 樹蔭
449. 澡豆
450. 澡洗
451. 澡罐
452. 澤香
453. 燈炷
454. 獨匿
455. 縛身
456. 縛捶
457. 縛解
458. 興世
459. 興恚
460. 諦議
461. 諷經
462. 諷誦
463. 霍香
464. 靜修
465. 頤計
466. 餧餓
467. 默然
468. 龍髀
469. 嬰頸
470. 懃苦
471. 應解
472. 戲場
473. 擣香
474. 擣碎
475. 縮皺
476. 翼從
477. 臂肉
478. 臂計
479. 臂根
480. 臂痛
481. 臨眄
482. 臨顧
483. 舉斧
484. 舉擲
485. 蟒子
486. 還身
487. 還淨
488. 鵄香
489. 擲珠
490. 歸佛
491. 歸空
492. 獵家
493. 瞻覩
494. 繞佛
495. 臍根
496. 臏計
497. 藍風
498. 謹勅
499. 雙比
500. 雜香
501. 雜類
502. 雞毛
503. 離苦
504. 離婬
505. 離欲
506. 黠首
507. 黠根
508. 黠智
509. 黠意
510. 壞冥
511. 壞息
512. 壞裂
513. 癡冥
514. 癡惱
515. 癡愛
516. 羸劣
517. 臆根
518. 藝士
519. 蹹地
520. 邊邪

521. 邊幅
522. 難受
523. 難齊
524. 靡書
525. 嚴辦
526. 懸盛
527. 懸鈴
528. 觸塵
529. 躄地
530. 攝制
531. 竈火
532. 續念
533. 護互
534. 鐵鼓
535. 露身
536. 露霧
537. 儼然
538. 驚寤
539. 囑授
540. 攬牽
541. 讒溺
542. 欝金
543. 鑽繞
544. 鸁

第二步：計算雙音詞出現頻率，再次篩選雙音詞，得 245 個雙音詞

接續第一步驟，第二步驟則是針對這 544 個雙音詞進行篩選工作，篩選的準則採以「出現次數」爲標準，將出現 2 次以上的雙音詞予以保留，共得 245 個雙音詞，以下排列按照筆畫順序排列之。

1. 大坑
2. 分衛
3. 化佛
4. 天梵
5. 木種
6. 止意
7. 火種
8. 出息
9. 出殺
10. 出煙
11. 匃與
12. 去冥
13. 外息
14. 失戒
15. 本端
16. 母胎
17. 犯戒
18. 皮膜
19. 光焰
20. 危脆
21. 好喜
22. 守戒
23. 守意
24. 曲低
25. 肉髻
26. 肌筋
27. 自然
28. 住是
29. 作厚
30. 冷泉
31. 助身
32. 形壽
33. 戒忍
34. 求佛
35. 見明
36. 身肌
37. 制身
38. 制意
39. 卷縮
40. 奄然
41. 奇特
42. 奇藝
43. 奉戒
44. 定恒
45. 定種
46. 往生
47. 放鏡
48. 明暉
49. 果報
50. 欣然
51. 物種
52. 直業
53. 直語
54. 知息
55. 知痛
56. 知盡
57. 空棄
58. 俗網
59. 信佛
60. 刹名
61. 勅心
62. 垣壁
63. 待念
64. 後意
65. 施寶
66. 殃福
67. 毒垢
68. 毒獸
69. 珍妙
70. 皆然
71. 香汁
72. 香美
73. 俱空
74. 倡伎
75. 値佛
76. 卿女
77. 射藝
78. 恐意
79. 息垢
80. 息意
81. 悕望
82. 悚然
83. 根義
84. 索佛
85. 偈言
86. 側塞
87. 唯然
88. 婇女
89. 婬欲
90. 寂然
91. 屠家
92. 悉示
93. 推逐
94. 梯陛
95. 梵聲
96. 淨潔
97. 深法
98. 猛力
99. 現世
100. 現身

101. 現明
102. 現恩
103. 異念
104. 眷屬
105. 眼色
106. 眾花
107. 眾垢
108. 眾冥
109. 眾想
110. 累劫
111. 細滑
112. 紺馬
113. 罣礙
114. 習戒
115. 貪求
116. 貪婬
117. 陰貌
118. 傍臣
119. 善快
120. 喚呼
121. 報意
122. 尊豪
123. 惡師
124. 愕然
125. 散花
126. 散節
127. 欺餘
128. 渴仰
129. 然燈
130. 畫師
131. 痛種
132. 發求
133. 短息
134. 等意
135. 肅然
136. 華香
137. 著膩
138. 視占
139. 逮得
140. 飯佛
141. 黃熟
142. 亂意
143. 勤意
144. 愁毒
145. 意覺
146. 慈哀
147. 慈意
148. 極世
149. 溝坑
150. 滅蝕
151. 當然
152. 經戒
153. 補納
154. 補處
155. 解義
156. 賈客
157. 農種
158. 遍行
159. 遍護
160. 鉢食
161. 靖室
162. 麁細
163. 麁惡
164. 實妙
165. 實神
166. 嶄巖
167. 弊惡
168. 徹照
169. 徹聽
170. 摧傷
171. 漬和
172. 漱口
173. 瘖瘂
174. 睡瞑
175. 福施
176. 精疑
177. 聚合
178. 誦讀
179. 豪尊
180. 遙知
181. 遠謝
182. 增道
183. 增饒
184. 墮陷
185. 嬈人
186. 嬈侵
187. 廣說
188. 慧人
189. 慧知
190. 慧浴
191. 樂忍
192. 潔意
193. 澆漬
194. 稽留
195. 緣戒
196. 蔭蓋
197. 諛訑
198. 諸苦
199. 諸結
200. 餘意
201. 髮根
202. 鴈聲
203. 撾捶
204. 澡豆
205. 澡罐
206. 澤香
207. 燈炷
208. 諷經
209. 諷誦
210. 霍香
211. 默然
212. 應解
213. 戲場
214. 翼從
215. 臂痛
216. 臨眄
217. 臨顧
218. 還淨
219. 歸佛
220. 歸空
221. 瞻覲
222. 藍風
223. 謹勅
224. 雙比
225. 雜香
226. 雜類
227. 雞毛
228. 黠根
229. 黠意
230. 壞冥
231. 癡冥
232. 羸劣
233. 藝士
234. 邊邪
235. 邊幅
236. 難受
237. 難齊
238. 靡書
239. 嚴辦
240. 覽地
241. 攝制
242. 續念
243. 儼然
244. 驚竄
245. 麤細

第三步：考釋雙音詞的詞義與內部結構，共得 182 個雙音詞

針對這 245 個雙音詞進行詞義考釋的檢驗工作，將佛教專有名詞、名相或是含有佛教相關特殊含意或用法的雙音詞予以排除，共得 182 個雙音詞，以下排列按照筆畫順序排列之。

1. 大坑
2. 止意
3. 出息
4. 出殺
5. 出煙
6. 匃與
7. 去冥
8. 外息
9. 失戒
10. 本端
11. 母胎
12. 皮膜
13. 光焰
14. 危脆
15. 好喜
16. 守意
17. 曲低
18. 肉髻
19. 肌筋
20. 自然
21. 住是
22. 作厚
23. 冷泉
24. 助身
25. 形壽
26. 戒忍
27. 見明
28. 身肌
29. 制身
30. 制意
31. 卷縮
32. 奄然
33. 奇特
34. 奇藝
35. 定恒
36. 定種
37. 往生
38. 放鏡
39. 明暉
40. 欣然
41. 直業
42. 直語
43. 知息
44. 知痛
45. 知盡
46. 空棄
47. 俗網
48. 勅心
49. 垣壁
50. 待念
51. 後意
52. 施寶
53. 殃福
54. 毒垢
55. 毒獸
56. 珍妙
57. 香汁
58. 香美
59. 俱空
60. 倡伎
61. 卿女
62. 射藝
63. 恐意
64. 息垢
65. 息意
66. 悕望
67. 根義
68. 側塞
69. 唯然
70. 婇女
71. 婬欲
72. 屠家
73. 悉示
74. 推逐
75. 梯陛
76. 淨潔
77. 深法
78. 猛力
79. 現世
80. 現身
81. 現明
82. 現恩
83. 異念
84. 眷屬
85. 眼色
86. 細滑
87. 紺馬
88. 罣礙
89. 貪求
90. 貪婬
91. 陰貌
92. 傍臣
93. 善快
94. 喚呼
95. 報意
96. 尊豪
97. 惡師
98. 散節
99. 欺餘
100. 渴仰
101. 然燈
102. 畫師
103. 發求
104. 短息
105. 等意
106. 著膩
107. 視占
108. 逮得
109. 黃熟
110. 亂意
111. 勤意
112. 愁毒
113. 意覺
114. 慈哀
115. 慈意
116. 極世
117. 溝坑
118. 滅蝕
119. 補納
120. 補處
121. 解義
122. 賈客
123. 遍行
124. 遍護
125. 鉢食

126. 靖室
127. 實妙
128. 實神
129. 嶄巖
130. 弊惡
131. 摧傷
132. 漬和
133. 漱口
134. 睡瞑
135. 福施
136. 精疑
137. 聚合
138. 誦讀
139. 豪尊
140. 遙知
141. 遠謝
142. 增道
143. 增饒
144. 墮陷
145. 嬈侵
146. 廣說
147. 慧知
148. 慧浴
149. 樂忍
150. 潔意
151. 澆漬
152. 稽留
153. 緣戒
154. 蔭蓋
155. 諛訑
156. 餘意
157. 髮根
158. 鴈聲
159. 撾捶
160. 澡罐
161. 燈炷
162. 諷誦
163. 戲場
164. 翼從
165. 臨眄
166. 臨顧
167. 歸空
168. 瞻覩
169. 謹勅
170. 雙比
171. 雞毛
172. 壞冥
173. 羸劣
174. 藝士
175. 邊邪
176. 邊幅
177. 靡書
178. 嚴辦
179. 躄地
180. 攝制
181. 續念
182. 驚寤

第四步：確定「複合詞」的內涵，共得48例東漢佛經複合詞

經過上述三個步驟之後所得的詞彙仍屬「雙音詞」，因此，需要進一步以詞義及詞法兩個角度來確認這182個雙音詞是否已成爲複合詞，因此，第四步驟的主要工作就是分別「雙音詞組」與「複合詞」的差異，共得48例東漢佛經複合詞，以下排列按照筆畫順序排列之。

1. 危脆
2. 曲低
3. 作厚
4. 助身
5. 決言
6. 制身
7. 制意
8. 放鏡
9. 沾污
10. 炎照
11. 殃福
12. 卿女
13. 根義
14. 側塞
15. 悉示
16. 推逐
17. 梯陛
18. 淨潔
19. 細滑
20. 紺馬
21. 善快
22. 堤塘
23. 報意
24. 尊豪
25. 散節
26. 欺餘
27. 發求
28. 等意
29. 視占
30. 愁毒
31. 慈哀
32. 補處
33. 靖室
34. 福施
35. 豪尊
36. 增饒
37. 嬈亂
38. 慧浴
39. 澆漬
40. 撾捶
41. 澡罐
42. 臨顧
43. 斷脈
44. 羸劣
45. 勸助
46. 勸意
47. 攝制
48. 鑽穿